D1934905

Susanne Roßbach

Augenstern

Band 1:

Die Invasoren

Band 2:

Tod und Täuschung

ISBN 978-3-947612-41-3

Lektorat: Gerd Fischer
Covergestaltung und -rechte: Nona Roßbach

Auf der Verlagshomepage finden Sie weitere spannende Taschenbücher und E-Books www.mainbook.de

Das Buch

Jessi steht kurz vor dem Abi, ist in Liebesdingen nicht gerade erfolgsverwöhnt und führt ein überschaubares Leben in Frankfurt, als plötzlich mehrere Männer in ihr Leben einbrechen. Nicht alle sind von dieser Welt, und einige bedrohen sogar den Fortbestand der Erde. Kann Jessi ihren Gefühlen trauen, und welches Wesen verbirgt sich hinter welcher Gestalt? Es beginnt ein Verwirrspiel um Emotionen und Fassaden, das Jessi nur gewinnen kann, wenn sie lernt zu kämpfen: für sich, für ihren Planeten und für ihre Liebe.

Die Autorin

Susanne Roßbach ist 1966 in Frankfurt am Main geboren und lebt mit ihrem Lebensgefährten und ihrer Tochter im Süden Frankfurts. Sie ist Diplom Betriebswirtin (BA) und Diplom-Psychologin und arbeitet als Senior Business Analystin in der IT-Abteilung einer Großbank. In ihrer Freizeit widmet sie sich ihrem Pferd und ihrem Hobby als Romanautorin. Veröffentlichungen „Der Tote vom Odenwald“ (Ullstein Midnight 2017), „Schatten über dem Odenwald“ (Ullstein Midnight 2018). Die Serie „Augenstern“ (2018) ist ihre erste Veröffentlichung bei mainbook.

Augenstern

Band 1:
Die Invasoren

Inhaltsverzeichnis

PROLOG

Das fremde Wesen schlief. Sie strahlte eine Aura voller Ruhe und Frieden aus, die auch von mir Besitz ergriff. Ich betrachtete ihr Gesicht, das ich noch nie so entspannt gesehen hatte. War sie schön? Ich wusste nicht, wie die anderen ihrer Art sie sahen, aber ich glaube, ich fand sie schön.

Langsam realisierte ich, dass ich sie gerne berührt hätte. Das mutete mir lächerlich an, zumal es sinnlos war. Was hätte sie mir mitteilen können?

Trotzdem wollte ich sie berühren. Mich neben sie legen. Meinen Körper um den ihren schlingen.

Ich verstand das alles nicht, und es beunruhigte mich.

Der Tag war für mich sehr anstrengend gewesen. Ich sprang so schnell und so leise, wie ich nur konnte, auf und verließ den Raum.

KAPITEL 1 – Die Ankunft

„Verdammtes Miststück!“

Ich hatte einen von den haarlosen Affen zu spät bemerkt und wäre beinahe von ihm getreten worden. Rasch bewegte ich mich von festem auf weicheren, bewachsenen Untergrund, den die haarlosen Affen vermieden. Mein Magen knurrte, und bevor ich dem Tritt ausweichen musste, hatte ich es nicht mehr geschafft, die Krümel aufzulesen, die ich auf dem festen Boden entdeckt hatte und die mir essbar erschienen.

Ich suchte Deckung unter einer größeren Pflanze und verschnaufte. Es war alles anstrengender, als ich gedacht hatte. Derlei aggressives Verhalten empfand ich immer noch als befremdend. Ich hätte mich wehren können, aber ich wusste, dass ich vor allem kein Aufsehen erregen durfte. Meine Reise hatte zu lange gedauert, als dass ich mir einen dilettantischen Fehler hätte erlauben dürfen. Die Chance war groß, genau hier wichtige Informationen zu finden, die uns weiterhelfen würden. Ich wusste nicht wirklich, warum, aber meine Intuition sagte mir, dass dieser Planet einen großen Wert für uns hatte.

Ein Schwarm Krähen flog den Baum neben mir an, doch als sich die ersten schon niederließen, entdeckten mich einige von ihnen. Sie stießen Warnrufe aus und drehten ab, und die, die schon saßen, folgten ihnen kreischend. Ich seufzte.

Die Zahl der haarlosen Affen, die sich in ihren rollenden Maschinen befanden, und jene, welche sich von alleine fortbewegten, nahm langsam zu. Diese Seite des Planeten hatte sich eben erst der Sonne zugewandt. Die meisten Lebewesen hier hatten sich auf das Sonnenlicht eingestellt und waren nur bei Helligkeit aktiv.

Ich hatte schon vor einiger Zeit beschlossen, die haarlosen Affen zu favorisieren. Sie schienen die Herren der Erde zu sein oder sich zumindest für diese zu halten, und in der Tat war ihre Zivilisation die am weitesten entwickelte auf diesem Planeten. Ich spürte, dass es hinter der selbstherrlichen Fassade weit mehr geben musste; etwas, was man nur als Teil dieser Spezies entdecken konnte. Aber ich hatte meine Zweifel, ob das, was ich erfahren würde, schön sei.

Natürlich hatte ich von Anfang an gewusst, dass es Probleme geben könnte. Lebensgefährliche Probleme. Jedoch hatte ich eine wichtige Aufgabe und wollte mein Bestes geben. Auch in einer feindlichen Umgebung.

Andererseits: Ich hatte Musik gehört, ich hatte liebevolle Umarmungen gesehen, ich hatte durch viele Fenster geschaut und mir schien, dass Wissen auch für sie ein wichtiges Gut darstellte. Es konnte nicht weit entwickelt sein, wenn ich mir ihre primitiven Geräte und ihre harte und starre Umwelt betrachtete, doch möglicherweise waren sie auf eine andere Weise hochentwickelt, und ich musste sie nur besser kennenlernen. Zumal sie mir untereinander nicht sonderlich aggressiv vorkamen. Es war meistens so – das wusste ich von den anderen –, dass es irgendwelche Regeln oder Übereinkünfte gab, damit sie sich nicht gegenseitig dezimierten, zumindest nicht innerhalb einer Art.

Als ich mein Interesse auf sie fokussierte, hatte ich begonnen, ihre Kommunikation zu entschlüsseln. Ich wollte sprechen können wie sie, bevor ich den entscheidenden Schritt tat. Ich musste meine Beobachtungen fortsetzen und noch mehr Wissen über sie ansammeln, wenn ich bei meiner Entscheidung blieb.

Aber zuallererst musste ich mich der profanen Aufgabe widmen, etwas zu essen zu besorgen, denn mein Magen schmerzte jetzt schon vor Hunger.

Ich trat aus dem Schutz der Pflanze. Ein behaarter Vierfüßler wurde an einer Leine vorbeigeführt. Er kläffte mich an. Diese Lebewesen sahen alle gesund und wohlgenährt aus. Aber sie standen unter den haarlosen Affen und verfügten über weniger Intelligenz. Nichts für mich.

Sollte ich es noch einmal mit den Krümeln versuchen, die ich vorhin entdeckt hatte?

Ein recht kleiner haarloser Affe blieb vor mir stehen. Ein größerer folgte ihm mit wenig Abstand.

„Guck mal, Mama, eine Krähe! Und die ist gar nicht scheu!"

Die Angesprochene lachte. „Ja, vielleicht wird sie hier öfters gefüttert und hofft auf etwas zu fressen."

„Darf ich ihr was von meinem Frühstücksbrot geben?"

Die Große seufzte lächelnd. „Wenn's sein muss." Sie holte einen kleinen festen Behälter aus einem großen weichen, den sie fortwährend in der Hand gehalten hatte. Ich erhöhte den Abstand zwischen uns, ließ sie aber nicht aus den Augen. Ich wusste, dass sie von mir sprachen.

Die Große hielt der Kleinen den offenen Behälter hin. „Aber nicht übertreiben! Nicht, dass du im Kindergarten Hunger bekommst."

Kurz nachdem der Behälter geöffnet worden war, konnte ich es riechen, und mein Magen signalisierte mir unmissverständlich, dass es sich um etwas Essbares handelte. Ich verringerte den Abstand.

Die Kleine griff mit beiden Händen in den Behälter.

„Mach ganz kleine Stücke daraus, damit sie es schlucken kann“, sagte die Große.

Die Kleine machte plötzlich eine schnelle Bewegung in meine Richtung. Ich sprang erschrocken fort, bemerkte jedoch gleichzeitig winzige Krümel auf mich zu fliegen, drehte mich sofort wieder um und pickte nach ihnen. Sie schmeckten köstlich.

Die Kleine lachte. „Guck mal, wie sie sich freut.“ Sie griff noch mehrmals in den Behälter, und ich schnappte alles gierig auf, was sie mir hinwarf. Wir kamen uns immer näher.

„Nicht zu nah, sonst bekommt sie Angst.“ Die Große legte ihre Hand leicht auf die Schulter der Kleinen. „Und ich glaube, sie ist jetzt auch satt. Den Rest solltest du für dich aufheben.“

„Na gut.“ Die Kleine ließ die Schultern hängen.

„Komm.“ Die Große nahm die Kleine an der Hand.

„Tschüss, Krähe!“ Die Kleine drehte sich mehrmals nach mir um. „Tschühüss!“

Ich sah ihnen nach. Das Essen breitete sich in meinem Magen aus und erfüllte mich mit einem zufriedenen Gefühl.

Einige Minuten noch beobachtete ich das Treiben auf dem festen Untergrund. Die rollenden Maschinen wurden schneller und langsamer im Gleichklang mit bunten Lichtern. Aus manchen von ihnen kam Musik. Einige waren sehr groß, und es saßen viele haarlose Affen in ihnen. Vermutlich suchten sie gegenseitig ihre Nähe. Manche sprachen im Laufen in kleine Geräte. Andere liefen zu zweit dicht beieinander, berührten sich mit ihren Mündern und lächelten.

Die Sonne stieg höher und wärmte mein Gefieder.

Vielleicht war es doch nicht so schlimm, einer von ihnen zu sein.

Ich spreizte meine Flügel und erhob mich in die Luft.

KAPITEL 2 – Der Gast

„Shit!“

Hoffentlich hatte die Dame, die hinter dem Tresen auf ihren Kaffee wartete, mich nicht gehört. Ich stellte die übergelaufene Tasse samt schwimmendem Unterteller beiseite und machte mich daran, eine neue Tasse mit Kaffee zu füllen.

„Na, Jessi, bisschen tattrig heute?“, flüsterte mir Laura schelmisch grinsend zu, und ich verdrehte die Augen.

Nach Büroschluss war es in ‚Lizzys Coffee Shop' immer sehr voll und für uns Angestellte extrem stressig, da konnte es auch bei weniger tollpatschigen Mitarbeiterinnen als mir schon einmal vorkommen, dass man etwas verschüttete oder fallen ließ. Solange ich dem Impuls, das Geschirr einem unhöflichen Gast über den Schädel zu ziehen, widerstehen konnte, bekam ich keinen Ärger mit Lizzy.

Ich wandte mich mit einem Lächeln zu der Dame in dem leicht zerknitterten Kostüm und schob ihr den Kaffee zu. „Drei fünfzig, bitte.“

Sie zahlte, ohne mich anzusehen, und ging dann zu ihren Kollegen, die bereits an einem Tisch am Fenster saßen und ihr einen Stuhl freigehalten hatten.

Ich schaute an ihnen vorbei aus dem Fenster auf die Konstablerwache und die Menschen auf dem Platz. Leute, die schnell zur U-Bahn-Station hetzten, um noch eine Bahn zu erwischen. Frauen, die offensichtlich von der Zeil kamen, vollbepackt mit Einkaufstüten. Banker jeden Alters, die selbstbewusst den Coffee Shop betraten, als erwarteten sie stehende Ovationen. Herablassend Freundliche oder ignorant Arrogante. Hinter dem Tresen musste man gleichbleibend nett und auf Zack sein, aber angesichts der guten Bezahlung, mit der ich mir mein Auto und meine Klamotten finanzieren konnte, hatte ich kein Problem damit, jedem Kunden professionell zu begegnen.

Außerdem hatte ich hier in der Freitagsschicht Laura kennengelernt. Sie flitzte gerade zwischen der Espresso-Maschine und den Besteck-Eimern hin und her. Ihre rotblonden Haare flogen bei jeder Drehung durch die Luft und zogen eine Art Feuerschweif hinter sich her, wenn man sie – wie ich – nur aus den Augenwinkeln sehen konnte.

Lauras Temperament und Lebensfreude wirkten einfach anziehend. Auch auf mich. Dass sie sich mit mir angefreundet hatte, trotz unseres Altersunterschieds, schien mir immer noch ein Wunder. Sie …

„Ähem, Jessi?“, fragte Laura, die gerade mit einem wabbeligen Tortenstück kämpfte.

Ich sah auf, folgte Lauras Kopfbewegung und blickte in zwei erwartungsvolle dunkelbraune Augen, denen ich sofort ansah, dass ihr Besitzer mich bereits angesprochen haben musste, ohne dass ich zugehört hatte.

„Oh, sorry, was darf es sein?"

Ich musste mich für mein Lächeln nicht anstrengen, denn der Typ lächelte mich seinerseits sehr breit und selbstsicher an. Seine dunkelbraunen Haare fielen ihm vorn bis in die Augen, und unter seiner Jeans und dem Kapuzen-Sweatshirt war eine athletische Figur zu erkennen.

Laura kicherte; sah ich irgendwie dämlich aus, weil ich nicht aufgepasst hatte?

Okay, ich konzentrierte mich auf die Gegenwart und lenkte meine Gedanken von seinem muskulösen Körper auf seine Bestellung.

„Hallo, ich hätte gerne einen Milchkaffee."

Er sprach die Worte übertrieben deutlich aus; sein Gesicht spiegelte gewisse Zweifel an meiner Zurechnungsfähigkeit wider, und ich war mir nicht sicher, ob er nicht auch ein winziges spöttisches Grinsen unterdrückte.

„Ja, gerne", antwortete ich nun voll professionell und griff nach einer Tasse. Ich wollte nicht wie ein Idiot aussehen, auch wenn es mir eigentlich egal sein konnte, was er von mir hielt.

„Vielen Dank." Mr. Muscle nahm die Tasse entgegen und lächelte mich an.

Ich lächelte zurück.

Er bezahlte und schlängelte sich durch Menschen und Tische an einen Platz, bewegte sich dabei sehr geschmeidig.

„Ist in der Schwarzwälder Kirschtorte Gelatine?" Eine erschöpft aussehende, ältere Frau mit riesigen Einkaufstaschen in beiden Händen schaute mich mit großen Augen an. Ich suchte die Inhaltsliste aus der Schublade und überflog die Zutaten.

„Ja, tut mir leid ... Aber in der Sacher-Torte ist keine, da hab ich schon mal nachgeschaut."

Ich bediente noch etwa ein Dutzend Kunden, bevor Laura und ich eine kurze Verschnaufpause hatten. Wir lachten leise über einen Tisch mit Pinguinen, wie wir die Banker in ihren immer gleichen Anzügen nannten, da sie an diesem Tisch – zumindest von Ferne betrachtet – auch die gleichen Hemden und Krawatten anhatten, und spekulierten über ein erheblich altersungleiches Paar, von dem Laura meinte, es handele sich um ein Liebespaar, während ich sie für Vater und Tochter hielt.

„Und, wie findest du den in der vierten Reihe, dritter Tisch von rechts?“ Lauras Augen blitzten.

Mr. Muscle schaute unbestimmt vor sich hin.

„Joo, nicht schlecht. Gut gebaut. Ich hoffe, er nimmt keine Anabolika.“

„Naaa, macht er net“, sagte Laura. „Äh, ich meine, so übertrieben muskulös ist er doch gar nicht.“

„Es heißt: ‚Nö‘ und nicht: ‚Naaa‘. Wenn du heute Abend bei deinem Freund in München bist, darfst du den bayrischen Dialekt wieder auspacken“, versuchte ich abzulenken. Aber Laura war eine scharfe Beobachterin und ich offensichtlich erschreckend leicht zu durchschauen.

Laura grinste. „Denk an deine einsame Wohnung …“

„Ich fürchte, meine Eltern bezahlen mir selbige nicht nur, damit ich an meiner alten Schule noch das Abi machen kann, statt mit ihnen nach Berlin zu ziehen, sondern auch, weil sie wissen, dass ich dort die nächsten hundert Jahre keine männliche Übernachtung zu verzeichnen haben werde.“ Ich seufzte.

Laura legte mir aufmunternd die Hand auf die Schulter. „Das kriegen wir schon hin.“ Sie schaute kurz zur Tür. „Ich nutze die Flaute und verschwinde mal eben in die Fliesen-Abteilung.“

Auch meine Kollegin neben mir hatte gerade den letzten Gast abkassiert, und es stand niemand mehr Schlange. Sie stemmte eine Hand in die Hüfte. „Wie war dein Wochenende?“

„Ganz nett. Ich war Samstagabend mit meinen Freunden Billard spielen und tanzen, Sonntag wurde ein Reitturnier übertragen und ansonsten hab ich mich auf die kommenden Schularbeiten vorbereitet. Und bei dir?“

Meine Kollegin erzählte mir ausführlich von einem Streit mit ihrem Freund, während wir immer wieder Blicke in den Shop und vor allem zur Eingangstür warfen, um für die Gäste ansprechbar zu bleiben. Lizzy hatte nichts dagegen, wenn wir schwatzten, solange wir bereit waren, wenn Kunden auf uns zukamen.

Die Tür öffnete sich, und eine Gruppe Banker kam herein.

Ich erstarrte.

Ein Mann aus der eintretenden Gruppe war fast einen halben Kopf größer als die anderen und trug seinen Anzug und den geöffneten Trenchcoat mit einer lässigen Selbstverständlichkeit, als säße er in ausgelutschten Sportklamotten auf seinem Fernseh-Sofa. Aber selbst in solchen Sportklamotten wäre er der absolute Blickfang gewesen. Der

Mann musste Model sein. Er war etwa Mitte bis Ende zwanzig und reichte sicher knapp an die ein Meter neunzig bei ausgewogenen Proportionen. Er hatte schwarze Haare, die ihm auf einer Seite leicht in die Stirn fielen, aber vermutlich hätte er sie sich wie auch immer frisieren oder gleich komplett abschneiden können, denn sie umrahmten ein unglaublich schönes und doch männlich markantes Gesicht. Meine Wangen wurden heiß und meine Hände fingen an zu schwitzen. Wie peinlich! Ich musste mich unbedingt zusammenreißen. Ich hatte doch wirklich schon andere gutaussehende Männer gesehen … wenn auch vielleicht eher in Zeitschriften oder im Fernsehen …

Ich atmete tief ein und versuchte, meine schweißnassen Hände unter der Theke unauffällig an den Hosenbeinen abzuwischen. Dann blickte ich auf. Die Gruppe war schon erschreckend nah. Ich setzte mein geschäftsmäßiges Lächeln auf. Nur nichts anmerken lassen.

Das Model lachte gemeinsam mit dem Mann neben ihm über eine Bemerkung, die der dritte gemacht hatte, und steuerte dann schnurstracks auf mich zu. Ich betete inständig, nicht so auszusehen, wie ich mich fühlte.

„Guten Abend. Ich hätte gerne einen Latte macchiato."

Tolle, tiefe, männliche Stimme. Sein strahlendes Lächeln entblößte eine Reihe perfekter Zähne. Ich lächelte unwillkürlich zurück und sah sicher total bescheuert aus. Wie hieß es doch so schön: Nicht auf die Verpackung, sondern auf den Inhalt kommt es an. Wahrscheinlich war der Typ ein ungeheures Arschloch und sah einfach nur gut aus. Oder er war nahezu debil und hatte sich seinen Job mit Beziehungen erschlichen. Ich versuchte, mich zu beruhigen und zu funktionieren. Das letzte, was ich jetzt wollte, war, dass mir das Glas mit dem Latte aus den schweißnassen Händen fiel.

„Und dann hat er alles wieder zurückgekauft", sagte sein Kollege neben ihm.

Der dritte Mann stöhnte mit gespieltem Entsetzen.

„Oh nein, so ein Blödmann!"

„Aber der Schneidmüller hat es tatsächlich nicht gemerkt und ihm wieder einen fetten Bonus rübergeschoben!"

Das Model schüttelte lachend den Kopf.

„Erstaunlich."

Dann lächelte er mich an, und mir blieb die Luft weg. Er hatte eisblaue Augen. Gab es solche Augen in echt, oder hatte er farbige Kontaktlinsen an?

„Was darf ich Ihnen geben?"

Ich überlegte rasend schnell, was er bestellt hatte, und krächzte mit der letzten Luft aus meiner Lunge: „Drei siebzig."

Er lächelte wieder, diesmal mit leichtem Erstaunen in den Augen. Für einen kurzen Moment hatte ich das verrückte Gefühl, dass er seine Hände nach mir ausstrecken wollte, was irgendwie keinen Sinn machte; seine Hände wühlten de facto in einer sehr teuer aussehenden Brieftasche mit einer Art Hufeisen-Symbol darauf.

„Haben Sie vielen Dank."

„Danke."

Wir hatten uns beide gleichzeitig bedankt, und ich warf ihm noch einen schnellen Blick zu, den er wieder mit einem umwerfenden Lächeln erwiderte. Er war unbeschreiblich. Meine Beine fühlten sich schlabberig an. Erst als er sich umdrehte, konnte ich tief Luft holen. Meine Kollegin neben mir legte gerade das Geld seines Kollegen in die Kasse, und ich hörte auch sie deutlich ausatmen. Sie schaute mich unsicher an und lächelte verlegen.

„Holla."

„Das kannst du laut sagen."

Offensichtlich hatte ich also nicht als einzige gegen einen unwürdigen Zusammenbruch angekämpft.

Meine Kollegin hob die Augen gen Himmel. „Wie kann man nur so gut aussehen? Allerdings redet er etwas geschwollen."

„So einen Mann nimmt man ja auch nicht nur zum Reden mit nach Hause. Ich hoffe, er hat irgendeinen ernsthaften Makel, der mich darüber hinwegtröstet, dass dieser Typ unerreichbar für mich ist. Ein Spatzenhirn zum Beispiel oder Syphilis."

„Jessi!", zischte sie mich empört an. Sie hatte nicht den gleichen Humor wie Laura und ich.

Ich verzog den Mund. „Oder er hat bereits zehn Frauen an jedem Finger und parkt jeden Abend bei 'ner anderen ein."

Unser Tellerwäscher stellte polternd eine Tasse auf einen Geschirrwagen, der am Ende der Theke stand, und gab ein Hüsteln von sich.

Das Model hatte mit den Kollegen einen Tisch fern der Theke aufgesucht, und es war zu laut im Coffee Shop, um ihr Gespräch zu belauschen. Meine Kollegin hatte sich demonstrativ zur Tür gedreht, durch die schon der nächste Gast eintrat. Ich schnaufte noch einmal durch und erlangte wieder die Kontrolle über mich selbst. Meine Bluse fühlte sich unter den Armen verschwitzt an, und ich bedauerte noch einmal meinen peinlichen Schwächeanfall.

Aus der sicheren Entfernung und mit der Gewissheit, dass es keine

Begegnung mehr geben würde, versuchte ich, diesen unglaublichen Mann unauffällig zu betrachten. Der eingetretene Gast steuerte meine Kollegin an, die sichtlich froh war, einen Grund zu haben, nicht mehr an meinen offen geäußerten Gedanken teilhaben zu müssen.

Das Model – ich würde mir noch einen besseren Namen ausdenken – war die perfekte Mischung aus Schönheit und Männlichkeit. Er hatte ein leicht kantiges Kinn und ausgeprägte Wangenknochen, hervorstechend blaue Augen, ein perfektes Profil, eine ideal geformte Nase, eben perfekt. Alles an diesem verdammten Typen war perfekt. Genau. Ich würde ihn Mr. Perfect nennen. Er war groß und beeindruckend und umwerfend.

Und wenn er lächelte oder lachte, wurde mir selbst auf die Entfernung noch schrecklich heiß.

Die drei lachten wirklich viel. Sie hatten sich offensichtlich einiges zu erzählen. Vielleicht hatten sie Mr. Perfect länger nicht gesehen. Ich arbeitete ja auch erst ein paar Monate hier. Vielleicht war er auf Dienstreise gewesen oder ein Jahr ins Ausland versetzt worden und jetzt wieder zurückgekommen. Wobei, wurde man in seinem Alter schon ins Ausland versetzt? Jedenfalls würde er möglicherweise öfter hier erscheinen.

Genau deswegen musste ich mich dringend zusammenreißen. Es sollte mir echt egal sein, ob Mr. Perfect hier noch einmal herkäme. Ein solcher Mann würde sich nie und nimmer für mich interessieren. Von daher sollte ich nicht so dämlich für ihn schwärmen. Das war unwürdig und deplatziert.

Der nächste Gast stand vor mir und verlangte einen Cappuccino.

„Gerne."

Mr. Perfect neigte sich zu dem links von ihm sitzenden Kollegen und schien ihm etwas zu erklären, während er auf seine gestikulierenden Hände blickte. Dann schaute er plötzlich auf und sah mir direkt ins Gesicht.

Ups!

Die Cappuccino-Tasse, die ich gerade auf die Theke stellen wollte, vollführte eine halbe Drehung auf ihrer Untertasse, ihr Inhalt schwappte über die Theke und platschte dem vor mir stehenden Gast vor die Füße, der selbige gerade noch rechtzeitig einziehen konnte.

Meine Körpertemperatur sprang schlagartig um zehn Grad nach oben, ich entschuldigte mich vielmals bei dem Gast und küsste in Gedanken unserem Tellerwäscher die Füße dafür, dass er sofort angesprungen kam, um den Schaden zu beheben, sodass ich die Gelegenheit bekam mich umzudrehen, um einen neuen Cappuccino zu machen. Außerdem konnte ich so mein sicherlich knallrotes Gesicht vor dem Blick eisblauer Augen verbergen.

Laura stieß gerade wieder zu uns und schaute mich fragend an. Aber schon stellte sich ein Kunde bei ihr an und nahm ihre Aufmerksamkeit in Anspruch.

Ich schaute nicht mehr in die Runde, riss mich zusammen und verkniff es mir bis zum Schichtende, irgendwelche unsinnigen Begehrlichkeiten zu pflegen.

Mr. Perfect und seine Kollegen gingen gegen acht, und als unser Tellerwäscher ihm direkt am Geschirrwagen sein Glas und seinen Teller abnahm, bedankte er sich höflich. Ich wünschte, er hätte sich arrogant oder sonst irgendwie mies benommen, dann wäre die Schönheit seiner Verpackung mit einem Schlag zunichte gewesen. Aber so ließ er mich aufgewühlt zurück.

Die letzten Gäste zogen sich an und verließen uns. Der Vater legte seiner Tochter beim Hinausgehen die Hand auf die Hüfte und küsste sie, und hätte ich damit nicht zu viel Aufmerksamkeit auf mich gezogen, hätte ich gern mehrmals hintereinander meinen Kopf auf der Theke aufgeschlagen.

„Fuck! Ich lag mal wieder sowas von daneben! Aber warum auch lässt sie sich mit so einem alten Typ ein?“

„Lass dich von ihm durchnudeln, dann weißt du’s.“ Laura grinste mich breit an. „Erfahrung zählt nicht nur im Berufsleben.“

„Mag sein, aber in dem Fall wäre es mir lieber, du testest ihn aus und erstattest mir nur Bericht. Ohne allzu plastische Einzelheiten.“

Laura schmunzelte, lief nach hinten, um ihre Tasche zu holen, und kam dann noch mal zu mir.

„Nächstes Wochenende müssen wir uns unbedingt verabreden“, rief sie mir im Gehen zu.

„Ja, unbedingt. Viel Spaß zu Hause!“, rief ich ihr nach.

Als ich mit Nassi und Mike R. aus dem Auto stieg, sah ich schon Laura mit einigen anderen Studenten oben vor dem Eingang der Eissporthalle stehen und rannte schnaufend die vielen Treppen nach oben.

„Hey“, sagte ich, „ich freu mich!“ Küsschen links.

„Ich auch.“ Küsschen rechts. Sie stand neben Robert, den ich schon von anderen Treffen kannte. Er war mittelgroß und insgesamt eine unauffällige Erscheinung. Seine dunkelblonden Haare steckten heute unter einer Strickmütze. Robert hatte mich anfangs so unzweideutig angebaggert, dass selbst ich es kapiert hatte, aber obwohl er sicher ein netter Kerl war, konnte ich mich nicht für ihn begeistern. Hoffentlich klebte er mir nicht wieder den ganzen Nachmittag an der Backe.

„Hallo, Robert, das sind Nastassja und Mike R.; Leute, das ist Robert, er studiert mit Laura Physik."

„Hallo."

„Hi. Physik? Das ist ja voll das Loser-Fach!" Mike R. machte eine wegwerfende Handbewegung. „Da gibt's ja kaum Frauen."

Schon hatten die beiden ein Gesprächsthema.

Laura zeigte mit dem Finger auf Mike R. „Wieso ‚R.'?"

„Oh, Mike kam erst in der dritten Klasse dazu, und da gab es bereits einen Michael C., deshalb musste er durch das ‚R.' genauer spezifiziert werden. Nassi und mich gab es vornamentechnisch nur ein Mal, das war einfacher."

Mike R. hatte den gleichen Humor wie meine Geschwister, und damit hatten wir sofort auf einer Wellenlänge gelegen. Er war eine bullige Erscheinung mit schwarzbraunen Haaren und hellgrauen Augen. Nassi hingegen hatte dunkelblonde, gelockte Haare und einen eher zierlichen Körper. Sie trug das Herz auf der Zunge und ließ uns gerne wissen, wie ‚man' sich verhalten ‚musste'. Trotzdem passten wir drei irgendwie total gut zusammen.

„Also von meiner Seite fehlt nur noch Isinghard …" Laura hielt kurz inne und schaute angestrengt auf den Parkplatz. „Das ist der, der gerade in dem roten Golf da herum fährt. Isinghard ist ein bisschen speziell, aber absolut zuverlässig."

Ich schaute gespannt auf das Auto, denn ich kannte Lauras Kommilitonen auch noch nicht.

„Isinghard?" Nassi rümpfte die Nase. „Was ist denn das für ein Name? Kommt seine Familie aus Nordeuropa?"

„Nö." Laura lachte. „Eher aus dem Mittelalter. Seine Eltern müssen echt einen an der Waffel haben. Sie bauen sich ihr Gemüse selber an. Kein fließendes Wasser und so. Hühner und Kaninchen mit eigener Schlachtung." Laura schüttelte sich. „Isinghard ist aus ihrer Sicht ein bisschen missraten. Er besitzt ein Auto und einen PC." Bei den Worten ‚Auto' und ‚PC' riss Laura die Augen dramatisch auf.

„Also haben sie immerhin Strom." Nassi sah sichtlich erleichtert aus.

„Ich weiß nicht, ob mir da eine normale Toilette mit Wasserspülung nicht noch lieber wäre", gab ich zu bedenken.

„Ja, aber guck mal, ohne Strom gibt's auch keine Heizung. Zumindest keine moderne, also du weißt schon."

Mittlerweile kam Isinghard näher. Er hätte den Aragorn geben können: schulterlange braune Haare, dichter Bart um den Mund herum, Dreitagebart im restlichen Gesicht. Er wirkte hager und durchtrainiert. Der Name passte. Ich wäre nicht verwundert, wenn er gleich ein Schwert ausgepackt hätte.

Sicher wäre es sehr interessant gewesen, mit ihm über seine alternative Lebensweise zu reden, aber während wir alle zusammen standen und uns unterhielten, wurde mir klar, warum ihn Laura als speziell bezeichnet hatte. In dem martialischen Äußeren steckte ein schüchterner junger Mann, der sich kaum am Gespräch beteiligte. Es tat mir leid, dass er so unsicher war, und ich versuchte, ihn zu integrieren, bis einer der Studenten vorschlug, schon mal hinunterzugehen. Wer noch kommen mochte, würde uns schon finden.

„Ja, so ein oder zwei Leute hatten am Donnerstag noch zugesagt.“ Laura blickte nervös zu den Eingangstüren.

„Die finden uns schon.“ Ich legte ihr beruhigend die Hand auf die Schulter.

Mike R. und ich mussten uns an der Schlittschuh-Ausleihe anstellen, und als wir zu den anderen zurückkamen, waren sie schon auf dem Sprung.

„Hopp, hopp!“ Laura zappelte, als ob sie es gar nicht erwarten konnte, über das Eis zu fegen.

Ich suchte mir einen freien Platz und fing an, die Schuhe zu wechseln.

„Wär’s schlimm, wenn wir schon mal losdüsen?“ Laura schlug sich ungeduldig mit den Handflächen auf die Oberschenkel.

„Mach ruhig, Laura, wir kommen dann nach“, sagte eine Stimme schräg hinter mir. Eine Stimme, die ich nicht zuordnen konnte. Oder doch?

Ich drehte mich um und schaute in ein Paar dunkelbraune, warme Augen, die von langen, braunen Haaren bedeckt wurden.

„Oh.“ Das war mir spontan rausgeflutscht, und mir fiel auch nichts Besseres ein.

„Leute, die es eilig haben, soll man nicht aufhalten, oder?“ Er zog sich einen Schlittschuh über, ohne seine Augen von mir zu lassen, und lächelte.

„Ähhh … Wir kennen uns doch, oder?“ War das nicht der muskulöse Sportler aus dem Coffee Shop? Wie kam er hierher? Zu wem gehörte er?

„Na ja, wir haben uns neulich in Lizzys Coffee Shop kurz gesehen.“

„Auf geht's!", kommandierte Nassi, die auf uns gewartet hatte.

Ich schnürte rasch den zweiten Schuh zu, sprang auf und stopfte meine Tasche in einen Spind. Nassi und Mike R. liefen bereits los, und ich wollte Mr. Muscle mit meiner Verwirrung nicht ausgeliefert sein. Also spurtete ich erst einmal hinter den beiden her.

Während wir uns durch die Massen Richtung Eisfläche schoben, überlegte ich, wieso er mit Laura gesprochen hatte, als ob er sie kannte. Im Coffee Shop hatte ich nicht den Eindruck gehabt, dass sie miteinander bekannt waren.

Ich verlor im Gedränge kurz den Anschluss an Nassi und Mike R. und fragte mich, ob ich von hinten beobachtet wurde. Am Eingang zur großen Innenbahn entdeckte ich Isinghard, der auf uns gewartet hatte, um uns zu zeigen, in welcher Ecke der Bahn wir uns vorzugsweise sammeln sollten. Kaum hatte er uns informiert, stieß er sich kraftvoll von der Bande ab und glitt geschickt durch die Massen der Läufer.

Hoffentlich belächelten mich die Studenten nicht ob meiner bescheidenen Eislaufkünste, falls sie alle so liefen wie Isinghard. Ich konnte zwar gut geradeaus laufen, aber das war's auch schon. Die letzten Male hatte ich Rückwärtslaufen geübt, doch da war es mir lieb, wenn mich Nassi vorwärtslaufend an den Händen hielt und mich notfalls stützte.

Nassi und Mike R. fuhren bereits davon, als mir bewusst wurde, dass ich jetzt mit Mr. Muscle alleine dastand. Falls er noch da war. Ich drehte mich um.

Tatsächlich. Schräg hinter mir. Er wandte seinen Blick von der Eisfläche auf mich.

„Kannst du laufen? Oder soll ich dir helfen?"

„Nee, geht schon", sagte ich.

„Dann fahr ich mich mal warm. Bis gleich." Er machte einen Schritt auf die Eisfläche und fuhr davon. Man konnte seinen Bewegungen ansehen, dass er sich nur einlief. Er glitt über das Eis, als könne er jederzeit auf den Turboknopf drücken und auf Überschallgeschwindigkeit gehen.

Ich stand eine Weile unschlüssig herum. Okay, nachdem mich alle so schnöde stehen gelassen hatten, sollte ich vielleicht erst mal die von Isinghard beschriebene Sammel-Ecke ansteuern. Mike R. stand bereits dort und fummelte an seinen Schlittschuhen herum.

„Schrecklich voll heute", stellte ich fest.

Neben mir gab es ein lautes, langgezogenes Kratzen, und eine Ladung Wasser spritzte an die Bande. Mr. Muscle hatte einen beeindru-

ckenden Stopp hingelegt.
„Angeber!", grinste Mike R.
Der so Betitelte grinste zurück und stellte sich neben uns. „Schrecklich voll heute."
Mike R. lachte. „Das gleiche hat Jessi vor zwei Sekunden auch gesagt."
Die warmen, braunen Augen richteten sich auf mich.
„Jessi. Cool. Ich heiße Liam."
Ich lächelte. Sicher wirkte ich jetzt total einfältig.
Er schnickte sich mit einer schnellen Kopfbewegung die Haare aus den Augen. „Wie wär's, Mike, wer als Erster wieder hier ist, ohne einen umzunieten?"
„Okay", antwortete Mike R., während er sich schon von der Bande abdrückte.
Die beiden verschwanden in der Menge. Ich stellte fest, dass Liam mich schon zum zweiten Mal stehen ließ, und dass ich ein wenig enttäuscht darüber war. Mist! Mir war einfach nicht schnell genug ein Gesprächsthema eingefallen.
Nassi kam mit Robert und zwei von den Studenten angefahren, und wir wechselten gemeinsam auf den Außenring. Ich fuhr sofort los, und die anderen zogen in lockerer Formation mit. Robert drehte ein paar Schlangenlinien, überholte mich, fuhr rückwärts vor mir her und grinste mich an. Ich grinste gequält zurück und verwickelte Nassi in ein Gespräch, um möglichst nicht von Robert angequatscht zu werden.
Als wir auf einer Bank verschnauften, gesellte sich Laura mit Mike R. zu uns.
„Hey, wir dachten uns schon, dass ihr rausgefahren seid", sagte Laura und quetschte sich schnaufend auf die Bank. „Mike fährt wie der Henker, ich muss mich unbedingt mal setzen."
„Versteh ich nicht." Mike R. tat unschuldig.
„Okay, Henker", sagte Nassi, „dann fahren wir noch 'ne Runde."
Alle außer mir sprangen auf.
„Äh, Laura? Warte doch mal kurz!"
Laura drehte sich um und wirkte irgendwie ertappt.
„Was denn?" Sie setzte sich wieder.
Ich wartete, bis die anderen Abstand gewonnen hatten.
„Wie kommt Liam denn hier in diese Gruppe? Du weißt doch, dass er Liam heißt, oder?"
„Joa, äh, das ist auch ein Kommilitone von uns."
„Aber du hast ihn doch auch vor ein paar Tagen in Lizzy's Coffee

Shop gesehen? Ich hab gar nicht gemerkt, dass ihr euch kennt. Oder habt ihr euch erst danach kennengelernt?“

„Na ja, weißt du, eigentlich war es so, dass …“ Sie hielt inne, sprach dann jedoch umso schneller weiter. „Also okay, ich hatte Liam von dir erzählt und wollte versuchen, euch zu verkuppeln.“ Ich holte tief Luft, aber Laura erstickte jeden Ansatz eines Protestes mit einer abwehrend-beschwichtigenden Geste. „Ich finde, ihr würdet echt super zusammen passen. Weißt du, der Liam, der ist so … so … ach, was soll's. Jedenfalls wollte ich euch gerne einander vorstellen, aber Liam fand das irgendwie nicht so 'ne gute Idee. Er meinte, wenn ihr wüsstet, dass ihr euch zu einer Art Date trefft, dann wäre das doch total krampfig und so. Na ja, und da hab ich ihn dermaßen lange bequatscht, bis er gesagt hat, okay, vielleicht kommt er mal im Coffee Shop vorbei und guckt sich diese Tussi mal an. Aber ich sollte mir bloß nichts anmerken lassen, weil, wenn er dich blöd gefunden hätte, dann wäre er ganz schnell aus der Nummer wieder draußen. Und wie du siehst – hier ist er und fährt mit uns Schlittschuh.“ Laura strahlte. „Ist das nicht toll! Das heißt doch, dass er dich gut findet.“

Was für eine Offenbarung! Aber ob das jetzt weniger krampfig war, da ich nun wusste, wieso Laura uns einander bekannt machen wollte … Wobei er ja nicht wusste, dass ich es jetzt wusste.

Laura fuhr fort, mir von Liam vorzuschwärmen. „… und meine wenigen Kommilitoninnen fahren alle voll auf ihn ab.“

„Na ja, er sieht ja echt nicht schlecht aus, aber ich glaube, ich kann ihm jetzt nicht mehr unter die Augen treten, ohne dass ich knallrot anlaufe …“

„Ach, hab dich nicht so, der Liam ist voll in Ordnung. Von seinem Selbstbewusstsein könntest du dir eine Scheibe abschneiden. Schau ihn dir wenigstens mal an.“

„Jetzt aber mal langsam, das liegt ja nicht nur an mir. Ich hatte bisher nicht den Eindruck, dass er sich bei meinem Anblick schon das Schlabberlätzchen umhängt.“

„Liam lässt sich nicht so leicht in die Karten schauen. Wenn er auf dich steht, wirst du es schon merken.“ Laura hielt kurz inne und setzte ein diabolisches Grinsen auf. „Wenn's nix ist, dann hast du ja immer noch den Robert.“

„Laura!“ Ich verschränkte die Arme vor der Brust.

Laura packte mich an beiden Oberarmen und schüttelte mich. „Jetzt mach dich mal locker, und guck nicht so böse. Der Liam ist echt total nett. Und er ist ein super Sportler. Er ist im Hochschulteam der

Leichtathleten, und die haben letztes Jahr an der studentischen Deutschen Meisterschaft teilgenommen. Und er … er …“ Sie stockte und schaute knapp an mir vorbei.

„Er kommt gerade von hinten angefahren“, mutmaßte ich.

Laura nickte nur noch und begrüßte die Eintreffenden. Liam und die anderen Studenten kamen mit dem Pulk, der vorhin von unserer Bank losgefahren war. Es gab einen Run auf die Sitzplätze. Lauras Geständnis war noch zu frisch und mir die ganze Sache zu peinlich, weshalb ich beschloss, meinen Sitzplatz zu räumen und auf alle Fälle erst einmal das Weite zu suchen, um mich gedanklich zu sortieren.

„Opfert sich jemand und hilft mir beim Rückwärtsfahren?“ Ich schaute Nassi bittend an.

Bevor sie auch nur Luft holen konnte, sprang Robert von der Bank auf.

„Klar, kein Problem!“

Aber ehe ich mich schreiend auf den Boden werfen konnte, griff eine andere Stimme neben mir ein. Eine selbstsichere Stimme, die ich mit warmen braunen Augen assoziierte.

„Dieser Tanz gehört mir.“

Für eine Sekunde überlegte ich, welche Alternative nun die unangenehmere wäre, aber Liam nahm mir die Entscheidung ab, indem er sich zwischen Robert und mich stellte und mir die Hand hinhielt, die ich automatisch ergriff. Im Aufstehen sah ich Laura bis über beide Ohren grinsen, während die anderen schon wieder in Gespräche vertieft waren. Das heißt, was Robert tat, wusste ich nicht, aber das war mir ehrlich gesagt auch egal. Liam und ich stiefelten auf die Eisfläche, und ich wandte mich ihm zu, ergriff seine andere Hand und fuhr an.

Er verhielt sich passiv, wohl weil er nicht wusste, ob ich ihm schon beim Losfahren vor die Füße fallen würde, aber ich hatte es eilig wegzukommen und zog ihn mit mir mit. Er ließ sich darauf ein, und wir kamen gut voran.

„So schlecht fährst du doch gar nicht“, stellte er fest.

„Ja, aber du weißt nicht, was passiert, wenn du loslässt“, warnte ich ihn.

Ich wusste nichts mehr zu sagen. Die Stille machte mich langsam verlegen.

„Laura hat mir erzählt, dass Robert dich heftig anbaggert und du das gar nicht willst, deshalb hab ich mal den edlen Retter gespielt.“ Er grinste breit.

„Ich möchte Robert nicht verletzen, er ist ja echt nett, aber er hat leider noch nicht kapiert, dass die Begeisterung nicht auf Gegenseitigkeit beruht." Ich schaute auf Liams Füße.

„Er wird's schon überleben. Er ist sicher Enttäuschungen gewohnt." Liam lachte.

Wir fuhren schweigend weiter, und die Stille wurde mir wieder unangenehm. Aber bevor mir einfiel, über was wir reden könnten, sagte er: „Klappt doch echt gut. Willst du es mal einhändig versuchen?"

„Okay, aber fahr möglichst nicht über mich drüber, falls ich stürze."

Er ließ los, und es ging besser, als ich dachte. Irgendwie schien das Üben doch zu fruchten. Dann wechselte er auf die andere Hand.

„Sag Bescheid, wenn du müde wirst."

„Geht schon. Ich hab früher viel Sport gemacht. Meine Kondition war zumindest mal sehr gut."

„So, was hast du denn gemacht?"

„Ich bin geritten. Ich hatte ein Pferd." Und weil ich immer sofort losheulte, wenn ich daran dachte, wie es vor einem Jahr gestorben war, wollte ich nicht darüber reden. „Was machst du denn für einen Sport?" Nicht, dass ich es nicht von Laura schon wüsste, höhö.

„Wieso denkst du, dass ich Sport mache?"

Ups, da hatte ich mich doch fast verplappert.

„Du siehst ziemlich sportlich aus."

„Ja, ich mach Leichtathletik. Zehnkampf. Als Leistungssport."

Er lockerte den Händedruck.

„Du kannst es schon ziemlich gut. Probier's doch mal ohne Festhalten. Ich fang dich auf."

Er ließ meine Hand los, und tatsächlich fiel ich nicht sofort auf die Nase. Wir waren auch schon fast wieder an unserer Bank. Gleich würde ich wie ein professioneller Rückwärtsläufer an meinen Freunden vorbeifahren. Ha!

Aber plötzlich hörte ich etwas sich schnell wie ein aufkommender Wirbelsturm nähern. Mike R. sauste in einem Wahnsinns-Tempo knapp an uns vorbei. „Was ist los, ihr lahmen Enten?"

Ich wich instinktiv ein wenig aus, wodurch ich das Gleichgewicht verlor und nach hinten stolperte.

Liam griff blitzschnell nach meinen Händen, aber mein Gewicht zog auch ihn beinahe zu Boden. Während ich nach hinten fiel, stieß er sich mit einem Bein so nah an mich heran, dass mein Gewicht mehr unter seinen Schwerpunkt kam. Aus dieser Position zog er mich nahezu fließend wieder nach oben. Von der Bank aus konnte man das fast für eine Rock 'n' Roll-Einlage halten. Prompt kamen von dort auch Pfiffe und Gejaule.

„Super, Leute, macht das noch mal!" Das war Laura.

„Volle Punktzahl!", spottete Mike R.

Hochmut kommt vor dem Fall, dachte ich, aber Liam lachte, und ich lachte mit.

„Das war knapp", sagte er.

Ich drehte mich wieder in Vorwärts-Richtung. Liam steuerte die Bank an und boxte Mike R. freundschaftlich in die Rippen.

„Bis dahin ging's aber echt gut", tröstete mich Nassi.

War ja klar, dass ich mich wieder als Volltrottel profilieren musste. Was Liam jetzt wohl über mich dachte?

Er sollte sich doch eigentlich langsam fragen, ob ich nicht mittlerweile wusste, weshalb er im Coffee Shop aufgetaucht war. Aber die Situation schien ihm überhaupt nicht peinlich. Im Gegenteil, er wirkte total cool. Er hatte mich zweimal einfach stehenlassen, andererseits hatte er gegenüber Robert Besitzansprüche geltend gemacht, und jetzt beachtete er mich schon gar nicht mehr. Wahrscheinlich hatte er gar kein Interesse an mir, spätestens, seit wir zusammen gefahren waren.

Wenigstens konnten wir einfach ungezwungen miteinander umgehen. Aber es gelang mir nicht so richtig, mich darüber zu freuen. Eigentlich bedeutete es nichts anderes, als dass ich für ihn wohl nur irgendeine normale, langweilige Schülerin war. Natürlich.

Und noch schlimmer: Irgendeine normale, langweilige Schülerin würde nie und nimmer das Interesse von Mr. Perfect wecken können.

KAPITEL 3a – Unter Beobachtung

Ich hätte ihn gerne in seiner Wohnung getötet, doch sie war zu gut gesichert. Es musste eine Alternative geben. Ich brauchte den Schutz von Mauern. Einen Moment, wo er vielleicht nicht ganz aufmerksam war und mich hinter der Wand nicht bemerkte.

Leider drängte die Zeit, die Aufgabe war mir zugefallen, und ich wollte ihn endlich loswerden. Wenn es nur nicht so unauffällig geschehen müsste, wäre ich schon längst mit ihm fertig geworden. Schon längst! Aber um des Planeten willen musste ich vorsichtig vorgehen.

Diese Erde war wirklich sehr gut geeignet. Sie würde uns viele tausend Jahre am Leben halten. Allerdings waren die Menschen gut bewaffnet, und ich musste mit Vorsicht agieren. Es durfte nichts schiefgehen. Und bevor das große Schlachtfest beginnen konnte, musste der Wandler vernichtet werden.

Ich brauchte noch ein bisschen Geduld, aber dann könnte ich mich austoben und mich an allen rächen, die mir irgendwie blöd gekommen waren. Meinen Chef und seine dämliche Sekretärin mit ihrer beschissenen, ständig guten Laune würde ich mir als erstes vorknöpfen.

Ich würde ihnen die Gliedmaßen ausreißen und sie vor ihren Augen verspeisen. Ich hatte einige gute Ideen, was man mit ihren komischen Körpern anstellen könnte. Ich würde ihre Haut …

Er kam aus dem Haus und lief Richtung Brücke. Ich unterdrückte meine Erregung und folgte ihm mit großem Abstand.

KAPITEL 3 – Der Angriff

In der zweiten großen Pause machte ich mit Nassi aus, dass wir nächstes Jahr zusammen in einen Tanzkurs gehen würden, so richtig mit Standardtänzen und allem, was dazu gehört. Nassi hatte mich mit erhobenem Zeigefinger wissen lassen, ich müsste unbedingt wieder einer sportlichen Betätigung nachgehen, nachdem ich den Reitsport so unglücklich aufgegeben hatte. Außerdem wären Übungen zur Koordination der Füße ein wichtiger Faktor, um meiner Tollpatschigkeit entgegenzuwirken.

Wir trugen zusammen, was wir von welcher Tanzschule gehört hatten, und entschieden uns für die Tanzschule Beifuß, die so ziemlich den besten Ruf hatte und einigermaßen günstig zu erreichen war. Allerdings stellte diese Entscheidung die leichteste Übung dar, denn für die Anfänger-Kurse sollte man möglichst einen Tanzpartner anschleppen, und damit kamen wir zum eigentlichen Problem.

„Also eines ist ja wohl mal klar", verkündete Nassi streng. „Wir müssen dafür sorgen, dass jede von uns einen befriedigenden Tanzpartner findet."

„Wen willst du befriedigen?" Die scheinheilige Frage kam von Mike R., von dem wir an und für sich hatten annehmen können, dass er sich mit einem anderen Schulkameraden über den Nutzen von Spoilern unterhielt.

„Mike R., red kein dummes Zeug und überleg dir mal lieber, ob du nicht einen Tanzkurs mitmachen willst." Nassi verschränkte die Arme vor der Brust.

„Vielleicht bringen sie dir dort auch bessere Manieren bei, dann könntest du gleich doppelt profitieren", gab ich zu bedenken.

Mike R. winkte ab und wandte sich wieder seinem Gesprächspartner zu.

„Okay, also, wer käme denn überhaupt in Frage? Mike zeigt ja bereits wenig Begeisterung, aber vielleicht können wir ihn noch bearbeiten."

„Wie wäre es mit den Jungs aus Lauras Clique?", fragte Nassi. „Wen hätten wir da zur Auswahl?"

„Also Isinghard ist bestimmt zu schüchtern, und ich könnte mir den auch nicht in einem Anzug für den Abschlussball vorstellen. Und du nimmst es mir sicher nicht übel, wenn ich Robert nicht fragen möchte. Möglicherweise können wir bei Liam anklopfen." Hätte ich Lust, mit

Liam tanzen zu gehen? Nicht, dass er sich doch angebaggert fühlte, wenn ich ihn fragte. Wäre Laura nur nicht auf die Idee gekommen, uns zu verkuppeln!

„Ja, dieser Liam hat schon was." Nassi kicherte. „Mit dem würde ich sofort tanzen gehen."

Eigentlich war ich davon ausgegangen, dass *ich* mit Liam tanzen würde. Aber die genaue Verteilung der Tanzpartner wäre heute sowieso nicht zu klären.

Erst mal lagen auch noch die Weihnachtsferien dazwischen. Nur noch drei anstrengende Schulwochen, dann würde ich meine Eltern besuchen und mich den ganzen Tag mit den selbstgebackenen Plätzchen meiner Mutter vollstopfen. Ich würde meine Geschwister wiedersehen und jeden Tag schlafen, so lange ich wollte. Ich wurde schon leicht kribbelig. Wie oft musste ich bis dahin noch im Coffee Shop arbeiten? Fast schon mit einem schlechten Gewissen bemerkte ich, dass ich den gesamten Vormittag noch nicht an Mr. Perfect gedacht hatte. Er war die letzten zwei Wochen mehrmals im Coffee Shop aufgeschlagen und ging mir nicht mehr aus dem Kopf. Außer heute, na ja, zumindest bis eben.

Gut so, dachte ich grimmig. Schließlich gab es noch anderes im Leben.

Abends stand ich kurz vor sechs hinter der Theke, und Laura begrüßte mich fröhlich. Sie freute sich garantiert schon auf die Heimfahrt und darauf, dass sie in ein paar Stunden ihren Freund in die Arme schließen würde.

Ich war selber von einer Lerngruppe direkt in den Coffee Shop gehetzt, aber Lizzy war noch gestresster als ich und teilte mir mit, dass sie nur auf mich gewartet hatte und gleich wieder wegmusste. Wir wären heute leider nur zu zweit, und sie könne erst zum Abschließen wieder kommen.

Die nächsten zwei Stunden waren die Hölle. Laura und ich konnten uns kein einziges Mal unterhalten. Ich vernichtete zwei Tassen und Laura einen Teller mit einem Stück Käse-Sahne darauf, was unser Tellerwäscher klaglos aufwischte, während wir weiter mit einem Lächeln Bestellung um Bestellung abarbeiteten.

Kein Wunder, dass ich nicht mitbekam, wie Mr. Perfect den Coffee Shop betreten hatte. Er tauchte plötzlich aus dem Nichts auf, als wäre er vom Himmel gefallen. Nun, vielleicht lag das auch daran, dass der Kunde vor ihm in der Schlange eine Statur wie ein Sumo-Ringer hatte.

„Huch, Sie“, entfuhr es mir, und sofort danach hätte ich mich ohrfeigen können.

Er aber lachte nur und sagte: „Ja, ich schon wieder. Sie sind ja auch öfter hier. Montags, mittwochs und freitags, richtig?“

Ich brauchte ein paar Sekunden, bis ich mich gefangen hatte. Diesmal hatte ich praktisch gar keine Zeit gehabt, nervös zu werden, nur seine Kenntnis meiner Schichten machte mich perplex.

„Ja“, sagte ich, und schob ein Lächeln hinterher. Geht doch!

„Sind Sie Studentin?“ Er lächelte charmant.

Himmel, ich führte eine Unterhaltung mit dem attraktivsten Mann der Welt! Die Frau, die in der Schlange Mr. Perfect folgte, lugte ungeduldig hinter ihm hervor.

„Nein, ich gehe noch zur Schule.“ Das hörte sich irgendwie blöd an, aber viel mehr kam mir gerade nicht in den Sinn. ‚Fahr mit mir nach Hause und fick mir das Hirn raus’ konnte ich ja wohl schlecht sagen. Und irgendeine clevere Bemerkung, die ihn unweigerlich dazu veranlassen musste, sich mit mir zu verabreden, fiel mir auf die Schnelle auch nicht ein.

Er lächelte. Ich lächelte. Schmelz!

Die Frau hinter Mr. Perfect warf mir jetzt einen bösen Blick zu.

„Was darf ich Ihnen geben?“ Ich schenkte ihm ein zauberhaftes Lächeln, um ihn für die Beendigung unseres Smalltalks zu entschädigen. Mir selbst konnte ja sowieso keiner helfen.

„Einen O-Saft und den großen Salatteller, bitte.“

Diesmal war ich mir sicher, dass er mich durchgängig beobachtete, während ich seine Bestellung zusammensuchte. War es das Adrenalin, das mich die letzten zwei stressigen Stunden hatte überleben lassen? Wie auch immer, ich war jetzt einfach mutig. Ab dem Moment, in dem ich die letzte Taste auf der Kasse gedrückt hatte, sah ich ihm in die Augen und lächelte. Ich sog mich voll mit seinem Anblick. Ich ließ mich von seinen eisblauen Augen hypnotisieren. Die mich ebenfalls ansahen. Bis er sich umdrehen und gehen musste. Wodurch die Frau mit dem bösen Gesichtsausdruck in mein Blickfeld rückte, die jetzt aber sehr irritiert guckte. Das machte mir bewusst, dass ich wohl immer noch ein debiles Grinsen im Gesicht hatte.

Ich wandelte mein Lächeln in den ‚Geschäftsmodus’. „Hallo, was darf ich Ihnen geben?“

So ging es noch etwa eine halbe Stunde, aber dann ebbte der Zustrom endlich ab. Ich sah mich im Coffee Shop um und entdeckte Mr. Perfect mit einem seiner Kollegen an einem Tisch in der Nähe der

Fenster.

„Mein Gott!“ Laura atmete lautstark aus. „Heute haben wir uns das Wochenende redlich verdient.“ Sie schwenkte ihre Bluse vor der Brust, als wollte sie sich Luft zufächeln. „Das war ja Hardcore!“

Ich nickte nur und lehnte mich an den Schrank hinter uns. Ich musste erst einmal meinen Blutdruck herunterfahren. Mr. Perfect unterhielt sich wieder angeregt mit seinem Kollegen und gestikulierte dabei. Ich beobachtete ihn geistesabwesend.

„Dieser extrem gutaussehende Typ, von dem ich dir neulich erzählt habe, hat mich heute angesprochen“, sagte ich langsam, ohne meine Augen von ihm zu wenden.

„Ja, ich hab kurz gesehen, wie du dich mit ihm unterhalten hast, und mir sofort gedacht, dass du den meintest. Der Typ ist echt der Hammer. Und der ist nicht von armen Eltern. Die Börse jedenfalls war von Salvatore Ferragamo. Was hat er gesagt?“

„Er wusste, welche Schichten ich habe.“ Ich riss mich von seinem Anblick los.

„Hey, Jessi, das ist ja der Wahnsinn! Das heißt, du bist ihm aufgefallen! Und weiter?“

„Er hat gefragt, ob ich Studentin bin. Aber das war’s dann auch schon.“ Ich zog einen Mundwinkel zu einem halben Lächeln nach oben.

„Okay, dass du bei dem Betrieb keine lange Unterhaltung führen kannst, ist ja klar. Aber das ist super, echt super. Er spricht dich bestimmt nächstes Mal wieder an. Da bin ich mir sicher.“

„Ich weiß nicht.“ Vielleicht war er auch einfach nur ein sehr höflicher und aufmerksamer Mensch. Zu unserem Tellerwäscher war er auch ausnehmend freundlich gewesen. Ich wollte mir keine falschen Hoffnungen machen.

Laura senkte verschwörerisch ihre Stimme. „Soll ich dir seine Nummer besorgen? Und hättest du etwas dagegen, wenn ich die Nummer erst mal selber benutze?“ Sie kicherte.

Laura war also nicht halb so beeindruckt wie ich und schon wieder zu Scherzen aufgelegt, während mir noch der Schweiß auf den Handflächen klebte.

Sie wandte sich dem jungen Pärchen zu, das vor ihr an der Theke stand und sie ansah. Während Laura sie bediente, sah ich noch einmal zu Mr. Perfect – und sah direkt in seine Augen, die meinen Blick erwiderten. Jetzt wurde ich wieder rot, aber ich wandte mich erst nach einer Sekunde ab.

Ich sollte mich nicht zu weit aus dem Fenster lehnen. Wenn ich alles missinterpretierte, machte ich mich nur lächerlich.

Nach etwa einer Stunde ging sein Kollege, er aber blieb sitzen und nahm die Zeitung, die er in etwas altmodischer Manier öfter bei sich hatte. Er schien jedoch kein großes Interesse an ihr zu haben, denn er blätterte sie recht zügig durch, legte sie wieder auf den Tisch und schaute aus dem Fenster. Dann warf er mir einen seltsamen Blick zu und verschwand auf die Herrentoilette.

Kurz darauf kam ein Mann in den Coffee Shop, sah sich kurz um und lief ebenfalls Richtung Toilette. Er sah ziemlich unsympathisch aus. Ich versuchte stets, Leute nicht nach ihrem Äußeren zu beurteilen, aber wenn ich einen Film drehen würde, hätte ich die Rolle des Kinderschänders gerne mit ihm besetzt. Was natürlich gemein war. Er war etwa eins achtzig groß, hatte fast schulterlange, leicht fettig aussehende, dunkelblonde Haare und ein an sich unauffälliges Gesicht mit einem Ausdruck von Angeekeltsein, der mich erschaudern ließ. Aber vielleicht hatte er ein hartes Leben.

Wie auch immer war es nichts Ungewöhnliches, dass manchmal Leute einfach nur hereinkamen, um unsere Toiletten zu benutzen, und wir kümmerten uns nicht weiter darum.

Der Coffee Shop war jetzt auch schon recht leer, und Laura trat von einem Bein auf das andere. Wir sahen uns an.

„Zehn, neun, acht …" Laura lachte.

„Ja, du Glückliche, fährst heim zu deinem Freund."

„Heute werde ich aber so was von erschlagen ins Bett fallen." Sie zwinkerte mir zu und grinste. „Ich freue mich schon auf die freien Tage um Weihnachten herum. Ich brauche echt mal Erholung." Sie schaute sich im Coffee Shop um.

„Geh ruhig. Die fünf Gäste dort sind bestimmt auch bald weg, und um diese Zeit kommt sowieso niemand mehr. Unser Koch ist ja auch noch da."

„Du hast recht."

Laura verabschiedete sich, und schon war sie verschwunden.

Ich schüttelte die Beine aus. Noch fünfzehn Minuten arbeiten.

Der ungepflegte Angeekelte, der offensichtlich nur zum Pinkeln gekommen war, kam zurück und lief schnurstracks zur Tür hinaus. Vier der fünf übrig gebliebenen Gäste brachen ebenfalls auf. Da unser Tellerwäscher auch schon gegangen war, schlenderte ich noch einmal herum, sammelte ein Glas ein und wischte die Tische sorgfältig ab. Es war jetzt nur noch ein Gast da sowie eine Zeitung und ein fast ausgetrunkener O-Saft.

Ich fragte mich, wo Mr. Perfect blieb.

Der letzte Gast verstand meine Aktivität wohl als Zeichen zum Ladenschluss, stellte sein Geschirr auf einen Wagen und verabschiedete sich sogar von mir. Ich wünschte ihm eine gute Nacht, stellte mich von der Gäste-Seite an die Theke und lehnte mich mit dem Po dagegen.

Warum war Mr. Perfect noch nicht wieder aufgetaucht? War ihm möglicherweise schlecht geworden? Ich hörte unseren Koch in der Küche klappern. Lizzy musste jetzt auch gleich eintrudeln, denn es war zweiundzwanzig Uhr, und sie ließ uns nie warten. Nein, es war sogar schon vier nach.

Ich hätte einfach gehen können, denn unser Koch war ja noch da, aber das ungute Gefühl wurde immer stärker. Wie lange war Mr. Perfect jetzt auf der Toilette verschwunden? Bei einem Blick auf die Uhr würde er doch erkennen müssen, dass wir eigentlich schon geschlossen hatten. Oder war er etwa drogenabhängig oder hatte die Schlafkrankheit oder …

Ich hatte ein paar verrückte Ideen, die ich allesamt wieder verwarf. Für die wahrscheinlichste Variante hielt ich, dass er sich irgendwie nicht gut fühlte. Es war völlig normal, die Gäste hinauszuwerfen, wenn es zweiundzwanzig Uhr war, andernfalls konnte Lizzy Ärger mit dem Ordnungsamt bekommen.

Natürlich hätte ich gerne die Gelegenheit genutzt, noch einmal mit Mr. Perfect in Kontakt zu kommen, aber nicht gerade, um ihn hinauszuwerfen. Außerdem war es ein Unterschied, ob man nur in der Fantasie über ihn herfiel, oder ob man ihn in der Realität ansprechen musste, wenn er vielleicht gerade in die Kloschüssel reierte.

Ich ging in die Küche, um unseren Koch um Hilfe zu bitten, aber dort war es jetzt still und leer. Sicher war er durch die Hintertür hinausgegangen, um den Müll zu entsorgen, was erfahrungsgemäß ein paar Minuten dauerte. Mir wäre wohler gewesen, wenn er den Fall übernommen hätte, aber ich wollte nicht länger warten. Also ging ich zur Herrentoilette und klopfte an die Tür. Das kam mir ein bisschen lächerlich vor, aber einfach reinstürmen ging ja wohl gar nicht. Ich öffnete die Tür nur einen Spalt, ohne hineinzusehen, und rief: „Hallo?"

Dann noch einmal: „Hallo, entschuldigen Sie bitte, aber wir schließen jetzt …"

Keine Antwort.

„Ist alles in Ordnung?"

Eine ungute Stille schlug mir entgegen. Ich war mir jetzt ziemlich sicher, dass hier etwas nicht stimmte, und trat ein.

Sowohl die Herren- als auch die Damentoiletten bestanden aus drei abschließbaren Toilettenkabinen. Im Vorraum war er jedenfalls schon mal nicht. Aber neben dem Waschbecken lag ein Haufen Klamotten. Seine Klamotten. Das war gruselig. Sie lagen so unordentlich gefaltet da, als wäre er in einem Rutsch durch den Halsausschnitt ausgestiegen. Das Hemd steckte noch im Jackett, und das lag auf der Hose, und unter der Hose lugten die Schuhe hervor. Echt unheimlich.

Unheimlich war auch die Vorstellung, dass er mir vielleicht gleich nackt durchs Blickfeld springen würde. War er möglicherweise verrückt oder pervers? Oder – noch schlimmer – war hier ein Verbrechen geschehen? In Krimis wie im realen Leben fand man ja oft erst die Bekleidung des Opfers und dann die Leiche.

Ich wollte jetzt und hier partout keine Leiche finden.

Ich rief noch einmal ‚Hallo', nahm mir ein Herz und blickte unter allen drei Kabinen-Türen durch. Nach der dritten richtete ich mich mit einem seltsamen Gefühl wieder auf. Alle Toilettenkabinen schienen leer.

Dann kam mir ein schrecklicher Gedanke. Wenn sich Leute erhängen. Dann baumeln die Füße ja in der Luft. Ich fing an zu schwitzen.

Ich schaute oberhalb der Türen nach einem Strick oder Ähnlichem, aber zu meiner Erleichterung konnte ich dort nichts Verdächtiges entdecken. Okay, jetzt konnte er nur noch quer in einer Kabine feststecken. Das war so unwahrscheinlich, dass ich mich traute, die Türen zu öffnen. Mir klopfte das Herz bis zum Hals, und ich überlegte, wie laut ich mindestens schreien musste, damit mich unser Koch hören würde. Mit so viel Sicherheitsabstand wie möglich drückte ich eine Tür nach der anderen auf, bis die Türen an die Wände schlugen. Alle Kabinen entpuppten sich als leer.

Ich wusste nicht weiter. Es gab keinen anderen Ausgang, die Tür zur Herrentoilette war von der Theke aus sichtbar, und ich hätte definitiv sehen müssen, wenn er wieder herausgekommen wäre. Hatte ich Wahrnehmungsstörungen?

Ich ging Richtung Tür, blieb beim Waschbecken stehen und sah mich nochmals gründlich um, was natürlich Unsinn war. Hier konnte sich niemand verstecken.

Eine Stubenfliege kam oben aus dem Lüftungsschacht und fiel laut summend, halb fliegend, halb torkelnd, neben dem Waschbecken zu Boden. Sie landete im Halsausschnitt des Kleiderstapels und hatte offensichtlich ihre letzten Zuckungen.

Ich starrte die Fliege an und versuchte, logisch zu denken. Hätte der sonst so höfliche und ordentliche Mr. Perfect seinen nicht ausgetrunkenen O-Saft stehen und seine Zeitung achtlos auf dem Tisch liegen lassen und wäre einfach gegangen? Wäre er unbemerkt – noch dazu unbekleidet – an mir vorbei gekommen, wo ich doch ständig darauf gelauert hatte, dass er mich zum Abschied vielleicht noch einmal angesprochen oder mich wenigstens angesehen hätte?

Es geschah dermaßen unerwartet, dass mein Gehirn ins Trudeln kam. Die Fliege hörte plötzlich auf zu brummeln, und im ersten Moment schien sie zu explodieren. Aber sie vergrößerte sich. Wie ein rasend schnell wachsender Tumor, Oberflächen und Formen, die nicht zu der Fliege passten, ein unglaubliches Auseinanderbersten, etwas, was sich innerhalb der Textilien entfaltete und immer größer wurde, wobei sich die Kleider aufrichteten wie ein aufblasbares Schwimmtier. Mein Herz raste und meine Beine wurden gefährlich weich; ich wollte wegrennen, aber mein Körper gehorchte nicht.

Die Verwandlung vollzog sich innerhalb eines Atemzugs – wenn ich denn geatmet hätte. Der Schock hatte mir jedoch abrupt die Luft abgeschnürt, mein Herz pochte überlaut in den Ohren und mein Kreislauf brach zusammen.

Im letztmöglichen Moment erkannte ich ihn. Anstelle der Fliege saß Mr. Perfect neben dem Waschbecken auf dem Boden. Er hielt sich mit beiden Händen seinen Kopf und stöhnte.

Aber dieses Bild verschwamm bereits vor meinen Augen. Ich griff nach dem Waschbecken – und griff daneben. Der Raum drehte sich seitlich von mir weg. Tausende schwarzer und bunter Pünktchen vernebelten mir die Sicht. Nein, nicht! Wie stark ich mich auch dagegen sträubte, ich konnte es nicht verhindern. Eine bedrohliche, weiche Dunkelheit umhüllte mich, ich hörte noch sein Stöhnen unwirklich verzerrt, gleichzeitig laut und doch fern. Alles driftete von mir fort. Ich versank in ein schwarzes Nichts.

Ich wurde beschützt. Das war seltsam, denn vorhin hatte ich noch Angst gehabt, aber jetzt wusste ich, dass es unnötig war. Starke Arme hielten mich fest, und ich konnte ihnen vertrauen. Sie würden mich schützen vor dem, was mir Angst gemacht hatte. Wir schwebten dahin. Wir glitten gemeinsam durch das Schwarz der Nacht. Ich war in Sicherheit.

KAPITEL 4 – Ein Appartement in Frankfurt-City

Es wurde plötzlich kalt und roch nach Benzin. Jemand zog an mir. Ich hatte Angst. Angst vor Fliegen? Ich wusste es nicht mehr. Waren wir nicht eben noch auf einer Autobahn gefahren? Nein, die Autos fuhren durch meinen Kopf. In meinen Ohren rauschte es gewaltig, und obwohl ich nichts sehen konnte, schien sich alles um mich herum zu drehen. Verflucht noch mal, werde endlich wach!

Er trug mich. Der Klang seiner Schritte erreichte mich wie durch eine Wattewand gedämpft. Sollte ich Angst vor ihm haben? Ich konnte mich nicht erinnern, und das beunruhigte mich zutiefst.

Ein Fahrstuhl? Ich wollte mich wehren, aber ich konnte es nicht. Ich spürte kleine Schweißtropfen über meinem Mund. War ich krank? Ich versuchte verzweifelt, wach zu werden und endlich diesen Albtraum zu beenden.

Ja, es handelte sich eindeutig um einen Fahrstuhl. Er fuhr nach oben. War das gut oder schlecht? Wenn ich nur endlich die Augen aufbekäme! Mein Kopf tat höllisch weh.

Wir traten durch eine Tür. Es kostete mich die größte Anstrengung, genügend Gewalt über meinen Körper zu erlangen, aber endlich bekam ich die Augen einen Spalt auf. Mr. Perfect. Er trug mich auf seinen Armen. Mein Herz pochte rasend schnell, und ich ächzte, versuchte, ihn von mir wegzuschieben. Er sah zu mir herunter.

„Du brauchst keine Angst zu haben", sagte er.

Ob das so viel hieß wie: Dein Tod wird schnell und schmerzlos sein?

Ich versuchte mit aller Kraft mich zu wehren, aber mein Körper schien nur noch aus Pudding zu bestehen.

Er trug mich durch eine Tür in einen anderen Raum. Als er ansetzte mich abzulegen, begann ich zu wimmern.

„Du bist heftig mit dem Kopf aufgeschlagen und hast eine Gehirnerschütterung." Seine Stimme war ruhig und sachlich.

Ich registrierte mit einer gewissen Erleichterung, dass er mich in ein Bett legte und nicht in einen Sarg oder auf einen Seziertisch. Was hatte er noch gleich gesagt?

Er zog mir die Schuhe aus und legte die Bettdecke über mich.

„Du musst unbedingt liegenbleiben, sonst können die Kopfschmerzen chronisch werden."

Mein Gehirn fing langsam wieder an zu funktionieren. Okay, wenn er sich Sorgen machte, ich könnte für den Rest meines Lebens unter

Kopfschmerzen leiden, hatte er wohl nicht vor, selbiges vorzeitig zu beenden. Ich versuchte mich zu beruhigen und zu kapieren, was vor sich ging. Warum tat mein Kopf so weh? Ich hatte Angst gehabt … Vor ihm?

„Ich hole dir eine Schmerztablette."

Ich atmete tief durch. Tatsächlich kam er gleich darauf mit einer Tablette und einem Glas Wasser zurück. Er half mir beim Aufsetzen. Für einen kurzen Moment überlegte ich, ob es sich wirklich um eine Schmerztablette handelte, aber ein Blick in sein Gesicht überzeugte mich davon, dass er mir nur helfen wollte.

Ich legte mich wieder hin und zog die Bettdecke über mich. Ich wollte nur noch diese schrecklichen Kopfschmerzen loswerden. Entspann dich, Mädel.

Einmal noch öffnete ich die Lider.

Mr. Perfect rieb sich mit einer Hand die Augen. Er hatte auch schon mal frischer ausgesehen.

„Ich bin nebenan. Du kannst mich jederzeit rufen."

Ich war zu schwach zum Sprechen, schloss aber kurz meine Augen, um zu signalisieren, dass ich ihn verstanden hatte.

Er verließ leise den Raum und zog die Tür nur halb hinter sich zu.

Am nächsten Morgen stach mir als erstes die graue Stadtansicht ins Auge und große dicke Schneeflocken, die langsam herunterfielen. Ich überlegte, wo ich war. Das Schlafzimmer bestand auf einer Seite komplett aus Glas und gab aus großer Höhe einen atemberaubenden Blick über Frankfurt und das winterliche Wetter frei. Ein paar Dachflächen waren weiß, aber es sah nicht nach einer dicken Schneeschicht aus.

Richtig, Mr. Perfect hatte mich hierher getragen. Aber er hatte mir Angst gemacht. Oder nicht? Ich versuchte mich zu erinnern.

Er hatte auf dem Boden der Herrentoilette gesessen und sich den Kopf gehalten.

Dann fiel es mir wieder ein. Er hatte sich aus einer Fliege entwickelt. Wie in einem Horrorfilm. Aber es war kein Film gewesen und auch kein Traum. Ich erinnerte mich jetzt genau an das, was ich gesehen hatte, auch wenn das Bild nach hinten raus etwas schwammig wurde. Mein Körper begann zu zittern, und ich zog die Bettdecke fester um mich.

Aber er hatte mir nichts angetan. Wollte er mich hier gefangen halten? Wo war ich überhaupt?

Ich lag in einem sehr breiten Bett. Auf beiden Seiten des Bettes Einbauschränke. Gegenüber eine Tür. Ein riesiges, luxuriöses Schlafzimmer.

Die Wand war ein einziges, horrend großes Fenster. Ich schaute noch einmal hinaus. Offensichtlich befand ich mich auf der Sachsenhausener Seite des Mains.

Ich musste mich konzentrieren. Mein Kopf ... Richtig, ich war ohnmächtig geworden und vermutlich mit der Rübe zuerst aufgeschlagen. Das sah mir ähnlich.

Was hatte Mr. Perfect mit mir vor? Warum hatte er mich nicht ins Krankenhaus gebracht oder einfach liegengelassen? War es ein Problem für ihn, dass ich seine Verwandlung gesehen hatte?

Verschwommen erinnerte ich mich an große Angst; vielleicht hatte er mich bedroht, und ich konnte mich nur nicht mehr daran erinnern? Ich musste versuchen, aus seiner Wohnung – oder wo auch immer ich feststeckte – zu fliehen.

Langsam richtete ich mich auf. Mein Schädel fühlte sich schwer an.

Ich schlüpfte vorsichtig aus dem Bett und sah mich um. Meine Jacke, in der sich mein Handy befand – hoffentlich noch –, war nicht zu sehen. Vorsichtig ging ich zur Tür und lauschte. Sollte ich sie aufreißen und wie eine Irre zum Ausgang rennen, falls ich ihn rechtzeitig entdeckte, oder sollte ich versuchen, sie so leise wie möglich zu öffnen und lautlos an Mr. Perfect vorbei zu schleichen, auch wenn ich nicht wusste, wo er sich gerade aufhielt? Ich spürte Schweiß auf meiner Stirn.

Jetzt hörte ich Schritte ... und sie näherten sich der Schlafzimmertür. Ich wich unwillkürlich zurück.

Die Schritte blieben im gleichen Moment vor der Tür stehen. Ich fürchtete mich, aber ich wusste nicht, wohin ich hätte ausweichen können.

Ein paar Sekunden verstrichen. Mein Herz schlug mir bis zum Hals.

Die Schritte setzten wieder ein. Er öffnete vorsichtig die Tür.

Ich versuchte, mir nichts anmerken zu lassen. Vielleicht konnte ich ihn in Sicherheit wiegen und dann in einem günstigen Moment abhauen.

Er trat ein und lächelte ein bisschen. „Wie geht es dir?"

„Oh." Ich überlegte tatsächlich, wie sich mein Kopf anfühlte. „Äh, ja, geht so. Besser als gestern."

„Das freut mich, aber du solltest trotzdem im Bett liegenbleiben. Wenn man nach Gehirnerschütterungen zu früh aufsteht, kann man chronische Kopfschmerzen bekommen."

Er kam noch näher, weshalb ich mich rasch umdrehte und wieder ins Bett schlüpfte. Er half mir, die Bettdecke über mich zu legen, als fürchtete er, mich mit ihrem Gewicht zu erdrücken. Dann richtete er sich wieder auf und lächelte ein wenig. Um sich anschließend auf den Rand des Bettes zu setzen. Er verschränkte seine Finger ineinander und drehte die Handflächen hin und her.

Ich hatte ebenfalls das Gefühl, etwas sagen zu müssen, aber mir fiel nichts ein, also schaute ich ihn nur an. Als er mir gestern die Schmerztablette gebracht hatte, hatte er sehr konzentriert und besorgt ausgesehen. Irgendwie angeschlagen.

Im Moment sah er ebenfalls nicht so richtig fit aus. Obwohl er natürlich immer noch unverschämt gut aussah. Er trug Sportklamotten, und die Haare standen in alle Richtungen ab. Ziemlich niedlich eigentlich. Vor ein paar Stunden hätte ich noch völlig andere Überlegungen gehabt bei der Vorstellung, mich mit ihm in seinem Schlafzimmer zu befinden. In seinem Bett. Ich schaute kurz hinüber. Das Bettzeug auf der anderen Hälfte des Bettes lag unberührt.

„Wo hast du geschlafen?"

„Im Wohnzimmer."

„Ah, so." Vermutlich sah er deshalb so unausgeschlafen aus. „Danke, dass du mir dein Bett überlassen hast. Deine Couch scheint nicht ganz so gemütlich zu sein."

„Nein, das war völlig in Ordnung. Ich konnte nur nicht schlafen. Ich ... habe auf deinen Atem gelauscht. Ich schlafe sonst immer alleine."

Oh.

Er blickte auf seine Hände. Dann stand er plötzlich auf. „Ich mache dir Frühstück. Magst du Tee oder Kaffee?"

„Äh, Kaffee wäre super."

Er verschwand durch die Tür.

Hatte ich wirklich so laut geatmet, als ich schlief? Hoffentlich hatte ich nicht geschnarcht. Und hieß: „Ich schlafe sonst alleine", dass er im Moment keine Freundin hatte?

Ich rieb mein Gesicht. Mir wurde bewusst, dass ich hier ungewaschen und ungekämmt herum lag. Ich war mir nicht mehr sicher, ob ich vor ihm Angst haben sollte, und die Tatsache, dass er der attraktivste Mann der Welt war, rückte immer mehr in den Vordergrund. Vielleicht konnte ich doch mal kurz aufstehen und mir wenigstens das Gesicht waschen.

Er kam mit einem Tablett auf einem Gestell zurück, stellte das Kopfteil des Bettes höher und das Tablett vor mich. Beim Anblick des

Frühstücks verspürte ich sofort Hunger.

„Hey, warst du schon beim Bäcker?"

„Nein, ich habe die Brötchen kommen lassen."

„Wo sind wir hier überhaupt?"

„In meinem Appartement. Ich wohne im vierzehnten Stock. Das Gebäude liegt südlich der Flößerbrücke. Warte, ich kann es dir zeigen."

Er verschwand kurz und kam mit einem Laptop wieder. Dann setzte er sich auf der anderen Seite des Frühstückstabletts auf das Bett und tippte auf der Tastatur herum. Seine Hände waren wahnsinnig schnell. Wahrscheinlich arbeitete er auch beruflich am Computer.

Er drehte den Laptop um. Auf dem Bildschirm erschien ein Wohnturm, den ich kannte. Vor etwa drei Jahren war ich hier mal mit meinem Vater vorbeigekommen, und er hatte mir erklärt, dass dieses Haus komplett aus Luxus-Appartements bestand. Es gab auch rund um die Uhr einen Portier, der einem zu jeder Tages- und Nachtzeit alle Wünsche erfüllte. Das Haus war für Berufstätige mit höchstem Einkommen gedacht, die keine Zeit hatten, ihre Schuhe selber zu putzen oder gar einkaufen zu gehen. Wenn man einen Friseurbesuch nötig hatte, kam der Friseur einfach zu einem ins Appartement. Und ich wollte gar nicht wissen, wen man sich sonst noch so in sein Appartement bestellen konnte.

Ich nickte nur, da ich den Mund voll hatte.

„Wenn du wieder aufstehen kannst, solltest du vom Wohnzimmer aus auf Frankfurt schauen. Es hat eine noch größere Glasfront und ermöglicht eine sehr schöne Aussicht auf das Panorama der Stadt."

Das hörte sich nun tatsächlich nicht so an, als wollte er mich in seinem Schlafzimmer gefangen halten. Auch kam es mir langsam ein bisschen dämlich vor, dass wir beide nicht aussprachen, was uns durch den Kopf ging.

„Wegen gestern … Ehrlich gesagt hatte ich Angst, dass du mich hier einsperren wolltest … oder … so."

„Nein", antwortete er und sah ausdruckslos an mir vorbei, „ich habe mich anders entschieden."

Anders … entschieden? Mein letzter Bissen blieb mir wahrhaftig im Halse stecken, ich verschluckte mich und fing an zu husten.

Er sprang auf und klopfte mir sanft auf den Rücken. Ich hatte wirklich ein Händchen für peinliche Situationen. Leicht abwehrend hob ich eine Hand in seine Richtung, während ich mit der anderen nach der Tasse griff. Dann schluckte ich mehrmals und trank schließlich etwas Kaffee.

Er setzte sich wieder.
„Ich wollte dich nicht beunruhigen.“ Er sah mich abwartend an.
Mit dem ersten ordentlichen Atemzug, den ich holen konnte, antwortete ich: „Okay, ich hoffe, du überlegst es dir nicht wieder anders.“
„Nein.“
Auf diese plötzliche Wende in unserer Gesprächsführung war ich nicht vorbereitet. Ich hatte mich auf einen Smalltalk eingestellt, bei dem ich ihn lauernd umkreiste und versuchte, seine Pläne zu erfahren, nicht, dass für mich möglicherweise tödlich endende Handlungsalternativen so unverblümt offen ausgesprochen wurden.
Vermutlich war es dumm und unvernünftig, aber ich glaubte ihm. Ich fühlte mich bei ihm sicher. Genau. Wie heute Nacht. Wir waren gemeinsam durch die Nacht geglitten, und er hatte mich beschützt. Es war verrückt. Nassi würde mir an dieser Stelle einen Vortrag über meine Naivität halten. Sie hätte jetzt auch sicher eine Handlungsanweisung aus der Tasche ziehen können: Wie man sich im Appartement extrem gutaussehender Fliegen benimmt.
Ich aß einfach weiter und schaute ihn ab und zu an. Unsere offenen Worte hatten höfliche Floskeln und zwanghafte Konversation überflüssig gemacht. Sie hatten vielmehr eine Nähe und Vertrautheit geschaffen, die mir fast ein bisschen unheimlich war.
Er sah eine Weile aus dem Fenster, dann stand er wortlos auf und ging hinaus.
Während ich aß, dachte ich über seine Worte nach. Ich würde ihn alles fragen, was ich wissen wollte, und er wusste es. Aber wir brauchten noch etwas Zeit.
Er kam erst wieder, als ich mit dem Frühstück fertig war. Er setzte sich auf das Bett und lächelte mich an.
„Entschuldige. Ich habe mich noch gar nicht vorgestellt. Ich heiße David.“ Seine eisblauen Augen leuchteten. Hoffentlich wurde ich nicht rot.
„Hi, David.“ Ich lächelte auch. „Ich heiße Jessi.“
„Darf ich dich von dem Tablett befreien, Jessi?“ Hier war er wieder, der charmante, weltgewandte Mr. Perfect aus dem Coffee Shop.
„Ja, danke … Könnte ich mir bei dir vielleicht mal das Gesicht waschen und die Haare bürsten?“
„Ja, sicher, ich habe mir mit den Brötchen auch einige Sachen für dich liefern lassen.“
„Oh, vielen Dank.“ Was für Sachen? Ich stand langsam auf.
David stellte das Tablett auf den Boden und sah so aus, als wollte er

mich im Notfall auffangen. Es war mir unangenehm, dass ich so ungepflegt vor ihm herumtappen musste.

„Geht schon, keine Sorge. Wenn mir schwarz vor Augen wird, schreie ich."

„Gut." Er nahm das Tablett wieder auf, drückte mit einem Ellbogen die Tür weit auf und ließ mich hindurchtreten. „Das Bad ist rechts. Die grau gestreiften Handtücher sind für dich."

Sein Appartement war riesig. Es bestand aus einem Wohnzimmer so groß wie eine Halle. Okay, womöglich lag es auch daran, dass ich auf den Kopf gefallen war, aber der Raum war wirklich groß. Er war Wohnzimmer, Esszimmer und Küche zugleich. Man hätte aber genauso gut drei Schulklassen darin übernachten lassen können. In der Diele unter der Garderobe konnte ich meinen Rucksack stehen sehen. David stellte gerade das Tablett in der Küchenecke ab.

Die Einrichtung war schick und modern, aber für meine Begriffe nicht unbedingt gemütlich. Das konnte auch daran liegen, dass alles so sauber und aufgeräumt aussah. Ich fragte mich, ob er hier überhaupt ernsthaft wohnte. Selbst die Wohnwand, in der ein paar scheußliche Werke moderner Kunst standen, wirkte wie aus einer Zeitschrift für Wohnkultur.

Ich wandte mich nach rechts und betrat das Bad.

Auch hier sah alles unbenutzt aus und hätte sofort für einen Werbeprospekt für Luxusbäder abgelichtet werden können. Am Waschbecken, an der Dusche und an der Badewanne hingen grau gestreifte Handtücher neben einfarbig grauen. Überall blinkte und blitzte es. Nur neben der Wanne standen einige Plastiktüten als Resultat eines Großeinkaufs. War das alles für mich?

Ich schaute in jede hinein. Toilettenartikel im Überfluss. Selbst Zahnbürsten in jedem Härtegrad. Ich kicherte. In den anderen Tüten: Klamotten ohne Ende. Ein Pyjama, Sportbekleidung, ein Hausanzug. Unterwäsche. Verschiedene Jeanshosen und Oberteile.

Das Erstaunliche war, dass alles meinem Geschmack entsprach. David musste ein unheimlich guter Beobachter sein. Er wirkte so weltmännisch und erfahren. Na ja, außer vielleicht als Krankenpfleger. Aber wie elegant er immer seine Hände bewegte! Anscheinend war er ein extrem einfühlsamer Mensch. Oder eine Fliege?

Dieses Thema stand noch zwischen uns, und ich bekam ein leicht flaues Gefühl im Magen. Ich wusch mich gründlich und zog mich um. Beim Bürsten der Haare entdeckte ich eine höchst empfindliche Beule an meinem Kopf, die ich eingehend untersuchte.

Aber irgendwann war ich nun mal fertig und musste mich der Frage stellen, was es mit David auf sich hatte.

Ich trat aus dem Bad. Er saß auf der Couch und schaute vom Laptop auf. Neben ihm lag eine zusammengeknäulte Decke, die er wohl zum Schlafen benutzt hatte. Seitlich vom Laptop stand ein Glas mit Wasser und die gleiche Kopfschmerztablette, die ich vorhin geschluckt hatte.

„Danke, dass du so viele Sachen für mich eingekauft hast. Das ist wirklich sehr nett."

„Das ist nicht der Rede wert. Wie fühlst du dich? Möchtest du dich nicht wieder hinlegen?"

„Gleich." Ich wies mit dem Kopf leicht in die Richtung seiner Schmerztablette. „Geht es dir auch nicht gut?"

„Mir? Nein, ich habe gestern … auch einen starken Schlag abbekommen." David schaute mich wie abwesend an.

„Oh, das tut mir leid, wie ist das passiert?"

David kniff die Augen zusammen. An was dachte er? „Es ist für dein Gehirn nicht gut, wenn du so lange stehst."

In dem Moment, wo er es aussprach, merkte ich, dass er recht hatte. Es war mir doch alles noch zu anstrengend. Ich nickte nur und drehte mich um. David folgte mir ins Schlafzimmer.

Er stellte das Kopfteil wieder flach und legte die Decke über mich. Ich drehte mich auf die Seite.

David sah mich eine Weile an, dann streckte er seine Hand leicht in meine Richtung aus und ließ sie wieder sinken.

„Ich bin nebenan", sagte er, dann verließ er den Raum.

Ich schlief bis in den Nachmittag hinein. Als ich aufwachte, fühlte ich mich einigermaßen erholt, streckte mich ausgiebig und richtete mich auf. Ich wollte endlich wissen, was es mit Davids Fähigkeit, sich in eine Fliege zu verwandeln, auf sich hatte.

Mein Kopf fühlte sich gut an, also stand ich auf und ging hinüber ins Wohnzimmer. Dort setzte ich mich leise dem schlafenden David gegenüber in einen Sessel. Er sah so unverschämt schön aus, dass ich den Drang verspürte, mich neben ihn unter die Decke zu legen und ihn einfach nur anzuschauen. Oder vielleicht nicht nur …

David rührte sich jedoch bald darauf, drehte sich auf den Rücken und rieb sich das Gesicht mit beiden Händen. Dann schaute er mich an und lächelte. Ich lächelte zurück.

„Hey, wie geht's dir?"

„Nicht optimal, aber deutlich besser, vielen Dank. Darüber bin ich wirklich erleichtert, denn ich war mir nicht sicher, wie … es sich entwickelt."

Ich bekam ein schlechtes Gewissen. Er hatte sich die ganze Zeit um mich gekümmert, obwohl es ihm selber nicht gut ging.

„Kann ich dir was zu trinken bringen?"

„Oh, das wäre sehr nett. Im Kühlschrank steht Orangensaft. Bitte bediene dich auch selbst. In dem Unterschrank links vom Kühlschrank stehen noch mehr Getränke, und im Schrank darüber könntest du auch nachsehen, falls du Hunger hast."

Die Küche war erstaunlich gut bestückt, dafür, dass alles so unbewohnt aussah. Ich schüttete uns beiden Orangensaft in Gläser und nahm noch eine Tüte Salzbrezeln mit.

„Danke." David setzte sich aufrecht, während ich mich wieder in den Sessel pflanzte.

Wir schauten uns an. Sehr lange. Ich wollte jetzt endlich wissen, was Sache war.

„Warum hast du dich in eine Fliege verwandelt? Wieso kannst du dich überhaupt in eine Fliege verwandeln?"

Die Frage allein klang schon völlig verrückt. Aber wir waren ja unter uns.

„Ich werde es dir erklären. Da ich mich entschieden habe dich zu beschützen, musst du wissen, aus welcher Richtung dir Gefahr droht."

Was für eine Gefahr?

David schwieg eine Weile.

Ich wurde ungeduldig.

Er richtete sich auf und fummelte mit den Händen in der Luft herum.

„Es ist schwierig, es in deiner Sprache zu erklären", fing er endlich an.

Was denn, Deutscher war er auch keiner?

„Ich möchte es wie folgt ausdrücken: Ich bin ein Gestaltwandler."

Das hörte sich ziemlich irre an, aber da ich es selber gesehen hatte, glaubte ich ihm sofort.

„Ich kann mich in beliebige Lebewesen verwandeln. Das heißt, ich könnte auch die Gestalt einer beliebigen Pflanze annehmen, aber es muss ein Mindestmaß an Intelligenz da sein, damit ich mich noch einmal verwandeln kann. Ansonsten gibt es kein Zurück." Er schauderte.

Seine Erklärung faszinierte mich und zugleich verspürte ich Erleichterung darüber, dass er keine besondere Affinität zu Stubenfliegen hatte.

„Aber warum hast du dich ausgerechnet in eine Fliege verwandelt?" Oder anders gefragt, wer verwandelte sich schon in ein solches Insekt, wenn er in Wirklichkeit so unglaublich viel besser aussah?

„Ich wurde bedroht. Ein … Mann war mir auf die Toilette gefolgt. Ich wusste, dass er mich eventuell töten wollte, aber ich hatte noch keinen Beweis für seine Absichten."

„Du hast dein Leben riskiert, um diesen Beweis zu bekommen?" So viel Mut hätte ich nie gehabt.

„Ja. Auch." David sah mir in die Augen. Sie strahlten in einem unergründlichen Blau, viel dunkler als sonst. Hypnotisch. Ich begann, in ihnen zu versinken.

„Ich wollte abwarten, was passiert, und beinahe hätte ich zu lange gewartet. Als er mich angriff, verwandelte ich mich in eine Fliege und flog Richtung Decke, aber er sprang in die Luft und schlug mich mit seiner Hand." Er zitterte kurz, dann hatte er sich wieder im Griff. „Er traf mich mit voller Wucht am Kopf. Ich wusste gleich, dass er einen Kern getroffen hatte. Ich konnte mich gerade noch in den Lüftungsschacht retten."

Er sah auf seine Hände, die er ineinander verschränkt hatte und zusammenpresste.

„Was für ein Kern?", fragte ich.

„Der Dritte … Nun, quasi mein Gehirn. Ein Teil meines Gehirns. Wir haben fünf Kerne. Sie sind das Einzige, was uns immer erhalten bleibt, wenn wir uns verwandeln. Einen Kern hat er leider getroffen." Er schnaufte einmal tief durch.

„Wer ist wir? Gibt's noch mehr, äh, Gestaltwandler?"

„Zur Zeit gibt es fünfhundertachtundsiebzig. Wenn die auf den … Außeneinsätzen noch alle leben."

Ein leichter Schatten huschte über sein Gesicht. Er tat mir ehrlich leid.

Ich überlegte. Das mit den Außeneinsätzen hörte sich nach FBI oder ‚X-Men' an. Vielleicht waren die Gestaltwandler so was wie Agenten mit besonderen Fähigkeiten, wie Mutanten.

„Und der Mann, der dich verfolgt hat, ist das ein feindlicher Spion oder was?"

„Nein, so kann man das nicht sagen. Er ist ein … Ich möchte ihn als Invasor bezeichnen. Die … Invasoren wollen normalerweise auch kein Aufsehen erregen, bis sie mit ihrer Invasion beginnen."

„Wieso ‚Invasoren'? Will eine andere Regierung in Deutschland einfallen?" Ich stand noch immer auf dem Schlauch.

„Nein, die Invasoren übernehmen den ganzen Planeten, wenn sie ihn für geeignet halten.“ David beobachtete abwartend meine Reaktion.

Eine starke Übelkeit stieg von meinem Magen hinauf Richtung Hals, und meine Kehle fühlte sich wie zugeschnürt an. Mit einem Mal erkannte ich überhaupt erst, wovon er redete. Hier ging es um Außerirdische. Die Erde war in Gefahr! Ich knetete meine Finger. Waren David und die anderen Gestaltwandler unsere Rettung? „Werdet ihr die Invasoren bekämpfen?“

Er atmete tief ein und schaute immer noch auf seine Hände.

„Es ging uns nicht per se darum, sie zu vernichten. Erst der gestrige Angriff auf mich ist der Beweis dafür, dass sie uns töten wollen und wahrscheinlich bereits einige von uns getötet haben.“ Davids Blick verfinsterte sich, und eine Gänsehaut überzog meinen Körper. Ich ahnte, dass er noch eine andere Seite hatte als die charmante, höfliche, und ich war nicht scharf darauf, sie kennenzulernen.

„Ich habe meinem Volk bereits eine Nachricht geschickt“, fuhr David fort, „aber es wird Monate dauern, bis sie ankommt.“ Er fuhr sich mit beiden Händen durch die Haare. „Ich verweile jetzt seit … etwa fünfzig Millionen Jahren das erste Mal auf einem fremden Planeten und riskiere gleich mein Leben.“ Er lächelte schwach und schüttelte den Kopf.

Ich kapierte erst jetzt, was er mir dauernd hatte sagen wollen. Er war kein menschlicher Mutant. Er war … keine Ahnung was, aber jedenfalls kein Mensch. Er war noch nicht mal von diesem Planeten. Und er war schlappe fünfzig Millionen Jahre alt.

Ich weiß nicht, wie ich aussah, aber als er aufblickte, sah er mich mit großen Augen an und machte eine undefinierbare Geste.

„Jessi, ich wollte dir keine Angst machen. Aber du musst wissen, in welcher Gefahr du schwebst. Oder hätte ich dich belügen sollen?“

„Nein“, antwortete ich sofort. Meine Stimme war ganz kratzig, und ich räusperte mich. „Nein, ich will auf alle Fälle die Wahrheit wissen. Bitte sag mir die Wahrheit. Ich komme schon zurecht.“

Er lehnte sich zurück und schlug die Beine übereinander.

Wir schwiegen eine Weile, und ich versuchte, meine Übelkeit hinunterzuschlucken.

Dieser perfekte Mann, der mir da gegenüber saß, stellte also nur eine Hülle für etwas anderes dar. Etwas, von dem ich noch nicht wusste, ob es gut oder böse war. Nein, böse konnte es nicht sein. Ich konnte das Gefühl, dass ich David gegenüber saß, dem David, der höflich sein

Geschirr auf den Geschirrwagen zurückbrachte und mich fürsorglich durch die Nacht getragen hatte, obwohl er kurz zuvor selber in Todesgefahr geschwebt hatte, nicht verdrängen.

Doch noch wichtiger als David war die Bedrohung der Erde. Ich benötigte unbedingt mehr Informationen. Wenn ich mit sämtlichen anderen Menschen in der Gefahr schwebte, einer Invasion gegenüberzustehen, so wollte ich definitiv alles darüber erfahren. Vielleicht konnte ich irgendetwas tun. Vielleicht gab es einen Aspekt, den er als ... ja, was war er eigentlich, ich entschied mich für Alien ... den er als Alien übersehen hatte, etwas, was das drohende Unheil abwenden konnte.

„Von welchem Planeten kommst du denn? Warum bist du überhaupt hier, wenn du mit den Invasoren nichts zu tun hast?"

Er schaute mich vorsichtig an.

„Ich komme von sehr weit weg …"

Ich sah ihn erwartungsvoll an.

„Es geht nicht darum, dass ich dir etwas verschweigen möchte, aber es ist wirklich weiter weg, als du dir vorstellen kannst. Mein Planet ist Teil einer Galaxie, die ihr M31 nennt. Sie befindet sich von euch aus gesehen hinter dem Andromeda-Nebel. Ich war mehrere Jahre unterwegs."

Sein Gesicht entspannte sich.

„Unser Planet ist sehr schön. Wir wohnen dort seit … etwa achthundert Millionen Jahren. Das heißt, auf dem Planeten an sich wohnen wir bereits länger, aber seit achthundert Millionen Jahren kreisen wir um unsere jetzige Sonne. Wir können gewissermaßen mit unserem Planeten umziehen.

Ich bin … als Kundschafter hier. Nicht jeder aus meinem Volk ist Gestaltwandler, aber fast alle Gestaltwandler sind Kundschafter. Als Kundschafter fliegt man zu einem Planeten, nimmt dort eine unauffällige Gestalt an und sammelt so viel Wissen wie möglich. Zu Hause gibt der Kundschafter diese Kenntnisse an sein Volk weiter. Wir kommunizieren über Berührungen." Er lachte ein wenig. „Meine Bekannten hier auf der Erde haben mir schon oft gesagt, dass ich auffällig häufig gestikulieren würde. Das liegt an meinem Drang, die Menschen zu berühren, wenn ich etwas erkläre. Aber natürlich weiß ich, dass man das hier nicht tut, und es hätte ja auch keinen Sinn." Er schüttelte leicht den Kopf.

„Wenn ein Kundschafter heimkommt, berühren wir uns alle und bilden … quasi ein Netz, das über unseren kompletten Planeten gespannt wird. Auf diese Weise erhält das gesamte Volk das Wissen, das der

Kundschafter mitgebracht hat. Auch Kenntnisse über primitivere Lebewesen, wie ihr es seid, bereichern unseren Wissensschatz.“

Ich überhörte die Beleidigung geflissentlich und stellte die Frage, die sich mir schon eine Weile aufdrängte.

„Wie seht ihr aus? Ich meine, wie siehst du aus, wenn du … zu Hause bist? So ursprünglich, du weißt schon.“

„Man könnte sagen, ich ähnele einer Handvoll fast durchsichtiger halbfester Masse.“ Er lächelte. „Du kennst doch Wackelpudding? Die Materie ist euch unbekannt, deshalb hat es keinen Zweck, uns genauer zu beschreiben.“

Er deutete meinen Gesichtsausdruck wohl als unbefriedigt, denn er ergänzte: „Unsere Kerne heben sich allerdings aus dieser Masse heraus. Sie scheinen gleichsam durch unseren Körper hindurch. Aber sie sind sehr klein, vergleichbar mit dem Volumen von etwa … fünfhundertsiebenundzwanzig eurer Zellen. Das heißt, ihr würdet sie nicht sehen können.“

„Aber bei euch kannst du sie sehen?“

„Ich kann auch hier ‚besser sehen'. Mit meinen Kernen. Wir verfügen über eine wesentlich umfassendere Wahrnehmung als nur optisch oder haptisch wie ihr. Ich erkenne jede einzelne Zelle und sogar die DNA eines Lebewesens. Das ist die Voraussetzung für uns Gestaltwandler, den Körper eines anderen Wesens annehmen zu können. Wobei es uns auch möglich ist, unsere Gestalt aus zwei oder mehr Wesen zusammenzusetzen.“

Mir schwirrte der Kopf. Er konnte sich aus mehreren Lebewesen zusammensetzen? Wie Frankensteins Monster?

„Bist du denn als Mensch hierhergekommen, um uns Menschen zu erforschen?“

„Nun ja, ich war nicht sofort ein Mensch. Ich habe euch zunächst einige Zeit als Vogel beobachtet. Genauer gesagt als mehrere Vögel. Wenn ich das Gefühl hatte, etwas altersschwach zu werden, habe ich eine jüngere Vogelgestalt angenommen. Du musst wissen, jede Verwandlung kostet mich Kraft, und deshalb verwandele ich mich nicht leichtfertig.

In der Vogelgestalt erforschte ich weite Teile des Landes. Ich erkannte, dass ihr Menschen die am weitesten entwickelte Spezies auf diesem Planeten seid, deshalb habe ich mich für euch entschieden.

Als ich eure Sprache konnte und das Gefühl hatte, genügend Informationen gesammelt zu haben, überlegte ich, welche menschliche Gestalt ich annehmen sollte. Ich hatte erkannt, dass Menschen mit bestimmtem Äußeren beliebter sind als andere, also habe ich die Merkmale von den als gutaussehend geltenden Männern übernommen." Er grinste ein wenig schief. „Ich hoffe, es ist mir gelungen. Um offen zu sein, fehlt es mir immer noch ein wenig an Urteilsvermögen, was bei euch schöne Lebewesen sind. Ganz offensichtlich spielt auch der Geschmack eine Rolle. Vielleicht habe ich wenig Geschmack."

„Oh", sagte ich. Er wusste nicht, wie gut er aussah? „Du siehst unglaublich gut aus." Jetzt war es raus.

„Oh", wiederholte er. Und dann: „Das ist gut. Man wird zuvorkommender behandelt. Es hat nur Vorteile. Es freut mich zu hören, dass ich mein Äußeres so gut gestaltet habe."

Okay, ich konnte mir schon vorstellen, insbesondere in welchem Punkt man es als gutaussehender Mann leichter hatte als andere, und ich wunderte mich, dass er so naiv darüber redete. Aber ich wollte das Gespräch jetzt nicht auf die Frauen lenken, die er schon busweise abgeschleppt hatte.

„Gut, dann warst du also ein Mensch. Aber du warst ein Mensch ohne Vergangenheit. Ich meine, man braucht doch einen Ausweis, einen Job, einen Lebenslauf, Zeugnisse und so weiter, und oft bekommt man das eine nicht ohne das andere. Oder wie finanzierst du dir diese bescheidene Behausung?"

Er lächelte. „Zunächst hatte ich Aushilfsjobs, die ich mit meinen geringen menschlichen Kenntnissen ausüben konnte, und las mich parallel durch die Bibliotheken und durch das Internet. Ich eignete mir kulturelles und gesellschaftliches Wissen an und prägte mir euren niedrigen wissenschaftlichen Erkenntnisstand ein, damit ich mich nicht unbeabsichtigt enttarne.

Während meiner Studien erkannte ich, dass Reichtum einige Vorteile hat. Menschen haben dadurch generell mehr Möglichkeiten und vor allem mehr Zeit, um sich Wissen anzueignen. Ich wollte einen angenehmen Job mit hohem Verdienst und möglichst viel Freizeit."

„Ja", unterbrach ich sarkastisch, „dieses Lebensmodell erfreut sich einer gewissen Beliebtheit."

Er zuckte nur mit den Schultern.

„Nach meinem damaligen Informationsstand schien mir der Beruf des Investment Bankers zweckmäßig. Das benötigte Wissen erwarb ich in wenigen Wochen. Ich beschaffte mir gefälschte Ausweise und Dokumente. Das machte alles einfacher. Ich konnte eine Wohnung beziehen, statt in billigen Hotels zu übernachten. Ich bewarb mich – natürlich mit sehr guten Zeugnissen –, überzeugte mit meinem Wissen und bekam sofort eine Stelle. Hier in Frankfurt."

„Also die beiden Männer, mit denen du dich im Coffee Shop getroffen hast, das waren Kollegen von dir?"

„Ja, ehemalige Kollegen. Ich habe etwa eineinhalb Jahre dort gearbeitet und mein Wissen ständig erweitert. Ich war sehr erfolgreich." Er grinste. „Dann habe ich mich selbständig gemacht. Oder handele nur noch als Privatier, wenn du so willst."

„Investment Banker … Die waren doch mal in den Schlagzeilen wegen Devisenmanipulationen. Warst du auch in Betrügereien verwickelt?"

„Nein, ich wollte keinesfalls riskieren aufzufallen."

„Na ja, wenn das der einzige Grund für reguläres Geldscheffeln ist …"

„Es gibt mir die Freiheit, die ich brauche, um mir das Wissen anzueignen, das dieser Planet für mich bereithält."

„Okay, das mit dem Wissen ist ja gut und schön, aber das ist doch nicht alles, was das Leben ausmacht. Ich meine, du kannst doch nicht dein Leben nur mit Lesen und Googeln verbringen. Sitzt du nicht manchmal einfach in der Sonne, ohne an irgendwas zu denken? Gestattest du dir nie, ein Buch ein zweites Mal zu lesen, nur weil es dir Spaß macht?"

Er sah mich mit großen Augen an.

„Ein Buch zweimal lesen – nein! Dadurch habe ich doch keinen Informationsgewinn. In der Sonne sitzen – ja. Ich habe schließlich einen Körper wie jeder andere Mensch auch. Da ich die vielen mühsamen Jahre, in denen ich mir eine Existenz aufgebaut habe, nicht wiederholen möchte, trage ich Sorge für die Gesundheit meines Körpers. Zwar kann ich Krankheiten oder Verletzungen gleichsam rückgängig machen, indem ich mich in eine unbeschädigte Gestalt verwandele – auch in die äußerlich gleiche Gestalt. Aber ich kann mich zum Beispiel nicht von meinem Nachbarn mit dem Auto überfahren lassen und am nächsten Tag in der gleichen, aber unbeschädigten Gestalt an seiner Tür klingeln. Ich muss immer ein nach außen unauffälliges Leben führen.

Starke Verletzungen meiner Kerne wären allerdings nicht mehr heilbar. Ohne sie könnte ich mich nicht in eine heile Gestalt verwandeln. Der Mordanschlag des Invasors hat mich deswegen auch sehr irritiert. Natürlich wollte ich nicht, dass du meine Verwandlung miterlebst, aber ich musste mich auf etwaige Beschädigungen überprüfen. Denn, um heimzukommen muss ich mich in meine ursprüngliche Gestalt verwandeln können. Ansonsten passe ich nicht in mein Raumschiff und kann es auch nicht steuern."

„Dein Raumschiff?"

„Ja." Er zeigte mit dem Kopf Richtung Wohnwand.

Ich folgte seinem Blick. „Was ...?"

David stand auf und griff nach einem der geschmacklosen modernen Kunstwerke. Eine Art kupfern glänzender Baseball. Ich verstand immer noch nicht.

Er legte das Teil vor mir auf den Wohnzimmertisch und setzte sich wieder.

Ich starrte es an. „Das ist dein Raumschiff?"

„Ja. Es ist sehr komfortabel. Es können zwei von uns damit reisen. Du kannst es ruhig anfassen."

„Oh, ich weiß nicht. Nicht dass es mir noch runterfällt."

„Es ist absolut stabil. Stabiler als du dir vorstellen kannst."

Ich nahm es vorsichtig in die Hände.

„Wie geht es auf?"

„Du musst es nur wollen. Unsere Raumschiffe reagieren ausnahmslos auf friedlich gestimmte Wesen. Dies dient dem Schutz vor Feinden. So verhindern wir auch, dass die aggressiven Invasoren unsere Raumschiffe besetzen. Deren Raumschiffe lassen sich zusätzlich auf technischem Wege öffnen, anders kommen sie mittlerweile nicht mehr hinein." David spitzte fast unmerklich die Lippen. Dann schaute er auf das Teil in meinen Händen. „Unsere Raumschiffe sind besonders." Er lächelte. Zum ersten Mal sah ich so etwas wie Liebe in seinem Blick. Ich kannte sein höfliches Lächeln, sein freundliches, auch so etwas wie ein gezwungenes Lächeln. Dieses Lächeln jetzt sah ich zum ersten Mal. Es drückte die Liebe zu seinem Volk und seinem Planeten aus.

Es machte mich eifersüchtig.

Ich starrte auf das Raumschiff.

„Das funktioniert nicht."

„Du musst ihm positiv gegenüber treten."

Geh schon auf, du Mistvieh!

David streckte die Hände aus, strich damit über den Baseball und lehnte sich wieder zurück.

Es verstrichen ein paar Sekunden, dann öffnete sich die obere Hälfte und gab den Blick in sein Inneres frei.

Meine Erwartung von hochkomplizierter Technik und Instrumententafeln wurde enttäuscht. Es war im Grunde überhaupt nichts zu erkennen, außer ein weich aussehendes, einheitliches Innenleben, das von der äußeren Schale absolut diffus in den innenliegenden Hohlraum überging. Die Vorstellung, dass David darin irgendwie Platz fand und das Ding steuern konnte, machte mich sprachlos.

Ich starrte auf das Raumschiff. Ich durfte in Bezug auf David nicht aus den Augen verlieren, dass sich eine absolut fremde Kreatur hinter dieser ansprechenden Verpackung verbarg.

Doch es war zum Kotzen. Trotz aller Absonderlichkeiten, die hinter seiner Fassade lauerten, hatte David nicht nur nicht an Anziehungskraft für mich verloren, sondern im Grunde, wenn das überhaupt möglich war, wirkte er noch faszinierender auf mich als je zuvor.

Aber eines war noch wichtiger als David.

„Woher kommen die Invasoren, und warum erkunden sie ausgerechnet die Erde?"

David legte kurz beide Hände über seine Nase und schaute mich dann wieder an.

„Mein Volk und die Invasoren haben den gleichen Ursprung. Wir sind im Vergleich zu euch sehr weit entwickelt. Wir haben praktisch alle Krankheiten ausgerottet, wir lernten den Alterungsprozess aufzuhalten und haben in diesem Sinne Unsterblichkeit erlangt, sofern wir nicht einen Unfall erleiden. Indes ging parallel zu diesem Fortschritt unsere Zeugungsfähigkeit zurück. Es ist ein ähnlicher Mechanismus wie bei euch. Wenn bei euch viele Männer in großen Kriegen sterben, gebären die Frauen in den folgenden Jahren vermehrt männliche Kinder. Eure Körper wissen, was nötig ist, um eure Art zu erhalten. Die unsere nahm durch fehlende altersbedingte Todesfälle nicht mehr ab, also stellten unsere Körper allmählich ihre Reproduktionsfähigkeit ein. Nur dreizehn von uns – leider alle vom gleichen Geschlecht – sind noch zeugungsfähig."

Er schaute mir in die Augen.

„Auch du?"

„Ja. Ich bin einer von ihnen. Als die Invasoren noch zu uns gehörten, war ich meinem Volk zu wertvoll, als dass sie mich als Kundschafter aussenden wollten. Jedoch benötigen wir jeden einzelnen Gestaltwandler für Außeneinsätze, um unser Problem zu lösen. Ich muss sicher nicht erklären, dass wir uns nicht auf unserer Unsterblichkeit ausruhen können. Selbstverständlich kann man über die Jahrmillionen nicht jeden Unfall vermeiden, natürlich können der Wind, zurückkehrende Kundschafter und Meteoriten Viren und Bakterien einschleppen, mit denen wir vielleicht nicht sofort fertig werden. Auf Dauer werden wir ohne Fortpflanzung nicht überleben. Nur: Die verschiedenen Ansichten, wie wir auf dieses Problem reagieren sollten, spalteten unser Volk.

Viele, insbesondere wir Kundschafter, wollen versuchen, durch Wissenszuwachs eine Lösung zu finden. Wir denken, dass die letzte Chance auf Fortbestand unseres Volkes in dem Wissen liegt, das andere Planeten für uns bereit halten. Wir achten das Leben umso mehr, seit wir unseres bedroht sehen.

Bei denen, die heute als Invasoren durch das All marodieren, kam hingegen eine Art Endzeitstimmung und besondere Rücksichtslosigkeit auf. Auch traten sie uns dreizehn gegenüber immer feindseliger auf, eine Eigenschaft, die meinem Volk bis dahin völlig fremd war. Die Invasoren hassen die Hoffnung, die mein Volk noch hegt, da sie sich selber der Verzweiflung ergeben haben. Insbesondere hassen sie alle Zeugungsfähigen, weil sie diese Hoffnung symbolisieren und nähren."

David zog die Augenbrauen hoch.

„Die Invasoren taten schließlich so, als wollten auch sie nach einer Lösung außerhalb unseres Universums suchen, bauten ein großes Raumschiff und verließen uns. Aber in der Folge berichteten immer mehr Kundschafter von zerstörten Planeten. Auch kamen sie immer häufiger nicht mehr von ihren Einsätzen zurück. Doch ohne stichhaltige Beweise wollten wir keinen Krieg gegen einen ehemaligen Teil unseres eigenen Volkes beginnen. Trotzdem verteilten wir Zeugungsfähigen uns als Vorsichtsmaßnahme im All. Da ich Gestaltwandler bin, wollte ich endlich die Chance nutzen, als Kundschafter Wissen zu sammeln. Die Erde schien mir mit ihrer Artenvielfalt viele Informationen zur Fortpflanzung bereitzuhalten."

„Und wieso haben die Invasoren ausgerechnet die Erde im Visier?"

„Sie leben von allem Organischen und suchen entsprechend nach Planeten, die viel davon bieten. Ihre Vorhut – um das Risiko zu minimieren üblicherweise nur einer, selten zwei ihrer Art – nimmt die Gestalt einer überlegenen Spezies an. Dies können sie allerdings nur aufgrund ihrer technischen Apparate, nicht aus sich selbst heraus. Denn die Invasoren haben sich im Gegensatz zu meinem Volk seit der Spaltung kaum weiterentwickelt.

Die Vorhut prüft, ob das Volk der Invasoren auf dem jeweiligen Planeten überleben könnte und ob es sich lohnt, den Planeten auszubeuten. Wenn ja, wird der Rest der Invasoren nachgeholt."

„Und was geschieht dann mit den bisherigen Bewohnern des Planeten?"

Er sah mich vorsichtig an.

„Sie leben von allem Organischen."

Er hatte es ja bereits gesagt, aber es war einfach zu schrecklich, um es wirklich zu glauben.

David sah mich bekümmert an. „Sie züchten nicht, sie säen nicht. Sie konsumieren nur und ziehen dann weiter. Wir hingegen würden gern erforschen, was sie vernichten. Damit entziehen sie uns auf Dauer die Chance, unser Zeugungsproblem durch Wissenszuwachs zu klären. Es ist unvermeidlich, dass dieser Konflikt gewaltsam gelöst werden muss."

Ich schluckte und lehnte mich zurück.

„Es tut mir leid Jessi, aber dieser Planet ist in großer Gefahr. Dein Volk ist zwar wehrhaft, und die Invasoren sind definitiv darauf aus, eigene Verluste zu vermeiden, aber sie sind euch waffentechnisch weit überlegen."

Ich sank in meinem Sessel zusammen. Ich wollte nichts Schreckliches mehr hören.

Mein Magen knurrte unüberhörbar. Ich hatte David so fasziniert gelauscht, dass ich gar nicht dazu gekommen war, die Brezeln zu essen.

David streckte die Hände aus. „Bitte entschuldige, ich habe dich gar nicht gefragt, ob ich uns ein Abendessen kommen lassen soll."

Ich war es nicht gewohnt, Geld aus dem Fenster zu schmeißen. Außerdem könnte ich etwas Ablenkung gebrauchen.

„Wie wäre es, wenn ich für uns was koche? Hättest du was hier?"

„Oh, ich denke schon." Er schaute kurz Richtung Küche.

Hatte David leichte Ringe unter den Augen?

„Hör zu, du legst dich jetzt schön hin, und ich mache uns was zu essen."

Ich lief zu ihm hinüber, und er legte sich brav auf die Couch. Ich nahm die zusammengeknäulte Decke und legte sie über ihn.

„Du musst dich ausruhen."

„Danke."

David drehte sich auf die Seite, sodass er mich in der Küche werkeln sehen konnte. Es tat mir leid, dass er sich um mich gekümmert hatte, obwohl es ihm selber nicht gut ging. Ich fühlte mich hingegen, seit ich den Tag verschlafen hatte, deutlich besser.

Ich schaute mir ungeniert Davids Vorräte an. Das war nicht die Ausstattung von jemandem, der täglich kochte, aber wir hatten Eier und alle Grundnahrungsmittel, und einen von den vorhandenen Fertigsalaten konnte ich auch noch etwas aufpeppen.

Nach dem Essen wollte David beim Abräumen helfen, aber ich bestand darauf, dass er sich wieder hinlegte. Als ich mit der Küche fertig war, setzte ich mich zu ihm.

„Wie fühlst du dich?"

„Etwas besser."

Das hörte sich nicht überzeugend an.

„Ich werde hier nicht weggehen, bevor du dich nicht richtig gesund fühlst", versprach ich.

David lächelte leicht.

„Ich muss nur morgen unbedingt was für die Schule tun. Wir schreiben nächste Woche drei Arbeiten. Ich weiß zwar nicht, ob sich das noch wirklich lohnt …"

„Ich werde alles tun, um diesen Planeten zu erhalten."

„Und ich werde alles tun, um dir dabei zu helfen. – Also, falls es okay ist, wenn ich noch mal hier schlafe …"

„Das solltest du unbedingt."

„Du kannst natürlich in deinem Bett schlafen, und ich schlafe diesmal auf der Couch. Ich würde dich gerne noch so vieles fragen."

„Das ist wirklich nett von dir, aber ich bestehe darauf, dass du das Bett nimmst. Die Couch ist bequem genug, und ich werde tief und fest schlafen, wenn ich weiß, dass du da bist. Es … ist sehr schön für mich, dass ich so offen zu dir sein kann."

„Same here", erwiderte ich und grinste. Mir wurde ganz warm ums Herz, weil er sich über meine Anwesenheit so freute. Trotzdem wollte ich noch etwas wissen, auch wenn es jetzt vermutlich die Stimmung wieder zerstören würde.

„David, der Mann im Coffee Shop, wie hast du gemerkt, dass er ein Invasor ist? Etwa an seinem schmierigen Aussehen?"

David lächelte kurz.

„Sie missachten nicht nur alle anderen Lebewesen, sie sind auch sich selber gegenüber nachlässig ... Aber um deine Frage zu beantworten: Seine DNA war nicht nur menschlich. Deshalb hatte ich ihn auch schon zuvor erkannt. Er hat mich häufig verfolgt. Die Invasoren können mein Raumschiff orten."

Davids Miene verfinsterte sich, und mich fröstelte.

„Ich musste von Anfang an in Betracht ziehen, dass er mich angreifen würde. Er wird sicher auch weiterhin versuchen, mich zu töten. Nicht nur, weil ich einer der Zeugungsfähigen bin, sondern auch, um zu verhindern, dass ich mit der Botschaft der Zerstörung der Erde zu meinem Volk zurückkehre."

Davids Schilderung ließ mich erneut erschauern. Ich schaute durch die Glaswand auf die beleuchtete Stadt. Zum ersten Mal bekam ich Angst um David, und meine Hände begannen zu schwitzen. „Könnte er die Wand hochklettern und durch die Glaswand springen? Oder dich aus der Ferne töten? Oder könnte er …"

„Nein, bitte", unterbrach er mich und hob beschwichtigend die Hände, „du brauchst dich nicht zu sorgen. Der Invasor ist hier in seiner menschlichen Gestalt nicht gefährlicher als ein Mensch. Auch er hat sich hier eine Existenz aufgebaut und kann nicht im nächsten Geschäft Massenvernichtungswaffen kaufen. Im Vorfeld ihrer Invasion wollen die Invasoren bei einem Mord mindestens genauso wenig entdeckt werden wie ein Mensch. Wir müssen uns also nur gegen normale menschliche Angriffe wappnen."

„Äh, ‚wir' müssen uns wappnen? Denkst du, dass er auch hinter mir her ist?" Mein Herz schlug mir auf einmal bis zum Hals.

„Er hat uns beim Verlassen des Coffee Shops beobachtet, und vermutlich hat er auch gesehen, wie du auf der Herrentoilette nach mir gesucht hast. Wenn ich dich nicht mitgenommen hätte, wäre er sicher zurückgekommen … Aus meiner Sicht ist die einzige realistische Chance für diesen Planeten, dass ich den Invasor rechtzeitig ausschalte. Wenn sein Mutterschiff längere Zeit keine Nachricht von ihm erhält, wird sein Volk diesen Planeten als zu gefährlich erachten und nach einem anderen suchen … Und die einzige reelle Chance für dich ist es, dich meinem Schutz anzuvertrauen." Er senkte den Kopf und sah mich von unten her an.

Ich versank noch tiefer in den Sessel. Schöne Scheiße. Ich hatte gedacht, die Invasion wäre die Gefahr, vor der mich David warnen wollte. Ich wusste nicht, dass ich persönlich auf der Abschussliste stand.

„Du solltest in Zukunft vorsichtig sein. Die Invasoren sind auch ohne Grund leicht reizbar. In der Zeitung stehen in letzter Zeit einige Fälle, in denen eine Begegnung zwischen einem Menschen und dem Invasor für den Menschen sehr ungünstig ausging. Erst heute wieder."

„Was? Das steht schon in der Zeitung?"

„Ja." David holte die Zeitung von heute und schlug sie auf. Er zeigte mit dem Finger auf einen Artikel.

‚Weiterer Leichenfund am Mainufer – Polizei vermutet Serienmörder', lautete die Überschrift. Es waren zum wiederholten Male Leichen ohne Kopf oder nur Leichenteile gefunden worden. Bei den Opfern handelte es sich wohl stets um Frauen aus dem horizontalen Gewerbe. Die Polizei ging von einem Psychopathen aus.

„Wieso …?“

„Ich nehme an, dass der Invasor … mit seiner Fortpflanzungsfähigkeit experimentiert und … das Ergebnis nicht zu seiner Zufriedenheit ausfällt. Wenn sie die Fassung verlieren, sind sie auf absolute Zerstörung aus. Das wird bei den verschwundenen Köpfen der Fall gewesen sein. Ein in den Main geschleuderter Kopf kann Kilometer weit treiben. Fehlende Gliedmaßen deuten eher darauf hin, dass er gleichermaßen wütend wie …“ – er sah mich vorsichtig an – „hungrig war.“

Ich schloss die Augen und versuchte, die aufkommende Panik zu unterdrücken. Ich wollte eigentlich noch das Abi machen und studieren. Einen Freund finden und heiraten. Den Nobelpreis gewinnen. Und so weiter. Und so weiter.

Ich hatte gar nicht gemerkt, wie er aufgestanden und zu mir gekommen war. Er kniete auf einmal vor mir und nahm meine Hand.

„Jessi, ich verspreche dir, ich werde alles tun, um dich zu beschützen. Einer der Vorteile, die mein Wohlstand hat, ist, dass ich mir mit dem Geld auch Sicherheit erkaufen kann. Hier in meinem Appartement sind wir sicher! Er wird sich jetzt gewiss nicht mehr leichtfertig in meine Nähe wagen, denn sein Angriff war eine offene Kampfansage. Deshalb werde ich private Ermittler einsetzen und herausfinden, wer er ist und wo er wohnt. Ich werde ihn unschädlich machen.“

„Aber wie sollen selbst Privatdetektive den Typen ausfindig machen in so einer Großstadt?“ Ich schluckte.

„Um die Invasion einzuleiten, muss der Invasor Kontakt mit seinem Mutterschiff aufnehmen. Es wartet sehr weit fort hinter einem Planeten, sodass es trotz seiner Größe nicht von der Erde aus entdeckt werden kann. Die Invasoren benötigten nun einmal ein großes Schiff, weil sie ihren umfangreichen technischen Ballast mitschleppen müssen.“ Er grinste angestrengt mit zusammengepressten Lippen. „Für die Kontaktaufnahme zu seinem Mutterschiff muss sich der Invasor der Sternwarte bedienen. Das ist ein wichtiger Anhaltspunkt, durch den wir ihn fassen können. Wenn ich ihn getötet habe, wird dein Planet für unsere Völker erhalten bleiben.“

Ich konnte nicht mehr verhindern, dass mir eine Träne die Wange herunter lief.

Er drückte leicht meine Hand. „Bitte, Jessi, sei nicht mehr traurig. Es wird sich alles zum Besten wenden.“

Ich versuchte, ihm zu glauben. Außerdem wollte ich nicht heulen. Es war mir peinlich, dass er sich genötigt sah mich zu trösten.

„Ich muss mir mal die Nase putzen“, schniefte ich und stand auf, um mir aus meinem Rucksack ein Taschentuch zu holen.

Er stand ebenfalls auf, drehte sich höflich Richtung Fenster und schaute auf die Stadt.

Ich war fix und alle. Mein Kopf brummte wieder. Ich versuchte, daran zu glauben, dass David mich beschützen würde. Mich und sich. Andernfalls müsste ich den Rest meines jämmerlich kurzen Lebens in Angst verbringen.

„Okay, David, ich muss ins Bett. Lass uns morgen weiterreden."

Er drehte sich zu mir um.

„Ja, sicher."

Als ich aus dem Bad kam, lag David auf der Couch und hatte den Arm über die Augen gelegt. Ich kam mir wieder mies vor, weil er mir sein Bett überlassen wollte.

Aber da war noch etwas anderes.

„David?"

„Ja?"

„Ich möchte nicht, dass du auf der Couch schläfst."

„Mach dir bitte keine Sorgen, das ist wirklich in Ordnung."

„Nein, ich meine …"

Er drehte sich zu mir, stützte sich auf den Ellenbogen und schaute fragend auf mich.

„Wenn's dir nichts ausmacht, würdest du vielleicht auch drüben schlafen?"

Er sah mich verwirrt an. Himmel, ich musste noch deutlicher werden.

„Ich möchte nicht alleine sein. Du brauchst keine Angst haben, dass ich über dich herfalle." Ich lächelte gequält.

„Oh, ja gewiss, wie du willst. Ich putze mir gerade noch die Zähne." Er sprang hektisch auf und verschwand ins Bad.

Es war mir egal, ob ich mich lächerlich machte oder wie ein Weichei aussah. Ich hatte Angst, und ich wollte verdammt noch mal nicht alleine im Schlafzimmer herumliegen und an diesen schrecklichen Mann aus dem Coffee Shop denken. Natürlich war David nicht für mein Schicksal verantwortlich, aber irgendwie standen diese schlimmen Probleme ja mit ihm in Zusammenhang, und wenn er mich schon beschützen wollte, dann sollte er das gefälligst auch tun.

Ich löschte das Licht und legte mich ins Bett. David war schon bald darauf da. Ich schaute kurz zu ihm rüber. „Danke, David."

Ich hatte schon eine Weile dagelegen und auf seinen Atem gelauscht, als David noch einmal zu sprechen anfing.

„Jessi. Ich glaube, dass dein Planet für mein Volk außerordentlich wichtig ist und möchte ihn unbedingt vor der Zerstörung bewahren. Wenn du jedoch meine wahre Identität preisgibst oder versuchst, die anderen Menschen vor den Invasoren zu warnen, muss ich sofort abreisen. Was deine Regierung mit mir anstellen würde, wenn sie mich in die Finger bekäme, muss ich dir sicher nicht erklären."

„Nein. Du kannst dich auf mich verlassen."

Ich lag wieder eine Weile still und lauschte.

„Warum hast du dich anders entschieden?", fragte ich.

„Ich weiß es nicht", sagte er.

KAPITEL 5 – Verlorene Liebesmüh'

Als ich am nächsten Morgen aufwachte und realisierte, wo ich war, hatte ich einen Arm auf der Bettdecke, unter der David lag. Ich drehte mich möglichst unauffällig weg und lauschte. David atmete ruhig und gleichmäßig. Hoffentlich war ich im Schlaf nicht aufdringlich gewesen.

Ich fühlte mich unausgeschlafen und zermatscht. Zu allem Unglück hatte ich irgendetwas Blödes geträumt. Inkompatibler Glibberschwabbel hin oder her, ich wollte nicht, dass David mich so sah, wie ich mich fühlte. Also zwang ich mich relativ schnell aus dem Bett und ging hinüber ins Bad. Leider sah ich tatsächlich aus wie befürchtet, deswegen schaufelte ich mir mehrere Ladungen kaltes Wasser ins Gesicht und vermied es, noch einmal in den Spiegel zu sehen.

Ich machte uns beiden das Frühstück und fing auch schon an zu essen, da David immer noch nicht aufgestanden war. Ich überlegte, wie ich mir den Tag einteilen müsste, insbesondere hinsichtlich des ausstehenden Lernpensums. Außerdem dachte ich über den Invasor nach.

Bei Tageslicht schien er mir nicht mehr so bedrohlich wie gestern Abend. Wenn ich aus dem Fenster blickte, wirkte Frankfurt wie immer. Keine Invasoren, keine Gestaltwandler. Schmutzige Autos, graue Straßen.

David stand auf einmal in der Schlafzimmertür. Er sah auch nicht so richtig frisch aus, aber trotzdem noch total hinreißend in seinem glänzenden Schlafanzug und mit verstrubbelten Haaren. „Guten Morgen." Er lächelte.

„Hey, ich hoffe, es ist nicht unhöflich, dass ich schon angefangen habe zu essen."

„Nein, natürlich nicht; ich komme gleich dazu."

Kurz darauf saß auch er am Frühstückstisch.

„David, ich müsste jetzt erst mal was für die Schule lernen ... Ich bringe halt die Pflichten immer gerne als Erstes hinter mich."

„Gewiss. Kann ich dir dabei helfen?"

„Wenn du willst … Wie geht's deinem Kopf … äh, Kern?"

„Sehr gut, ich bin ohne Kopfweh aufgewacht. Wenn es dabei bleibt, ist die Sache ausgestanden."

„Super", atmete ich auf.

David bestand darauf, den Tisch abzuräumen. Er holte eine Zeitung herein, die vor der Appartement-Tür lag, und ich hatte bereits mein Physikbuch aufgeschlagen.

David blätterte kurz in der Zeitung, schien aber schnell die Lust daran zu verlieren. Er stellte sich neben mich und schaute in mein Buch.

„Was macht ihr gerade?"

„Elektrotechnik. Leider kapiere ich es noch nicht so richtig."

„Vielleicht kann ich es dir erklären. Darf ich mal sehen, wie es im Buch steht?"

„Seite sechsundsiebzig bis hundertdrei. Die Seitenzahl weiß ich auswendig, aber das ist auch schon fast alles."

Er nahm mein Buch und blätterte die Seiten durch. Nicht gerade wie ein Daumenkino, aber er schaute nur ganz kurz auf jede Seite.

„Gut, was verstehst du nicht?"

„Willst du es dir nicht erst mal durchlesen, damit du weißt, was wir gemacht haben?"

„Das habe ich doch." Er sah mich erstaunt an.

„Du liest eine Seite pro Sekunde? Das ist ja voll irre! Äh, ich meine, das ist natürlich toll."

„Nun, ich kann Wissen sehr schnell aufnehmen. Ich weiß nur nicht, ob ich es in eurer Sprache auch gut vermitteln kann."

Er konnte. Und zwar genial. Mit ihm an meiner Seite würde ich ein grandioses Abitur schaffen. Falls ich lange genug leben würde.

Er erklärte mir an diesem Vormittag sowohl den Physik- als auch den Chemie-Stoff, und nachdem ich es überhaupt erst verstanden hatte, konnte ich mühelos für die Arbeit lernen. Es war lächerlich im Vergleich zu der Bedrohung, die David skizziert hatte, aber es war einfach so: Es hellte meine Stimmung enorm auf. Ich bekam wieder das Gefühl, etwas hinzukriegen und die Dinge anpacken zu können.

„Wollen wir einen kleinen Ausflug machen und zusammen spazieren gehen?", fragte er mich unvermittelt. „Falls es dir recht ist."

„Ja, nachdem du mir so gut geholfen hast, habe ich jetzt mehr Zeit als gedacht. Ich möchte nur heute Abend Chemie noch einmal wiederholen. Wir sollten nicht zu spät zurück sein."

„Sehr gerne."

Wir fuhren mit dem Fahrstuhl in den Keller, wo sich eine Tiefgarage befand. Ich erinnerte mich an den Geruch. Hier war ich langsam wieder zu mir gekommen, als David mich aus dem Auto gehoben und nach oben getragen hatte.

David drückte auf eine Fernbedienung und ich schaute, bei welchem Auto die Lichter angingen.

Es war ein Porsche. Ich kannte mich nicht besonders mit Autos aus, aber dieser Porsche sah exorbitant teuer aus.

„Dezente Karre", bemerkte ich.

„Ja." David fuhr sich durch die Haare. „Ich hatte erst einen Lamborghini Huracan ins Auge gefasst, aber der schien mir dann doch etwas zu auffällig."

Wir fuhren also in Davids unauffälligem Wagen nach Heidelberg und liefen zum Schloss hinauf. Mein Bruder hatte in Heidelberg studiert, und ich war schon einige Male dort gewesen und freute mich auf den Ausblick, den man vom Schloss aus hatte. Es waren auch genügend Sonntagsausflügler unterwegs, sodass ich keine Angst hatte, hinterrücks gemeuchelt zu werden.

Wir redeten über dies und das wie normale Freunde, die einen Spaziergang machten. Trotzdem gingen mir die Invasoren nicht aus dem Kopf.

„Wieso bist du so sicher, dass das Raumschiff der Invasoren nur abwartet, bis es Nachricht von der Erde bekommt? Könnte man nicht auch vom Raumschiff aus nachfragen, ob sich eine Invasion lohnt?"

„Nein, die Gefahr entdeckt zu werden, wäre viel zu groß. Signale, die von der Erde ausgesandt werden, gibt es zur Genüge, aber eingehende Signale aus dem All wären eine Sensation. Ihr wartet doch schon so lange auf Nachricht von draußen," – David grinste breit – „das würde die gesamte Menschheit in Aufruhr versetzen. Das ist genau das Letzte, was die Invasoren wollen."

Wir standen oben am Schloss, lehnten über einer Mauer und schauten auf die Stadt.

„Allerdings fürchte ich …" Er zögerte. „Ich fürchte, dass sie ihre Invasion schon bald einleiten wollen. Nach meiner Einschätzung ist die Erde … ideal für ihre Zwecke geeignet."

„David, es ist mir immer lieber, wenn du offen sagst, was Sache ist."

„Wie du willst. Ich weiß manchmal nicht, wie ich mich verhalten soll. Menschen lügen ja des Öfteren, und es ist nicht immer mit böser Absicht. Ich möchte dich beschützen, aber das heißt nicht, dass ich dich für dumm oder hilflos halte."

„Na, das ist ja wenigstens etwas." Ich drehte mich zu ihm. „Ich habe nicht annähernd so viel zu bieten wie du, aber wenn ich eines vorweisen kann, dann, dass man sich in schwierigen Situationen auf mich verlassen kann."

„Das glaube ich nicht", sagte er, und bevor ich protestieren konnte, fuhr er fort: „Du hast noch viel mehr zu bieten, aber ich habe den Eindruck, dass du dir dessen gar nicht bewusst bist." Er schaute immer noch auf die Stadt, und sein Gesichtsausdruck verriet gar nichts. Er schien das Gesagte tatsächlich ernst zu meinen. „Den Menschen fällt es leicht, dich zu mögen. Du siehst hauptsächlich ihre positiven Eigenschaften.“

„Na ja, man könnte es auch mit den Worten einer Freundin sagen, dass ich oft zu naiv bin.“ Ich betrachtete die Maserung der Mauersteine. „Wie sehen dich deine Freunde?“

Er verzog leicht einen Mundwinkel und zuckte mit der Schulter. „Ich fürchte, ich habe keine. Das Thema Freunde ist ein wenig kompliziert. Insbesondere in den ersten Jahren hatte ich Bedenken, ich könnte einen Fehler machen, der mich bloßstellt. Ich habe bewusst zu enge Kontakte vermieden. Mittlerweile kenne ich mich, glaube ich, recht gut damit aus, wie man sich als Mensch benimmt. Ich weiß, wann Menschen in Gesprächen lachen, ich erkenne Ironie, ich weiß Gesichtsausdrücke zu deuten. Du kannst dir nicht vorstellen, wie oft ich mich anfangs blamiert oder Verwirrung gestiftet habe.“ Er lachte halb verlegen und sah total zum Knutschen aus. „Mittlerweile weiß ich, wie ich mich verhalten muss, damit mich andere Menschen sympathisch finden. Trotzdem … Engere Bindungen sind für mich schwierig. Für dich klingt das sicher seltsam. Ich hatte den Eindruck, dass es dir leicht fällt, mit deinen Kolleginnen eine gute Verbindung herzustellen. Ich merke, dass du das kannst, aber ich kann dir nicht sagen, woran ich es merke … Wahrscheinlich weiß ich es nicht in Worte zu fassen, weil es mir selber dermaßen schwer fällt. Weil es offensichtlich nichts ist, was man so leicht aus Büchern lernen kann, wenn man nicht als entsprechendes Lebewesen von klein auf sozialisiert wurde.“

Er machte eine Pause, drehte sich um und lehnte jetzt rücklings an der Mauer.

„Meine Beziehungen sind mehr … sachlicher Natur. Auch die Kollegen, die du aus dem Coffee Shop kennst, wollen im Grunde nur von meinen Kenntnissen profitieren und ein paar schöne Nebengeschäfte machen.“ Er suchte nach Worten. „Es ist ein grundlegender Unterschied zwischen euch und uns. Ihr messt dem Individuum einen hohen Stellenwert bei, und ihr könnt starke emotionale Bindungen zwischen ihnen herstellen. Bei uns zählt mehr das Volk als Ganzes. Wir pflegen keine individuellen Freundschaften. Ihr habt starke Familienbande. Wir kennen keine Familien. Mangels Kindern gibt es keinen Grund, sich enger an ein anderes Individuum zu binden. Ich will damit nicht sagen, dass wir nicht lieben, aber wir lieben weniger individuell. Umgekehrt empfinden wir auch nicht solchen Hass wie Menschen. Unsere Gefühle sind insgesamt wesentlich verhaltener als die euren.“

Davids Worte ließen mich nachdenklich zurück.

Wir liefen bald wieder nach unten in die Stadt, um eine Kleinigkeit zu essen. David wählte ein sündhaft teures Restaurant aus und bestand darauf mich einzuladen.

Als ich noch mein Eis löffelte, winkte David den Kellner herbei und bezahlte. Ich warf einen Blick auf die Scheine, die er aus seiner Börse zog, legte meinen Löffel beiseite und wartete, bis der Kellner wieder gegangen war.

„David, es ist mir echt peinlich, dass du so viel Geld für mich ausgibst." Ich schaute auf mein Eis. „Ich weiß ja, dass du finanziell gut dastehst, aber … Es ist mir unangenehm, wenn du mich so aushältst."

Ich sah ihn an.

David lächelte erst, dann sagte er ernst: „Jessi, ich fürchte, ich bin wesentlich vermögender, als du es dir vorstellen kannst. Ich versuche nur, es nicht zu zeigen, damit ich nicht auffalle."

Er versuchte, es nicht zu zeigen? War das aus seiner Sicht ein bescheidener Lebensstil? Mir schien es wirklich an Vorstellungskraft zu mangeln.

„Ich habe mehr Geld, als ich ausgeben kann, und du weißt nicht, wie viel Freude es mir macht, es für dich auszugeben. Unser Austausch, unsere Freundschaft ist außerordentlich wertvoll für mich! Durch dich erhalte ich einen viel besseren Einblick in eure Spezies, als es mir jemals möglich war. Seit dem Moment, wo du bei mir geschlafen hast, habe ich … mich so gut gefühlt wie all die Jahre zuvor nicht. Ich lerne dermaßen viel von dir. Jessi, bitte tu mir den Gefallen und nimm an, was ich dir geben kann."

Holla, ich war ihm wirklich wichtig. Meine Wangen wurden warm, und ich schaute wieder auf mein Eis. „Aber ich lerne auch viel von dir … und es freut mich, wenn ich etwas für dich tun kann. – Okay, ich werde nicht mehr über deine Großzügigkeit meckern. Ich hoffe nur, dass du dich nicht zu sehr verausgabst. Nicht, dass ich irgendwann doppelte Schichten im Coffee Shop schieben muss, um uns durchzubringen." Ich zwinkerte ihm lächelnd zu.

„Nein", sagte David und lachte jetzt so laut, dass einige Leute an den Nachbartischen zu uns herübersahen, „glaube mir, bis dahin ist es noch lange hin." Es schien ihm tatsächlich Spaß zu machen, dass ich ihm die Erlaubnis zum Geldverschwenden gegeben hatte. Nun ja, er war älter als ich – viel älter, höhö –, und er musste wissen, was er tat.

Außerdem hätte ich Luftsprünge machen können, weil David so gelöst wirkte. Im Wesentlichen war er so höflich und zuvorkommend, wie ich ihn im Coffee Shop kennengelernt hatte – nennen wir es mal ‚sein einstudiertes Ich' –, aber es gab auch Momente, wo er mir nichts vorzuspielen schien und absolut authentisch wirkte. Vielleicht würde ich ihn noch dazu bringen, einfach er selbst zu sein. Sofern man das als Alien in Menschengestalt sein konnte.

Wir fuhren am späten Nachmittag zurück.

David wollte wieder das Abendessen anliefern lassen, aber es hatte mir Spaß gemacht, für uns zu kochen, und so zauberte ich noch einmal ein Gericht aus seinen Vorräten. Er kam zu mir in die Küche.

„Kann ich dir helfen?"

„Nein, es wäre mir lieber, wenn du dich vorsichtshalber etwas ausruhst. Sind deine Kerne wirklich in Ordnung?"

Er setzte sich auf einen Stuhl am Esszimmertisch.

„Ja, danke."

„Was ich dich noch fragen wollte …" Ich nahm ein Tomatenmesser aus der Schublade. „Also bei euch zu Hause habt ihr nicht so enge Bindungen untereinander, hast du gesagt. Ihr habt keine individuellen Partnerschaften … " – ich warf ihm einen kurzen Blick zu – „und ihr habt in dem Sinne auch keine Freunde. Ist das nicht ein bisschen traurig? Was macht ihr denn, wenn es euch mal nicht so gut geht und euch etwas belastet, redet ihr dann mit dem Nächstbesten darüber, oder muss das jeder mit sich alleine ausmachen?"

„Das ist eine interessante Frage." Er dachte kurz nach. „Ich möchte jetzt nicht sagen, dass wir nie traurig sind, aber es kommt doch wohl seltener vor als bei euch. Es gibt kaum individuelle Gründe, traurig zu sein. Wir haben alles, was wir brauchen, wir altern nicht, wir sind praktisch immer gesund. Ich gebe zu, jetzt, wo ich euer Leben kenne, könnte man das meine möglicherweise als ein bisschen langweilig bezeichnen. Vielleicht auch ein wenig einsam. Es gibt keinen, der einen besonders liebt und für den man das wichtigste Lebewesen von allen ist. Das muss ein tolles Gefühl sein. Ihr nehmt die Liebe sehr ernst. Die meisten von euch jedenfalls. Aber ihr empfindet auch Hass. Ein schreckliches Gefühl. Als ich das erste Mal hier ärgerlich wurde, hat mich das in starkem Maße verunsichert."

„Wie, das heißt, du empfindest in der Menschengestalt auch ein bisschen wie ein Mensch?"

„Ja, durchaus. Immer mehr. Ich sehe natürlich, wie andere über ihre Eltern, ihre Partner, ihre Kinder und ihre Freunde sprechen. Wie sie sich umarmen oder küssen, wie die Augen leuchten, wenn sie sich begegnen. Ich glaube, das löst in mir ein bisschen Neid aus. Wenn ich meine Gefühle richtig interpretiere. Ich bin schon sehr gespannt, wie es wird, wenn ich wieder nach Hause komme. Ob ich diese Gefühle mitnehmen werde oder ob sie wieder verschwinden."

Er sah mir konzentriert zu, wie ich die Salatsoße anrührte, aber ich wusste, dass er an etwas anderes dachte.

„Das ist etwas, was mir immer verwehrt bleiben wird. Eine Familie zu haben, eine Frau, die mich liebt. Euren Sex selber zu erleben würde mich auch sehr interessieren, aber ein paar Geheimnisse werdet ihr vermutlich für euch behalten, wenn ich euch wieder verlasse."

Ich hatte aufgehört, die Salatsoße umzurühren.

„Du hast noch nie …? Du siehst aus wie ‚The sexiest man alive' und willst mir erzählen, dass du noch niemals …?"

Es schien ihm überhaupt nicht peinlich zu sein.

„Nun, mir fehlt es offensichtlich an Sexualtrieb. Ich hatte auch als Mensch noch keine Erektion. Ich habe den Eindruck, dass ich mich gar nicht verlieben kann."

Das alles hätte ich nie gedacht. Er konnte sich gar nicht verlieben! Das hätte er mir mal sagen sollen, als er den Coffee Shop das erste Mal betrat!

„Na, dann wundert's mich nicht, dass ihr ein Reproduktionsproblem habt."

„Dieser Rückschluss ist nicht korrekt", stellte David klar. „Bei uns würde die Fortpflanzung auch ohne Libido funktionieren. Wir benötigen kein sexuelles Begehren, sondern wir müssten uns nur berühren und die Fortpflanzung gewissermaßen gedanklich einleiten. Aber genau das funktioniert nicht mehr."

So detailliert hatte ich mit David eigentlich nicht über seine Sexualpraktiken – wenn sie diesen Begriff überhaupt verdient hatten – reden wollen. Trotzdem war ich neugierig.

„Wieso bist du dir da so sicher, wo du doch noch nie Sex hattest?"

„Unser Volk teilt sein vollumfängliches Wissen. Es leben sogar noch einige unter uns, die selber Leben gezeugt haben."

„Also wenn mir irgendein Tattergreis erzählen würde, was für tollen Sex er in seiner Jugend hatte, dann würde ich ihm das deswegen noch lange nicht glauben."

„Ich sprach nicht von ‚tollem Sex', sondern dass die Älteren unter uns aus eigener Anschauung wissen, wie es funktioniert", beharrte David.

„Also, ehrlich gesagt hört sich das total langweilig und emotionslos an. Vielleicht haben sich eure Körper nicht eurer Unsterblichkeit, sondern eurer mangelnden Leidenschaft angepasst."

David sah mich wieder mit diesem abwesenden Blick an. Hatte ich ihn gekränkt? Ein Mann, der offen über seine Erektionsprobleme sprach, musste doch völlig schmerzfrei sein.

Er schwieg und schien vollkommen in sich gekehrt. Ich schob die Spiegeleier in der Pfanne herum.

Er bewegte sich wieder.

„Wenn es dir nichts ausmacht, würde ich dich auch gerne etwas fragen."

„Ja, klar." Nun war ich am Erzählen. Von meinen Eltern und meinen Geschwistern. Von meiner Kindheit und meinen Freunden. Von meiner Schulzeit, meinen Krankheiten und Unfällen. Alles, was ihm fremd war, interessierte ihn am meisten. Ich versuchte immer wieder, seine Perspektive einzunehmen und mir vorzustellen, wie die Dinge auf ihn wirken mussten. Interessanterweise wurde mir dabei auch manches selber erst bewusst.

„Wieso bist du nicht in Mike R. verliebt? Ihr seid doch schon lange befreundet. Findest du ihn nicht attraktiv?"

Ich drehte die Flamme, auf der die Eier brutzelten, kleiner und stellte ihm die Salatschüssel vor die Nase.

„Kannst du den mal umrühren, bitte? Ich weiß nicht, darüber hab ich noch nicht nachgedacht. Ich mag ihn wirklich, doch ich hätte keine Lust, ihn zu küssen oder so. Aber stimmt schon, das ist eine gute Frage." Ich griff nach einem Messer. „Ich denke, man muss von dem Wesen angezogen werden, von dem Charakter. Da kann man sich auch in einen Mann verlieben, den man äußerlich nicht besonders gutaussehend findet, aber man wird von seinem Lächeln und seiner Art angezogen. Na ja, und von Mike R. werde ich halt überhaupt nicht angezogen. Aber vielleicht laufe ich deswegen auch immer noch als Single herum." Ich zuckte mit den Schultern. Ich dachte an verschiedene nette Typen, die mich ebenfalls nicht weiter interessierten, obwohl sie sicher voll in Ordnung waren … Dann dachte ich an Liam. Er zog mich an. In diesem Moment wurde es mir bewusst. Er hatte einen attraktiven, sportlichen Körper und wusste, was er wollte. Ich dachte an seine braunen Augen und wie er mich beim Eislaufen wie selbstverständlich vor Robert gerettet hatte. Er schien mir so sicher in allem, was er tat. Hätte Laura nur nicht diesen peinlichen Verkupplungsversuch gemacht!

David sah mich aufmerksam an, und ich fühlte mich ertappt. Aber es gab keinen Grund dazu. Wir mochten zwar schonungslos offen zueinander sein, aber ich sah keinen Anlass, ihm von einem anderen Mann vorschwärmen zu müssen.

„Gleich geht's los", kündigte ich an und begann, den Tisch zu decken.

David holte ein paar Flaschen aus dem Kühlschrank.

Wir aßen schweigend.

Es war seltsam, aber unsere gegenseitige Freimütigkeit hatte eine überwältigende Vertrautheit zwischen uns geschaffen. Auch fürchtete ich David keinesfalls mehr, obwohl ich ahnte, dass wesentlich mehr in ihm steckte, als ich im Moment überblicken konnte.

David fuhr mich abends nach Hause. Auf der Fahrt wurde er plötzlich sehr ernst.

„Jessi, ich habe mir überlegt, dass ich uns Personenschutz organisieren werde. Es wird zum einen den Invasor von Angriffen abhalten, und zum anderen wird es meine Nerven beruhigen, wenn ich nicht bei dir sein kann."

„Personenschutz?" Ich dachte an Politiker, die von bulligen Wichtigtuern im Anzug umringt wurden. „Das ist doch übertrieben. Du hast doch gesagt, dass der Invasor nur wie ein Mensch agieren kann. Ich habe mich in Frankfurt noch nie unsicher gefühlt. Hier ist immer so viel los …"

„Man weiß nie, wie es kommt. Personenschützer würden deine Sicherheit in jeder Situation gewährleisten."

„Okay, wenn sie aussehen wie Chris Hemsworth oder Robert Downey junior."

„Das lässt sich bestimmt einrichten."

„Das war ein Witz! David, meinst du wirklich, dass das nötig ist?"

„Bitte probiere es wenigstens aus. Es wird dir gar nicht auffallen."

David ließ nicht locker, und ich willigte schließlich ein. Ich konnte mich ja immer noch anders entscheiden.

David suchte in meiner Straße nach einem Parkplatz und brachte mich sogar bis nach oben zur Wohnungstür. Dort nahm ich ihm meinen Rucksack ab.

„Danke für das schöne Wochenende und vielen Dank für deine Nachhilfe."

„Es war mir ein Vergnügen." David grinste. „Wir sehen uns."

Auf der Treppe drehte er sich noch einmal um und hob die Hand. Erst in dem Moment wurde mir bewusst, dass ich ihm nachschaute, und winkte schnell zurück.

Hinter der Wohnungstür musste ich mich erst einmal wieder herunterfahren. Dieser scheinbar so harmlose Abschied hatte mein Herz zum Rasen gebracht, und ich rief mir mahnend in Erinnerung, dass er so völlig anders war als ich und eine Beziehung absolut ausgeschlossen. Dass es unglaublich toll war, dass wir überhaupt befreundet waren. Eine Liebesbeziehung zu David musste ich mir jedoch abschminken, da er sich ja sowieso nicht verlieben konnte, und ich wollte weder weiterhin von seinem Äußeren angezogen werden, noch dass er das auch nur dachte. Außerdem hatten wir weiß Gott andere Probleme.

Eben. Jetzt im Dunkeln und alleine in meiner Wohnung war ich plötzlich doch nicht mehr so selbstsicher wie zu dem Zeitpunkt, als ich mit David in seinem Auto gesessen hatte. Jetzt kam wieder die Furcht vor dem Invasor um die Ecke geschlichen. Aber ich musste auf David vertrauen und mochte auch gar nicht an Bedrohliches denken nach diesem schönen Nachmittag. Ich wollte lieber an unsere seltsame, verrückte Freundschaft denken. Doch eigentlich konnte ich mir auch das nicht leisten, denn ich musste noch Chemie wiederholen und den morgigen Tag vorbereiten. Den morgigen Tag, der so gewöhnlich und alltäglich sein würde wie alle meine Tage, bevor ich David kennengelernt hatte. Die schöne und unbeschwerte Zeit mit meinen Freunden. Ohne Invasoren und ohne Lebewesen von anderen Planeten.

Ich seufzte, nahm mir ein Glas mit Saft zur Couch und schlug mein Chemie-Buch auf. Ich war David unheimlich dankbar für seine Nachhilfe. Wenn man es mal kapiert hatte, war es eigentlich gar nicht so schwer.

Schon bald wurde ich von einem Anruf meiner Mutter unterbrochen. Wir hatten uns aber nicht viel zu erzählen, jedenfalls was die Geschehnisse betraf, die ich ausplaudern durfte, und so besprachen wir nur, von wann bis wann genau ich sie an Weihnachten besuchen wollte.

Nach einer Stunde rief mich Laura an. Sie war gerade von München zurückgekommen, und ihr WG-Genosse war nicht zu Hause, sodass sie ein bisschen schwatzen wollte.

Sie bat mich als Erstes, meine Handynummer an eine Kommilitonin weitergeben zu dürfen, die aus Trier hergezogen war und sich gerne bei mir über Reitmöglichkeiten in Frankfurt erkundigen wollte.

Dann fragte sie mich nach meinem Wochenende.

„Okay, Laura, ich muss dir was erzählen, aber flipp nicht gleich aus, denn es ist hundertprozentig nicht so, wie du denkst."

„Oh, das klingt total spannend!" Laura flippte aus. „Aaaah" – sie quietschte – „aufi, erzähl mir alles haarklein!“

„Aber es ist nicht so! Es ist dieser gutaussehende Banker aus dem Coffee Shop. Er …“

„Waaas? Jessi, das ist ja der Wahnsinn! Hab ich dir nicht gesagt, er wird dich noch nach deiner Nummer fragen. Oder dich noch mal ansprechen, also jedenfalls wusste ich doch, da läuft was.“

„Nein, da läuft eben nichts“, hakte ich jetzt energisch ein. „Wir haben uns einfach am Wochenende verabredet, und wir verstehen uns gut, aber ich kann dir versichern, wir sind nur befreundet, und daran wird sich auch nichts ändern.“

„Ach Quatsch, das wird noch, ich kenne mich aus.“

„Nein, das wird nicht. Bitte Laura, jetzt dreh mal nicht so auf. Er ist nett und so, aber da läuft nichts.“

„Aber warum? Du fandest ihn doch so toll. Zu Recht. Der Typ sieht unglaublich gut aus. Ist er verheiratet? Ist er dumm? Steht er auf Männer?“ Laura war gar nicht mehr zu bremsen.

„Nein, er ist solo, sehr intelligent und total nett und steht auch nicht auf Männer.“ Allerdings auch nicht auf Frauen.

„Aber …“ Laura schwieg.

Mir fiel leider nichts Sinnvolles ein, weshalb ich mir auf einmal keine Beziehung mehr mit David vorstellen konnte. Argumente wie ‚Ich stehe nicht auf Glibberschwabbel’ oder ‚David hält nichts von kurzfristigen Beziehungen unter ein paar Tausend Jahren’ konnte ich ja schlecht vorbringen. Ich versuchte einen Themenwechsel.

„Laura, ich wollte dich noch was fragen, und bitte sage es mir frei heraus. Mir kam nämlich neulich ein schrecklicher Gedanke: Ich hoffe, du hast mich in deinem Freundeskreis nicht noch anderen Leuten wie einen Ladenhüter angepriesen, so wie bei Liam?“

„Was? Nein, Quatsch, ehrlich nicht. Liam war der Einzige, und ich hab auch nur gesagt, dass du solo bist und ihr gut zusammen passen würdet. Weil es stimmt. Und nachdem dein gutaussehender Banker ja nun aus dem Rennen ist – wie heißt er eigentlich? –, hoffe ich, dass du meinen Vorschlag vielleicht doch wieder in Betracht ziehst.“

Ich war erleichtert. „Er heißt David. Ja, okay, ich finde Liam wirklich nett und so, aber ich glaube nicht, dass er gesteigertes Interesse an mir hat. Außerdem dreht sich das Leben auch nicht nur um Männer.“

„Genau“, pflichtete mir Laura bei.

„Wollen wir nächstes Wochenende was zusammen unternehmen?“

„Das geht leider nicht, weil ich habe mir sozusagen eine Woche frei gegeben. Bei uns fallen einige Vorlesungen aus, und in einem Fach haben wir eine Hausarbeit aufbekommen, da habe ich entschieden, dass ich ab nächstem Wochenende für eine Woche in München bleibe."

„Oh, das ist bedauerlich, aber natürlich schön für dich. Melde dich doch, wenn du wieder da bist."

„Ja, sicher."

Schade, dass ich ohne die Verbindung über Laura Liam nicht so schnell wiedersehen würde.

Aber wenigstens beschränkte sich Lauras Eifer, mich im wahrsten Sinne des Wortes an den Mann zu bringen, auf ihn. Liam mit den warmen braunen Augen. Er wusste wenigstens, wie es geht und was er wollte. Vielleicht würde er seine Meinung doch noch ändern, wenn wir uns besser kennenlernten.

KAPITEL 6a – Aliensex

Es war widerlich. Absolut abartig. Der perverse Widerling fickte diesen Menschen, als wäre er umgedreht worden. Offensichtlich besorgte sie es ihm so gut, dass er deswegen darauf verzichtete, abzureisen und sich in Sicherheit zu bringen. Oder er wollte mich kaltstellen. Nachdem er unsere Absichten durchschaut hatte, würde der Wandler sicher alles tun, um uns seinerseits auszuschalten. Er hatte noch nicht kapiert, worauf er sich eingelassen hatte. Vielleicht wollte er damit auch die Frau schützen. Der verliebte Trottel.

Wie dem auch sei, er war ein ekelhaftes Weichei. Er war es nicht wert, sich fortzupflanzen. Und wenn er einen abscheulichen Bastard zeugen sollte, würde er ihn nicht mehr zu Gesicht bekommen, dafür würde ich schon sorgen.

Denn nun war ich dafür bestimmt, die Frau umbringen. Nur, um sicherzugehen. Ich wusste zwar nicht, was er ihr erzählt hatte, aber sie hatte so oder so zu viel mitbekommen.

Schön, dass mir diese Aufgabe zugefallen war. Ich würde sie gerne untersuchen, vorher oder nachher.

Noch lieber würde ich mir den Spaß erlauben, sie vor seinen Augen zu foltern. Aber natürlich war das zu gefährlich. Er würde nicht tatenlos zusehen dabei. Ich musste mich ganz auf meine Aufgabe konzentrieren. Nur die Frau. Nicht, dass ich ähnlich scheiterte wie der Idiot, der den Wandler noch nicht einmal als Insekt ausschalten konnte. Dieser Versager!

Nein, ich würde sie bombensicher erledigen. Jedoch würde ich sie dem Wandler so zurücklassen, dass er sich damit quälte. Den Anblick sollte er nie mehr vergessen. Eventuell könnte ich es so aussehen lassen, als hätte ich sie auch gefickt. Er wusste ja nicht, dass es mir auch in dieser Gestalt nicht möglich war … Er sollte leiden wie ein Tier. Er würde die Botschaft verstehen, der verdammte Träumer!

Aber ich musste mich beeilen. Unsere Vorräte reichten nicht mehr lange. Es musste bald passieren.

Ich wischte mir mit dem Ärmel die Schweißtropfen von der Stirn.

Zugegebenermaßen war ich erleichtert, nur sie umbringen zu müssen. Der Wandler wäre sicher nicht so einfach zu erledigen. Für ihn eine Pistole zu besorgen, war eine vernünftige Idee. Die einzige vernünftige Idee, die diese Niete bisher gehabt hatte. Mit einem Messer konnte man beim Wandler nicht allzu viel ausrichten.

Aber bei ihr. Ein Messer würde für sie reichen. Viele kleine Teile, ein paar Müllsäcke. Kein Problem.

KAPITEL 6 – Konkurrenz belebt das Geschäft

Wir fuhren in ein Industriegebiet am Rande Frankfurts, das mir unbekannt war. David wollte mir die Sicherheitsleute vorstellen, damit ich mich nicht von ihnen verfolgt fühlte und wusste, an wen ich mich im Notfall wenden konnte.

Die Sicherheitsfirma saß in einem unscheinbaren Gebäude. Nebenan war ein größeres Grundstück, das dazu gehörte und mich an einen Truppenübungsplatz erinnerte. Ein paar schrottreife Autos standen darauf und zwei heruntergekommene Nebengebäude. Wahrscheinlich wurden hier tatsächlich irgendwelche Personenschutz-Situationen geübt.

David führte mich zum Eingang und klingelte. Ein mittelgroßer, drahtiger Mann von etwa dreißig Jahren öffnete. David wies, nachdem er ihn begrüßt hatte, mit der Hand auf ihn.

„Jessi, das ist Herr Fober. Er wird unser Haupt-Ansprechpartner sein."

Wir schüttelten uns die Hände. Sicher dachte er, dass David und ich ein Paar seien. Vielleicht fragte er sich, wer uns verfolgte und warum. David hatte bestimmt nicht viel erzählt.

Herr Fober führte uns zum Rest des Teams. Es waren insgesamt sechs Leute. Mir kamen wieder die Kosten in den Sinn, aber David wollte ja nicht, dass ich mir darüber Gedanken machte.

Es gab noch einen großen, bärigen Typ namens Plötzke, eine blonde, unauffällige Frau Stamberger, einen langen und schlaksigen Herrn Pfeiffer und einen sehr athletisch aussehenden Herrn Wellenstein mit einem schlimmen hessischen Dialekt. Sie waren alle etwa so alt wie Herr Fober. Nur der letzte, ein Herr Meyer, war deutlich jünger. Er war ziemlich breit gebaut und wäre sicher ein super Footballspieler gewesen. Vielleicht war er ja auch einer.

Jedenfalls wirkten sie absolut professionell und versuchten sicher nicht, die menschlichen Hintergründe unserer Probleme zu eruieren. Sie waren völlig auf die Sache konzentriert. Sie fragten nach meinem Stundenplan und ob ich in nächster Zeit verreisen wollte. Herr Fober gab mir eine Handynummer, die ich Tag und Nacht anrufen konnte.

Ich versuchte, mir ihre Gesichter einzuprägen.

Wir schüttelten uns zum Abschied die Hände. Den Händedruck von Herrn Plötzke spürte ich noch eine halbe Stunde später in den Knochen.

Als wir wieder im Auto saßen, klingelte Davids Smartphone, und er telefonierte kurz.

„War das die Detektei?"

„Ja. Es sind mehrere private Ermittler auf den Invasor angesetzt. Sie haben, wie auch die Personenschützer, eine präzise Personenbeschreibung von mir erhalten. Dank meiner guten Wissensspeicherung konnte ich ein exaktes Phantombild anfertigen lassen. Sie suchen ihn vornehmlich in der Umgebung der Sternwarte, welche sich hier in der Nähe der Uni befindet. Früher oder später wird er dort auftauchen."

„Und was machen wir dann, wenn wir ihn ausfindig gemacht haben?"

David sah entschlossen auf die Straße.

„Ich werde ihn töten", sagte er kurz angebunden.

Seine Antwort wirkte auf mich befremdlich. David war so nett und fürsorglich; ich konnte ihn mir keinesfalls als Mörder vorstellen.

Ich hatte David gebeten, mich um drei an dem Treffpunkt abzusetzen, den ich mit Nassi zum Shoppen ausgemacht hatte. Hier gab es keine Parkplätze, und David ließ mich nur aus dem Auto springen.

„Viel Spaß", sagte er und lächelte.

„Ja, und danke für alles!"

David zuckte mit den Schultern und schüttelte leicht den Kopf. Dann fuhr er weiter.

Ich suchte den Bürgersteig nach Nassi ab und blickte in ein verblüfftes Gesicht. Ich glaube, sie hatte sogar leicht den Mund offen stehen.

Okay, da musste ich wohl eine Erklärung abgeben.

Ich lief auf sie zu.

„Hallo, Nassi."

„Jessi", japste Nassi. Küsschen links. „Mir scheint, du musst mir was erklären!" Küsschen rechts. Nassi schaute vorwurfsvoll.

„Nö", sagte ich. „Da gibt's nichts zu erklären."

Sie sah mich gespannt an.

„David ist einfach ein Freund, nichts weiter."

„Oh." Nassi hatte sich wieder gefangen. „Schade, ich dachte schon, du hättest dir einen Traumprinzen geangelt. Zumindest soweit ich ihn in Papis Auto erkennen konnte, sieht der Typ ja wie ein Model aus."

„Es ist sein Auto."

Nassi kniff die Augen zusammen. „Wie habt ihr euch kennengelernt?"

„Im Coffee Shop. Völlig unspektakulär." Ich hoffte, dass sie keine Einzelheiten wissen wollten. Je mehr Details man erfand, desto leichter konnte man sich in Widersprüche verstricken.

„Wie alt ist er?"

„Siebenundzwanzig."

„Voll krass! So alt?"

„Was heißt denn ‚so alt'? Das ist doch nicht alt!"

„Man muss sich schon an seinem eigenen Alter orientieren. Zwei, drei Jahre älter geht noch, aber nicht mehr!"

„Na und, ich will ihn ja nicht heiraten."

„Trotzdem."

„Wo gehen wir als Erstes hin?"

Das Ablenkungsmanöver funktionierte nur halb, an Nassis relativer Schweigsamkeit konnte ich erkennen, dass sie mein neuer Freund beschäftigte. Ich lotste sie zunächst in ein Klamottengeschäft, damit sie auf andere Gedanken käme, und der Plan ging auf. Bald genoss ich einen unbeschwerten Nachmittag mit meiner Freundin.

Allerdings nur so lange, bis Nassi in den Umkleidekabinen des Kaufhofs verschwand und ich das Treiben im Kaufhaus beobachtete, während ich wartete. Da fiel mein Blick nämlich auf Herrn Pfeiffer, der ‚unauffällig' an einem Kleiderständer herumfummelte und zu mir herüber sah. Im ersten Moment erschrak ich, aber dann hielt ich mir vor Augen, dass natürlich das entgegengesetzte Empfinden korrekt wäre. Ich konnte heilfroh sein, dass jemand auf mich aufpasste. Trotzdem war es ein seltsames Gefühl.

Ich erstand auch noch einen neuen Pulli, aber bald darauf hatten wir beide genug. Wir trennten uns gegen sieben.

Als ich in die U-Bahn stieg, sah ich wieder Herrn Pfeiffer. Ich hätte ihm beinahe zugelächelt, aber sicher war es der Sache abträglich, falls uns jemand dabei beobachtete. So gingen wir irgendwie zusammen und doch getrennt bis zu mir nach Hause. Ich fragte mich, ob ich mich mit der Zeit daran gewöhnen würde. Und wie lange das so gehen würde.

In der folgenden Nacht hatte ich einen fiesen Traum, in dem ich verfolgt wurde. Wie es diese Art von Träumen so an sich hat, kam ich bei meiner Flucht kaum vom Fleck, und der Verfolger rückte immer mehr zu mir auf. Ich wartete schon darauf, dass ich beim Rennen über meine eigenen Füße stolpern würde, denn in meinen Träumen war ich ähnlich geschickt wie im richtigen Leben, aber das blieb diesmal aus. Ich nahm im Gegenteil irgendwann all meinen Mut zusammen und drehte mich um. Aber statt dem Invasor oder Herrn Pfeiffer ins Gesicht zu blicken, sah ich in zwei mich durchdringende eisblaue Augen.

Die nächsten knapp zwei Wochen vergingen wie im Flug. Laura sah ich zwar nur im Coffee Shop und in der zweiten Woche überhaupt nicht, aber meine Tage waren erfüllt von Verabredungen mit David.

Nassi blieben unsere Dates nicht verborgen, und sie kommentierte sie jedes Mal mit mahnenden Worten. Meine Beteuerungen, dass sowieso nichts zwischen uns lief, wurden geflissentlich überhört. Aber nein, dieser David sei zu alt für mich, und außerdem sei er zu reich.

„Bitte sei vorsichtig! Du musst dich davor schützen, ausgenutzt zu werden. Solche Typen denken doch, sie könnten sich jede kaufen."

„Also, Nassi, bitte! Du kennst mich doch!"

„Genau, und deshalb weiß ich auch, wie gutgläubig du bist. Außerdem viel zu romantisch. Ich will nicht, dass du dich verliebst und er dich dann fallenlässt."

„Das kann schon deswegen nicht passieren, weil wir definitiv nur rein platonisch befreundet sind."

„Vielleicht ist das seine Masche."

„Nassi, jetzt hör aber auf. Du hast ihn doch selber schon ein paar Mal gesehen. Du musst doch merken, dass er total nett und in Ordnung ist."

„Er ist total nett und kultiviert und macht einen sehr charmanten Eindruck, und genau deswegen misstraue ich ihm. Außerdem redet er so komisch. Wie gedruckt."

Wenn sie selbst Davids positive Eigenschaften negativ auslegte, konnte ich Nassi nicht helfen. Und dass er sich unsere Sprache im Wesentlichen angelesen hatte, konnte man ihm ja wohl auch nicht vorwerfen. Ich vertraute ihm. Außerdem stellte ich mit höchster Befriedigung fest, dass er in den vergangenen Tagen immer lockerer geworden war.

Aber auch ich konnte in seiner Gegenwart uneingeschränkt ich selbst sein. Bei ihm fühlte ich mich sicher und geborgen. Weitergehende Ambitionen versuchte ich mir zu verkneifen.

Manchmal dachte ich an Liam und dass es vernünftiger wäre, mich auf ihn zu konzentrieren, sobald ich ihn über Laura wiedersehen würde. Die Gelegenheit ergab sich durch Lauras Einladung zu einer Party nach ihrer Rückkehr aus München.

Als ich in der U-Bahn zu Laura fuhr, war ich bester Laune. Ich hatte alle Arbeiten vor Weihnachten hinter mich gebracht, und nun war

Entspannung angesagt. Ich hatte Lidschatten aufgelegt und mich in einen Minirock geschwungen, allerdings mit etwas wärmeren schwarzen Strumpfhosen, damit ich mir in der Kälte nicht den Hintern abfror, und ich hatte eine Tasche mit einer großen Schüssel Nudelsalat dabei. Selbst Robert in der lästigen Version würde mir heute nicht die Stimmung vermiesen können.

Schon auf der Treppe vor Lauras Wohnung hörte ich Stimmengewirr und Musik. Laura öffnete mir, und ich umarmte sie, so gut das mit der großen Tasche in der Hand ging.

„Ah, Futter?“ Laura zeigte Richtung Küche. „Stell das doch bitte auf dem Küchentisch ab. Deinen Mantel kannst du in meinem Zimmer aufs Bett werfen.“ Schon war sie wieder verschwunden.

Ich tat wie geheißen und ging dann hinüber ins Wohnzimmer und schaute mich um. Robert begrüßte mich und kam zu mir.

Während wir uns unterhielten, betrachtete ich jemanden, der mit dem Rücken zu uns im Sessel saß, den muskulösen Arm mit hochgekrempeltem Ärmel über die Rückenlehne gelegt. Als hätte er meinen Blick gespürt, drehte er sich halb im Sessel zu uns um. Seine Haare hingen fast bis in die Augen. Warme, braune Augen. Er lächelte und schnickte sich mit einer schnellen Kopfbewegung die Haare aus dem Gesicht.

„Hi, Jessi.“

Ich lächelte zurück. „Hi, Liam.“

Ich wäre gerne zu ihm hinüber gegangen, aber es wäre taktlos gewesen, Robert einfach stehenzulassen.

Stattdessen gesellte sich Liam zu uns.

„Du bist spät dran“, sagte er in leicht vorwurfsvollem Ton.

Ich wusste nicht, was ich darauf erwidern sollte. Hatte er etwa auf mich gewartet?

„Ja, wir sind schon fast eine Stunde hier“, hakte Robert ein.

„Oh, ich wusste nicht genau, wann ihr anfangt. Ich dachte, sieben wäre eine gute Zeit.“

„Nicht, wenn man seit sechs Uhr Hunger hat und auf den Nudelsalat wartet.“ Liam grinste und lief Richtung Küche.

Hatte er wirklich nur auf meinen Salat gewartet, oder sollte das ein Scherz sein? Ich war verwirrt und stiefelte hinter Liam her.

„Ja, was zu essen wäre jetzt nicht schlecht.“ Robert folgte uns.

„Er steht auf dem Tisch“, sagte ich zu Liam, der in der Küche stehengeblieben war und sich umsah.

Lauras Küche war total gemütlich. Sie war aus unmöglichen Möbeln zusammen gestückelt und strahlte immer ein gewisses Durcheinander aus, aber hier hatte ich schon lange mit Laura gesessen und mich mit ihr über Gott und die Welt unterhalten.

„Ah, super.“ Liam nahm sich einen Teller und eine Gabel. „Da können wir ja mal umgehend deine Kochkünste testen.“

Robert tat ihm gleich.

„Gekocht hab ich nur die Nudeln, und das ist ja wohl keine Kunst.“ Ich nahm mir auch einen Teller.

Robert deutete mit der Gabel auf eine große Plastikschüssel. „Ich hab die Hackbällchen mitgebracht.“

Höflich nahm ich mir eines. „Pass auf, Robert, sonst gerätst du auch noch ins Visier des Restaurantkritikers“, zog ich beide gleichzeitig auf.

„Ein echter Mann kennt keine Angst“, behauptete Robert.

„Genau deswegen werde ich jetzt auch eines deiner Hackbällchen essen“, bemerkte Liam trocken.

Wir stellten ein paar Schüsseln auf die Arbeitsfläche, um Platz zu schaffen, und setzten uns an den Tisch.

Liam spachtelte ordentlich was weg. Er sprach fast nur mit mir. Er fragte mich, wie ich die Weihnachtsferien verbringen wollte.

Ich erzählte von meiner geplanten Fahrt nach Berlin. „Und du?“

„An den Weihnachtsfeiertagen fahre ich zu meiner Mutter und ihrem Freund nach Coesfeld. Die fliegen aber schon am ersten Weihnachtsfeiertag in den Urlaub, was gut passt, weil ich in den Ferien beschäftigt sein werde. Ich möchte nach dem Physikstudium Astronomie studieren und arbeite immer wieder mal beim Physikalischen Verein hier in Frankfurt. Ist kein aufregender Job – ich führe Besuchergruppen durch die Sternwarte –, aber zu bestimmten Zeiten kann ich zu Studienzwecken dort arbeiten und auch einige der Einrichtungen nutzen, von daher ist das für mich recht attraktiv. Die Astronomie ist so ein bisschen mein besonderes Interessengebiet.“

„Liam steht auf kleine grüne Männchen“, feixte Robert.

Wohl eher auf unförmige Schwabbelklumpen, dachte ich. Aber in der nächsten Sekunde lief es mir kalt den Rücken herunter. Der Invasor hatte die Sternwarte im Visier. Sicher wollte er kein Aufsehen und hatte es auch nicht speziell auf Liam abgesehen, aber die Vorstellung, dass sich beider Wirkungskreis überlappte, gefiel mir ganz und gar nicht.

Ich beobachtete Liam, der sich nun Roberts Erlebnisse auf Kreta anhörte. Diese braunen Augen … Liam konnte verdammt anziehend aussehen.

Jetzt sah er mich an. Ziemlich lange. Upps, hatte ich ihn etwa angestarrt?

„Wäre Kreta auch was für dich?“ Liam lächelte mich an.

„Äh, ja, also so ’ne Mischung aus Sightseeing und Strand und Natur finde ich immer gut. Wobei ich nicht wirklich scharf auf diese fünfundvierzig Grad heiße Schlucht wäre.“

„Wo hast du denn bisher so Urlaub gemacht?“, wollte Robert wissen.

Ich fing an, von meinen Reisen zu erzählen, wobei das nicht allzu viele waren. Solange ich mein Pferd hatte, war ich gar nicht weggefahren, aber den Teil ließ ich aus.

„Robert?“ Laura stand plötzlich in der Tür. „Kannst du mir gerade mal helfen?“

Als Robert aufstand und ihr beim Aufstehen kurz den Rücken zuwandte, blinzelte mir Laura zu.

„Sebastian meinte, mit meinen Bässen würde was nicht stimmen, und du bist doch so ein HiFi-Freak.“

Robert verschwand mit Laura ins Wohnzimmer.

Liam schaute mich an. Mir wurde ein bisschen warm.

„So, das hat Laura ja mal wieder super eingefädelt.“

Meinte er Lauras Verkupplungsidee?

„Sie lässt aber auch nicht locker, was?“ Liam schaute mich lächelnd, aber auch ein bisschen lauernd an.

„Äh, meinst du ihre Pläne, was uns betrifft?“ Ich wollte nicht völlig deutlich werden, falls ich Liam falsch verstand.

„Ja. Du wirst dir doch nach dem Schlittschuhlaufen deinen Reim drauf gemacht haben, warum Laura mich im Coffee Shop nicht angesprochen hat, obwohl sie mich kannte.“ Er grinste herausfordernd. „Oder du hast sie direkt gefragt.“

Okay, er legte die Karten offen auf den Tisch.

„Ich habe sie direkt gefragt.“

„Warst du entsetzt?“ Er grinste immer noch.

„Erst ja. Also ich meine, was sich Laura da ausgedacht hatte, das war mir ziemlich peinlich. Es wäre mir lieber gewesen, wenn wir uns einfach so kennengelernt hätten.“ Ich plauderte schlichtweg alles aus, so wie es war. Seine braunen Augen hatten was.

„Aber dann hatte ich den Eindruck, dass dich Lauras Verkupplungsversuch gar nicht kümmert. Da war ich echt froh, dass wir einfach völlig normal miteinander umgehen konnten.“

„Na ja, wenn man schon erzählt bekommen hat, wie du vor Roberts heißer Liebe flüchten musst, dann ist man doch darauf bedacht, nicht allzu aufdringlich zu erscheinen."

Ach so. Er hatte mich deswegen stehenlassen. Das war natürlich etwas anderes.

„Denn auf irgendwelche krampfigen Unterhaltungen hatte ich auch keine Lust", fuhr Liam fort. „Ich war echt erleichtert nach dem Schlittschuhlaufen. Ich war mir nicht sicher, ob Laura mir irgendeine unmögliche Tussi aufschwätzen wollte." Er lachte. „Mittlerweile denke ich, dass sie dich durchaus realistisch beschrieben hat … und mich hoffentlich auch." Er zog die Augenbrauen hoch. „Und falls es irgendetwas gibt, was Laura noch nicht über mich erzählt hat, dann kannst du mich einfach fragen." Er grinste, stand auf und holte sich eine Flasche Wasser aus einer Getränkekiste.

„Willst du auch was?"

Ich nickte gedankenverloren, und er füllte mein Glas. Wie souverän er dieses Thema angesprochen und abgehakt hatte. Mir wurde ganz leicht ums Herz, weil das nun besprochen war. Irgendwie hatten sich seine Worte angehört, als ob er mich weiter kennenlernen wollte. Ich hätte aufstehen und zur Musik tanzen mögen.

„Richtig viel hat Laura gar nicht erzählt. Sie hält dich für sehr nett und selbstbewusst. Sie sagte, dass du Leichtathletik machst und an den studentischen Deutschen Meisterschaften teilgenommen hast."

„Ja, also das mit dem Selbstbewusstsein stimmt natürlich absolut." Er grinste breit. „Und nett bin ich auch unbedingt. Na ja, und sportlich bin ich sowieso. Ich komme Superman ziemlich nahe." Er lachte.

„Lass mal stecken, diese Eigenschaften treffen doch auf einige Leute zu", neckte ich ihn.

„Glaub ich kaum." Liam trank in einem Zug sein komplettes Glas leer. „Aber dich hat Laura ja auch in den höchsten Tönen gelobt."

„Oh, echt?" Ich hatte mir nie Gedanken darüber gemacht, wie Laura über mich dachte.

„Ja, sie sagte, du wärst sehr einfühlsam und könntest gut mit Menschen umgehen."

„Puh, da fühle ich mich ja geschmeichelt, dass Laura so gut von mir denkt."

Liam kratzte sich den letzten Rest von seinem mittlerweile dritten Teller.

„Dein Nudelsalat schmeckt super. Aber jetzt muss ich passen, sonst platze ich. Du kannst Laura ausrichten, wenn sie dich das nächste Mal an einen Mann vermitteln will, soll sie auch deine Kochkünste hervorheben.“

Ich lachte. „Bloß nicht, sonst stellt sie mich nur noch so konservativen Typen vor, die ihre Frau in der Küche stehen sehen wollen.“

„Je nachdem, was die Frau dabei an hat, könnte ich mich ins konservative Lager schlagen.“ Liam grinste breit. „Da gibt’s doch zum Beispiel solche Zimmermädchen-Uniformen mit extrem kurzen Röcken …“ Er schaute mir auf die Beine.

In dem Moment kam Robert in die Küche und sah uns mit zusammengekniffenen Augen an.

„Hey, wollt ihr nicht mit rüber kommen, wir wollen Tabu spielen.“

Liam schaute fragend auf mich. „Hast du Lust?“

„Ja, gerne.“

Ich jubelte innerlich, weil Liam und ich so locker miteinander umgehen konnten. Wir folgten Robert ins Wohnzimmer und setzten uns zu den anderen. Da die Sitzgelegenheiten nicht ausreichten, mussten auch die Armlehnen und der Boden herhalten. Es wurde noch richtig gemütlich.

Zwischen den Spielrunden unterhielt ich mich mit Isinghard. Sooo schüchtern kam er mir heute gar nicht vor.

Gegen Mitternacht löste sich die Gruppe langsam auf, da wir ja alle noch einen normalen Freitag zu bewerkstelligen hatten.

„Hey, soll ich dich nach Hause fahren?“, fragte mich Robert, als wir alle in Aufbruchstimmung im Wohnzimmer standen. Bevor ich antworten konnte, trat auf einmal Liam neben mich.

„Ich fahre Jessi schon nach Hause“, sagte Liam in einer Art, die keinen Widerspruch duldete. Das war ein bisschen besitzergreifend, aber tausend Mal besser, als mit Robert heimzufahren. Auch gefiel mir der Gedanke, noch eine Weile mit Liam im Auto zu sitzen.

„Ja“, bestätigte ich Liams Aussage, „aber danke für das Angebot.“

„Kein Problem“, sagte Robert und lächelte angestrengt.

Wir verabschiedeten uns von Laura und den anderen.

„Was machst du am Wochenende?“, fragte mich Liam unvermittelt auf der Heimfahrt.

„Samstag gehen wir wieder Schlittschuhlaufen und Sonntag wollten wir auch irgendwas zusammen unternehmen, aber wir wussten noch nicht, was.“

„Zum Schlittschuhlaufen könnten wir wieder alle zusammen gehen. Laura hat auch schon so etwas in der Art für’s Wochenende vorgeschlagen.“

Er warf mir einen kurzen Blick zu, wie wenn er meine Reaktion abwartete. Ich antwortete nicht gleich, weil ich überlegte, ob ich nicht David fragen könnte, ob er auch mitgehen wollte.

„Du musst das Rückwärtsfahren trainieren." Er grinste mich an. Zum ersten Mal schien er mir ein bisschen unsicher.

„Ach so, nee, klar, fände ich super. Sorry, ich bin schon etwas müde, und morgen wird es ein langer Tag für mich."

„Wir sind gleich da. Wenn du vielleicht meine Nummer in dein Handy eingibst, dann können wir uns wegen Samstag noch mal kurzschließen."

Liam diktierte mir seine Handy-Nummer. Ich klingelte sofort bei ihm durch, damit er meine auch hatte.

Liam blieb auf der Straße stehen, weil es keine freien Parkplätze gab.

„Okay, vielen Dank, dass du mich heimgefahren hast, und dann freue ich mich auf den Samstag."

„Ja, bis dann."

Als ich die Haustür aufschloss und Liam davonfuhr, drang ein Motorgeräusch in mein Bewusstsein. Der Wagen stand nicht weit von meinem Haus. Ich hörte seinen Motor immer noch laufen, als ich die Treppen hochlief.

In meiner Wohnung lief ich zum Fenster und schaute hinaus. Der Wagen stand immer noch mit laufendem Motor in der Straße. Das musste einer von den Personenschützern sein, aber warum stand er immer noch da unten? Jetzt öffnete sich die Fahrertür, und ich erkannte Herrn Wellenstein. Er lief direkt auf mein Haus zu, und als er aus meinem Blickfeld verschwand, obwohl ich mir die Nase an der Scheibe platt drückte, öffnete ich leise das Fenster, um hinauszuschauen.

„Darf ich fragen, was Sie da machen?"

Ich beugte mich leicht hinaus und lugte nach unten. Vor meiner Haustür stand noch ein weiterer Mann.

„Ich glaube nicht, dass Sie das etwas angeht."

Das war Roberts Stimme! Was zum Teufel machte er hier?

„Wohnen Sie hier?" Herr Wellenstein ließ nicht locker.

„Nein, ich wollte nur eine Freundin besuchen."

„Warum rütteln Sie dann an der Haustür, statt einfach zu klingeln?"

„Ich wollte sie nicht wecken. Das geht Sie sowieso nichts an." Robert drehte sich abrupt um und lief davon. Herr Wellenstein sah ihm eine Weile nach, dann ging er wieder zu seinem Auto und parkte in zweiter Reihe. Es war beruhigend zu sehen, dass er sicherstellen wollte, dass niemand mehr versuchte, in mein Haus zu gelangen.

Aber was hatte Robert hier gewollt? War er hinter Liam und mir hergefahren? Das war irgendwie gruselig. War er ein Stalker? Vielleicht hatte er sehen wollen, ob Liam mit mir nach oben gehen würde. Ekelhaft. Ich wollte nicht von Robert verfolgt werden. Das musste ich unbedingt mit Laura bereden.

Robert war offensichtlich eifersüchtig. Was mir insofern schmeichelte, als dass er Liam ein gewisses Interesse an mir unterstellte. Bevor ich heute auf Lauras Party gegangen war, dachte ich ja auch noch, dass Liam mich völlig langweilig fände, und jetzt hatten wir schon unsere Telefonnummern ausgetauscht.

Das musste nichts heißen. Aber es konnte etwas heißen. Und wie ich so in mich hineinhorchte, fand ich das richtig gut.

Als ich das Haus Richtung Coffee Shop verließ, kam mir David lächelnd entgegen.

„Hey, David." Wir strahlten uns an.

„Hallo, Jessi. Wenn du nichts dagegen hast, würde ich dich gerne zur Arbeit fahren und dir ein bisschen Gesellschaft leisten."

„Oh, das ist total nett, aber ich habe ein schlechtes Gewissen, wenn du dich da vielleicht nur langweilst."

„Nein, das mache ich gerne. Ich nehme einfach wieder meinen Laptop mit, dann widme ich mich dem Gleichen wie zu Hause. Aber eben in Gesellschaft und mit … einem interessanteren Ausblick."

Also ich fand die Aussicht aus seinem Appartement wesentlich aufregender als den Blick aus den Fenstern des Coffee Shops. Na ja, man konnte die Leute beobachten, die draußen vorbeiliefen.

„Okay, aber dann sollten wir uns am Wochenende mal wieder richtig verabreden. Also ich meine, was zusammen unternehmen. Hast du zum Beispiel Lust, heute nach dem Coffee Shop mit ins Kino zu gehen? Wir gucken uns *Iron Man 6* an. Und am Samstag wollen wir um zwei Schlittschuhlaufen. Komm doch mit!" Die Vorstellung, dass er sonst alleine zu Hause sitzen würde, brach mir das Herz.

„Nun, ja, ich begleite dich gerne ins Kino, aber das Schlittschuhlaufen kann ich zeitlich nicht einrichten. Ich habe einen Termin bei meinen Privatermittlern."

„Oh, haben sie schon etwas herausgefunden?"

„Nein, aber ich wollte trotzdem mit ihnen darüber sprechen, wie sie weiter vorgehen wollen. Ich mache mir – nicht erst seit heute – langsam Sorgen und möchte unbedingt bald Ergebnisse sehen."

„Wie wäre es, wenn ich nach dem Schlittschuhlaufen bei dir vorbeikomme? Wir können einfach zusammen rumhängen und uns was erzählen.“

„Ja, das wäre sehr schön. Ich kann dich vom Eislaufen abholen, wenn du magst. Das heißt, ich würde dich gerne abholen.“

„Ja, das wäre super. Sehr gerne.“

„Großartig, dann machen wir es so.“

David war immer so nett. Ich musste mir eingestehen, dass er ein bisschen wie mein fester Freund agierte, und dass mir das gefiel. Aber es konnte nicht sein. Ich seufzte.

Doch auch wenn er nicht mehr für mich sein konnte als ein guter Freund, so wollte ich unbedingt, dass er sich wohl fühlte. Ich beschloss, lieber die Sonntags-Aktivität mit meinen Freunden abzusagen, als David allein zu lassen.

David verbrachte mit mir den Abend im Coffee Shop. Ich wusste, dass er mich nur beschützen wollte, und hoffte, dass er sich wirklich nicht langweilte. Laura machte große Augen.

„Okay, du hast es mir ja schon gesagt, aber ich kann immer noch nicht glauben, dass der Typ nicht scharf auf dich ist“, argwöhnte sie. „Warum versuchst du nicht, ihn umzustimmen?“

Wir verschnauften gerade nach einem größeren Gäste-Ansturm.

„Vergiss es einfach, okay? Willst du etwa deine Verkupplungspläne, die du dir bezüglich Liam und mir ausgedacht hast, aufgeben?“ Ich warf einen kurzen, schuldbewussten Blick zu dem Tisch, an dem David saß.

„Auf keinen Fall. Ich habe mit höchster Zufriedenheit zur Kenntnis genommen, dass ihr zwei euch gestern bei mir prächtig unterhalten habt. Ihr seid ein tolles Paar. Ich bin mir sicher, dass Liam auf dich steht.“

Sie blickte mit zusammengekniffenen Augen zu David. „Aber der steht auch auf dich, da verwette ich meinen A…“

Lizzy bog gerade aus der Küche um die Ecke, und Laura verschluckte den Rest ihres Satzes.

„Mädels, mir sind die Kekse ausgegangen. Bitte legt zu allen Heißgetränken die kleinen Schoko-Stückchen dazu.“

Sie stellte einen neuen Karton auf die Ablagefläche hinter uns, schüttete die wenigen restlichen Schoko-Stückchen aus dem alten Karton in den neuen und nahm den alten Karton wieder mit in die Küche.

„… Arsch“, vollendete Laura ihren Satz und gluckste.

Ich kicherte auch.

David sah auf einmal auf und zu uns herüber. Er lächelte. Zum

Glück hatte er uns nicht gehört und freute sich wohl einfach darüber, dass Laura und ich so gut drauf waren.

Ich schaltete wieder auf ernst.

„Also ich kann dir versichern, da läuft nichts." Ich wollte diese Diskussion ein für allemal beenden. „Es ist eher so, dass er sich ein bisschen einsam fühlt, und er freut sich deshalb, dass wir uns befreundet haben. Er ist wirklich ein toller Mensch." Immerhin ging mir dieses Wort jetzt relativ einfach über die Lippen. „Wenn es dir recht ist, bringe ich ihn auch mal mit, wenn wir was unternehmen. Ich möchte nicht, dass er traurig alleine zu Hause hockt."

„Klar", sagte Laura gönnerhaft. „Wenn wir ihm nicht zu jung oder zu langweilig sind. Er ist Investment Banker, hast du gesagt?"

„Ja, das heißt, das war er mal, aber jetzt ist er mehr so … Privatier."

„Also Kohle hat er auch noch", seufzte Laura. „Übrigens ist mir noch ein weiteres Pärchen auf meiner Party aufgefallen: du und Isinghard."

„Wir haben uns doch nur völlig normal unterhalten."

„Ja, aber wie lange! So viel redet Isinghard die ganze Woche nicht!"

„Oh, das wusste ich nicht. Ich hab ihn einfach nach seinem Lebensstil gefragt."

„Ich würde eher sagen, du hast einfach immer ein gutes Händchen für Menschen. Ist mir schon oft aufgefallen." Laura wandte sich von mir ab. „Was darf ich Ihnen geben?" Eine auffällige Blondine hatte sich bei ihr angestellt.

Nachdem Laura die Bestellung abgearbeitet hatte, redeten wir über das geplante Schlittschuhlaufen. Die Blondine sah sich suchend im Coffee Shop um, der aufgrund des eben erst abgeebbten Ansturms ziemlich voll war. Sie steuerte schließlich Davids Tisch an. Schön aufgetakelt, die Frau. Meine Schwester war auch eine gut gebaute Blondine, aber im Vergleich zu dieser hier doch eindeutig eine natürliche Schönheit. Ich versuchte, meine Aufmerksamkeit auf dem Gespräch mit Laura zu belassen. Aber immer wieder ging mein Blick zu Davids Tisch. Nachdem er ihr zugenickt hatte und sie sich setzte – wahrscheinlich hatte sie ihn gefragt, ob der Platz neben ihm noch frei war –, hatte er die Augen wieder auf seinen Laptop gesenkt. Aber nach ein paar Kontrollblicken meinerseits redeten sie miteinander. Kein Wunder. Jede Frau mit genug Mumm in den Knochen hätte David angesprochen.

Laura hatte mittlerweile erzählt, wer von ihrer Seite alles am Schlittschuhlaufen teilnehmen wollte, und ich freute mich, dass wieder eine größere Gruppe zusammen kommen würde. Laura hatte mit Liam die Studenten zusammengetrommelt, sodass Liam und ich gar nicht mehr miteinander hatten telefonieren müssen, aber das war für mich völlig in Ordnung, denn ich wollte Liam gegenüber nach wie vor nicht aufdringlich erscheinen.

Die Blondine allerdings ließ nicht locker. David lächelte sie gerade höflich an. Sein umwerfendes Lächeln, bei dem einem die Muskeln zu Matsche mutierten.

Es sollte mich nicht kümmern. David konnte tun, was er wollte. Es ging mich nichts an, wenn er vielleicht doch noch Geschmack am Flirten fände.

Es ging mich nichts an.

Es ging mich nichts an.

Es ging mich nichts an!

„…und Isinghard wusste noch nicht, ob er es bis zwei Uhr schafft. Aber er wird uns schon finden, falls er später kommt."

Ich hatte die Hälfte von Lauras Erzählung verpasst. „Ja, klar", sagte ich nur.

Eine Gruppe junger Leute kam in den Coffee Shop und lief auf uns zu. Ich sagte mir noch einmal, dass es mich nichts anging, was David mit der Blondine trieb. Ich setzte mein professionelles Lächeln auf und konzentrierte mich auf die Bestellungen.

Die Blondine brach endlich auf.

„Geh hin in Frieden." Laura zeigte mit dem Kopf Richtung Davids Tisch, als die Blondine sich von David verabschiedete.

Hatte sie gesehen, wie ich die beiden beobachtet hatte? Ich schwieg.

„Soll ich ihr das nächste Mal, falls sie wieder kommt, was ins Getränk schütten? Ach, ich vergaß, das ist dir ja sicher eh egal, wo du ja kein Interesse an David hast." Laura sah mich mit hochgezogenen Augenbrauen und einem spöttischen Lächeln an. Warum musste sie nur so scharfsinnig sein?

Ich versuchte einen Themenwechsel.

„Also, ich finde es schön, wenn Isinghard mal wieder mitkommt. Es tut ihm sicher gut, unter zivilisierten Menschen zu sein."

Laura sprang nicht drauf an. Okay, ich musste noch stärkere Geschütze auffahren.

„Außerdem will Liam mit mir das Rückwärtsfahren trainieren." So explizit hatte er es zwar nicht gesagt, aber ich wollte Lauras Gedanken in eine andere Richtung zwingen, und der Köder funktionierte.

„Bestens. Du hast doch auch sonst keine Mühe damit, über deine eigenen Füße zu fallen, da könntest du doch mal rein zufällig in Liams Armen landen", feixte Laura.

„Okay, ich gebe zu, Liam ist ein toller Typ. Er hat was." Das war nicht gelogen. Ich sprach es nur in diesem Moment zum ersten Mal bewusst aus.

„Jessi, das ist so super. Ich wusste, dass ich den richtigen Riecher habe." Sie grinste triumphierend.

Als ich die Treppe zur Eislaufhalle hochlief, war noch niemand zu sehen. Aber es war auch enorm kalt heute, und ich dachte mir schon, dass die anderen drinnen warteten.

Mein Freundeskreis war bereits komplett, und von Lauras Seite waren mehrere Studenten gekommen – auch Liam.

„Hallo", rief Laura überschwänglich und drückte mich.

„Hallo, Leute", rief ich in die Runde. Ich lächelte Liam zu. Ich war ein bisschen unsicher, aber ich rief mir in Erinnerung, wie locker wir auf Lauras Party miteinander geredet hatten. Alles easy.

„Etza gemma!", befahl Laura.

„Was?" Mike R. sah mich fragend an.

„Jetzt gehen wir", übersetzte ich.

Die Gruppe setzte sich in Bewegung. Ich hielt mich an Nassi und Mike R., nicht dass sich Robert wieder an mich klammerte. Seit er mir nach Lauras Party nachgefahren war, war er mir ein bisschen unheimlich.

Ich schnappte mir gleich einen unbesetzten Spind, und das erwies sich als Gold wert, denn nach und nach merkten die anderen, dass die Spinde knapp waren. Wir beschlossen, sie uns zu teilen, und ich konnte nicht verhindern, dass auch Robert seine Sachen in meinem verstaute. Zum Schluss mussten wir richtig gegen die Tür drücken, um sie zuzubekommen.

Die große Innenbahn war entsprechend voll. Ich stand nach Betreten der Bahn erst einmal am Rand, um eine Lücke in der Masse der Läufer zu finden.

„Grässlich voll heute", sagte Liam, der plötzlich neben mir stand.

„Ja, Wahnsinn, ich traue mich kaum, mich da rein zu stürzen."

„Darf ich Euch ritterlich meine Hand und mein Geleit anbieten?", fragte Liam mit gespielter Theatralik und hielt mir die Hand hin.

„Habt Dank", sagte ich gnädig und ergriff seine Hand.

Mit Liam an der Seite fühlte ich mich tatsächlich sicherer, aber es schützte mich nicht davor, trotzdem angerempelt zu werden. Liam war reaktionsschnell und stützte mich jedes Mal rechtzeitig.

Wir unterhielten uns während der Fahrt, und mein letzter Rest Befangenheit fiel von mir ab. Liam war selbstsicher wie immer, und wir waren einfach zwei gute Bekannte, die zusammen Schlittschuh liefen. Zumindest von außen betrachtet.

Witzigerweise entdeckte ich Herrn Meyer in der Masse der Läufer. Er lief total professionell, und ich entschied mich, ihn doch eher für einen Eishockeyspieler denn einen Footballspieler zu halten.

Nach einigen Runden brauchte ich eine Pause. Wir fuhren zur üblichen ‚Sammelecke' und trafen auf Nassi und Robert.

Robert betrachtete uns mit leichtem Argwohn. Natürlich sah er in Liam einen Konkurrenten, was mich zugegebenermaßen mit einer gewissen Befriedigung erfüllte.

Als Laura vorbeikam, setzte ich mich mit ihr ab und erzählte ihr, wie Robert nach ihrer Party vor meinem Haus herumgelungert hatte, wobei ich Herrn Wellenstein natürlich nicht erwähnte.

„Huh, das ist echt weird", schnaufte Laura. „Der Typ muss arg untervögelt sein."

„Ja, finde ich auch ziemlich beklemmend. Ich werde versuchen, ihm noch mehr aus dem Weg zu gehen."

„Das solltest du, obwohl ich ihn eigentlich nicht für irre halte. Vielleicht kann ich mit Isinghard darüber sprechen, er ist immer sehr zuverlässig und …"

„Bloß nicht, das wäre mir viel zu peinlich!"

„Nein", versicherte mir Laura, „für Isinghard kann ich mich verbürgen. Es gab schon mal eine Situation … Ich weiß, er wirkt immer etwas gehemmt, aber er ist absolut verlässlich, glaub mir."

Ich kannte Isinghard nicht gut genug, um das beurteilen zu können, aber ich wusste, dass Laura die Leute im Allgemeinen gut einschätzen konnte.

Kurz darauf kam Isinghard angefahren. Er lief an meiner rechten Seite, und ich versuchte, ihn am Gespräch zu beteiligen, was auch so einigermaßen gelang.

Dann geschah es aus heiterem Himmel. Jemand fuhr rabiat von hinten in uns rein. Laura kam nach ein paar Stolperern zum Stehen, aber Isinghard wurde voll auf mich gestoßen und riss mich zu Boden. Der Verursacher des Unfalls fiel ebenfalls hin. Im ersten Moment hatte ich Panik, dass es sich um den Invasor handeln könnte, aber tatsächlich war es nur ein ganz normaler Vollidiot. Der Blödmann rappelte sich auch gleich wieder auf und verschwand ohne Entschuldigung.

Ich war auf dem Rücken gelandet und Isinghard lag peinlicherweise auf mir. Für einen kurzen Moment sah ich Herrn Meyer mit einem besorgten Gesicht fast bei uns anhalten und vor meinem geistigen Auge, wie Herr Fober David erklären musste, dass der erste Einsatz der Personenschützer darin bestand, mich unter einem auf mir liegenden Mann hervorzuziehen. Isinghard schob sich von mir herunter und fluchte fernab jeder Schüchternheit, sodass sich die um uns herum fahrenden Eisläufer nach uns umsahen. Er stand auf, und ich stützte mich gerade auf den Ellbogen, als ich ein paar Wasserspritzer abbekam, eine Hand nach meinem anderen Arm griff und mich hochzog. Liams braune Augen waren einen Moment nur wenige Zentimeter von meinen entfernt, dann trat er einen Schritt zurück.

„Alles in Ordnung?“

Isinghard hatte aufgehört zu fluchen und wandte sich mir zu.

„Ist alles okay?“ Er legte seine Hand leicht auf meine Schulter. „Tut mir leid, dass ich auf dich gefallen bin.“

Ich suchte gedanklich meinen Körper ab. Mein Steißbein tat weh, und im Nacken zog es, wie wenn ich beim Aufschlag auf den Boden krampfhaft den Kopf hochgehalten hätte.

„Halb so wild, das gibt nur ein paar blaue Flecke.“

Mittlerweile standen noch einige andere unserer Freunde um uns herum.

„Ich würde mich gern mal setzen. Aber keine Panik, Leute, mir geht’s gut.“

Liam nahm meine Hand und fuhr mit mir zum nächsten Ausgang, und wir setzten uns mit Isinghard, Robert, Nassi und Laura auf die Tribünensitze. Die anderen blieben unten an der Bande stehen und sahen immer wieder zu uns hoch.

Robert und Liam ließen sich von Laura den Hergang erzählen.

„Schade, dass ich den Typ nicht gesehen habe, sonst könnte der was erleben.“ Robert deutete einen Faustschlag an.

„Ich könnte ihn gar nicht richtig beschreiben, so schnell ging alles“, sagte ich. „Aber Hauptsache, es ist nichts Schlimmes passiert.“

„Ja, zum Glück“, pflichtete Laura bei. „Wie sieht’s aus, Jessi, wollen wir wieder eine Runde drehen?“

„Macht ihr nur, ich gehe mal an meinen Spind, was trinken“, sagte ich.

„Ich komme mit“, sagte Robert. „Ich könnte auch mal auf den Schrecken was trinken.“

War ja klar.

Wir stiefelten zu meinem Spind, und ich schloss auf. Roberts Tasche war irgendwie eingekeilt. Als er daran zog, drohte der vollständige Spindinhalt herauszufallen.

„Könntest du so nett sein und den ganzen Krempel hier festhalten, damit ich mal an meiner Tasche ziehen kann?", bat er.

Ich drückte mit der linken Hand und dem linken Bein gegen den Spindinhalt, während Robert vorsichtig ruckelnd an seiner Tasche zog.

In meinem Rücken öffnete jemand die Tür des Nachbar-Spindes und schob mich mit seiner Tür gegen Robert. Wir standen unangenehm dicht beieinander, aber von hinten drückte mir die Spindtür ins Kreuz, und von vorne beugte sich Robert halb über mich, und wäre ich seitlich weggetreten, hätten wir gleich den kompletten Spindinhalt vom Boden aufsammeln können. So kitzelte mich einer von Roberts Hemdknöpfen an der Nase, und ich betete, dass er hoffentlich bald seine verdammte Tasche da herausgezogen bekäme. Endlich machte es ‚flop', und er hielt das Objekt seiner Begierde in den Händen.

Ich kam nun leicht an meine eigenen Habseligkeiten, und als ich mich umdrehte, stand Liam zwei Meter von uns entfernt mit den Händen an die Hüften gestützt und sah mich seltsam an. Hatte er mich mit Robert auf Tuchfühlung gesehen? Meine Wangen wurden warm.

Robert und ich tranken einige Schlucke und verstauten unsere Taschen aufs Neue. Liam stand unverändert.

„Okay, dann wollen wir mal wieder", sagte Robert und stiefelte los. Offensichtlich merkte er noch nicht einmal, dass ihm keiner folgte.

Liam stand immer noch unverändert und sah mich herausfordernd an. Ich ahnte, dass er etwas wollte, aber ich wusste nicht, was. Sein Blick bannte mich auf meinen Platz, mit dem Rücken an meinem Spind.

Dann bewegte er sich und kam auf mich zu.

„Ich glaube, ich muss besser auf dich aufpassen." Etwas Katzenartiges ging von ihm aus.

Er stand jetzt direkt vor mir.

„Was, ach, na ja, ist doch nichts passiert."

„Nichts passiert? Erst lässt du dich von Isinghard flachlegen, und dann drückt sich Robert an dich ran."

„Wieso, nee, was heißt randrücken, ich …"

Ich wollte die Situation erklären, aber Liam kam noch näher und stützte seine Hände links und rechts von mir an den Spind; ich spürte seinen Atem und konnte nicht mehr klar denken.

„Er hat sich soooo … an dich rangedrückt." Liam beugte sich über mich.

Er sah zu mir herunter, und unsere Nasen berührten sich fast. Mir wurde auf eine schöne Art schlecht. Mein Herz pochte überlaut, und ich konnte immer noch nicht meine Augen von den seinen abwenden. Ohne jede Berührung spürte ich Liams durchtrainierten Körper vor mir, über mir, um mich herum. Ich begann zu schwitzen. Für einen Moment sah ich, wie er sich mitten in der Menge auf mich stürzte und wir hemmungslosen Sex hatten. Nicht, dass ich das toll gefunden hätte. Also das mit der Menge. Aber das war der Film vor meinen Augen, und ich war mir ziemlich sicher, dass Liam in diesem Moment den gleichen sah. Ich spürte die Elektrizität zwischen uns.

„Wo bleibt ihr denn?" Robert war unbemerkt zurückgekommen und holte mich in die Wirklichkeit. Ich lief bestimmt knallrot an, weil ich mich ertappt fühlte. Liam rührte sich keinen Zentimeter und schaute mir weiter durchdringend in die Augen. Hatte ich eigentlich schon erwähnt, dass Liam unheimlich selbstbewusst war?

„Wir kommen gleich", sagte ich atemlos zu Robert und versuchte, an Liam vorbeizuschauen, der jetzt doch zurücktrat, ohne seine Augen von mir zu lassen. Roberts Augenbrauen berührten sich fast, und er presste seine Lippen fest aufeinander.

Er drehte sich abrupt um und ging. Ich warf Liam kurz einen unsicheren Blick zu. Er grinste breit, aber nicht aus Verlegenheit. Ich wusste nicht, wie ich mich verhalten sollte, und lief Robert hinterher – an Herrn Meyer vorbei, der auf einer der Bänke saß und an seinen Schlittschuhen herumfummelte.

Robert war schon einige Meter voraus, trotzdem meinte ich zu spüren, wie er vor Verärgerung kochte. Aber ich kochte auch. Von Liams Nähe, die ich immer noch in jeder Zelle meines Körpers spürte. Ich war wahrscheinlich immer noch knallrot im Gesicht und fühlte mich, als ob jeder um mich herum sehen könnte, was ich empfand.

Es gab jetzt keinen Zweifel mehr. Liam war nicht einfach nur ein Bekannter. Seine Anziehungskraft auf mich war absolut überwältigend, und wenn ich nicht völlig fern jeder Urteilsfähigkeit war, dann fühlte er sich auch von mir angezogen.

Das war toll, aber ich wollte trotzdem nichts überstürzen. Denn die alte Angst vor Peinlichkeiten kehrte zurück. Konnten wir jetzt noch immer unbefangen miteinander umgehen?

Ich drehte mich genauso wenig wie Robert um, als wir uns zur großen Innenbahn bewegten, und auf dem Eis lief ich sofort zur Sammelecke, in der Laura und Mike R. standen. Ich war immer noch derart aufgewühlt, dass ich mich den anderen in einem zu hohen Tempo näherte und Mike R. ein wenig als Bremsklotz missbrauchen musste.

„Hoppla!“, sagte er, aber er lachte dabei.

Neben mir gab es ein kratzendes Geräusch und Wasserspritzer klatschten an die Bande.

„Ich glaube, ich muss dir bei Gelegenheit mal zeigen, wie man ordentlich anhält.“ Liam lächelte mich unbefangen an.

Gut, wenigstens war er nicht so aus dem Häuschen wie ich. Ich atmete einmal tief aus.

Liam unterhielt sich mit Mike R., und dann fuhren die beiden zusammen los. Laura drehte sich zu mir.

„Und, wie läuft's?“, fragte sie breit grinsend.

„Oh, woher weißt du …?“

„Ich habe gesehen, wie Liam dich angesehen hat.“ Laura sah hoch zufrieden aus, und ihre Augen funkelten. „Außerdem habe ich gesehen, wie er vorhin Robert und dir gefolgt ist. Er war sehr beunruhigt über deinen Sturz. Aber da war noch mehr. Als ob er sich wie dein Bodyguard fühlt. Und als ihr zurückkamt, war ich mir sicher. Robert war total sauer, du warst, mit Verlaub, noch leicht errötet, und Liam lief hinter dir her … so beschützerisch einerseits, aber auch … irgendwie … Wie wenn er jetzt Gewissheit hat. Sicher ist, dass du ihn magst.“

Das war ja eine Analyse!

„Ich weiß natürlich nicht, was da bei den Spinden passiert ist. Aber ich kann es mir so ungefähr vorstellen. Mir entgeht nichts!“ Laura grinste triumphierend.

„Gegen deinen Scharfsinn bin ich machtlos“, gestand ich.

Sie umarmte mich herzlich. „Du siehst ja schön perplex aus“, lachte sie. „Aber glaube mir, ich würde mich total für euch freuen!“

Wir wechselten auf den Außenring und trafen bald die komplette Truppe an einer Bank.

Ich sah verstohlen zu Robert hinüber, aber ihm war nichts mehr anzumerken. Er unterhielt sich mit Nassi. Ich hoffte, dass sich unser Verhältnis normalisieren würde. Beziehungsweise dass er nicht sauer auf mich wäre.

Dann sah ich heimlich zu Liam. Er unterhielt sich weiter mit einem anderen Studenten und sah völlig normal aus.

Ich stiefelte zu Laura, die einen Platz auf der Bank ergattert hatte.

„Hey, wir besprechen gerade, was wir Sonntag zusammen unternehmen. Am Rossmarkt gibt es ein neues Lokal. Da soll das Essen sehr günstig sein, und es ist so ein bisschen mittelalterlich eingerichtet. Das könnten wir doch ausprobieren, was meinst du?"

„Ja, klingt gut." Ich nickte.

Laura holte hörbar Luft. „Haben es jetzt alle mitgekriegt?", fragte sie laut in die Runde. „Morgen gehen wir um sieben Uhr in ‚Merlins Castle' und feiern die baldigen Ferien."

Ich sah Liam an, um aus seiner Reaktion zu schließen, ob er auch kommen würde. Liam sah mich ebenfalls an.

„Ich dachte, die Ferien hätten wir schon bei dir gefeiert", wandte Robert ein.

„Ach, Ferien kann man nicht oft genug feiern", antwortete Laura.

Mir war auch nach Feiern zumute. Liam und ich. Noch waren wir kein Paar, aber es sah doch stark danach aus, als ob aus uns was werden konnte. Wenn er wollte. Und wenn ich es wirklich wollte.

Diese Fragen beschäftigten mich noch für den Rest des Eislauf-Nachmittags. Neben meinen Bemühungen, Liam unauffällig zu beobachten. Er war wirklich unheimlich durchtrainiert. Seit wir bei den Spinden so nah beieinander gestanden hatten, musste ich dauernd seinen Körper anstarren. Hoffentlich merkte das niemand.

Als langsam Aufbruchstimmung aufkam, fiel mir ein, dass ich David eine Nachricht schreiben wollte, damit er mich wie vereinbart abholen käme. Das erinnerte mich auch wieder daran, dass David ja bei seinen privaten Ermittlern gewesen war. Was mich tatsächlich auf andere Gedanken brachte, allerdings nicht auf angenehme. Nun, ich würde ja alles früh genug erfahren.

Wir wechselten unsere Schuhe und verließen alle gemeinsam das Gebäude. Als wir die Treppe hinunter gingen, hüpfte plötzlich Liam neben mich.

„Hey, soll ich dich nach Hause fahren?"

„Oh, das wäre sehr nett, aber ich werde schon abgeholt."

„Kein Problem. Kommst du morgen Abend mit zum Essen?"

„Ja, du auch?"

„Ja."

Wir erreichten den Fuß der Treppe. Zwei von Lauras Kommilitonen plärrten lauthals ‚Tschüss' und verließen die Gruppe als erste.

„Tschüss", riefen Liam und ich gleichzeitig.

Wir lächelten uns an.

„Ja, macht's gut, Leute, bis morgen!" Das waren Nassi und Mike R., der lässig die Hand hob.

Liam wandte sich nach ihnen um, und wir beide nickten ihnen kurz zu. Dann drehte sich Liam wieder zu mir.

Dreißig Meter hinter Liam und Mike R. sah ich einen glänzenden Porsche um die Ecke fahren. Ich konnte noch hören, wie Mike sofort anfing, über das Modell zu fachsimpeln.

„Okay …“ Die Frage, ob es mir irgendwie unangenehm wäre, wenn sich Liam und David begegnen würden, drängte sich schlagartig in den Vordergrund. Ich fühlte mich auf einmal gar nicht mehr wohl in meiner Haut.

Ich blickte zwischen dem sich nähernden Porsche und Liam, der mich immer noch anschaute, hin und her.

„Okay“, startete ich einen zweiten Versuch, „also dann bis morgen. Ich freu mich!“

„Ja, ich auch.“ Liam lächelte.

Der Porsche hielt neben uns. Zwanzig Meter hinter ihm hielt ein unauffälliger dunkler Wagen ebenfalls an. Ich drehte mich dem Rest der Gruppe zu.

„Ciao, Leute, und bis morgen!“ Ich sah in ein paar erstaunte Gesichter, die knapp an mir vorbei sahen, und ich bemerkte Laura, wie sie breit grinste, als bekäme sie ein unterhaltsames Schauspiel geboten.

Ich lief um das Auto herum. Nur eine halbe Sekunde streiften meine Augen noch einmal Liam, der jetzt ebenfalls zum Auto sah. Sein Gesicht ließ keine Regung erkennen.

Ich öffnete die Tür und stieg ein.

David strahlte mich an.

„Na, wie war’s?“

„Aufregend“, sagte ich.

KAPITEL 7 – Schluss mit lustig

Als ich mich angeschnallt hatte und David vom Parkplatz fuhr, ließ ich mich tiefer in den Sitz gleiten. Das Auto war schön warm, und meine Hände und Füße wurden wieder richtig durchblutet. Ich fühlte mich erschöpft vom Schlittschuhlaufen und auch von allem, was dort passiert war. Liam zog mich an, aber David war schon wie ein alter Freund, bei dem ich mich fallenlassen konnte.

Auch David freute sich, dass der Rest des Tages uns gehörte.

„Ich fahre erst einmal zu mir nach Hause, da kannst du deine Sporttasche lassen, und dann können wir uns umziehen und essen gehen."

Ich hatte nicht vor, mich umzuziehen, aber so wörtlich hatte er es sicher auch nicht gemeint.

„Ich bin schon sehr gespannt darauf, was du heute im Detektivbüro erfahren hast."

„Leider nicht viel, aber lass uns das besser nach dem Essen besprechen."

„Okay."

David fand einen Parkplatz vor dem Haus, und wir liefen durch den Haupteingang. Am Empfang saß eine hübsche Brünette.

„Guten Abend, Herr Schmidt", begrüßte sie David, und dann in meine Richtung: „Guten Abend." Ihr Mund lächelte, aber ihre Augen starrten mich an.

Wir fuhren nach oben, und ich beantwortete Davids Frage, wer alles am Schlittschuhlaufen teilgenommen hatte.

Meine Sporttasche ließ ich gleich hinter der Tür stehen und schleppte mich nur bis zum Sessel.

„Ich warte hier, bis du dich umgezogen hast."

„Ja, also ehrlich gesagt, ich dachte, du hättest vielleicht auch Lust auf etwas anderes."

David rieb sich mit der linken Hand das Kinn, steckte die rechte in die Hosentasche und zog sie wieder heraus.

„Aber wenn du nicht willst, ist es auch in Ordnung. Ich habe heute Vormittag ein wenig eingekauft. Ich habe deine Kleidergröße gescannt" – jetzt lächelte er ein bisschen verschmitzt und sah total einnehmend aus – „und ich hoffe, ich habe das Richtige geholt."

Während ich ihn verdutzt anstarrte, verschwand er ins Schlafzimmer und kam mit einem Kleidersack und einer Tasche zurück.

„Also, wie gesagt, nur wenn es dir gefällt. Ich gehe auch in Sportsachen mit dir aus.“

Er öffnete den Kleidersack, und ein schwarzes Etwas kam zum Vorschein. Ich wusste immer noch nicht, was ich sagen sollte.

„Die Verkäuferin hat mich beraten, sonst hätte ich nie an warme Strumpfhosen gedacht, und du müsstest dir …“ Er zögerte.

„… den Hintern abfrieren“, vollendete ich den Satz.

David grinste.

Es war ein kleines Schwarzes, sehr elegant, aber nicht auffällig. Es würde mir sicher total gut stehen.

„Oh, David, ich weiß gar nicht, was ich sagen soll. Das Kleid ist fantastisch. Echt super.“

„Fühle dich nicht verpflichtet, das war nur so eine Idee“, wiegelte er noch einmal ab.

Fast bekam ich Angst, er könnte mir das wunderbare Stück wieder abnehmen. Ich nahm das Kleid und die Tasche und ging voller Vorfreude ins Bad.

„Ich ziehe mich schon mal im Schlafzimmer um“, sagte David.

Ich zog erst die Strumpfhose an. Passte genau. Dann das Kleid. Ich betrachtete mich im Spiegel.

Das Kleid stand mir perfekt. Die Größe war ideal. Aber woher hatte David meine Maße? Wirklich ‚gescannt'?

Ich grinste vor mich hin. David der Frauenversteher, wie er durch die Geschäfte rannte und mich ausstattete. Aber diese Vorstellung war irgendwie rührend, und so oder so hatte ich das Gefühl, dass es ihm tatsächlich Spaß gemacht hatte.

Ich schaute in die Tasche. Sie beinhaltete ein kleineres Täschchen, das mehrere Schachteln enthielt. Schmuckschachteln. Ich öffnete sie neugierig.

David hatte mir ein Set aus Kette, Ohrringen und Armband gekauft. Der Schmuck war aus Platin und sah außerordentlich wertvoll aus. Ich würde den ganzen Abend Angst haben, deswegen überfallen zu werden. Zum Glück hatten wir die Personenschützer.

Wirklich faszinierend an dem Schmuck aber waren die Steine. Ihre eisblaue Farbe entsprach genau Davids Augen. Wir würden sicher absolut super zusammen aussehen.

Es war definitiv unglaublich, wie David meinen Geschmack getroffen hatte und wie viel Mühe er sich mit allem gab.

Ich holte eine Plastiktüte aus der Tasche, die Schminkzeug enthielt. Von den Markennamen auf den Stiften und Dosen wurde mir richtig schwindlig. Die Farben waren vollkommen auf meine Augen abgestimmt.

Zuunterst in der Tasche lag ein Schuhkarton. Er enthielt einfache schwarze Pumps mit nicht zu hohen Absätzen. Ich wunderte mich schon gar nicht mehr, dass die Schuhe perfekt passten. Alles an David war perfekt. Ich wusste es von Anfang an.

Als ich das Bad verließ, wünschte ich mir sehr, dass ich David gefallen würde. Er hatte sich so viele Gedanken gemacht, und ich wollte, dass er auch seine Freude an unserem gemeinsamen Abend hätte. Zugegebenermaßen kam ich mir auch selber ziemlich toll vor.

David stand am Fenster und drehte sich zu mir um, als ich das Wohnzimmer betrat. Er sah so umwerfend aus, dass sich mein Herzschlag beschleunigte. Er hatte einen Anzug an wie Daniel Craig im Casino, aber er sah hundertmal besser aus. Ich hoffte, dass ich halbwegs neben ihm mithalten konnte.

„Du siehst bezaubernd aus." David strahlte. „Gefällt es dir?"

„Es ist umwerfend, David. Du hast total meinen Geschmack getroffen. Vielen Dank!"

David strahlte noch mehr. „Das freut mich sehr. Ich wollte dir nichts aufdrängen, aber ich dachte, es macht dir vielleicht Freude, schick auszugehen."

„Ja, sicher, aber ich habe selten die Gelegenheit dazu."

„Heute ist es soweit", sagte David feierlich und ging zur Garderobe. Dort hing ein langer, schwarzer Mantel, weit geschnitten wie ein Cape, ebenfalls von ‚unauffälliger Eleganz'. Er nahm ihn vom Bügel und hielt ihn mir hin.

„Darf ich dir in den Mantel helfen?" Er grinste ein bisschen, aber das war sichtlich Vorfreude. Ich freute mich, dass David sich freute.

Als wir im Aufzug nach unten fuhren, musste ich uns ständig im Spiegel anschauen. Ich fand mein Aussehen eigentlich immer durchschnittlich, aber heute Abend waren wir wirklich ein extrem schönes Paar. Ich hätte David gerne bei der Hand genommen, aber ich riss mich zusammen.

Die Brünette am Empfang wünschte uns einen schönen Abend, aber diesmal starrten ihre Augen uns beide an.

Auf der gegenüberliegenden Straßenseite sah ich Herrn Fober und Herrn Plötzke ebenfalls in Abendkleidung stehen.

„Woher wussten sie, dass sie sich heute in Schale werfen müssen?", fragte ich David leise.

„Wir stehen ständig in Kontakt", sagte David.

Wir fuhren nach Wiesbaden. Ich beobachtete zum ersten Mal, wie uns die Personenschützer im Auto folgten. Sie klebten nicht immer direkt an uns, aber sie verloren uns auch nicht. Das lenkte meine Gedanken auf Davids Besuch beim Detektivbüro, aber ich verschob meine Fragen auf die Zeit nach dem Essen.

Das Restaurant namens ‚Ente' war, wie ich insgeheim befürchtet hatte, sehr vornehm, aber David managte die Situation genauso lässig, wie er seine Anzüge trug. Wir saßen an einem am Rand gelegenen Tisch, und Herr Plötzke und Herr Fober saßen in der Nähe.

Ich kämpfte erst mit den verschiedenen Bestecken, aber David erklärte sie mir so, wie er mir Physik und Chemie beigebracht hatte. Danach kam mir alles völlig einfach vor, und David benahm sich so ungezwungen, dass ich unser gemeinsames Essen genießen konnte.

Doch wahrscheinlich lag es auch daran, dass es einfach immer schön war, mit David zusammen zu sein. Sein umwerfendes Äußeres bereitete mir heute wieder leichte Probleme, deshalb konzentrierte ich meine Gedanken auf die originale Gestalt, die er mir beschrieben hatte, und ich versuchte immer wieder mir vorzustellen, wie er in Wirklichkeit aussah und wie es wäre, in seiner Art miteinander zu kommunizieren.

David fragte mich noch einiges über den Nachmittag in der Eissporthalle, und ich erzählte auch von meinem Sturz, zumal mich die blauen Flecken und ein seltsames Ziehen im Nacken noch schmerzlich daran erinnerten. Von Liam und mir erzählte ich nichts. David hatte zwar sowieso kein Interesse an mir als Frau, trotzdem wäre es mir irgendwie komisch vorgekommen.

Wir ließen uns Zeit und redeten so viel, dass ich gar nicht merkte, wie spät es wurde. Gegen Mitternacht leerte sich das Restaurant, und David fragte: „Sollen wir aufbrechen?"

Ich nickte.

David bezahlte, und als wir das Restaurant verließen, lag überall eine leichte Schneedecke. Ich kam richtig in Weihnachtsstimmung.

„Vorsicht, Rutschgefahr", warnte David und nahm meine Hand. Wir liefen bedachtsam zum Auto, aber ich konnte mich nicht voll auf den rutschigen Boden konzentrieren, da ich überdeutlich Davids Hand in meiner spürte. Meine Hand wurde heiß und schwitzig.

Bevor ich mich selber wegen meiner unsinnigen Empfindungen schelten konnte, kam es, wie es kommen musste. Mit traumwandlerischer Sicherheit trat ich auf eine vereiste Stelle, und meine Pumps flutschten nur so davon. Im Fallen griff ich instinktiv mit meiner freien Hand nach David, der seinerseits versuchte, mich an meiner anderen Hand zu halten und dabei selber ins Stolpern kam. Als Endergebnis unserer beider Bemühungen hing ich an David geklammert mit dem Gesicht an seinen Bauch gepresst und musste ein paarmal mit den Beinen rudern, bis ich wieder auf die Füße kam.

„Alles in Ordnung?“ David lachte. „Jetzt hätte ich mich auch beinahe lang gelegt.“

Ich war sicherlich knallrot geworden, aber ich lachte erleichtert mit.

Der Abend war wundervoll gewesen. Außerdem war bald schon Weihnachten. Ferien! Ich würde es mir bei meinen Eltern gemütlich machen. Während David … an den Feiertagen wohl alleine zu Hause sitzen würde.

Wir fuhren auf die Autobahn auf.

„Über Weihnachten besuche ich doch meine Eltern in Berlin. Es wäre echt toll, wenn du mitkommen würdest. Du könntest meine Eltern und Geschwister kennenlernen, und wir hätten die Gelegenheit, einiges in Berlin zu unternehmen.“

Ich wartete. War es klug gewesen, gleich alle Argumente aufzufahren, statt mir welche in der Hinterhand zu behalten, um nachzukarten?

David drehte schließlich seinen Kopf zu mir und sah mich sehr lange und sehr warm an.

„Äh, schau bitte nach vorne, David.“

„Keine Sorge, ich erfasse die Straße mit meinen Kernen. – Jessi, das ist unglaublich nett von dir, aber ich denke nicht, dass wir es deinen Eltern zumuten können, wenn du ihnen gerade über Weihnachten einen Fremden ins Haus holst.“

„Aber du bist doch kein Fremder! Außerdem sind meine Eltern da sicher total relaxed. Komm doch mit! Oder hast du schon etwas vor?“

„Nein, eigentlich nicht.“

„Dann komm doch mit! Es ist doch nur für ein paar Tage!“

Ich konnte spüren, wie David weich wurde.

„Dann lernst du mal eine Familie an Weihnachten kennen, das wäre doch ein schönes Studienobjekt.“ Ich grinste. „Komm, gib dir einen Ruck.“

David lächelte. „Nun gut. Das wäre in der Tat sehr schön. Aber unter einer Bedingung: Bitte frage deine Eltern so, dass sie ablehnen können, wenn sie es nicht möchten.“

„Das ist super, ich freu mich riesig!“

„Noch eine Bitte. Ich möchte deinen Eltern übernachtungstechnisch nicht zur Last fallen. Ich habe ein Haus in Berlin, in dem wir wohnen können. Es liegt nicht wirklich zentral, aber es ist gut angebunden. Würdest du vielleicht in der Zeit dort mit mir wohnen?“

„Ja, gerne. Hauptsache, du kommst mit."

Davids Zusage brachte mein Herz zum Hüpfen. Ich müsste zwar meinen Eltern noch beibringen, dass ich bei David schlief. Aber darüber wollte ich jetzt nicht nachdenken.

Zufrieden lehnte ich mich im Sitz zurück. Ich würde dafür sorgen, dass es David über Weihnachten gut ginge, und ich würde gleichzeitig einige Tage mit meiner Familie verbringen.

In Davids Appartement ließ ich mich sofort in ‚meinen' Sessel fallen. Ich wäre eigentlich gerne schon bald nach Hause und ins Bett gegangen, aber ich wollte unbedingt wissen, was bei dem Besuch im Detektivbüro herausgekommen war.

David zuckte nur mit den Schultern. „Das war, wie gesagt, nicht besonders ergiebig. Ich hatte ihnen ja bereits eine sehr gute Personenbeschreibung gegeben, und sie behalten die Sternwarte im Auge. Speziell dieses Teleskop ist für den Invasor geeignet; er muss dann nur noch eine zusätzliche Vorrichtung bauen, mit der er Lichtstrahlen aussenden kann, statt sie lediglich durch das Teleskop zu empfangen. Ihre Technik ist im Vergleich zu eurer weit fortgeschritten, aber auf eine gewisse Weise auch wieder recht primitiv." David lachte gepresst. „Wie auch immer ist das der Ort, den die Privatermittler im Auge behalten. Ich bin sicher, dass wir ihn auf diese Weise fassen können."

Hoffentlich würde Liam nicht dem Invasor begegnen. „Nun ja, dann hoffe ich mal, dass das so funktioniert. Und dass wir ihn … rechtzeitig unschädlich machen können."

„Würdest du ihn töten?" David schaute mich nicht an. Es war eine rein sachliche Frage. Wie zu wissenschaftlichen Zwecken.

„Es würde mir schwerfallen, ihn mit einem Messer aufzuschlitzen, aber ich weiß, dass er unbedingt unschädlich gemacht werden muss, wenn ich meinen Planeten retten möchte."

„Es interessiert mich nur, wie du darüber denkst. Du musst dich nicht darum kümmern. Ich hoffe nur … es täte mir leid, wenn du schlecht von mir denkst, wenn ich es tue."

David sah mich jetzt an. Ich wich seinem Blick nicht aus.

„Nein, David, im Gegenteil, ich werde dir unendlich dankbar sein."

Ich stand auf.

„David, das war ein sehr, sehr schöner Abend, und es war total nett von dir, mich zum Essen einzuladen mit allem Drum und Dran, aber ich bin ehrlich gesagt hundemüde. Würde es dir etwas ausmachen, mir ein Taxi zu rufen?"

Es lag mir fern, unverschämt zu sein, aber um diese Zeit wollte ich doch – spätestens seit wir wieder über den Invasor gesprochen hatten – lieber sicher von Tür zu Tür gebracht werden.

„Oh, ja … gewiss … Wobei, ich wollte dich fragen, dir vorschlagen, wenn es dir recht wäre, ob du vielleicht noch einmal hier schlafen würdest? Ich meine, einfach so, ich schlafe auf der Couch, dann müsstest du nicht extra nach Hause fahren, und möglicherweise hättest du ja morgen auch noch Zeit, und wir könnten gleich von hier aus etwas unternehmen?"

Seine Unsicherheit machte ihn nicht weniger attraktiv. Im Gegenteil, das war ein verlockendes Angebot. Und es wäre tatsächlich praktischer, wenn ich gleich hierbliebe. Zumal ich ihn abends gerne in dieses mittelalterliche Lokal einladen wollte.

„Ja, klar, warum nicht. Hm, darf ich dann vielleicht noch mal eine kleine Bestellung beim Pförtner aufgeben?"

„Ja, sicher, aber ich habe für diesen Fall auch bereits ein paar Sachen eingekauft" – er lächelte entschuldigend – „nur, um sicherzugehen. Schau doch bitte, ob noch etwas fehlt." Er lief wieder ins Schlafzimmer und kam mit einigen Tüten zurück.

Ich schaute mir den Inhalt der Tüten an. David hatte an alles gedacht. Es kam mir ein bisschen komisch vor, dass er so viel für mich tat, aber ich wusste, dass er keine Hintergedanken hatte. Ich war mir sicher, dass er sich einfach über meine Gesellschaft freute. Ich freute mich ja auch über seine.

David sah mich fragend an.

„Du bist einfach perfekt. Ich habe alles, was ich brauche. Dieser Schlafanzug ist echt kuschelig. Vielen Dank!"

David strahlte.

„Aber", ergänzte ich, „ich möchte das Thema mit der Couch ein für alle Mal erledigt wissen. Du musst nicht dein Bett räumen. Es ist breit genug, damit wir zwei darin problemlos nebeneinander schlafen, und ich verspreche, dass ich nicht über dich herfallen werde." Liam war derjenige, über den ich herfallen sollte. David hatte ich mir ja aus dem Kopf geschlagen.

David nickte. „Okay. Vielen Dank." Er lächelte ein bisschen.

Ich fragte mich, ob Nassi mich naiv geschimpft hätte. Aber David konnte ja nicht … Und er sah auch nicht so aus, als ob er wollte. Wenn ich an die Situation mit Liam vor den Spinden dachte … Ich war mir sicher, dass Liam wusste, was er wollte. Da war das Knistern förmlich zum Greifen gewesen. Nein, ich hätte es gewiss gemerkt, wenn David seine Meinung über menschliche Frauen geändert hätte.

Jetzt, wo ich mich so schön damit abgefunden hatte, sollte ich auch nicht mehr daran rütteln. Ich fühlte mich wirklich wohl bei David, und so sollte es auch bleiben. Ganz bestimmt wollte ich nicht unsere Freundschaft durch unangebrachte Liebesambitionen aufs Spiel setzen.

David zog sich im Schlafzimmer um und ich im Bad. Der Schlafanzug kam mir doch etwas zu warm vor, als ich ihn anhatte. Ich fragte David, ob er mir vielleicht ein Freizeithemd leihen konnte. Ich hatte auch massig alte Hemden von meinem Vater, die ich gerne anzog. David reichte mir drei zur Auswahl, und ich entschied mich für ein grün kariertes Holzfällerhemd. Als ich aus dem Bad trat, saß David auf der Couch. Er starrte mich auf seltsame Weise an. Ich hatte das Gefühl, etwas sagen zu müssen.

„Das Bad ist frei."

„Ah, ja. Ich putze mir schnell die Zähne." David sprang rasch auf und stürmte ins Bad.

Ich kicherte ein bisschen, als wir uns wie ein altes Ehepaar ins Bett legten, jeder auf seiner Seite.

„Gute Nacht, David."

„Schlaf gut." David löschte das Licht.

Wir kamen von einem Spaziergang nach Hause. Das heißt, in Davids Appartement. Es war schon so eine Art Zuhause für mich geworden. Auf halber Strecke hatte es angefangen zu schneien. Mein Cape wärmte zwar schön, aber als wir endlich im geheizten Appartement ankamen, kuschelte ich mich trotzdem sofort wieder in meinen Sessel.

David blickte auf meine roten Hände, die ich aneinander presste.

„Oh, ich hätte dir ein Paar Handschuhe besorgen sollen." Er fuhr sich mit einer Hand durch die Haare und zog die Stirn kraus.

„Ach, das macht doch nichts. Früher am Reitstall hab ich mir schon Erfrierungen geholt, und ich lebe noch, wie du siehst."

David ging ins Schlafzimmer und kam mit einer Decke zurück.

„So, jetzt wird dir gleich warm werden." Er stopfte die Decke rund um mich herum, sodass ich mich kaum mehr bewegen konnte. Tatsächlich fingen meine Füße schon an zu bitzeln.

„Danke", sagte ich. Ich fühlte mich total eingemummelt und wäre sicher bald wieder genügend aufgeheizt.

„Jetzt mache ich uns etwas Warmes zum Trinken. Was möchtest du haben?"

„Äh, ein Tee wäre schön." Ich wusste ja, dass seine Küche gut ausgestattet war, deshalb wagte ich, einen Wunsch zu äußern. „Hast du vielleicht einen Schwarzen aromatisierten?"

„Jawohl, kommt sofort."

Nachdem er eine Weile in der Küche herumgewuselt hatte, fragte ich: „Wie kommt es eigentlich, dass die Küche so gut ausgestattet ist? Gehst du ständig einkaufen? Lebst du überhaupt durchgehend hier, wo du doch auch noch ein Haus in Berlin hast?"

„Nun, ich lebe mal hier, mal dort. Ich habe an beiden Orten Haushälterinnen, die nach Bedarf kommen. Sie sorgen auch für Lebensmittel. Ich muss zugeben, dass ich es bequem liebe. Nimmst du Milch oder Zucker in den Tee? Oder Süßstoff?"

„Nur Milch, bitte."

Er kam mit einem Tablett, auf dem eine Teekanne mit Stövchen, zwei Tassen und die Milch standen. Und Lebkuchen. Super.

Der dampfende Tee und die duftenden Lebkuchen verbreiteten eine weihnachtliche Stimmung. Ich fühlte mich schon wärmer und zog meine Arme unter der Decke hervor. Eine gefüllte Teetasse war auch ein schöner Wärmespender.

„So, du hast dir also Erfrierungen am Stall geholt. Wieso hast du nicht ein beheiztes Gebäude aufgesucht, bevor es soweit kam?"

Ah, eine Frage zu wissenschaftlichen Studienzwecken.

„Na ja, wenn man ein Pferd versorgt, kann man nicht zwischendurch weggehen und das Pferd einfach stehenlassen. Angebundene Pferde können irgendeinen Blödsinn machen und sich zum Beispiel aufhängen."

„Wie meinst du das, aufhängen?"

„Man muss sie in der richtigen Länge anbinden, aber trotzdem könnten sie mit dem Kopf unter den Strick geraten, sich eingeengt fühlen und Panik bekommen, und dann stemmen sie sich mit aller Macht gegen den Strick und ‚hängen sich auf'. Oder sie reißen sich los und verletzen sich dabei. Aber selbst wenn sie ruhig stehenbleiben, ist es für so ein Herdentier unverständlich, dass einer einfach die Herde verlässt. Wenn du eine zuverlässige und vertrauenswürdige Führungsperson für dein Pferd sein willst, darfst du es nicht einfach alleine lassen."

„Oh, davon habe ich noch gar nichts gelesen. Wobei ich auch erst drei Bücher über das Reiten eingesehen habe. Es schien mir, ehrlich gesagt, nicht so wichtig, den Umgang mit dieser Art bis ins Detail zu erlernen. Aber du scheinst dich sehr gut auszukennen."

„Ja."

Ich schwieg.

David sah mich abwartend an.

„Okay, also ich hatte mal ein eigenes Pferd, an dem ich sehr hing. Aber es ist gestorben." Mir traten Tränen in die Augen. Verdammt, warum waren wir nur auf das Thema gekommen?

„Das tut mir sehr leid."

„Ich rede nicht gerne darüber, weil ich dann immer gleich losheule."

„Es macht mir nichts aus, wenn du weinst. Erzähl es mir."

Ich schniefte. Und ich begann.

Ich hatte viel zu lange nicht darüber geredet, und jetzt sprudelte alles aus mir heraus. Wie ich mein Pferd bekommen hatte, wie misstrauisch und regelrecht bösartig es zu Anfang gewesen war. Wie ich sein Vertrauen gewonnen hatte und wir ein Team geworden waren. Wie viele schöne Dinge wir zusammen erlebt hatten und wie sehr ich es liebte. Und wie es plötzlich völlig profan an einer Kolik gestorben war.

Ich heulte die Decke voll. Alles, was ich die letzten Monate zurückgehalten hatte, quoll förmlich aus mir heraus. David saß still und hörte zu.

Als die Worte und die Tränen versiegten, stand David auf und holte mir Taschentücher.

„Tut mir leid, ich hab deine Decke versifft."

„Ach, das macht doch nichts. Ich glaube, du hättest schon viel früher darüber reden müssen. Du hast etwas sehr Wertvolles besessen und es verloren. Das ist schrecklich. Es tut mir leid, dich so traurig zu sehen." Er kniete sich neben mich und legte vorsichtig seine Hand auf meinen Arm. „Jessi, du weißt, ich würde dir sofort zwanzig neue Pferde kaufen, wenn dich das glücklich machen würde, aber mir ist klar, dass es dir um dieses eine geht. Ich könnte mich in dein Pferd verwandeln, wenn du noch ein Schweifhaar oder irgendetwas von ihm hättest, aber es wäre nur noch teilweise dein Pferd, vor allem äußerlich, und in gewissem Maße wäre ich es."

„David, das ist nett gemeint, aber auch irgendwie gruselig. Ich muss einfach lernen, mich damit abzufinden. Ich hoffe sehr, dass ich irgendwann wieder ohne Trauer mit Pferden zusammen sein kann. Denn ich wollte die Reiterei nicht auf ewig aufgeben." Ich atmete tief durch. „Danke, dass du zugehört hast."

„Ich wünschte, ich könnte mehr für dich tun."

Ich wollte an etwas anderes denken.

„Erzähle mir etwas von dir. Von deinem Planeten und deinem Volk."

Ich zog meine Beine an, bis die Füße an den Po stießen, und mummelte mich in die Decke ein. David erzählte. Er versuchte, mir die Sanftheit und Schönheit seines Planeten nahezubringen. Wie weich und diffus die Umwelt für die Bewohner war und wie leicht man sich dort fortbewegen konnte, fast schwerelos. Er sprach von der gespannten Erwartung, die alle erfüllte, wenn ein Kundschafter zurückkam und sein Wissen weitergab. Er versuchte mir zu beschreiben, wie er Dinge lediglich durch seine Absicht beeinflussen konnte, wie sich Objekte auf ihn zubewegten allein dadurch, dass er es wollte. Meine Vorstellungskraft hätte nicht ausgereicht, wenn ich nicht gesehen hätte, wie er sein Raumschiff geöffnet hatte.

Ich spürte, dass sein Planet seine Heimat bedeutete, aber trotzdem hatte ich das Gefühl, dass er die Erde nicht als völlig fremden Stern, als kühl zu observierendes Studienobjekt betrachtete.

Auch musste ich mir wieder in Erinnerung rufen, dass er mir nur in einer beliebigen Gestalt gegenüber saß und kein richtiger Mensch war. Aber wie schon zuvor scheiterte mein Versuch an dem Gefühl, dass ich hier gemütlich mit einem Freund zusammen saß, bei dem ich mich wohl und geborgen fühlte. Und bitte auch nicht mehr.

Es wurde langsam Zeit zum Aufbruch. Wir wollten uns um sieben in ‚Merlins Castle' treffen. Es war schon lange dunkel.

Ich ging ins Bad und schaute in den Spiegel. Zum Glück sah ich nicht so verheult aus, wie ich mich fühlte. Ich warf mir einige Handvoll kaltes Wasser ins Gesicht und schminkte mir die Augen. Mit den Klamotten vom Schlittschuhlaufen sollte ich passend angezogen sein.

Ich war fertig und starrte in den Spiegel. Bisher hatte ich es erfolgreich verdrängt, aber jetzt, wo ich hier alleine im Bad stand und wir gleich aufbrechen würden, ließ es sich nicht mehr beiseiteschieben.

David und Liam würden sich gleich begegnen. Hoffentlich würden sie sich mögen. Es war mir immer wichtig, dass meine Freunde miteinander auskamen. David war auch bei Laura gut angekommen, aber vielleicht wäre es mit Liam nicht so einfach. Ich konnte ihm nicht wahrheitsgemäß erklären, warum eine Beziehung zu David unmöglich war. Liam musste unbedingt kapieren, dass David kein Konkurrent für ihn war.

Trotzdem war ich nicht sicher, wie Liam reagieren würde. Wenn ich irgendwelche Chancen bei ihm hätte, würde ich sie nicht durch eine missverstandene Freundschaft zu David verspielen wollen. Aber Liam in Davids Gegenwart anzubaggern, um ihm mein Interesse klar zu machen, war auch eine seltsame Vorstellung.

Zum Teufel noch mal. Aus der Nummer kam ich jetzt nicht mehr heraus. Ich atmete tief durch und verließ das Bad.

David hatte sich mittlerweile im Schlafzimmer einen braunen Rollkragenpullover und Jeans angezogen und sah aus wie ein Student. Einer, der nebenbei als Topmodel arbeitete.

Als ich mir meine Jacke anzog, hielt mir David ein Paar Handschuhe hin.

„Willst du nicht vielleicht meine Handschuhe anziehen? Nicht, dass du noch einmal Erfrierungen bekommst."

„Oh, ja, danke, gerne." Ich zog die Handschuhe an. Sie waren gar nicht mal sooo viel zu groß. Sie waren aus einem festen Leder mit einem schönen, dichten Fellfutter.

Wir fuhren mit dem Aufzug in die Tiefgarage, und als wir sie verließen, sah ich den unauffälligen dunklen Wagen von der Eissporthalle hinter uns einscheren. David fuhr uns in ein Parkhaus in der Nähe des Rossmarkts. Wir mussten nicht weit laufen, aber ich war trotzdem dankbar für die Handschuhe.

Ich entdeckte Laura und Nassi an einem großen Tisch mitten im Raum. Laura grinste vielsagend, während Nassi sich bei Davids Anblick nicht so ganz zwischen Staunen und Missbilligung entscheiden konnte. Wir setzten uns den beiden gegenüber und studierten die Speisekarte. Bald darauf traf Liam ein.

„Hallo, Liam." Ich lächelte ihm zu.

„Hallo, Jessi." Liam lächelte ebenfalls kurz, dann wanderten seine Augen zu David.

„Das ist David, wir kennen uns aus dem Coffee Shop." Ich wollte irgendetwas sagen, was sich so anhörte wie: Er ist einfach ein Freund, nicht mein Lover. Aber das konnte man ja nicht direkt sagen. ‚Ach übrigens, Liam, du weißt, wie's geht, aber David weiß es nicht.' Ich hatte ja schon viele Situationen aus Blödheit verbockt, aber absichtlich blamieren wollte ich mich dann doch nicht.

Liam setzte sich neben Laura. Danach kam Robert mit den restlichen Studenten. Auch ihnen stellte ich David vor. Als Robert sich neben Liam gesetzt hatte, sah ich aus den Augenwinkeln, wie er David beäugte.

Bei Robert hätte ich gerne genau die gegenteilige Taktik wie bei Liam angewandt. Nur zu gerne hätte ich meine mühsam aufrecht gehaltene Selbstkontrolle fallengelassen und David soweit sexuell belästigt, wie es die Situation im Kreis meiner Freunde zugelassen hätte. Ich hätte David erklärt, dass dies nur dem Zweck diente, mir Robert ein für alle Mal vom Leib zu halten, und David wäre sicher unbedarft genug, es zu glauben. Diese Vorstellung hatte einen ungeheuren Reiz für mich, aber ich wusste gleichzeitig, dass das für meine Selbstdisziplin keine gute Idee war. Roberts misstrauische Miene musste mir genügen.

Doch auch Liam schaute zu uns herüber. Ich streifte ihn nur flink mit meinen Augen. Er hatte wieder sein Pokerface aufgesetzt und schaute unverwandt … weder David noch mich an, sondern zwischen uns. Ich folgte seinem Blick. Erst jetzt fiel mir auf, dass sich Davids und mein Unterarm, die wir beide auf dem Tisch abgelegt hatten, berührten. Ich rückte rasch ab.

David unterhielt sich mit einem von Lauras Kommilitonen. Wir hatten schon das Essen bestellt, und rundherum liefen mehrere Gespräche. Ich hatte mein Gesicht den beiden zugewandt, ohne zuzuhören. Dafür war mein Ohr mal an diesem, mal an jenem Gespräch beteiligt, wobei ich wegen des hohen Geräuschpegels im Raum vieles nicht verstand.

Liam und Laura hatten die Köpfe dicht beieinander. Ich sah aus den Augenwinkeln, wie Liam immer wieder zu mir herübersah, aber ich schaute ihn nicht an.

Es war schwierig zu verstehen, über was die beiden redeten.

„… im Coffee Shop … einfach so."

„Es kann mir keiner erzählen … drüber rutscht?"

„Nein!", protestierte Laura, um dann wieder leiser weiterzusprechen. „… wirklich nur freundschaftlich."

„… glaube nicht …"

„… definitiv nicht zusammen …" Laura senkte wieder ihre Stimme.

„Ach." Liam sprach es so verächtlich aus, dass ich jetzt doch unwillkürlich zu den beiden hinübersah. Liam hatte die Augen leicht zusammengekniffen und starrte auf David. Ich sah schnell wieder weg. Der kurze Blick hatte ausgereicht. Liams Körper war angespannt und signalisierte Kampfbereitschaft. Die Vision, wie Liam und David sich gegenseitig freundschaftlich auf die Schultern klopften, zerbröselte vor meinen Augen. Komischerweise konnte ich es Liam nicht vorwerfen, dass er meinen Friede-Freude-Eierkuchen-Plänen eine Absage erteilte. Vielmehr ertappte ich mich in der Folge ständig dabei, wie ich Liam unauffällig zu beobachten suchte. Er strahlte so viel Energie und Selbstsicherheit aus!

Nach dem Essen wechselten wir in die ‚Spielhölle'. Da wir zu zwölft waren, bot es sich an, zu je sechst an zwei Billardtischen zu spielen.

Ich spielte mit Liam an einem Tisch, David mit Laura an dem anderen.

Nassi kicherte auf einmal halb erschrocken, ich schaute auf und sah, wie Robert sie durchkitzelte und dabei stark auf Tuchfühlung ging. Brrrr!

„Na, hab ich da was verpasst?" Liam hatte sich neben mich gestellt und zeigte mit dem Kopf Richtung Nassi und Robert.

„Was Nassi betrifft, würde ich sagen: Nein, aber normalerweise bin ich immer die Letzte, die so was schnallt", gestand ich ein.

„Heißt das, bei dir muss man immer mit dem Holzhammer kommen?" Liam sah mich herausfordernd an.

„Ich weiß nicht", sagte ich zögernd. Ich dachte wieder an die Situation an den Spinden in der Eissporthalle, und mir wurde schrecklich heiß. Liams Körper war nur wenige Zentimeter von mir entfernt. Ich hätte mich ihm gerne noch mehr genähert, aber ich traute mich nicht. Ich hätte gerne mein Gesicht vor seines gehalten, so nah, dass ich seinen Atem spüren konnte. Ich …

„Bist du in ihn verliebt?" Liam schaute zu David hinüber. Sein Gesicht schien regungslos, aber diesmal konnte er mich nicht täuschen.

„Nein", sagte ich bestimmt. „Er ist nur ein Freund." Ich legte allen Nachdruck in meine Stimme. „Ein guter Freund."

„Dein Wort in Gottes Gehörgang", sagte Liam. „Irgendwie scheinen ältere Männer auf dich zu stehen. Der Typ am Spielautomaten schaut auch ständig zu dir rüber."

Ich folgte Liams Blick. Der Mann am Spielautomaten … Herr Fober! Shit. Ich wollte etwas erwidern, aber Liam streckte seinen Arm aus und strich mir mit der Hand langsam über die Wange. Sein Gesichtsausdruck war zärtlich und verletzlich zugleich. Seine Berührung schwappte über mich wie eine heiße Welle, die mich unter Wasser zog. Ich wollte etwas erwidern, aber die Welle hielt mich unter Wasser und ließ mich nicht mehr los ...

Bis einer der Studenten vom anderen Tischende zu uns herüberrief: „Okay, Leute, wer fängt an?"

Ähnlich wie vor den Spinden in der Eissporthalle ließ Liam seine Hand noch ein paar Sekunden auf meiner Wange liegen, dann erst drehte er sich um und sagte: „Ich fange an."

Die Gruppe am anderen Tisch hatte schon angefangen zu spielen. David stand mit dem Rücken zu uns.

Mein Herz hüpfte und flatterte. Liam hatte mich berührt. So langsam hatte ich das Gefühl, dass wir uns irgendwann küssen würden. Am liebsten gleich.

Liam und ich spielten nicht besonders. Ich weiß nicht, ob es ihm genauso ging wie mir, aber ich hatte alle Fasern meines Körpers auf ihn ausgerichtet. Wir standen immer dicht beieinander, fast mussten wir aufpassen, dass wir dem anderen beim Spiel nicht im Weg standen. Ich spürte wieder die gleiche Elektrizität zwischen uns wie gestern, als er mir in der Eissporthalle so nahe gekommen war. Ich wäre gerne noch näher an ihn gerückt. Wie gerne hätte ich meine Hände unter sein Shirt geschoben und ihn hemmungslos geküsst! Ich dachte an Sex auf dem Billardtisch und versuchte gleichzeitig, nicht daran zu denken.

Unser Team verlor natürlich, und es tat mir leid, dass wir so lausig gespielt hatten. Die anderen riefen zum Aufbruch. Es war gerade mal halb elf, und ich hatte morgen erst zur Dritten, aber wahrscheinlich mussten die anderen früher aufstehen. Liam wandte sich mir zu.

„Hast du morgen schon was vor?"

‚Nein, und wenn ich schon was vorhätte, würde ich es sofort absagen, um mich mit dir zu treffen.' Ich schüttelte den Kopf und lächelte voller Erwartung.

Liam lächelte auch. „Ich ruf dich an."

David trat neben mich.

„Sollen wir noch jemanden mitnehmen?", fragte er freundlich.

Liam stützte die Hände an die Hüften, ohne den Blick von mir abzuwenden. „Ich bin selber mit dem Auto hier."

Ich drehte mich zum Rest der Gruppe. „Möchte jemand heimgefahren werden?"

Die anderen waren auch schon alle versorgt. Ich überreichte Laura mein Weihnachtsgeschenk, da ich sie heute ja das letzte Mal vor Weihnachten sah. Sie hatte auch ein Geschenk für mich. Ich zappelte ein bisschen vor Freude, als ich es entgegennahm. Mein erstes Weihnachtsgeschenk!

Laura und ich umarmten uns, und David und ich verabschiedeten uns von allen.

Liam berührte mich leicht am Oberarm. „Bis dann." Er lächelte.

„Ja, bis dann." Ich lächelte auch.

Im Rausgehen kamen wir an Herrn Fober vorbei. Hoffentlich hatte er nicht zu viel Geld verspielen müssen, während er auf uns aufpasste. Zum Glück hatte Liam seine Blicke völlig missinterpretiert. David und ich liefen mit strammen Schritten den Weg zum Auto zurück. Es war so kalt, dass meine Nase anfing zu tropfen. Im Parkhaus war nicht allzu viel los, aber hinter uns hörte ich Herrn Fobers Schritte.

David fuhr mich zu meiner Wohnung und brachte mich wie immer bis vor die Tür. Ich schaute auf die Uhr.

„Hey, ich muss noch nicht gleich ins Bett, soll ich uns noch einen Tee kochen?“

„Oh, ja, das wäre nett.“ David lächelte.

Ich sperrte die Tür auf, wobei das Schloss ungewöhnlich knirschte. Offensichtlich mussten meine vollgekrümelten Taschen mal wieder dringend ausgeleert werden. Ich ließ David herein, der die Tür hinter sich schloss.

„Warte, ich mache uns Licht.“ Ich tastete nach dem Schalter.

Plötzlich löste sich eine Gestalt hinter dem Garderobenschrank aus der Dunkelheit und packte mich. Mein Herzschlag setzte aus. Ein spitzer Angstschrei, ein Zusammenzucken, um wegzuspringen. Jedoch zu spät. Jemand quetschte mich und zerrte an mir. Es ging alles viel zu schnell, und die Angst nahm mir jede Kraft. Die Erkenntnis meiner Hilflosigkeit lähmte mich zusätzlich. Nur, dass mir die Luft abgedrückt wurde, drang überdeutlich in mein Bewusstsein. Ich griff mit der Rechten instinktiv an meinen Hals, um den eisernen Druck zu lockern. Dabei entglitt meinem Mund ein würgendes Röcheln. Verzweifelt versuchte ich, meine Hand, die immer noch den dicken Handschuh von David trug, zwischen meinen Hals und den grausamen Druck zu schieben.

Er hatte mich von hinten gepackt und schliff und zog mich Richtung Wohnzimmer. Er war der Invasor, daran gab es keinen Zweifel. David folgte uns in einer Art, wie ich ihn noch nie gesehen hatte. Animalisch. Furchterregend. Sein Körper war zum Zerreißen gespannt, sein Geist hochkonzentriert. Er sah aus, wie wenn er zum Sprung ansetzte.

„Keine Verwandlung!“, schrie der Invasor hysterisch. „Weg von der Tür!“ Er kreischte fast.

Der Würgegriff wechselte vom Hals an die Taille, als wollte er mir die Eingeweide herausquetschen, und ich schnappte nach Luft. Gleichzeitig sah ich aus den Augenwinkeln seine andere Hand zu meinem Hals hochschnellen. Nur den Bruchteil einer Sekunde blitzte ein Lichtreflex auf. Er hielt mir ein Messer an den Hals! Es fühlte sich so an, als hätte es mich bereits angeritzt. ‚Nein‘, dachte ich immer wieder. ‚Nein, bitte nicht!‘

Meine rechte Hand lag immer noch auf meinem Hals, wo ich versucht hatte, den würgenden Druck seiner Linken zu lockern. Jetzt lag seine Rechte mit dem Messer darüber, und den Tod vor Augen wagte ich nicht mehr, mich irgendwie zu bewegen. Meine Beine versagten sowieso bereits, mein vollständiges Gewicht schien auf meiner untersten Rippe zu liegen, unter die er seinen linken Arm geschoben hatte, und weiter oben presste mich seine Rechte an seinen widerwärtigen Körper. Ich hätte es in diesem Moment nicht in Worte fassen können, aber mir war klar, dass ich wertlos war für ihn, ein Nichts, bedeutungsloser Müll. Mein Leben so gut wie verwirkt. Einen einzigen, letzten, geringfügigen Sinn gab ich noch her, und der war, David in Schach zu halten.

„Keine Verwandlung!“ Der Invasor war schon richtig panisch. Offensichtlich war er sich nicht sicher, ob ich als Druckmittel ausreichte, um David von einem Angriff abzuhalten.

Er zerrte mich weiter rückwärts ins Wohnzimmer hinein, David stets im Blick. David folgte ihm unter höchster Anspannung und sah uns seltsam unfokussiert an, als ob er alles gleichzeitig erfassen könnte. Er hatte noch Davids Gestalt, aber mir war, als wäre er kurz davor zu schmelzen.

Es sollte der einzige Moment in meinem Leben werden, in dem ich froh über meine Tollpatschigkeit sein konnte. Da ich kaum noch Kontrolle über meine Beine hatte und ohnehin fast mehr vom Invasor geschliffen wurde, anstatt zu laufen, verhedderten sich meine Beine in den seinen. Dann geschahen drei Dinge nahezu gleichzeitig.

Der Invasor stolperte und verlor ein wenig das Gleichgewicht. Das Messer riss einen scharfen Schnitt in meine Hand, und ich schrie laut auf. Ein Tiger sprang explosionsartig auf uns zu und schlug seine Zähne in den Arm des Invasors.

Der Kopf des Tigers klatschte hart gegen meine Wange, und sein wilder Geruch brannte mir in der Nase. Er kam mit einer solchen Wucht, dass der Invasor und ich nach hinten flogen. Der Invasor wurde allerdings sofort wieder an seinem Arm unter mir hervorgezogen und durch das Zimmer geschleudert, wobei er heulend aufschrie. Der Tiger brüllte bestialisch und tat einen Satz von mir weg. Es gab ein knackendes Geräusch, dann verstummte der Schrei. Ich hörte nur noch den Tiger und mich stoßweise atmen. Meine Hand schmerzte höllisch und brannte wie verrückt.

Der Tiger drehte sich zu mir um. Sein Körper war immer noch angespannt, und in seinen Augen sah ich ein wildes Flackern. Ich rutschte unwillkürlich auf dem Boden ein Stück nach hinten. Als er mich so vor ihm zurückweichen sah, fiel seine Anspannung von ihm ab, und sein Fell glättete sich. Er kam mit gebeugtem Kopf und gesenktem Blick vorsichtig auf mich zu. Erst beschnupperte er meinen Hals und meine Hand. Dann rieb er seinen Kopf leicht an meinem. Ich fing an zu weinen.

Der Tiger trat drei Schritte rückwärts und David verwandelte sich in den Menschen zurück, den ich kannte. Er war halbnackt, aber ich hatte andere Probleme. Meine Hand tat so weh.

David sah mich voller Sorge an und streichelte über meinen Kopf. An seinem Mund klebte Blut.

„Jessi, es ist vorbei. Es ist vorbei, hab keine Angst mehr. Lass mich deine Hand anschauen."

Er hob sie vorsichtig hoch, und ich stöhnte.

„Sieht nicht so schlimm aus. Ich ziehe dir jetzt den Handschuh aus", sagte er.

„Au, au, au." Ich wollte tapfer sein, aber es tat wirklich sehr weh. Ich heulte.

David betrachtete noch mal kurz mit zusammengekniffenen Augen meine Hand ohne Handschuh.

„Ich fahre dich ins Krankenhaus. Dort bekommen sie deine Hand wieder hin." Er blickte sich suchend um. „Ich ziehe mir nur schnell etwas an."

Er sammelte hier und da etwas vom Boden auf, ging dann zum Kleiderschrank und zog sich tatsächlich irgendwelche von meinen Sachen an. Er verschwand auch für zehn Sekunden ins Bad, und ich hörte kurz Wasser laufen.

Während er sich anzog, hoffte ich, dass er mich nicht nur trösten wollte und meine Hand tatsächlich wieder in Ordnung käme. Ich traute mich nicht, sie anzusehen. Langsam setzte ich mich auf. Mir war schwindlig.

David kam und half mir aufzustehen. Ich suchte mit den Augen nach der Leiche, sah aber keine. Es lag alles Mögliche auf dem Boden, Teile von Davids Klamotten, seine Schuhe, ein paar Bücher, die vom Tisch gefallen waren.

„Wo …?"

„Sie nehmen nach dem Tod ihre ursprüngliche Gestalt an. Aber tot ist tot, du brauchst dir keine Sorgen zu machen. Ich räume später auf."

Ich konnte nicht mehr klar denken. Ich wusste nur, dass wir ins Krankenhaus mussten, und ich versuchte, nicht mehr zu heulen.

David schlüpfte in seine Schuhe und ging mit mir hinaus. Er schloss die Wohnung ab und führte mich nach unten. Als wir das Haus verließen, sprang Herr Fober aus seinem Auto und rannte auf uns zu.

„Was ist passiert?" Er riss erschrocken die Augen auf.

„Wir sind in der Wohnung überfallen worden. Er ist wohl über den Garten entkommen."

„Verdammt“, fluchte Herr Fober. „Wie lange ist das her?“

„Fünf Minuten“, log David. „Den erwischen sie nicht mehr.“

Herr Fober blickte auf meine Hand.

„Soll ich die Polizei rufen?“

„Nein“, sagte David bestimmt. „Wir reden morgen.“

Herr Fober quittierte Davids Antwort mit einem Stirnrunzeln, aber er sagte nichts weiter. Als David sein Auto per Fernbedienung öffnete, hielt mir Herr Fober die Tür auf. „Ich fahre hinter Ihnen her.“

David fuhr mit einem Affenzahn. Zum Glück waren die Straßen fast leer.

David brachte mich in die Notaufnahme, und wir mussten zu meiner Erleichterung nicht warten. David erklärte dem Arzt, dass ich mit dem Messer in der Hand gestolpert war und mich total unglücklich geschnitten hatte.

Der Arzt sah David von oben bis unten an, und ich folgte seinem Blick. David hatte sich die größten und weitesten Sachen aus meinem Kleiderschrank gegriffen, eine Sporthose und ein altes Hemd von meinem Vater, aber es sah trotzdem etwas kurz und seltsam an ihm aus. Seine Füße steckten ohne Socken in den Schuhen, und für die Jahreszeit war er insgesamt zu kühl angezogen.

„Ich muss den Schnitt nähen, und dabei werde ich nachsehen, ob Sehnen verletzt sind.“ Er schaute mich an. „Ich werde Sie örtlich betäuben, dann merken Sie davon gar nichts. Schauen Sie einfach nicht hin.“ Er wandte sich kühl an David. „Sie warten bitte draußen.“

David drückte mir leicht meine gesunde Hand und strich mir noch einmal über die Haare. Dann verließ er den Raum.

Der Arzt bereitete einiges vor, und eine Arzthelferin forderte mich auf, mich auf eine Liege zu legen. Der Arzt drehte sich zu mir um.

„Würden Sie es mir sagen, wenn Ihr Freund Sie schlägt?“

„W-was?“

„Ihre Wange ist sehr rot und leicht geschwollen.“

„Oh, nein, das kommt von dem Sturz.“ Ich überlegte schnell. „Als ich mich beim Hinfallen geschnitten habe, habe ich aufgehört, mich mit den Händen abzustützen, und bin mit der Wange voran auf dem Boden aufgeschlagen. Mein Freund würde mich niemals schlagen.“

Der Arzt schaute nur noch auf meine Hand, und ich hoffte, dass ich glaubwürdig geklungen hatte.

Das Versprechen, dass ich gar nichts spüren würde, war nicht ganz richtig, es tat nur nicht weh. Trotzdem fühlte ich auf seltsame Weise, wie die Fäden durch meine Haut gezogen wurden.

Anscheinend war auch mein Mittelfinger betroffen, denn ich bekam einen Verband, der auch ihn erfasste, und erst danach traute ich mich, meine Hand zu betrachten. Ich setzte mich auf.

„Sie haben Glück, der Schnitt verläuft schön parallel zu den Sehnen, die sind alle unversehrt. Gehen Sie in drei Tagen zur Kontrolle zu ihrem Hausarzt. Er kann den Verband abnehmen, und dann kann er auch ab bleiben. Er soll Sie nur die ersten Tage vor Infektionen von außen schützen." Der Arzt sah mich ernst an. „Ich verschreibe Ihnen ein Antibiotikum und ein Schmerzmittel, die nehmen Sie gemäß Packungsbeilage. Die Rosen-Apotheke in der Großen Eschenheimer Straße hat Nachtdienst." Er drückte mir ein Rezept und ein DIN-A6-Blatt in die gesunde Hand und zeigte auf Letzteres. „Hier sind ein paar Telefonnummern vom Frauennotruf und so weiter, falls Sie es sich anders überlegen wollen. Brauchen Sie ein Attest für Ihren Arbeitgeber?"

„Ja", sagte ich schroff. Sein Verdacht gegenüber David brachte mich auf die Palme. Aber natürlich wusste ich gleichzeitig, dass er nur helfen wollte.

Der Arzt stellte mir noch ein Attest für die komplette folgende Woche aus.

„Dann alles Gute", sagte er sachlich und verschwand in den benachbarten Raum.

„Danke", rief ich noch schnell hinter ihm her.

Mein Kreislauf schien stabil, also stand ich langsam auf, verabschiedete mich von der Arzthelferin und verließ den Behandlungsraum. David, der vor der Tür auf und ab gegangen war, kam sofort auf mich zu.

„Wie geht es dir? Ist alles in Ordnung?" Er nahm mich an der gesunden Hand. Seine Eigene zitterte ein wenig. „Was hat der Arzt gesagt?"

„Die Sehnen sind okay. Drei Tage Verband, dann soll der Hausarzt kontrollieren. Hier, er hat mir ein Rezept für Antibiotika und Schmerzmittel gegeben. Können wir bei der Rosen-Apotheke vorbeifahren? Die ist in der … Scheiße, Mann, jetzt hab ich die Adresse vergessen."

„Kein Problem, ich schaue im Netz nach."

David ließ meine Hand nicht los und zückte umständlich mit seiner freien Hand sein Smartphone, während wir langsam Richtung Auto liefen.

„Die nächste Rosen-Apotheke ist in der Großen Eschenheimer …"

„Ja, genau das war's, mir fällt's wieder ein. Tut mir leid, ich glaube, ich bin total neben der Spur."

„Jessi, das ist doch völlig normal nach dem, was passiert ist." David drückte meine gesunde Hand. „Bitte sei unbesorgt … Dieser Invasor wird uns keine Probleme mehr bereiten." Er lächelte angestrengt. Offensichtlich hatte der Überfall auch ihn sehr mitgenommen.

Wir erreichten das Auto, und David half mir beim Einsteigen. Herr Fober war nicht zu sehen. Er war wohl wieder auf unauffällige Distanz gegangen.

Als David das Auto startete, sagte er: „Ich würde dich gerne zu mir in mein Appartement bringen, dort kann ich mich besser um dich kümmern, wenn du damit einverstanden bist. Ich fahre später noch einmal in deine Wohnung, um aufzuräumen. Du musst doch morgen nicht in die Schule, oder?"

Ich schüttelte den Kopf. „Ich habe ein Attest für die komplette Woche. Ich muss Lizzy absagen, denn mit der Hand kann ich wirklich nicht arbeiten. Die letzten drei Schultage zu verpassen, macht auch nichts. Da läuft sowieso nicht mehr viel."

Ich würde ab sofort frei haben. Das war gut. Ich fühlte mich wirklich erschöpft und erholungsbedürftig. Auch gefiel mir die Vorstellung, bei David zu wohnen.

Dann dachte ich an Liam. Er wollte mich morgen anrufen. Ich hätte mich gerne mit ihm verabredet, bevor ich nach Berlin fuhr. Aber es würde sich irgendwie alles fügen. Ich war jetzt nicht in der Lage, weiter über alles nachzudenken.

David hielt in zweiter Reihe vor der Apotheke. Er nahm mein Rezept und sagte im Aussteigen: „Bleibe bitte sitzen, ich bin gleich wieder da." Nachdem er die Tür zugeworfen hatte, verschloss er das Auto von außen.

Ich sah in den Rückspiegel. Zehn Meter hinter mir stand ein dunkler Wagen mit angeschalteten Lichtern ebenfalls in zweiter Reihe. Das musste Herr Fober sein. Ich atmete durch.

David kam zurück. „Von dem Schmerzmittel dreimal täglich eine halbe bis eine ganze Tablette mit etwas Wasser einnehmen", sagte er und gab mir zwei Schachteln. „Das Antibiotikum einmal täglich zur gleichen Zeit."

Dann fuhr er uns nach Hause.

Die Schmerzen in meiner Hand nahmen jetzt meine völlige Aufmerksamkeit ein. Als wir zu Hause waren, reichte mir David sofort eine der Schmerztabletten und ein Glas Wasser.

Ich wollte nur noch ins Bett und schlafen.

David war sehr um mich besorgt. Er brachte mich sozusagen ins Bett und deckte mich zu wie ein kleines Kind. Ich schluckte die aufsteigenden Tränen hinunter.

„David, du wolltest noch in meiner Wohnung … aufräumen, aber bitte geh nicht weg, wenn ich schlafe."

„Nein, ich bleibe hier." Er nahm meine gesunde Hand. „Ich gehe nicht fort."

Ich versuchte, mich zu entspannen.

„Es ging alles so schnell … Aber die Invasoren können uns nicht mehr gefährlich werden. Ich konnte mich noch gar nicht so richtig darüber freuen. Wenigstens ist diese Gefahr vorüber."

Er sah mich sehr lange und sehr ernst an.

„Lass uns morgen reden", sagte er dann. „Du musst jetzt schlafen. Ich lege mich auch gleich ins Bett."

Ich musste schnell eingeschlafen sein, denn ich konnte mich nicht mehr daran erinnern, wie David das Schlafzimmer verließ.

KAPITEL 8 – Falsche Blüten

Am nächsten Morgen schien erstaunlicherweise die Sonne. Während ich langsam wach wurde, fing ich an, minimale Bewegungen mit meiner rechten Hand zu vollziehen. Ich war mir nicht sicher, ob das genähte Gewebe spannte, oder ob es der Verband war, der mich von größeren Bewegungen abhielt.

Das Bett neben mir war leer.

Ich zog den Arm unter der Bettdecke hervor und betrachtete meine Hand. Der Verband war weiß und sah aus wie neu. Mir fiel ein Stein vom Herzen. Zum Glück kam kein Blut durch. Ich erinnerte mich jetzt, dass ich in Davids Auto ziemlich viel Blut verloren hatte. Meine Klamotten waren voll davon. Es beruhigte mich, dass die Blutung nach dem Nähen offensichtlich aufgehört hatte.

Ich bewegte noch einmal leicht die Finger. Wenigstens tat es nicht mehr so weh wie gestern.

Im Wohnzimmer ging ein Staubsauger an. David war offensichtlich schon länger wach. Ich stand auf und lief hinüber.

Eine ältere Frau, die ich noch nie gesehen hatte, stand mitten im Raum und staubsaugte. Sie war klein und hager und hatte ihre graumelierten Haare in großen, ordentlichen Locken um den Kopf liegen. Sie nickte mir zu, als ich in der Tür erschien. David kam schon aus der Küche lächelnd auf mich zu.

„Na, wie fühlst du dich?“ Er legte seine Hand auf meine Schulter.

„Oh, es geht so.“ Ich schaute zu der älteren Dame.

„Das ist Frau Sägebrecht, sie ist meine Haushälterin. Ich hoffe, sie hat dich nicht geweckt, aber ich wollte sie nicht abbestellen.“

„Das macht gar nichts, ich war schon wach. Ich ziehe mich mal an.“

Aber kaum hatte ich die Worte ausgesprochen, fiel mir ein, dass meine gestrigen Klamotten ja voller Blutflecken waren.

„Deine Kleidungsstücke hat Frau Sägebrecht vorhin in die Waschmaschine getan. Ich habe dir etwas zum Anziehen bringen lassen, aber du kannst auch einfach einen Bademantel überziehen und warten, bis deine Sachen von gestern aus dem Trockner kommen.“

„Hm, ich glaube, ich würde mir lieber was Richtiges anziehen.“

„Liegt im Bad.“

David hatte wie immer an alles gedacht. Im Bad standen mehrere Tüten. Ich hatte die Lieferung gar nicht mitbekommen. Es war Freizeit-Bekleidung für junge Frauen. Eine Jeans, eine Sporthose, verschiedene Shirts und Pullover, Unterwäsche. Ich konnte bald einen eigenen Kleiderschrank bei David brauchen.

Es dauerte eine Weile, bis ich mich angezogen hatte. Ich wählte die Sporthose, weil ich erst einmal nicht vor hatte, das Haus zu verlassen, und weil sie mit einer Hand auch besser anzuziehen war als die Jeans.

Was mir ganz schön gegen den Strich ging, war der blaue Fleck, der sich über Nacht auf meiner Wange gebildet hatte. So ein Tigerschädel war nicht ohne. Ich starrte in den Spiegel. Leider sah ich jetzt wirklich ein bisschen wie eine verprügelte Frau aus. Zum Glück wohnte ich nicht mehr mit meinem Bruder zusammen. Er hätte mir bei jeder Begegnung ohne Umschweife gesagt, wie beschissen ich aussehe. Seine Offenheit war manchmal wohltuend, aber im Moment hatte ich etwas Schonung verdient.

Ich betrachtete mich noch genauer im Spiegel. Auf der linken Halsseite hatte ich einen kleinen, oberflächlichen Schnitt. Sicher hatte mir meine Hand das Leben gerettet. Hoffentlich hatten meine Haare gestern diese Verletzung vor den Blicken des Arztes verborgen.

Es missfiel mir außerdem, die einbandagierte Hand nicht richtig waschen zu können, und sich die Zähne mit links zu putzen, war auch gewöhnungsbedürftig, aber schließlich konnte ich dann doch halbwegs gesellschaftsfähig in der Küche aufschlagen.

„Es riecht schön nach Kaffee." Ich schnüffelte demonstrativ. „Und nach frischen Brötchen."

„Ja, ich habe ein paar Sachen geliefert bekommen." David hatte den Tisch schon gedeckt. „Bitte setze dich und lasse dich von mir bedienen."

Ich setzte mich brav und ließ mich bedienen. Was mir insofern nicht schwerfiel, als dass ich noch nicht einmal ein Brötchen selber aufschneiden konnte.

Während wir aßen, putzte Frau Sägebrecht das Bad und wuselte durchs Schlafzimmer.

„Herr Schmidt, es läuft noch eine Wäscheladung durch den Trockner; ist es Ihnen recht, wenn ich die Ihnen überlasse und jetzt gehe?"

„Ja, vielen Dank, Frau Sägebrecht."

Dann wandte sich David zu mir.

„Sie ist normalerweise etwas länger da, aber ich dachte, heute reicht ein Kurzprogramm, damit wir unsere Ruhe haben."

Er fing an, den Tisch abzuräumen.

„Jessi, mache es dir doch in der Sitzgruppe gemütlich, ich setze mich gleich zu dir."

Ich nahm meinen Kaffeebecher mit an den Wohnzimmertisch und pflanzte mich in meinen Sessel.

Anschließend betrachtete ich die verbundene Hand. Während des Frühstücks hatte ich noch mal eine halbe Schmerztablette genommen und fühlte mich soweit okay. Es war ein bisschen komisch, so nutzlos herumzusitzen, während David die Küche aufräumte. Abgesehen von der Hand war ich ja in Ordnung.

Bilder der vergangenen Nacht waberten durch meinen Kopf. Dabei fiel mir ein, dass ich in der Schule anrufen musste.

Auch bei Lizzy meldete ich mich krank. Danach schrieb ich meinen Freunden eine Nachricht. Dass ich total dämlich in ein Messer gestürzt war und genäht werden musste, aber dass alles halb so wild war und sie mich nach der Schule mal anrufen könnten.

Außerdem sandte ich Laura die gleiche Geschichte. Sie hatte ja heute eine Präsentation in der Uni und wollte direkt danach nach München fahren. Aber es wäre schön, mit ihr zu telefonieren, und ich bat sie darum, sobald sie Zeit hätte. Ich wollte endlich wieder mein normales Leben genießen, ohne Angst vor den Invasoren haben zu müssen.

Dann dachte ich an Liam. An seinen versprochenen Anruf. Es war blöd, dass ich ein Gesicht wie verprügelt und eine Hand wie Hellboy hatte, denn natürlich hätte ich mich ihm lieber in strahlender Schönheit präsentiert, falls wir uns heute tatsächlich verabreden würden. Aber es ließ sich nicht ändern. Ich konnte mich glücklich schätzen, dass ich noch am Leben war.

David setzte sich zu mir.

„David, gestern, dieser Überfall … Ich glaube, er hat gar nicht damit gerechnet, dass du auch in meiner Wohnung auftauchst. Als er gemerkt hat, dass ich nicht alleine komme, war es zu spät für ihn zu verschwinden."

„Richtig, ich nehme an, dass er in der Vergangenheit beobachtet hat, dass ich dich immer nur bis zur Tür gebracht habe. Ich bin unglaublich erleichtert, dass dieser Anschlag so passabel ausgegangen ist. Auch wenn ich in gewisser Weise deine Hand opfern musste, wofür ich dich inständig um Verzeihung bitte. Doch nach meiner Einschätzung gab es für mich keine bessere Gelegenheit zum Eingreifen. Allerdings fasse ich nicht, warum ich beim Betreten deiner Wohnung meine originäre Wahrnehmung nicht mehr eingesetzt habe. Wenn ich aufmerksamer gewesen wäre, hätte ich ihn hinter deinem Garderobenschrank noch erkennen können." Er bedeckte sein Gesicht mit den Händen. „Jessi, ich bin wirklich traurig darüber, dass du durch mich in solche Gefahr geraten bist. Ich …"

„Wir können es jetzt nicht mehr rückgängig machen. Es ist niemandes Schuld, dass ich dich nach zehn aus dem Coffee Shop werfen wollte, und die Invasoren hätten auch dann ihre gierigen Finger nach der Erde ausgestreckt, wenn du zu einem anderen Planeten geflogen wärst. Ich muss nur sagen … Ich finde es nach wie vor sehr befremdlich, dass du darüber nachgedacht hast, mich … in der Herrentoilette liegen zu lassen …"

„Deine Beobachtung hat meine Aufgabe als Kundschafter gefährdet, und es hätte weder dem Fortbestand des Planeten noch dem der Menschheit geschadet, wenn ich dich … dem Invasor überlassen hätte. Aber, Jessi, bitte glaube mir." Davids eisblaue Augen hielten mich fest, und ich konnte meinen Blick nicht von ihm wenden. „Meine … Einstellung hat sich geändert. Ich möchte dich und diesen Planeten unbedingt beschützen. Ich kann mir nicht vorstellen, wie es wäre, wenn dir etwas zustoßen würde."

Wir schauten uns eine Weile wortlos an.

Schließlich riss ich mich los und nahm einen Schluck Kaffee.

„Was ich dich auch noch fragen wollte, du hast dich gestern so schnell verwandelt. Beim ersten Mal hat das ein bisschen länger gedauert. Kannst du das steuern?"

„Nicht willentlich. Aber als du es das erste Mal gesehen hast, war mein dritter Kern leicht angeschlagen, deshalb war es etwas mühseliger. Die gestrige Verwandlung lief in der normalen Geschwindigkeit ab."

„Wieso ein Tiger?"

„Ich bin viel gereist und habe schon sehr viele Zoos und Naturkundemuseen besucht, um mir eine große Sammlung an DNA anzulegen. Der Tiger erschien mir zweckmäßig." Er tippte sich an den Kopf. „Als Mensch wäre es zu gefährlich gewesen, mit ihm zu kämpfen, aber Raubtiere können schnell töten. Manch stärkere Raubtiere wären nicht wendig genug gewesen. Ich stand schon kurz vor der Tigergestalt, als er dich packte. Aber ich konzentrierte mich darauf, mich nicht sofort zu verwandeln, denn ich wusste natürlich, in welcher Gefahr du schwebst. Als er stolperte, habe ich sofort reagiert." Er bekam einen wilden Ausdruck in seinen Augen, als er die Erinnerung wach rief.

„Und jetzt … liegt er da in meiner Wohnung als so 'ne Art aus dem Dessert-Schüsselchen herausgefallener Wackelpudding?"

David lachte ein bisschen.

„So könnte man sagen. Ich werde ihn entsorgen. Ich werde deine

Wohnung in Ordnung bringen. Du musst dir keine Gedanken darüber machen."

Ich nickte langsam. Das knackende Geräusch, das den Schrei des Invasors hatte verstummen lassen, war ekelhaft gewesen, aber in dem Moment hatte ich nur Erleichterung empfunden, weil ich wusste, dass es vorbei war.

„Magst du mich noch?" Er sah mich unverwandt an.

„David, ich verdanke dir bereits zum zweiten Mal mein Leben. Du hast die Erde gerettet. Ich …" Ich zögerte.

David warf mir einen seltsamen Blick zu. „Jessi, ich muss dir etwas sagen. Ich …"

„Warte", unterbrach ich ihn ungeduldig. Ich musste seine Frage noch beantworten, aber ich wollte keinesfalls durch eine zu offenherzige Antwort unsere Freundschaft gefährden, weshalb ich noch an der Formulierung feilte.

„Ich mag dich sehr. Ich vertraue dir. Du bist einer meiner besten Freunde."

David atmete tief aus und neigte den Kopf leicht zur Seite.

„Dann bin ich wirklich erleichtert. Ich weiß, dass der gestrige Vorfall sehr schrecklich für dich gewesen sein muss. Als ich mich in deinem Badspiegel gesehen habe, befürchtete ich, dass du vor mir Angst bekommen oder mich sogar abscheulich finden könntest. Es ist nicht so, dass es mir Spaß gemacht hat zu töten. Ich bin nicht wie die Invasoren. Es war einfach eine Notwendigkeit."

„Das ist völlig in Ordnung, Quatsch, es ist mehr als das. Ich finde, du warst sehr mutig. Ich weiß nicht, ob ich das auch so gekonnt hätte wie du."

David rieb sich die Stirn. „Aber, weißt du, es gibt noch …"

„Nein, nein, glaube mir, es ist alles super gelaufen. Ich realisiere ja selber erst langsam, was für eine enorme Heldentat du geleistet hast, und wie glücklich wir über die Rettung der Erde sein können! Diese Gefühlsachterbahn ist unglaublich, nach der Todesangst, die ich gestern ausgestanden habe. Aber jetzt bin ich echt wahnsinnig erleichtert. Das ist allein dein Verdienst." Ich lächelte ihn dankbar an, und David erwiderte mein Lächeln.

Die nächste Stunde beschäftigte ich mich mit einem Buch aus Davids Bücherregal, und David saß mit dem Laptop auf der Couch. Ab und zu schaute ich zu ihm auf, und ich sah aus dem Augenwinkel, dass er dasselbe tat. Zwischen uns bestand ein starkes Band, das ich nie zuvor bei jemandem verspürt hatte. Ich hatte nicht mehr diese ständige unterschwellige Angst vor dem, was kommen konnte. Es war gekommen, und ich wusste es nun; und wenn ich noch einmal in Gefahr geraten würde, könnte ich sicher sein, dass ich mich voll und ganz auf David verlassen konnte.

Trotzdem musste ich auch immer wieder an dieses schreckliche Gefühl der Hilflosigkeit denken, und dass ich gerne selbst in der Lage gewesen wäre, mich zu verteidigen und den Invasor niederzukämpfen.

„Ich glaube, ich melde mich nächstes Jahr zu einem Selbstverteidigungskurs an. Laura behauptet sowieso immer, ich bräuchte mehr Rückgrat, und da wäre es sicher nicht schlecht, diese Schwäche auch von der körperlichen Seite her auszubügeln. Ich glaube, das wäre eine gute Idee."

„Ja, warum nicht", stimmte David mir zu. Er ließ seine Augen noch eine Weile nachdenklich auf mir ruhen.

Dann legte er den Laptop beiseite und atmete hörbar ein. „Jessi, ich müsste noch mal kurz etwas erledigen. Kann ich dich eine Stunde alleine lassen? Wenn etwas ist, kannst du mich jederzeit anrufen."

„Klar. Was soll schon sein? Lass dir ruhig Zeit."

David nickte ernst, zog sich an und verließ das Appartement. Er hatte irgendwie besorgt ausgesehen, oder bildete ich mir das nach all der Aufregung nur ein? Hoffentlich war ich durch den Überfall des Invasors nicht überängstlich geworden.

Ich schloss die Ohrstöpsel an mein Handy an, um Musik zu hören, und versuchte, nicht mehr über den toten Invasor nachzudenken. Beinahe hätte ich das Klingeln des Haustelefons überhört.

Ich legte rasch das Buch zur Seite und flitzte zum Hörer. „Ja, bitte?"

„Guten Morgen, hier spricht der Empfang. Ich habe hier einen Fleurop-Mitarbeiter, der eine Blumenlieferung für Frau Jessica Wagner abgeben möchte. Darf ich ihn zu Ihnen nach oben schicken?"

Blumen? Wahnsinn!

„Ja, bitte!" Ich legte auf.

Wer schickte mir Blumen? Vielleicht Liam? Voller Vorfreude rannte ich zur Tür. Ich hatte noch nie im Leben Blumen bekommen! Ich riss die Appartmenttür auf und schaute ungeduldig zum Fahrstuhl. Vor lauter Aufregung fing ich an zu schwitzen. Ob die Blumen von Liam kamen? Liam und Blumen? Hm. Ich musste mir eingestehen, dass das nicht zu ihm passte. Selbst wenn er sich vielleicht für mich interessierte, würde er mir beim jetzigen Stand unserer nicht vorhandenen Beziehung sicher keine Blumen schenken. Ich hörte, wie sich ganz weit unten die Tür des Fahrstuhls schloss.

War das möglicherweise Davids Erledigung, wegen der er vorhin das Appartement verlassen hatte? Nein, er hätte mir die Blumen sicher persönlich überreicht. Außerdem hatte David nichts für Frauen übrig und würde mir schon allein deswegen niemals Blumen schenken. Der Aufzug setzte sich in Bewegung.

Wer zum Teufel schickte mir Blumen? Gab es außer Liam und David überhaupt jemanden, über dessen Blumensendung ich mich freuen würde?

Ich starrte auf die Aufzugstür. Die Leere des Flurs und das Geräusch des nach oben fahrenden Aufzugs erzeugten in mir ein ungutes Gefühl. In Filmen stieg gleich meistens nicht der Weihnachtsmann, sondern der Killer mit dem Maschinengewehr aus dem Fahrstuhl.

Der letzte Rest freudiger Erwartung war verschwunden. Nein, realistisch betrachtet gab es niemanden, der mir Blumen würde schenken wollen. Wenn David hier wäre, hätte ich ihn jetzt gerne vorgeschickt. Aber er war nicht da. War es Zufall, dass ich gerade allein im Appartement war? Neigte ich seit dem Überfall zur Hysterie, oder würde ich gleich in die Mündung des Maschinengewehrs blicken?

Der Fahrstuhl musste jetzt fast unser Stockwerk erreicht haben. Mein ungutes Gefühl ließ sich nicht wegdrücken, also trat ich zurück und schloss die Tür.

Im nächsten Moment hörte ich, wie sich die Aufzugstür öffnete. Schritte liefen den Flur entlang, und ich hörte mein Herz pochen. Das plötzliche Geräusch der Klingel ließ mich zusammenzucken.

Ich wartete ein paar Sekunden, um nicht zu offenbaren, dass ich bereits hinter der Tür stand, schaute in der Zeit durch den Türspion – und schreckte zurück. Ein riesiger Augapfel hatte mich angestarrt. Da wäre ja wohl jeder erschrocken!

„Hallo?“ Er klingelte erneut.

Ich schaute noch einmal vorsichtig durch den Spion. Der Typ sah schmierig aus. Zumindest nach dem zu urteilen, was ich von ihm erkennen konnte. Er hatte sich eine Schirmmütze tief ins Gesicht gezogen, sodass ich außer seiner Nase fast nur noch seinen ungepflegten Bart zu sehen bekam. Aber er trug eine Jacke, die ihn als Fleurop-Mitarbeiter auswies. Ich griff zögerlich an die Türklinke.

„Sind Sie die Blumenlieferung?“ Das mochte eine dämliche Frage sein, aber ich versuchte, Zeit zu gewinnen.

„Ja, machen Sie die Tür auf!“

Wenn ich bisher noch irgendwelche Zweifel gehabt hatte, ob ich ihm die Tür öffnen sollte, so erleichterte mir sein vehementes Einlassbegehren nun die Entscheidung zu seinen Ungunsten. Zum Glück fiel mir auch gleich eine Ausrede ein.

„Tut mir leid, ich hab gerade nichts an. Können Sie die Blumen bitte vor die Tür legen?“

„Nein, ich benötige eine Empfangsbestätigung von Ihnen. Ich kann warten, bis Sie angezogen sind.“ Er lächelte angestrengt Richtung Spion.

Nein, verdammt noch mal, ich öffne dir nicht die Tür! Lieber verzichte ich auf die Blumen!

„Tut mir leid, das geht jetzt nicht. Können Sie die Bestätigung nicht vom Pförtner unterschreiben lassen? Ich kann ihn unten anrufen und ihm sagen, dass das in Ordnung geht.“ Ich beobachtete ihn immer noch durch den Spion.

Sein Lächeln verwandelte sich für den Bruchteil einer Sekunde in eine verzerrte Fratze, die mir einen kalten Schauder über den Rücken jagte. Aber gleich darauf verzog sich sein Mund wieder zu einer Art Lächeln, sodass ich mich schon fragte, ob ich mir das blitzartige Mienenspiel nur eingebildet hatte. Er verschwand kurz aus meinem Sichtfeld, wohl, um die Blumen abzulegen.

„Geht klar.“

Seine Schritte entfernten sich. Kurz darauf fuhr der Aufzug wieder hinunter.

So neugierig ich auch auf die Blumen war, ich scheute immer noch davor zurück, die Tür zu öffnen. Ich hatte nicht sehen können, ob der Typ wirklich in den Aufzug gestiegen war. Hoffentlich käme David bald zurück. Er könnte mir dann die Blumen reinholen, und dann würde ich sicher anhand einer Karte herausfinden, wer sie mir geschickt hatte.

Ich lehnte mich an die Wand. Hatte ich überreagiert? Hoffentlich war ich durch den Überfall nicht zu einem Psychowrack verkommen. Vielleicht hatte er nur so hartnäckig auf das Öffnen der Tür gedrängt, weil er ein Trinkgeld wollte. Wahrscheinlich würde David mich auslachen, wenn er von meiner übertriebenen Vorsicht hörte. – Nein, David würde mich niemals auslachen. Aber trotzdem kam ich mir jetzt doch ein bisschen dämlich vor.

Plötzlich fiel mir ein, dass ich noch dem Pförtner Bescheid sagen musste. Ich griff zum Haustelefon.

„Hallo, hier ist Jessica Wagner, Appartement siebenundzwanzig. Der Blumenlieferant benötigt noch eine Unterschrift, aber ich … war gerade unpässlich und würde Sie gerne bitten, für mich die Empfangsbestätigung zu unterschreiben."

„Oh, der Lieferant ist eben ohne ein Wort an mir vorbeigegangen und hat nichts von einer Unterschrift gesagt. Tut mir leid!"

„Nein, nein, ist nicht schlimm. Dann war es ihm wohl doch nicht so wichtig."

Ich legte auf. Das war seltsam. Das ungute Gefühl breitete sich erneut in mir aus. Ich preschte zur Glasfront und versuchte, ihn irgendwo da draußen noch zu entdecken.

Tatsächlich: Er lief dort unten gerade an der Einfahrt zur Tiefgarage vorbei und weiter zur Bushaltestelle. Im Laufen zog er sich seine Fleurop-Jacke aus, knäulte sie zusammen und – mir stockte der Atem – stopfte sie in den Mülleimer an der Bushaltestelle.

Aus der Mitte meines Körpers entsprang eine Übelkeit, die bis hinauf in meinen Hals reichte.

Natürlich. Dieses ungepflegte Erscheinungsbild. Dieser angewiderte Gesichtsausdruck, den er für einen Moment nicht hatte unterdrücken können. Dieser penetrante Versuch, in das Appartement zu gelangen.

Ein einziger Albtraum.

Ich wankte zum Sessel, kauerte mich in ihn hinein, zog die Decke über mich und wartete auf David ...

Augenstern

Band 2:
Tod und Täuschung

Inhaltsverzeichnis

Erst als sich jemand an der Appartement-Tür zu schaffen machte, erwachte ich aus meiner Schockstarre.

„David?“ Ich schälte mich aus dem Sessel. „David?“

„Wer sonst?“ Er versuchte sich an einem Lächeln, aber er sah abgekämpft aus. Den Blumenstrauß in seiner Hand legte er auf das Sideboard neben der Garderobe. „Das habe ich vor der Tür gefunden.“ Er sah mich fragend an.

Ich lief auf ihn zu. Mein Impuls, mich in seine Arme zu flüchten, wurde jäh abgewürgt, als er seinen Mantel abstreifte.

„Oh Gott, David, du blutest ja!“ Sein weißes Hemd wies am Ärmel einen großen, dunkelroten Fleck auf.

„Das sieht schlimmer aus, als es ist. Siehst du?“ Er krempelte den Ärmel hoch und zeigte seinen unversehrten Arm. „Ich bin nur unglücklich gestolpert …“

„… gestolpert und in ein Messer gefallen?“ Ich griff mir mit beiden Händen an den Kopf. „Was zum Teufel ist hier eigentlich los?“ Dass David versuchte, mich anzulügen, trug nicht gerade zu meiner Besänftigung bei. „Könntest du mal bitte mit der Wahrheit herausrücken? Deine Informationspolitik ist noch mein Tod!“

David sah schuldbewusst aus. „Jessi, so beruhige dich doch!“ Er kam auf mich zu und berührte mich leicht am Arm. „Bitte, setzen wir uns.“

Ich ließ mich widerwillig von ihm Richtung Sofa führen. „Ich kann mich aber nicht beruhigen! Um ein Haar hätte ich dem Invasor die Tür geöffnet, dann hättest du mich hier beruhigter vorgefunden, als dir lieb gewesen wäre.“

„Was?“ David blieb stehen und drehte mich zu sich. „Der Invasor?“ Er schaute mich durchdringend an.

„Ja, der Typ, dem du angeblich in meiner Wohnung den Hals durchgebissen hast, erinnerst du dich?“ Ich wandte mich ab und warf mich aufs Sofa. „Wieso hast du mir nicht gesagt, dass der in meiner Wohnung ein anderer war als der, der dich im Coffee Shop angegriffen hat? Du hast mich im Glauben gelassen, es gäbe nur einen! Ich hätte dabei draufgehen können!“

David wurde bleich. Er kniete sich schräg vor mich und stützte sich mit dem Arm auf die Sitzfläche der Couch. „Bitte verzeih mir, das war wirklich nicht meine Absicht! Ich wollte dich nicht verängstigen …“

„Sehe ich jetzt vielleicht unbesorgt aus? Du hättest es mir unbedingt sagen müssen!“

„Du hast recht. Ich habe es versucht, aber … Es tut mir sehr leid.“ Er schlug mit der flachen Hand auf das Polster. „Ich dachte, ich könnte ihn ausfindig machen und … das Problem lösen, bevor du es merkst.“ David rieb sich das Kinn. „Ich hatte in deiner Wohnung das Handy des toten Invasors an mich genommen und mit diesem Handy dem verbliebenen Invasor eine Nachricht geschickt, um mich mit ihm zu treffen. Er kam auch, aber … er war nicht unbewaffnet. Dann näherten sich Menschen … Ich muss zugeben, mein Plan ist fehlgeschlagen.“ David blickte mir zerknirscht in die Augen.

„Tja, und vor eurem Treffen hat er noch schnell die Gelegenheit nutzen und mich alleine hier im Appartement antreffen wollen. Zum Glück habe ich auf mein Bauchgefühl gehört und ihm nicht die Tür geöffnet.“

„Die Blumen!“ David kniff die Augen leicht zusammen. „Er hat sie dir vor die Tür gelegt, nicht wahr?“

„Ja. Aber er hätte sie zu gern persönlich abgegeben.“

„Oh Jessi, es tut mir so leid! Bitte …“

„Du brauchst dich nicht ständig zu entschuldigen“, unterbrach ich ihn und hob abwehrend die Hände. „Aber in Zukunft will ich wissen, was los ist. Das musst du mir versprechen!“ Ich sah ihn streng an.

David nickte ernst.

„Wo waren eigentlich die Personenschützer? Sonst kleben sie einem ständig an der Backe, aber wenn man sie braucht, sind sie nicht da“, knurrte ich.

„Herr Meyer steht unten. Aber er kann natürlich auch nicht jeden anhalten, der dieses Gebäude betritt.“ David zuckte mit den Schultern.

Wir schwiegen eine Weile, und ich überlegte. „Waren sonst noch brauchbare Daten auf dem Handy gespeichert?“

„Nein, der noch lebende Invasor, den du aus dem Coffee Shop kennst, war der einzige private Kontakt, den er gespeichert hatte.“

„Haben wir damit nicht seinen Namen?“

David lächelte schwach. „Er ist unter ‚Wichser‘ abgelegt, das wird wohl nicht sein offizieller Name sein.“

Ich zog die Augenbrauen hoch.

David zuckte mit den Schultern. „Sie hegen auch innerhalb ihrer Spezies wenig Sympathien füreinander.“

„Können wir denn jetzt wenigstens sicher sein, dass nur noch dieser eine Invasor aus dem Coffee Shop hier ist? Nicht, dass immer mehr von seiner Sorte auftauchen?“ Ich strich unwillkürlich über meinen Verband.

„Nein, wie ich schon sagte: Die Erfahrung hat gezeigt, dass sie meist nur einen, höchstens zwei als Vorhut auf den auszukundschaftenden Planeten schicken.“

Hm. Erfahrung bedeutete nicht unbedingt eine Garantie für die Zukunft. Ich rieb mir die Stirn.

„Es wird nicht wieder vorkommen.“

Ich sah ihm in die Augen. „Was? Dass mich einer abmurksen will, oder dass du mich über dein Wissen im Unklaren lässt?“

David schaute aus dem Fenster. Sein Blick wandte sich nach innen.

Ich wusste, dass er nicht mehr antworten würde, doch ich beobachtete ihn weiterhin. Nach ein paar Minuten kehrte wieder Leben in sein Gesicht. Er sah mich an und lächelte. „Soll ich uns einen Tee kochen?“

„Ja, bitte.“

David berührte mich kurz an der Schulter, dann stand er auf, drehte sich um und ging in die Küche.

Um die Mittagszeit rief mich Nassi an.

„Um Himmels willen, Jessi, was hast du nur getrieben?“ Sie klang halb belustigt, halb besorgt.

Ich erzählte kurz von meinem angeblichen Sturz und ausführlich von dem tatsächlich stattgefundenen Krankenhaus-Besuch.

„Oh, Jessi, du musst unbedingt vorsichtiger sein! Wenigstens hast du heute einen super langweiligen Schultag verpasst. Die Lehrer sind auch schon alle in Ferienstimmung. Sag mal, weil du doch bald nach Berlin fährst, wir müssen uns unbedingt vorher noch treffen, um die Weihnachtsgeschenke auszutauschen. Oder anders gesagt, wie sieht es überhaupt mit Besuchen bei dir aus?“

Solange der Besuch keine Blumen abgeben will … „Nassi, ich würde mich sehr freuen, wenn ihr zu mir kommen würdet, aber ich muss euch vorwarnen. Ich bin auf die Wange gefallen und sehe aus wie nach einem Boxkampf.“

„Ihr Sparringspartner sieht sicher noch schrecklicher aus.“ Das war die Stimme von Mike R.

„Hey, Mike, hörst du etwa mit?“

„Klar“, sagte Nassi. „Du hast uns ja einen schönen Schrecken eingejagt.“

Ich hörte im Hintergrund Mike gute Besserung wünschen.

„Okay, wie wäre es mit heute Abend?“, fragte Nassi.

Falls Liam tatsächlich noch anrufen würde, könnte ich ihn auf heute Nachmittag schieben. „Ja, super! Aber ihr müsstet zu David kommen, er ersetzt zur Zeit meine rechte Hand."

„Du wohnst bei David?" Ich hörte ein Schnaufen und konnte förmlich sehen, wie Nassi einen Schwall Ermahnungen verschluckte. „Äh, klar, wie ist denn die Adresse?"

„Sag ihr, sie sollen zum Abendessen bleiben", raunte mir David zu.

„Walther-von-Cronberg-Platz … David, was haben wir denn für eine Hausnummer hier?"

„Einundzwanzig."

„Einundzwanzig. Und David lädt euch zum Abendessen ein."

„Oh, das ist ja total nett! Mike nickt auch. Also dann bis später, ich sag mal, so zwanzig Uhr?"

„Ja, super, ich freue mich!"

„Wir uns auch! Dir weiter gute Besserung!"

David lächelte. „Sehr schön, dann bekommen wir heute Abend Besuch!"

Ich erwiderte sein Lächeln.

„Apropos Essen, Jessi! Wie wäre es jetzt mit Mittagessen? Was hättest du gerne? Ich könnte zum Beispiel einen sehr guten Griechen empfehlen."

„Oh, ja prima, vielen Dank."

David zeigte mir einen Flyer mit einem umfangreichen Angebot an griechischem Essen. Während er bestellte, klingelte wieder das Handy.

„Jessi, du arme Maus, was hast du nur angestellt?", platzte Laura sofort heraus.

Ich wiederholte meine Geschichte. „Aber genug von meinem Sturz, wie lief deine Präsentation?"

Laura erzählte, und ich hörte im Hintergrund Bahnhofsgeräusche. Dann berichtete sie mir, an welchen Tagen sie wen in München besuchen und dass ihr Zug gleich losfahren würde. Laura konnte reden wie ein Wasserfall. Aber es war schön, ihre Stimme zu hören und in Normalität zu schwelgen. Einfach auszublenden, dass man mir zweimal kurz hintereinander nach dem Leben getrachtet hatte.

Mittlerweile war das Essen gekommen, und damit es nicht kalt wurde, stellte David es in den Ofen und hielt es warm.

Laura fragte mich inzwischen nach meinen Berlin-Plänen, und ich vermied es zu erwähnen, dass David mitkommen und ich bei ihm wohnen würde. Ich wollte nicht, dass Laura falsche Schlüsse zog, die sich in Liams Richtung verbreiten konnten.

Nach einer halben Stunde gab ich dann doch zu, dass ich essen wollte, und wir verblieben, dass wir uns über die Feiertage wieder anrufen würden.

Es war schön gewesen, Lauras Stimme zu hören, aber nun hatte ich wirklich Hunger, und David holte das Essen aus dem Ofen. Da klingelte schon wieder das Handy.

Ich lächelte entschuldigend und sagte: „Fang schon mal an!“ Aber er stellte alles erneut in den Ofen.

Diesmal war es Liam.

Ich spulte meine Geschichte noch einmal ab. „… und in drei Tagen darf der Verband ab.“

„So, da bin ich ja erleichtert. Das hörte sich sehr schlimm an. Sag mal, wie wäre es, wenn ich dich heute Nachmittag besuchen komme? Ich kann dir was vorlesen oder dich bekochen oder so.“

Huch, das war ja echt niedlich.

„Oh, Liam, das wäre echt toll. Ich muss nur sagen, ich sehe aus wie Quasimodo, weil auf das Gesicht bin ich auch gefallen; ich hoffe, du kriegst keine Angst vor mir.“

„Trag einfach eine weiße Nelke im Knopfloch, damit ich dich erkenne“, sagte Liam trocken. „Soll ich irgendwas mitbringen, soll ich vielleicht für dich einkaufen?“

„Ja, eine weiße Nelke, ich hab nämlich gerade keine hier.“ Ich kicherte ein wenig. „Nein, das ist sehr nett, aber David macht schon den Krankenpfleger.“ Okay, und jetzt musste es raus. „Ich wohne auch im Moment bei ihm, weil ich mich alleine wirklich kaum versorgen kann, kannst du vielleicht hierher kommen?“ Ich schaute zu David, denn es war ja immerhin sein Appartement. Er nickte und lächelte.

„Frag ihn, ob er zum Essen bleiben möchte.“

„David möchte dich gerne zum Essen einladen.“

Hoffentlich lehnte Liam das Angebot ab. Ich hatte ohne nachzudenken das sichere Gefühl, nicht mit David und Liam hier zusammen sitzen zu wollen.

War Liam noch dran?

„Äh, das ist sehr nett, aber ich muss heute Abend noch trainieren. Also, ich habe jetzt noch eine Vorlesung, aber so bis halb fünf sollte ich es schaffen. Wie ist die Adresse?“

Ich gab ihm unsere Daten durch, und wir verabschiedeten uns. Hurra! Liam würde mich besuchen! Wir hatten so etwas wie unser erstes Date. Ich zappelte innerlich.

Es war nur völlig blöde, dass es bei David stattfinden würde. Es wäre sicher das Beste, wenn wir spazieren oder in ein Café gehen würden, denn ich wollte keinesfalls zu dritt hier herumsitzen.

„Weißt du was?“ David holte nun zum zweiten Mal unser Essen aus dem Ofen. „Während Liam hier ist, fahre ich hinüber in deine Wohnung zum Aufräumen. Dann bist du nicht allein, und ich bin auch schnell wieder zurück. Der Personenschützer steht unten vor dem Haus; du kannst ihn jederzeit anrufen.“

Das war ein Deal. Mir fiel eine Last von der Seele.

Endlich konnten wir essen.

Danach musste ich erst einmal durchschnaufen und kuschelte mich quer auf das Sofa. David legte die Decke von gestern, die Frau Sägebrecht gewaschen und ordentlich zusammen gefaltet hatte, über mich.

„Ich muss auch noch ein paar Anrufe tätigen.“ Er zeigte Richtung Schlafzimmer. „Ich gehe dazu nach nebenan, damit du nicht gestört wirst.“

Ich schloss die Augen. Nur nicht an die Invasoren denken. Lieber an Liam. An David. An meine Freunde …

Aus dem Schlafzimmer ertönte Davids gedämpfte Stimme. Das war ein besseres Schlafmittel als jede Medizin.

Gegen sechzehn Uhr wachte ich wieder auf. David saß im Sessel und hatte den Laptop auf dem Schoß. Er lächelte mich an.

„Na, geht es dir gut?“

„Ja, danke.“ Ich streckte mich.

Liam könnte bald kommen. Ich sollte mich noch einmal im Spiegel betrachten.

Ich lief ins Bad und bürstete mir die Haare. Meine Wange sah echt schlimm aus. Der Bluterguss ging mittlerweile vom Roten ins Blaue oder sogar Schwarze über. Aber es war nicht zu ändern. Ich putzte mir die Zähne und zog mir die Jeans an. Soweit ich es mit einer Hand konnte.

„David, es ist mir sehr unangenehm, aber könntest du mir mein Unterhemd in die Jeans stopfen und den Knopf zu machen? Ich krieg das echt nicht hin.“

„Sicher.“ David lachte.

Es war mir gar nicht peinlich, mir von David beim Anziehen helfen zu lassen. Seit er mir im wahrsten Sinne des Wortes den Invasor vom Hals gehalten hatte, war er mir so vertraut wie niemand sonst.

Ich hatte noch einen Anruf bei meinen Eltern zu tätigen. Das hätte ich schon gestern erledigen sollen, aber ich hatte es hinausgezögert.

„Äh, sag mal, ich wollte jetzt meine Eltern wegen Weihnachten anrufen, aber deswegen wollte ich dich vorher noch um einen kleinen Gefallen bitten."

David sah mich aufmerksam an.

„Weißt du, meine Eltern werden hundertpro nichts dagegen haben, wenn ich noch einen Freund mitbringe, aber meine Mutter würde es wahrscheinlich komisch finden, wenn ich dann auch noch bei dir wohne, obwohl wir nicht zusammen sind. Also du weißt schon. Wenn du einfach ein guter Freund bist, dann würde meine Mutter sicher erwarten, dass ich auch bei ihnen übernachte, aber wenn ich sagen würde, dass du mein fester Freund bist, dann würde es sie nicht verletzen, wenn ich mit dir … äh, bei dir schlafe. Das kennt sie ja schon von meinen Geschwistern." Hoffentlich war ich jetzt nicht auch noch rot geworden.

David lächelte. „Das ist eine lustige Idee. Wenn es die Sachlage vereinfacht, gerne. Ich weiß nur nicht, ob ich mit meinem geringen Erfahrungsschatz als Liebhaber einen guten Schauspieler abgebe." David grinste sehr breit und ließ seine perfekten Zähne aufblitzen.

Ich war erleichtert, dass er es so lässig sah.

„Wir müssen ja keine große Show abziehen."

„Kein Problem", sagte David immer noch grinsend.

Also rief ich meine Eltern an.

Es war nur meine Mutter zuhause, da mein Vater noch keinen Urlaub in seinem neuen Job nehmen konnte. Ich kündigte ihr an, dass ich jetzt einen Freund hätte, der auch ein Haus in Berlin hatte, und dass wir sie von dort aus an Weihnachten besuchen würden. Meine Mutter wollte sofort alles über David wissen. Dass ich dann bei David wohnen würde, war schon gar kein Thema mehr. Mein Plan hatte funktioniert.

Ich erzählte so einiges von David, was man eben über sein Menschenleben erzählen konnte, und meine Mutter freute sich offensichtlich mit mir. Es tat mir ein bisschen leid, dass die Sache nur erfunden war. Irgendwann würde ich ihr hoffentlich mit Liam einen echten festen Freund präsentieren können. Aber jetzt war es erst einmal wichtig, für David ein schönes Weihnachtsfest zu organisieren. Das sollte die kleine Lüge gegenüber meinen Eltern doch rechtfertigen.

Danach berichtete ich so harmlos wie möglich von meinem angeblichen Unfall.

Meine Mutter war entweder mit ihren Gedanken noch bei meinem neuen Freund, oder sie stellte sich nur einen erbsengroßen blauen Fleck auf meiner Wange vor, jedenfalls reagierte sie völlig gelassen, und ich war froh, zwei heikle Themen abhaken zu können.

Nach diesem Telefonat setzte ich mich wieder auf die Couch und betrachtete David, der auf den Laptop schaute. Ich wartete auf Liam.

Es dauerte auch nicht lange, bis das Haustelefon klingelte. Der Empfangsmitarbeiter kündigte Liam an. Mit seinem Vornamen. Es passte zu Liam, dass er sich selbst in dieser vornehmen Hütte nicht zu Formalien hinreißen ließ.

Als es klingelte, öffnete David die Tür und begrüßte Liam freundlich. Ich stand auf und lief ihm entgegen.

Liam trug eine Wollmütze und sah total knuffig aus. Er pfiff durch die Zähne. „Du hast nicht übertrieben, du siehst aus wie nach einem Boxkampf." Sein Blick wanderte tiefer. „Wie geht's deiner Hand?"

„Ach, geht so. Ich traue mich nur nicht, sie zu bewegen."

Ich war froh, dass Liam mein Aussehen unverblümt angesprochen hatte. Wie immer entkrampfte er die Situation durch seine lockere und direkte Art. Das Thema war erledigt.

„Möchtest du etwas zu trinken?" David lächelte Liam freundlich an. „Ich kann dir gerne einen Tee oder Kaffee machen."

„Nö, alles bestens."

Wir standen ein paar Sekunden irgendwie dämlich herum, also ging ich auf die Sitzgruppe zu, bedeutete Liam mir zu folgen und setzte mich.

„Hört mal, ich möchte nicht unhöflich sein" – wann war David jemals unhöflich? – „aber ich würde gerne die Gelegenheit nutzen, etwas zu erledigen." David sah mich an. „Solange Liam da ist, kann ich kurz wegfahren. Sag mir einfach Bescheid, wenn ich eher zurückkommen soll, dann bin ich in fünfzehn Minuten wieder da."

„Kein Ding", sagte Liam.

Mir fiel ein, dass wir ohne David ans Appartement gefesselt waren.

„David, kannst du mir vielleicht noch so eine Plastikkarte für die Tür geben, falls wir mal raus wollen?"

David zögerte.

„Es ist schon ziemlich dunkel …" Er sah mich besorgt an.

Liam lachte. „Mach dich mal locker. Soll ich eine Taschenlampe mitnehmen?"

David gab mir die Karte und sah mich noch mal eindringlich an.

„Sie dient auch am Empfang als Eintrittskarte, falls ein Pförtner Dienst hat, der dich nicht kennt."

„Super, danke." Ich schaute ihm fest in die Augen. „Wir kommen schon zurecht."

David nickte zögerlich und verabschiedete sich. Ich hoffte, dass der Invasor nicht schon angefangen hatte zu verwesen oder einen ekligen Flecken auf meinem Laminat hinterlassen hatte.

Nachdem David verschwunden war, rückte Liam neben mich.

„Ganz schön unentspannt, der Typ. Zeig mal den Verband."

Ich hatte ein bisschen Angst, meine gebeutelte Hand anfassen zu lassen, aber Liam hob nur vorsichtig meinen Unterarm an.

„Beeindruckend. Wo hast du dich geschnitten?"

Ich deutete über dem Verband den Verlauf des Schnitts an und erzählte noch einmal die Geschichte meines ‚Sturzes' und von dem Krankenhaus-Aufenthalt.

Liam schlug vor, spazieren zu gehen, und ich nahm die Plastikkarte mit, die mir David dagelassen hatte.

Es war schon völlig dunkel. Der arme David musste jetzt einsam in meiner Wohnung herumwerkeln. Hoffentlich war der Invasor wirklich mausetot. Es tat mir leid, David damit alleine zu lassen. Aber ich drängte diese Gedanken beiseite. Ich wollte mich absolut auf Liam konzentrieren.

Am Empfang saß ein Mann mittleren Alters. Er wünschte uns einen guten Abend, als wir an ihm vorbeiliefen.

Liam erzählte von seinem Tag an der Uni und richtete Grüße von Robert aus, die ich mit gemischten Gefühlen entgegennahm.

Die Lichter der Stadt erzeugten eine weihnachtliche Stimmung. Wir liefen über die Flößerbrücke und blieben etwa in der Mitte stehen. Ich schaute in das unter uns dahinströmende, dunkle Wasser.

Liam lehnte mit dem Rücken am Geländer, schnickte sich die Haare mit einer schnellen Kopfbewegung aus dem Gesicht und schaute die Brücke hoch und runter.

Ich glaube, ich spürte eine gewisse Stimmungsänderung bei Liam, jedenfalls ahnte ich schon, welches Thema er als nächstes anschneiden würde.

„Jessi, ich finde es ziemlich abgedreht, dass du bei David wohnst. Es muss dir doch klar sein, dass das gewöhnliche Freunde normalerweise nicht tun?"

„Äh, ja, klar. Aber David und ich sind wirklich nur ganz normale Freunde. Genau wie ich und Mike R. Den kenn ich schon ewig und bin weiß Gott nicht in ihn verliebt."

„Das mag von deiner Seite aus stimmen, aber vielleicht will *er* mehr von dir."

Bei Davids Problemen in diesem Zusammenhang? Ich lachte. „Nö, ich bin mir so was von sicher, dass er nicht mehr von mir will. Er wollte mir einfach nach meinem Unfall helfen, und ich bin auch echt dankbar, dass er mir zurzeit meine rechte Hand ersetzt."

„Ja, das ist wirklich nett von ihm, trotzdem …"

„Liam, bitte, versuche mir zu glauben, wenn ich dir versichere, dass zwischen David und mir rein gar nichts läuft, weder von meiner noch von seiner Seite."

„Hm." Liam schaute wieder die Brücke hoch und runter.

„Lass uns noch ein Stück gehen."

Wir schlenderten an das Ende der Brücke und liefen noch ein bisschen den Main entlang. Liam fragte mich nach der Schule und meinen Freunden aus, und dadurch fiel mir etwas ein.

„Sag mal, hättest du vielleicht Lust, einen Tanzkurs mit mir zu machen? Nassi und ich möchten an so einem Kurs in Standard- und lateinamerikanischen Tänzen teilnehmen in der Tanzschule Beifuß, die ist im Nordend."

„Oh!" Liam lachte. „Nimm's mir nicht übel, Jessi, aber das ist überhaupt nicht mein Ding."

„Schade", sagte ich ehrlich enttäuscht, „das hätte ich gerne mit dir gemacht."

Liam wandte sich zu mir und hielt mich an, indem er mich an meiner linken Schulter zu sich drehte.

Sein Gesichtsausdruck hatte sich verändert und glich dem in der Eissporthalle vor den Spinden. In dem Moment, wo ich ihn ansah, schoss mir das Blut in alle möglichen Körperteile.

Er griff mit beiden Händen vorsichtig, aber bestimmt nach mir und zog meinen Körper an seinen. Seine Arme umschlangen meinen Rücken und meine Taille und hielten mich in der Umarmung fest, nach der ich mich schon so lange gesehnt hatte. Unsere Gesichter berührten sich fast wie damals in der Eissporthalle.

„Es gibt noch viele andere Dinge, die ich gerne mit dir machen würde", sagte er.

Ich schaute in seine braunen Augen und wurde total schwach. Wir wussten beide, was jetzt kommen würde, aber Liam hielt noch einen Moment inne. Nicht, dass er zögerte, weil er unsicher gewesen wäre. Im Gegenteil, Liam war sich absolut sicher, und ich konnte seine Zuversicht in jeder Zelle seines Körpers spüren.

Nein, er hielt inne, um diesen Augenblick auszudehnen, die Gewissheit, dass es endlich so weit war, die umwerfende Erwartung dessen, was jetzt kam. Mein Körper drängte sich ihm entgegen, so weit das überhaupt noch ging, mein Mund öffnete sich und ich atmete schnell und flach.

Als Liam mich endlich küsste, schloss ich die Augen und gab mich völlig dem Gefühl hin. Liam hätte alles mit mir machen können. Mein Körper gehörte ihm. Mein Herz raste und ich keuchte, aber ich konnte nicht aufhören.

Liam auch nicht. Mir wurde leicht schwarz vor Augen, und ich verlor derart an Körperspannung, dass ich ein wenig durch Liams Arme nach unten durch rutschte. Er presste mich noch fester an sich und stöhnte leise. Das war der leidenschaftlichste Kuss meines gesamten Lebens. Ich würde nie mehr aufhören können, Liam zu küssen. Es war alles, was ich im Leben noch wollte.

Der fromme Wunsch wurde von meinem nahenden Erstickungstod relativiert. Ich drückte Liams linke Schulter ein wenig von mir weg. Liam hörte sofort auf mich zu küssen, lockerte seine Umarmung und sah mich fragend an.

„Luft“, japste ich.

„Was? Alles in Ordnung?“

„Ja … Ich muss nur mal wieder richtig atmen.“

„Tut mir leid.“

„Das muss dir nicht leidtun. Du bist der beste Küsser des ganzen Universums“, gab ich offen zu.

Liam grinste vielsagend und sah total niedlich aus. Ich interpretierte seinen Gesichtsausdruck.

„Du hast wohl schon viel trainiert.“

Liam grinste noch breiter. „Sag Bescheid, wenn du wieder kannst.“

Liam intensivierte seine Umarmung ein wenig, aber ich konnte weiter meine Atmung normalisieren. Er beugte sich wieder zu mir herunter und fuhr mit seinen Lippen durch mein Gesicht, meine Haare …

„Hast du ein Haustier?“ fragte er plötzlich.

„Ich, äh, was?“

„Deine Haare riechen ein bisschen nach einem Tier, aber ich komme nicht darauf, nach welchem.“

„Oh.“ Ich wusste nicht, was ich ihm entgegnen sollte. Ein Tiger war in meiner offiziellen Sturz-Geschichte nicht vorgekommen, und mir fiel auch auf die Schnelle keine gute Erklärung ein.

Liam ging zum Glück nicht weiter darauf ein. Er schaute den Weg hinunter, den wir eingeschlagen hatten, bevor wir uns küssten.

„Lass uns mal in die andere Richtung gehen.“

Es war mir egal, wohin wir gingen, ich wollte nur nicht aufhören, ihn zu berühren, ihn anzufassen, ihn zu küssen.

Wir schlenderten also in die andere Richtung, aber wir kamen nicht weit. Liam bemühte sich sichtlich, mich nicht zu fest zu umarmen, aber wir küssten uns nur ein, zwei Sekunden, und schon waren wir beide nicht mehr zu bremsen. Jedes Mal musste ich eine Unterbrechung reklamieren, um wieder zu Atem zu kommen.

Liam lachte. „Das müssen wir jetzt aber konsequent trainieren, damit du etwas länger durchhältst."

„Tut mir leid, du hast mich voll geflasht."

„Find ich gut. Wenn du so richtig willenlos und geschwächt bist, zerre ich dich in mein Auto und bringe dich nie mehr zurück."

Wir befanden uns fast wieder an der Brücke und blieben zum wiederholten Male stehen. Liam lachte jetzt aber nicht mehr; er sah sich um.

„Sag mal, du hast nicht zufällig einen eifersüchtigen Ex-Freund, der dir hinterherspioniert?"

„Was?"

„Könnte es sein, dass uns jemand verfolgt? Ich möchte echt nicht wie ein Irrer erscheinen, aber ich bin mir ziemlich sicher, dass uns seit Verlassen von Davids Wohnung jemand hinterherläuft. Sieh nicht hin."

Er schaute mich ernst an und küsste meinen rechten und meinen linken Mundwinkel und zupfte dann mit seinen Lippen leicht an meiner Oberlippe, sodass ich schon wieder völlig schwach wurde. „Er steht etwa zehn Meter hinter uns am Geländer angelehnt …" Liam sprach mit seinen Lippen an meinen. „… Und raucht eine Zigarette. Etwa Anfang zwanzig, breit gebaut wie ein Eishockey-Spieler." Liam deutete an, mich zu küssen, aber seine Lippen berührten mich nur, immer noch und immer noch. Ich vergaß, wovon wir geredet hatten und spürte nur seine Lippen ganz leicht auf meinen.

„Jetzt kannst du kurz hinschauen."

Es fiel mir wieder ein.

Ich lugte an Liam vorbei und erkannte sofort Herrn Meyer am Geländer stehen. Mist! Warum war Liam nur so wachsam?

„Ich weiß nicht, der schaut doch gar nicht zu uns. Und ich kenne ihn definitiv nicht. Im Übrigen stehe ich mehr auf niedliche Sportler mit braunen Augen."

Ich lächelte Liam an und kam mir ziemlich mies vor. Ich wollte Liam nicht belügen. Aber wahrscheinlich musste ich das noch öfter tun.

„Wenn du ihn nicht kennst … könnte es vielleicht sein, dass David uns von einem Detektiv beobachten lässt?" Liam zog die Augenbrauen zusammen und spannte seinen Körper an.

„Nein, so etwas würde er niemals machen. Hör auf, so schlecht von David zu denken. Er ist mein bester Freund. Er freut sich bestimmt total für mich, wenn er erfährt, dass du und ich …"

Ich lugte noch einmal an Liam vorbei zu Herrn Meyer. Der schaute gerade in meine Richtung, und ich verdrehte übertrieben die Augen. Herr Meyer verstand die Botschaft, schlenderte langsam zur Brücke und lief uns damit voraus.

„Siehst du, jetzt geht der Typ gerade weg. Der war gar nicht hinter uns her."

Liam schaute ihm nach. Ich merkte, dass ich ihn nicht überzeugt hatte, aber er schnitt das Thema nicht mehr an.

Allerdings fragte ich mich, was Herr Meyer jetzt wohl von mir dachte. Die Personenschützer hatten sicher David und mich für ein Paar gehalten, und jetzt knutschte ich mit Liam rum. Aber es sollte mir egal sein.

Obwohl mir Liam stark einheizte, zitterte ich mittlerweile so sehr vor Kälte, dass es auch Liam auffiel. „Deine Finger sehen richtig eisig aus. Wir müssen unbedingt ins Warme."

Ich nickte, und wir liefen zurück, blieben allerdings alle paar Meter stehen, um uns zu küssen. Ich würde nie genug davon bekommen.

Herr Meyer schlenderte mal vor, mal hinter uns in die gleiche Richtung. Seit Liam seine Anwesenheit bemerkt hatte, fiel er mir auch permanent ins Auge. Sonst hatte ich mich immer bemüht, die Personenschützer zu ignorieren. Aber jetzt war mir Herr Meyer ständig präsent, und ich war mir sicher, dass es Liam genauso ging. Vielleicht sollte ich mit David darüber sprechen.

Wir schafften es schließlich bis ins Appartement, und Liam setzte sich gleich mit mir auf das Sofa und hauchte meine Finger an. Sie wurden tatsächlich langsam wärmer, bitzelten aber ganz schrecklich.

„Es ist ungünstig, wenn du die Hand so gar nicht bewegst", sagte Liam.

Er ließ sich von mir genau zeigen, wo der Schnitt verlief.

„Versuch, sie zu entspannen", sagte er und nahm sie vorsichtig auf.

Ich hatte erst Angst, dass er mir weh tun würde, aber er strich nur sanft über den Verband und erzeugte leichte Druckpunkte rechts und links des Schnitts. Eine Art Minimalmassage. Eigentlich konnte durch den Verband nur wenig von den Berührungen bei meiner Hand ankommen, aber sie fühlte sich dennoch immer wärmer und entspannter an. Ich lehnte mich gegen Liam, schloss die Augen und genoss seine Nähe.

Nach einer Weile hörte ich Geräusche von der Tür her kommen, und David trat ein.

„Hallo“, begrüßte er uns fröhlich.

„Hallo“, antworteten Liam und ich wie aus einem Mund.

David sah uns kurz an und schloss dann sehr langsam und sorgfältig die Tür. Anschließend drehte er sich wieder zu uns um.

„Ich habe alles erledigt.“ Er lächelte mich aufmunternd an.

Ich richtete mich auf. „Das ist schön“, sagte ich.

Liam legte meine Hand behutsam ab. „Ich denke, ich breche dann mal auf. Jetzt, wo die Wachablösung da ist.“ Er lächelte mich an.

David ging in die Küche. „Möchtet ihr nicht einen Tee oder sonst irgendetwas?“

„Danke, aber ich muss los.“ Liam stand auf.

Ich erhob mich ebenfalls. Wir gingen zur Tür, und auch David kam aus der Küche, um Liam zu verabschieden.

„Danke, dass du da warst, Liam. Jessi hat sich sehr auf dich gefreut.“

„Die Freude war ganz meinerseits.“ Liam zeigte ein spöttisches Grinsen, das ich noch nicht an ihm kannte. Er beugte sich zu mir herunter und küsste mich sanft auf den Mund.

„Ich rufe dich morgen an“, sagte er zärtlich und lächelte. Dann ging er durch die Tür und war verschwunden.

Jetzt wusste es David also. Ich drehte mich um.

David war schon wieder auf dem Weg zur Küche. Er setzte Wasser auf und nahm eine Schachtel aus dem Schrank.

„Wie wäre es mit Roibusch Limette?“, fragte David.

„Ja, super“, sagte ich und setzte mich an den Esstisch.

David bereitete den Tee vor. „Wohin seid ihr gegangen?“

„Woher weißt du, dass wir weg waren?“

„Ich habe die Türkarte in deiner Manteltasche gesehen.“ David zeigte mit gespreiztem Zeige- und Mittelfinger seiner rechten Hand auf seine Augen. Ach so.

Wir schwiegen eine Weile, dann fragte David: „Bist du in ihn verliebt?“

„Ja.“

David schwieg erneut. Er schaute konzentriert auf den Wasserkocher. „Willst du mir davon erzählen?“

„Wenn das okay für dich ist.“

David und ich standen uns eigentlich zu nahe, als dass ich um den heißen Brei herumreden musste.

„Liam steht nicht zwischen uns", stellte ich fest. „Dein Geheimnis werde ich wahren. Aber ich habe mich in ihn verliebt, das ist richtig. Es wird nicht einfach für mich werden, weil ich ihm nicht immer die Wahrheit sagen kann, aber das ist ja nicht, wie wenn ich fremdgehen würde oder so. Also ich denke nicht, dass ich deswegen ein schlechtes Gewissen haben muss. Du kannst dich auf mich verlassen."

David sah mich ausdruckslos an. Das verunsicherte mich.

„Ich möchte nicht, dass sich an unserer Freundschaft etwas ändert. Bitte ändere auch du nichts daran." Ich fürchtete auf einmal, dass David mich nun weniger mögen könnte. Ich spürte, wie mir Tränen in die Augen stiegen.

David sah jetzt schuldbewusst aus. Er kam zu mir und nahm meine gesunde Hand.

„Entschuldige! Ich wollte dich nicht aufregen. Es ist nur so, du weißt ja, ich war noch nie mit jemandem befreundet, und ich glaube, ich bin ein bisschen eifersüchtig." Er lächelte schief. „Du bist der erste Mensch, mit dem ich mich befreundet habe. Bitte gib mir ein wenig Zeit, bis ich mich an diese neue Situation gewöhnt habe."

„Klar." Ich legte meine verbundene Hand vorsichtig auf seine. „David, es ist mein größter Wunsch, dass wir immer befreundet bleiben. Weißt du, für Liam ist es auch nicht leicht, zu wissen, dass ich hier bei dir wohne und alles. Ich kann ihm ja nicht sagen, dass wir eigentlich wie Hund und Katze sind."

„Mach dir keine Sorgen", sagte David.

Aber er schien mir trotzdem sehr nachdenklich. Er ging wieder in die Küche und goss das heiße Wasser in die Teekanne.

Das war alles total blöde.

Meine Freundschaft mit David war mir extrem wichtig, und ich wollte sie keinesfalls gefährden. Aber da David einer anderen Spezies angehörte und keine Beziehung mit mir eingehen konnte, gab es für ihn doch keinen Grund, auf Liam eifersüchtig zu sein. Umgekehrt konnte ich Liam viel besser verstehen. Das heißt, faktisch musste Liam aus genau dem gleichen Grund nicht eifersüchtig auf David sein, aber das konnte ich ihm natürlich nicht offen sagen, denn ich musste Davids Geheimnis bewahren.

Außerdem war es wirklich total dämlich, dass ich David bereits vor zwei Tagen mit nach Berlin eingeladen hatte. Aber da konnte ich ja nicht wissen, dass Liam und ich so bald zusammen kommen würden. Falls Liam das jetzt nicht als unverbindliche Knutscherei betrachtete.

Ich bereute auf keinen Fall, David eingeladen zu haben. Ich wollte nach wie vor nicht, dass er alleine und traurig an Weihnachten in Frankfurt bliebe. Aber vielleicht hätte ich alles irgendwie anders organisieren können, wenn ich und Liam schon zusammen gewesen wären. Vielleicht hätte ich Liam im Vorfeld von meinem Plan berichten und ihn quasi um sein Einverständnis bitten können.

Nun würden sich beide mit den Tatsachen abfinden müssen.

Wobei, Liam musste ich ja nicht unbedingt auf die Nase binden, dass ich mit David wegfahren würde ...

Am späten Vormittag des nächsten Tages rief mich Liam an.

„Hey, Jessi“, sagte er zärtlich. Seine Anziehungskraft wirkte durch die Leitung.

„Hey, Liam.“ Ich spürte seine Lippen auf den meinen.

„Hast du heute Zeit?“, fragte Liam.

„Um vierzehn Uhr habe ich einen Arzttermin, aber ansonsten: Ja, und: Ja, ich würde dich sehr gerne sehen.“

Liam lachte. „Okay, also ich könnte dich direkt nach der Uni abholen, so um halb zwei, und dann kann ich dich zum Arzt fahren, und vielleicht hast du Lust, danach mit zu mir zu kommen?“

„Das wäre super, wenn es dir nichts ausmacht, mit zum Arzt zu gehen.“

„Das geht schon … Wo soll ich dich abholen?“

War da ein ungehaltener Unterton in der Frage?

„Ich wohne noch bei David, meine Hand ist leider noch nicht annähernd einsatzfähig.“ Jetzt musste ich mich auch noch rechtfertigen. Mist.

„Okay … also bis dann. Mach’s gut.“

„Ja, ich freue mich, bis dann!“

David schaute mich freundlich an. „Geht Liam mit dir zum Arzt?“

„Ja, das ist doch okay, oder? Dann musst du mich nicht extra hinfahren. Wir wollen danach noch zu ihm.“

„Ja, sicher. Sage mir doch nur ungefähr, wann du zurückkommst, oder rufe mich an, und ich hole dich ab. Vielleicht kannst du mir sowieso vorsichtshalber seine Telefonnummer geben.“

Die Zeit bis halb zwei verbrachte ich damit, mich auf Liam zu freuen. Die Vorfreude hatte nur einen winzigen Haken. Ich wusste, dass Liam eine eigene kleine Wohnung hatte und alleine dort wohnte. Möglicherweise erhoffte er sich, bereits heute mit mir im Bett zu landen.

Das ging mir natürlich selber bereits im Kopf herum, aber ich wollte auch nichts überstürzen. Erst mal schauen, wie sich unsere Beziehung entwickelte. Hoffentlich würde Liam mir die Zeit geben, die ich haben wollte, bis ich mich dazu entschied.

Liam holte mich etwas später als angekündigt ab und entschuldigte sich.

„Macht nichts, das schaffen wir noch. Spätestens, wenn du mich vor dem Arzt aus dem Auto wirfst und nachkommst, sollte ich es noch schaffen.“

So machten wir es dann tatsächlich. Allerdings fuhr Liam knapp über eine rote Ampel und auch sonst etwas unvorsichtig, obwohl ich ihn mehrmals dazu anhielt, sich nicht stressen zu lassen.

Liam ließ mich vor der Praxis aus dem Auto springen und suchte nach einem Parkplatz. Ich saß bereits im Wartezimmer, als er hereinstürmte. Die anderen Patienten sahen erschrocken auf.

Liam würdigte sie keines Blickes und pflanzte sich breitbeinig in den Stuhl neben mich.

Ich zupfte nervös an den Rändern meines Verbands herum. Gleich würde ich erfahren, wie es darunter aussah.

Mein Hausarzt schaute Liam über seine Lesebrille hinweg mit zusammen gekniffenen Augen an, als wir eintraten.

„Das ist mein Freund, Liam Beckhausen“, sagte ich stolz.

Mein Hausarzt war komischerweise nicht zu beeindrucken. Auch das Abnehmen des Verbands war für ihn nicht ansatzweise so spannend wie für mich. Liam hingegen brachte es mal wieder auf den Punkt.

„Wow, damit kannst du in einem *Frankenstein*-Film mitspielen.“

Mein Hausarzt sah ihn missbilligend an.

„Keine Sorge, die Narbe wird noch verblassen im Lauf der Jahre. Hat der Kollege gut genäht. Ich verschreibe Ihnen eine Salbe zur Glättung der Narbe, die sie anwenden können, sobald die Fäden draußen sind. Das mache ich“ – er blickte auf einen Wandkalender – „am Montag nach Weihnachten.“

„Oh“, sagte ich, „da komme ich erst von Berlin zurück. Geht es vielleicht auch am Dienstag?“

„Ja, auf einen Tag kommt es nicht an.“

„Wann darf, beziehungsweise wann kann ich die Hand wieder voll einsetzen?“

„Sie dürfen sie ruhig bewegen, das ist sogar ganz gut, damit die Narbe elastisch wird. Es darf durchaus etwas ziehen, aber gehen Sie nicht über die Schmerzgrenze.“

Das hörte sich doch alles echt gut an. Mein Tag war gerettet. Als ich mit Liam wieder im Auto saß, betrachtete ich die Hand von allen Seiten und machte vorsichtige Bewegungen. Liam hatte schon recht gehabt, die Narbe sah ziemlich gruselig aus, so rot wie sie war und dann noch die zusammengeknoteten Fäden entlang des Schnitts. Hatte was von Stacheldraht. Aber wenn die auch noch weg wären und die Narbe mit der Zeit blasser würde, wäre sie vielleicht kaum noch zu sehen.

Außerdem war meine Schwester Physiotherapeutin. Wenn ich sie in Berlin wiedersehen würde, könnte sie mir bestimmt ein paar Übungen für die Hand zeigen.

„Okay“, sagte Liam unvermittelt, „als Handmodel kannst du jetzt nicht mehr arbeiten, aber es ist mir ehrlich gesagt auch lieber, wenn du nicht für Fotoshootings um die Welt reisen musst, sondern bei mir bleibst.“ Er lächelte und sah wieder total niedlich aus.

Ich winkte ab. „Mit einer Narbe an der Hand kann ich durchaus leben, es hätte ja viel schlimmer kommen können.“ Kaum hatte ich den Satz ausgesprochen, hätte ich mir gern in den Hintern gebissen. Hoffentlich spürte Liam nicht, welche Tragweite hinter meinen Worten steckte.

Liam sah mich prüfend an, solange das Autofahren es zuließ, dann blickte er wieder auf die Straße.

„Ich freue mich, dass wir uns vor Weihnachten noch einmal sehen können“, sagte er schließlich.

„Ich auch. Aber im Endeffekt sind es ja nur vier Tage. Am Montag komme ich schon wieder zurück und werde es kaum erwarten können, in deine Arme zu sinken.“ Ich grinste, aber mehr aus Verlegenheit. Was ich gesagt hatte, entsprach der Wahrheit.

Liam lächelte. Er bog jetzt in eine Seitenstraße ein, und ich nahm an, dass wir bald bei ihm wären. Ich kannte dieses Viertel nicht.

„Nette Gegend.“ Ich betrachtete die Häuser, an denen wir vorbeifuhren.

„Ja“, antwortete Liam. „Ist bestimmt schön, hier zu wohnen.“

„Wieso, wohnst du nicht hier?“

„Nein.“ Liam bog in eine andere Seitenstraße ein, die uns wieder Richtung Hauptstraße zurückführte. „Ich wollte nur sehen, ob der Wagen da hinten uns weiter folgt.“

Ich sah in den Rückspiegel. In dem uns nachfolgenden Wagen saß, soweit ich das erkennen konnte, Herr Plötzke. Ich stöhnte innerlich auf.

Liam sah zu mir rüber. „Ich kann dir versichern, dass ich nicht unter Verfolgungswahn leide und auch sonst keinen an der Waffel habe. Wir werden gleich sehen, ob ich recht habe …“

Er lenkte sein Auto jetzt wieder auf die Hauptstraße, fuhr aber in die Richtung, aus der wir gekommen waren. Herr Plötzke folgte uns.

„So, Freundchen“, sagte Liam und bremste plötzlich. Herr Plötzke stoppte ebenfalls, stand ein paar Sekunden wie ratlos hinter uns, dann blinkte er und zog an uns vorbei. Liam wartete, bis er über die nächste Kreuzung drüber war, dann fuhr er bis zu dieser, machte einen U-Turn und beschleunigte stark.

„Fahr nicht so schnell, Liam“, rief ich.

„Es scheint dich ja mehr zu beunruhigen, dass ich einen Strafzettel bekommen könnte, als die Tatsache, dass wir verfolgt werden.“

Liam blickte auf die Straße, aber er fuhr jetzt wieder fünfzig.

„Äh, natürlich nicht, aber …“ Ich wollte Liam nicht belügen, aber die Wahrheit konnte ich auch nicht sagen.

„Du hast doch gesehen, dass er uns hinterhergefahren ist, oder?“

„Ja.“

„Und ich soll nicht versuchen, ihm zu entkommen?“

Ich schwieg.

„Du wusstest es.“ Liam war enttäuscht, und das tat mir sehr weh.

„Bitte, Liam, es ist nichts, worüber du sauer sein musst. Es ist zu meinem Schutz.“

„Wie meinst du das?“

„Ich werde beschützt und bin ehrlich gesagt super froh darüber. Aber bitte frag nicht weiter! Ich kann dir nicht alles erzählen, aber du solltest dich auch gar nicht damit belasten.“

„Wie bitte? Es soll mich kaltlassen, dass meine Freundin Personenschutz braucht? Was ist das denn für ein Bullshit?“

Es war das erste Mal, dass mich Liam als seine Freundin bezeichnete. Es hätte mich glücklich gemacht, wenn es nicht in diesem Zusammenhang gewesen wäre.

Liam war völlig angepisst. Ich wusste nicht, was ich sagen sollte.

„Warum hast du mir das verschwiegen?“ Liam schaute mich böse an. „Wieso musst du beschützt werden?“

Ich schüttelte nur schweigend den Kopf.

„Jetzt sag doch!“ Er sah abwechselnd auf die Straße und auf mich. Ich blickte stumm auf meine Hände.

Liam bog wieder in eine Seitenstraße ab, aber diesmal war es die richtige. Als er anhielt und wir ausstiegen, schaute ich auf die Dächer der nächsten Häuser. Er hatte erzählt, dass er in einer Dachgeschosswohnung wohnte.

Herr Plötzke hatte uns mittlerweile wieder eingeholt und fuhr jetzt langsam an uns vorbei. Liam schaute wütend in sein Auto. Er nahm mich an meiner gesunden Hand und zog mich energisch mit sich.

Etwa vier Häuser weiter betrat er ein Grundstück und schloss die Haustür auf. Wir liefen drei Stockwerke hoch, und Liam öffnete die einzige Tür der Etage. Sie führte zu einer kleinen Dachwohnung mit vielen Schrägen, was ihr Gemütlichkeit verlieh.

Es lagen viele Bücher herum, auf dem Tisch, auf dem Sofa, auch auf dem Boden. An einer der wenigen geraden Wände stand ein Regal, auf dem die größte Pokalsammlung prangte, die ich jemals gesehen hatte. Es ging um Kreis-, Hessen- und Deutsche Meisterschaften. Die Pokale waren für Jugend- und Erwachsenen-Wettbewerbe vergeben worden und auch ein paar für Studentische Meisterschaften. In manchen Regalfächern standen auch eingerahmte Urkunden.

Ich drehte mich um. „Ganz schön viele Auszeichnungen", sagte ich anerkennend.

Liam stand in der Mitte des Raumes mit den Händen an den Hüften. Er sah noch ein bisschen aufgebracht aus, aber nicht mehr so wütend, und schob seine Ärmel hoch.

„Setz' dich!" Er zeigte auf das Sofa.

Ich setzte mich. Liam platzierte sich daneben und nahm meine Hand.

„Hör mal", hob er an und bemühte sich, ruhig zu sprechen. „Du musst doch verstehen, dass es mich beunruhigt, wenn du in Gefahr bist, sodass du sogar Personenschutz brauchst. Ich will David wirklich nichts Böses, aber auf mich wirkt das alles, als ob er sein Geld mit illegalen Geschäften verdient und deswegen mit Kriminellen zu tun hat. Überleg doch mal, weswegen sonst jemand in diesem Land Personenschutz braucht, der nicht Politiker oder Prominenter ist. Sag mir, was los ist, ich kann dich mindestens genauso gut beschützen."

Ich grübelte, was ich Liam sagen konnte, ohne ihn zu noch mehr Fragen zu animieren.

Liam setzte noch einmal an: „Jessi, ich bitte dich, wenn du weißt, was los ist, sag es mir ehrlich."

Mir traten Tränen in die Augen. Ich hasste es, Liam zu belügen, aber noch viel weniger wollte ich Davids Geheimnis verraten.

„Ich weiß, dass ich dir viel zumute, aber du musst mir vertrauen. Ich kann dir nicht alles sagen, aber das mit den Personenschützern ist völlig in Ordnung. David macht keine krummen Dinger, und was uns bedroht, hat auch nicht mit seinem Job zu tun. Ich bin sehr froh darüber, dass David und ich beschützt werden, und du solltest versuchen, diese Leute einfach zu ignorieren, so wie ich es tue."

Liam ließ nicht locker. „Aber was ist der Grund für diese ‚Gefahr'? Von wem oder wovon geht eine Bedrohung für dich – und ihn – aus?"

„Es ist ein Mann … Liam, bitte, ich kann dir nicht mehr sagen, versuch doch, es zu ignorieren."

„Wieso geht ihr nicht zur Polizei, wenn ihr den Mann kennt, der euch bedroht?"

„Es gibt Situationen, da kann einem die Polizei auch nicht helfen." Ich wischte die Träne ab, die mir die Wange hinunter lief. „Bitte glaube mir, es zerreißt mich, dass ich dir nicht alles offen sagen kann. Aber …"

Liam verschloss meinen Mund mit seinen Lippen. Er küsste mich so leidenschaftlich wie beim ersten Mal. Mein Atem wurde immer schneller und flacher, und ich hörte auch ihn keuchen, was mich noch mehr in Fahrt brachte. Er drückte mich vorsichtig auf das Sofa, bis wir nebeneinanderlagen, und hörte dabei nicht auf, mich zu küssen. Er schob seine Hand unter mein Shirt und streichelte die Außenseite meiner Brust. Er stöhnte und ich schlang mein oberes Bein um seine Hüfte. Meine Hand glitt unter seinen Pullover und über seinen Rücken. Ich wollte so viel von ihm spüren wie irgend möglich. Für einen kurzen Moment dachte ich an mein Vorhaben, nicht mit ihm zu schlafen, aber ich konnte nicht aufhören. Liams Küsse wurden immer drängender, und er stöhnte immer lauter. Etwas drückte gegen meine Schamhaare, und er keuchte noch einmal. Dann ließ der Druck seiner Umarmung nach, und sein Atem wurde ruhiger.

Sein Kuss ging auf eine kokette Art in ein Grinsen über, und ich schob meinen Kopf ein wenig zurück, um ihn besser ansehen zu können.

„Entschuldige." Er grinste immer noch. „Da hab ich doch gerade ein bisschen die Kontrolle verloren."

Er küsste mich sanft und rückte von mir ab. „Ich muss mal kurz ins Bad verschwinden", sagte er und stand auf.

Ich kapierte erst jetzt, was passiert war. Mein Herz raste immer noch, ich atmete heftig, und meine Haare waren total zerzaust. Liam drückte mir einen Kuss auf die Wange und verschwand aus meinem Blickfeld.

Ich setzte mich auf und versuchte mich zu beruhigen. Das war ja gerade noch mal gut gegangen. Ich sollte besser aufpassen.

Liam kam wieder aus dem Bad.

„Du Liam, ich nehme im Moment nicht die Pille. Es gab ja keinen

Grund dazu."
„Kein Problem, ich besorg uns morgen Kondome."
Irgendwie fühlte ich mich bedrängt. Es tat eigentlich nichts zur Sache, aber wäre David an Liams Stelle, so würde er sicher auch nach meiner Meinung zu dem Thema fragen. „Na ja, die sollen aber nicht ganz so sicher sein wie die Pille, und ich möchte kein Risiko eingehen."
„Oh, alles klar. Also …?"
„Ich weiß auch nicht, ob ich jetzt gleich die Pille einwerfen möchte. Also ich meine …"
„Nein, ist schon okay. Ich hab's nicht eilig. Die Pille ist grundsätzlich okay. Mit achtzehn zahlst du auch nur die Zuzahlung, den Rest zahlt die Krankenkasse."
„Oh, ach so. Hast du im Internet nachgeschaut?"
„Nein, ich hab ein paar Trainingskollegen gefragt."
Ich schaute wohl etwas düpiert, denn Liam ergänzte: „Weißt du, unter Männern gibt es ständig Gespräche darüber, wer tatsächlich oder symbolisch den längsten Schwanz hat oder wer wie viele Frauen flach gelegt hat, da ist die Frage nach Verhütungskosten keine besondere Sache." Er grinste. „Machen das Frauen nicht so ähnlich?"
„Hm, also wir reden schon über Männer, aber über Schwanzlängen haben wir uns noch nicht unterhalten." Ich kicherte.
„Du bist goldig." Liam küsste mich. „Magst du auch einen Kaffee?"
„Hey, ja, das wäre sehr nett."
Während Liam in der Küche werkelte, sah ich mir seine Pokale und Urkunden an. In dem Regal lag auch ein Messer von etwa fünfundzwanzig Zentimetern Länge mit einem Griff, der an eine Baumrinde erinnerte, und einer Klinge, die vom Griff weg immer breiter wurde.
Liam betrat mit zwei Kaffeebechern das Wohnzimmer, und ich drehte mich um.
„Sag mal, hast du das Messer bei einem Wettbewerb gewonnen?"
„Nein, das hat mir mein Vater geschenkt. Er ist ein leidenschaftlicher Jäger."
Er nahm das Messer in die Hand. „Das ist ein sogenanntes kleines Waidblatt zum Abfangen von Wild."
„Abfangen?"
„Man tötet es mittels Stich ins Herz, wenn man es mit dem Gewehr nicht sofort erlegt hat."
„Huh, das ist ja gruselig."
„Besser, als das Tier leiden zu lassen."
Wir legten uns auf das Sofa, unterhielten uns und schmusten ein

bisschen, und Liam schlief tatsächlich ein. Er schlummerte etwa eine Stunde, während der auch ich müde wurde, aber ich wollte nicht einschlafen, sondern jede Sekunde unseres Zusammenseins erleben und genießen.

Als Liam wieder wach wurde, machte er uns Spiegeleier mit Bratkartoffeln, wozu er drei Pfannen benutzte, weil er mindestens doppelt so viel aß wie ich. Wir machten noch einen Spaziergang im Dunkeln, wobei uns Herr Plötzke folgte, aber Liam, der es sicher auch bemerkte, verlor kein Wort darüber.

Als wir wieder in seine Wohnung zurückkamen, war es schon zehn Uhr, und ich beschloss, David anzurufen, damit es für ihn nicht zu spät wurde.

„Ich kann dich doch fahren", bot Liam an.

„Das ist sehr nett, aber jetzt habe ich das schon so mit David ausgemacht." Als ich sah, wie sich Liams Miene verdüsterte, fügte ich hinzu: „Nächstes Mal, okay?"

Nachdem ich David die Adresse durchgegeben hatte, setzte ich mich noch eine Weile mit Liam auf das Sofa. Als es an der Zeit wurde, holte ich ein kleines Päckchen aus meiner Manteltasche.

„Liam, ich wünschte, ich könnte an Weihnachten bei dir sein, aber da es leider nicht geht, würde ich dir gerne schon heute ein kleines Geschenk geben."

Es handelte sich um ein Armband aus geflochtenen Lederbändern, das ich selber gemacht hatte und oft trug. Die Enden wurden von versilberten Metalleinfassungen zusammen gehalten. Es bedeutete mir viel, aber ich wollte jetzt, dass Liam es trug. Es war sozusagen ein Unisex-Armband, und ich hoffte, dass es ihm gefiel.

Liam packte es aus und lächelte. „Cool", sagte er und zog es sich gleich an. Dann drehte er sich um. „Ich habe auch ein Geschenk für dich."

Er ging zum Regal und griff nach einer schlichten, kleinen Schachtel. Ich öffnete sie neugierig.

In der Schachtel lag auf Papier gebettet ein schöner Stein. Er war nicht geschliffen, aber von glänzenden Metallen durchzogen. Er glitzerte im Licht der Wohnzimmerlampe.

„Oh, der ist total schön, vielen Dank, Liam."

„Das ist ein Teil eines Meteoriten", sagte Liam. „Ich bin über meine Tätigkeit in der Sternwarte an ihn gekommen. Leider weiß man nicht, von wo genau er kommt. Er wurde im Nördlinger Ries gefunden, dort ist das größte Meteoriten-Einschlagloch Europas, etwa fünfundzwanzig Kilometer im Durchmesser. Wahnsinn, was?“

„Das ist ein total schönes Geschenk“, sagte ich. „Besonders diese feinen goldenen Adern, mit denen er durchzogen ist“.

„Das ist tatsächlich Gold“, antwortete Liam. „Wusstest du, dass alle geförderten Edelmetall-Vorkommen auf der Erde von Meteoriteneinschlägen stammen? Auf der Erde sind auch Edelmetalle wie Gold und Platin entstanden, jedoch im Erdkern, und dort ist die Bergung zu schwierig. Was man mehr oder weniger auf der Oberfläche abbaut, stammt von Meteoriten. Die Metalle entstehen bei der Abkühlung einer Supernova.“

„Interessant, das wusste ich nicht.“

Liam strich mir die Haare aus dem Gesicht. „Schade, dass wir uns über die Weihnachtsfeiertage nicht sehen können. Wie lange bist du in Berlin bei deinen Eltern?“

„Wir fahren morgen und kommen Montag zurück.“

„Wir?“

Scheiße, ich hatte mich verquatscht.

„Ja, ich hatte David schon vor ein paar Tagen eingeladen, mit nach Berlin zu kommen. Er hat keine Eltern mehr, stell dir mal vor wie traurig! Ich hatte …“

Liam drehte sich, während ich sprach, um und schlug sich mit einer Hand gegen die Stirn.

„… ihn ja schon eingeladen, bevor wir zusammen gekommen sind, sonst hätte ich es dir natürlich vorher gesagt.“

Liam wandte sich wieder mir zu.

„Sag mal, du bist wohl irre! Du kannst doch nicht einfach mit einem anderen Mann wegfahren!“ Liam baute sich vor mir auf und machte mir fast ein bisschen Angst. So gut kannte ich ihn ja nun auch nicht.

„Aber ... aber da waren wir doch noch nicht zusammen, und außerdem hab ich schon hundert Mal versichert, dass zwischen David und mir nichts läuft!“

„Wer’s glaubt!“, fauchte Liam. „Gib doch zu, dass du auf seine Kohle aus bist!“

„Das ist sowas von lächerlich! Ich hab’s echt satt, mich ständig verteidigen zu müssen. Über meine Freundschaft zu Mike R. regst du dich ja auch nicht auf.“

„Aber bei dem wohnst du nicht und fährst nicht mit ihm weg.“

„Ich bin sehr wohl schon mit Mike R. …!“

Mein Handy klingelte. David hatte mir eine Nachricht geschickt.

„David steht unten vor der Tür.“ Ich war immer noch sauer.

Liam aber auch.

Ich zog meine Jacke an.

„Tschüss."

Liam sagte nichts. Ich drehte mich in der Tür noch einmal um. Liam hatte die Hände an die Hüften gestützt und schaute mich finster an. Ich erwiderte seinen Blick und schloss die Wohnungstür.

Liams Verdacht brachte mich auf die Palme. Er unterstellte mir genau die Gefühle zu David, die ich mir mühsam abgeschminkt hatte. Aber statt eine Verdienstmedaille dafür zu erhalten, glaubte Liam mir nicht. Das war unglaublich ungerecht!

Als ich aus dem Haus trat, stand dort David und lächelte mich an. Meine Anspannung fiel von mir ab.

„Alles in Ordnung?", fragte er und sah mich mit leicht zusammengekniffenen Augen an.

„Ja." Davids Anwesenheit wirkte auf mich beruhigend. Ich versuchte, den Streit einfach hinter mir zu lassen.

Wir stiegen ins Auto. David startete den Motor. Ich schaute in den Rückspiegel.

„Werf die Karre an, Plötzke, es geht los."

David lachte und gab Gas.

KAPITEL 10a – Wut

Ich hatte gleich gemerkt, dass die Nachricht nicht von diesem Wichser stammen konnte. Dieser verdammte Idiot! Man konnte sich noch nie auf ihn verlassen. Er hatte sich vom Wandler abmurksen lassen, und der hatte dann sein Handy benutzt. Zum Glück war ich nicht so blöd wie er.

Dabei hatte er noch nicht einmal die Aufgabe erhalten, den Wandler zu töten, sondern er sollte uns nur die verdammte Schlampe vom Hals schaffen. Und ich hatte ihm noch gesagt, er solle sie erst dann kaltmachen, wenn der Wandler nicht in der Nähe ist! Oder besser warten, bis ich den Wandler ausgeschaltet hatte. Nun war er selber von ihm beseitigt worden.

Jetzt mussten wir sogar froh sein, dass der Wandler ebenfalls daran interessiert war, kein Aufsehen zu erregen, und den Hohlkopf offensichtlich so entsorgt hatte, dass die Menschen nichts davon mitbekommen hatten. Jedenfalls gab es keinerlei Nachrichten über einen Sensationsfund … Das hätte uns gerade noch gefehlt.

Immerhin waren wir damit auch das Problem mit den Huren los. Mit seiner Unbeherrschtheit hatte der Nichtskönner schon unsere Mission gefährdet. Wir experimentierten alle, aber bei ihm wurde es ja bereits eine Art fixe Idee. Eine Art Fick-Idee. Ha! Dieser unbeherrschte Volltrottel.

Wie oft hatte ich ihn beschworen: Gedulde dich, bis ich die Pistole organisiert habe, lass mich erst ihn erledigen! Aber er konnte ja nicht warten. Dieser verdammte Stümper!

Nun hatte ich die Kuh auch noch an der Backe. Dabei war der Plan genial gewesen. Nur blöde, dass sie mir nicht die Tür aufgemacht hatte. An der Idee, den Wandler zu unserem Treffpunkt gehen zu lassen, um dann in seiner Abwesenheit die Frau kaltzustellen, hatte es nicht gelegen. Wer konnte damit rechnen, dass sie so misstrauisch war!

Egal, sie würde auch noch an die Reihe kommen.

KAPITEL 10 – Der Mistelzweig

Am Flughafen Berlin-Tegel telefonierte David und führte mich danach zu einem Ausgang, an dem schon unser Leihwagen wartete. Er sah unauffällig, aber schick aus. Ein BMW. Ich schaute auf die rückwärtige Beschriftung. ‚M5' stand hinten auf dem Heck. Nie gehört.

Frau Stamberger und Herr Wellenstein, die mit uns im Flugzeug gesessen hatten, stiegen in ein Auto zwanzig Meter hinter unserem. Sie konnten sich an Weihnachten sicher auch etwas Schöneres vorstellen, als hinter uns her zu fahren.

David hob unser Gepäck in den Kofferraum und ließ mich einsteigen. Er redete noch kurz mit dem Mann, der uns den Wagen übergab. Dann stieg David ein. Wir fuhren zunächst durch die Stadt.

„Berlin ist sehr weitläufig", erklärte er, „und es gibt auch viele grüne Gebiete, wo man gar nicht vermutet, noch in der Stadt zu sein. Ausgesprochen ländliche Gegenden. Wirklich sehr abwechslungsreich."

Während der Fahrt erzählte ich David, dass Liam nun nach Herrn Meyer auch Herrn Plötzke entdeckt hatte. „Es hatte keinen Sinn mehr, die Personenschützer zu verleugnen. Liam hatte nicht den geringsten Zweifel und ist einen sinnlosen Umweg gefahren, den Herr Plötzke nachvollzogen hat. Es war einfach nicht mehr zu verbergen. Ich habe Liam eingestanden, dass sie für uns da sind, aber ich habe ihm nicht gesagt, warum."

„Liam ist ein cleverer Bursche." David wandte seine Augen nicht von der Straße.

„Ich hoffe, du bist nicht sauer auf mich, weil ich es zugegeben habe."

„Nein." David sah kurz zu mir herüber. „Früher oder später wäre es sowieso jemandem aufgefallen. Mach dir bitte keine Gedanken deswegen."

Wir fuhren etwa eine dreiviertel Stunde, dann bog David in eine kleinere Straße ein.

„Wir verlassen jetzt den Berliner Ring", sagte er. „Es dauert nicht mehr lange."

Wir kamen durch ein paar Ortschaften, dann wieder Felder. Rechter Hand, mitten in der Landschaft, stand ein großes, imposantes Anwesen.

Als hätte ich es geahnt, fuhr David in eine noch kleinere Straße, die auf dieses Anwesen zuführte. Ich sank immer tiefer in meinem Sitz und zog den Kopf ein. War das ‚ein Haus in Berlin'?

„Ich gebe zu, dass es für mich alleine ein bisschen zu groß ist." David machte eine wegwerfende Handbewegung. „Doch als ich es kaufte, hat es mich gereizt zu erfahren, wie sich Menschen um siebzehnhundert wohl in solch einem Haus gefühlt haben." Er lächelte mich entschuldigend an. „Aber keine Angst, es verfügt über einen Stromanschluss und fließendes Wasser."

Ich lugte aus dem Fenster. Hoffentlich kam David nicht auf die Idee, meine Eltern hierher einzuladen. So ein Haus bezeichnete man meines Wissens als ‚Herrenhaus'. ‚Schloss' wäre auch nicht falsch gewesen. Verrückterweise war meine größte Sorge, dass es aufgrund seiner Größe nicht ordentlich beheizt sein könnte.

Das Herrenhaus hatte eine symmetrisch gestaltete Auffahrt, die für sich allein schon einem kleinen Park gleichkam. David fuhr vor, als wäre es nichts Besonderes.

Im Rückspiegel sah ich unsere Personenschützer schon am Anfang des Gebäudes halten. Sie wurden von einer Frau in einem schwarzen Kleid mit weißer Schürze begrüßt. Sie war von unauffälliger Statur und – soweit ich das erkennen konnte – um die fünfzig. Vielleicht die Haushälterin? David hatte doch überall eine Haushälterin.

„Wohnen Frau Stamberger und Herr Wellenstein auch hier?", fragte ich David.

„Ja, ich habe sie im Personal-Flügel unterbringen lassen."

Ich stieg aus und legte meinen Kopf in den Nacken, um möglichst viel von der Fassade zu erfassen. Die Front musste an die dreißig Fenster haben. Die beiden äußeren Flügel waren etwas nach vorne versetzt. Das Haupthaus hatte ein Portal mit vier Säulen. Durch den cremefarbenen Verputz und das hellrote Ziegeldach sah es im Grunde recht hübsch aus.

Ich ging zum Kofferraum, um David mit den Koffern zu helfen, aber er lief um das Auto herum und signalisierte mir mitzukommen. Wir hatten die Tür noch nicht erreicht, als sie sich schon öffnete. Ich stockte im Laufen. In der Tür stand ein Butler!

Ich wusste nicht, ob ich das noch gut finden sollte. Eine kleine, gemütliche Holzhütte wäre mir eigentlich lieber gewesen.

„Hallo, Herr Fries, schön Sie wiederzusehen." David und Herr Fries schüttelten sich die Hände. Sehr lange. Sie schienen sich gut zu kennen.

Herr Fries war etwa Anfang sechzig, mittelgroß und leicht untersetzt. Er roch nach Rasierwasser. Seine grauen Haare waren sehr akkurat geschnitten und unterstrichen seine blauen Augen. Nicht unsympathisch.

„Herr Fries wird uns die nächsten Tage zur Hand gehen“, erklärte mir David. Dann wandte er sich an Herrn Fries. „Darf ich Ihnen Frau Wagner vorstellen, sie wird die nächsten Tage unser Gast sein.“

Herr Fries nickte mir zu. „Freut mich sehr.“

Wenigstens gab er mir keinen Handkuss oder machte sonst irgendetwas Verrücktes. Vielleicht würde ich ja doch nicht jeden Kekskrümel, den ich in der vornehmen Hütte verlor, vom Boden auflecken müssen.

„Komm, ich zeige dir das Haus.“ David war voller Elan.

Er führte mich von unten nach oben. Ich verlor bald den Überblick. Am besten gefiel mir die Bibliothek, die außerordentlich gut ausgestattet war, und deren Mobiliar und Kamin – wie im restlichen Haus zeitgenössisch – eine gewisse Gemütlichkeit ausstrahlten.

Kamine gab es auch in anderen Räumen. Ich wusste nicht, ob sie alle in Betrieb gesetzt werden konnten, denn Heizkörper gab es auch – zum Glück. Manche der Kamine waren zum Fürchten und hätten als Kulisse in jeden Horrorfilm gepasst. Manche präsentierten sich prunkvoll. Andere sahen wie reine ‚Gebrauchskamine‘ aus.

Wir erklommen die Treppe zum ersten Stock.

„Die neueren Vorbesitzer und ich haben stets versucht, das Haus komfortabel zu halten und zu modernisieren, aber der Denkmalschutz steht dem manchmal im Wege. Trotzdem verfügt das Haus über moderne Bäder.“

David öffnete die Tür zu einem Raum auf der Rückseite des Hauses. Sie gab den Blick in ein wunderschönes, modernes Badezimmer frei. Zwischen den weißen Fliesen waren in Kopfhöhe dunkelbraune, schmalere Hölzer eingelassen. Diese stellten eine perfekte Verbindung zu der dunkelbraunen Holztür dar. Außerdem war die Temperatur in dem Raum auch für Frostbeulen wie mich geeignet.

„Das ist dein Badezimmer.“ Er zeigte auf die Zwischentür. „Daneben liegt dein Schlafzimmer.“

Über den Flur gingen wir hinein.

„Wenn es dir nicht zusagt, oder wenn du überhaupt irgendwo im Haus ein Zimmer siehst, das dir besser gefällt, dann sage es frei heraus, und ich werde Herrn Fries bitten, es für dich herzurichten.“

„Nein, David, dieses Zimmer ist super.“

David strahlte. „Ich fand es auch am schönsten. Aber wie gesagt.“

Ich schritt zu dem riesigen Himmelbett, das einen großen Teil des Raumes einnahm, und strich über die Bettdecke. Es hatte leichte Vorhänge mit Blumenmuster und ein passendes Metallkopfteil mit verschlungenen Blütenranken. Die Eckpfosten wurden ebenfalls von Metallblumen umrankt. Die Bettvorhänge passten zu den Vorhängen an den Fenstern. Das Zimmer war eindeutig für eine junge Frau eingerichtet worden.

Mein Koffer stand auch schon im Raum. Die verantwortliche gute Fee hieß bestimmt Herr Fries.

Ich zeigte auf die Zwischentür, die gegenüber der Tür zum Bad lag.

„Das ist mein Zimmer“, sagte David. „Falls es dir heute Nacht zu gruselig wird in dem großen Haus oder dir das Knarren der Hölzer Angst macht, kannst du zu mir ins Bett kriechen.“ David grinste.

Hatte er etwa seinen ersten anzüglichen Witz gemacht?

„Gut …“ Er wirkte auf einmal etwas hektisch. „Ich packe jetzt meinen Koffer aus. Wann, denkst du, sollten wir bei deinen Eltern eintreffen?“

„Äh, ich hatte mit meiner Mutter fünfzehn Uhr ausgemacht.“

„In Ordnung, dann sollten wir um kurz nach zwei losfahren“, schlug David vor und entschwand durch die Zwischentür.

Ich öffnete meinen Koffer und sah mich im Raum um. Aus Davids Zimmer erklang Bon Jovi. Ich lächelte, weil ich an mein Weihnachtsgeschenk für ihn denken musste.

Ich öffnete den monströsen Kleiderschrank, um meine mitgebrachten Sachen zu verstauen. Der Schrank war aber nicht leer. Es hingen bereits mehrere teils hochelegante, samt und sonders moderne Tages- und vor allem Abendkleider darin. Auf dem Boden des Schranks standen passende Schuhe. Es war leicht zu erahnen, was das zu bedeuten hatte. Ich nahm die Kleider nacheinander heraus. Sie hatten natürlich meine Größe. Sie gefielen mir alle und passten zu mir. Ich wollte sie aber trotzdem nicht einfach vereinnahmen.

„David“, rief ich laut in seine Richtung, „kannst du mal kurz rüberkommen?“

Er trat kurz darauf durch die Tür. Ich hielt eines der Kleider vor mich.

„Hast du mir etwa diese vielen schönen Kleider spendiert?“

„Ja“, sagte David, „es freut mich, wenn sie dir gefallen. Ich dachte, möglicherweise gehen wir in die Oper oder dergleichen, und eventuell hättest du gerne eine gewisse Auswahl.“

„Oh, David, das ist total lieb von dir. Sie sind wunderschön, ich werde sie nur nicht alle tragen können in der kurzen Zeit.“

„Das macht doch nichts. Vielleicht kommen wir noch ein anderes Mal hierher.“

„Vielen Dank!“ Ich ging auf ihn zu und umarmte ihn fest. Warum roch er nur so verdammt gut?

„Sehr gerne.“ David erwiderte meine Umarmung unbeholfen.

Nachdem er wieder in sein Zimmer verschwunden war, zog ich mich also bis auf die Unterwäsche aus und probierte die Kleider an. Es dauerte ein wenig, weil die Einsatzfähigkeit meiner rechten Hand nach wie vor zu wünschen übrig ließ. Außerdem war ich immer sehr darauf bedacht, mit den stacheligen Knoten der Fäden nicht am Stoff hängen zu bleiben. Ich entschied mich für ein knallrotes Etuikleid aus einem weichen, warmen Stoff. Es war körpernah geschnitten, knielang und glitzerte minimal in einem Goldton. Damit konnte ich mich in der Kirche sehen lassen, und es passte gleichermaßen zum Weihnachtsabend bei meinen Eltern.

Ich ließ das Kleid gleich an und räumte weiter ein. Ich war noch nicht ganz fertig, als David anklopfte und eintrat.

„Wir müssen los.“ Er betrachtete mich lächelnd. „Du siehst wundervoll aus.“

„Oh, vielen Dank. Ich hoffe, das Kleid lenkt etwas von meiner lädierten Wange ab.“

„Hm, genau genommen hatte ich für noch mehr Ablenkung vorgesorgt.“ David rieb sich das Kinn. „Aber nur, wenn du willst.“ Er ging zu dem Sideboard, das ich noch nicht weiter beachtet hatte. Es standen mehrere kleine Schachteln darauf. Okay, ich konnte mir schon denken, was jetzt kam.

„Welche war das noch mal“, murmelte David vor sich hin. Dann griff er zielgerichtet nach einer der Schachteln.

„Wie weit reicht eigentlich dein ‚Röntgenblick'?“, fragte ich.

„Nun, das kann ich ein bisschen regulieren, aber maximal einen Meter vierzehn in Abhängigkeit vom Material.“

Er drehte sich um, öffnete die Schachtel und zog eine filigrane Goldkette mit einem kleinen Anhänger in unregelmäßiger Tropfenform hervor.

„Wie hübsch! Ist die wirklich für mich?“

David lächelte nur, während er den Verschluss öffnete.

„Das ist unheimlich nett von dir, vielen Dank!“

„Bitte umdrehen.“ David hängte mir die Kette um und schloss sie. „Gut, lass uns aufbrechen.“

Ich schnappte mir die Tasche mit Davids Geschenk, und wir liefen die Treppe hinunter in die Empfangshalle. Herr Fries stand schon an der Garderobe und half uns in die Mäntel. Er lief vor uns zum Auto und öffnete mir die Tür.

„Danke, Herr Fries, und schönen Tag noch“, sagte ich fröhlich. Herr Fries nickte leicht.

Wir fuhren von dieser ländlichen Gegend immer weiter in die Stadt. Ich hatte das Navi eingestellt, aber David schien es gar nicht zu beachten. Vermutlich hatte er sich irgendwann einen Berliner Stadtplan angeschaut und konnte sein Wissen nun einfach abrufen.

Wir kamen pünktlich an. Es war auch für mich das erste Mal seit dem Umzug meiner Eltern, dass ich ihre neue Wohnung sehen sollte. Sie lebten in Berlin-Spandau im Erdgeschoss eines Zweifamilienhauses mit separatem Eingang.

David konnte direkt vor dem Haus parken. Ich sah gerade noch, wie meine Mutter hinter dem Vorhang – vermutlich der Küche – verschwand. Als ich ausstieg, öffnete mein Vater schon strahlend die Tür.

Täuschte ich mich, oder war er tatsächlich noch ein wenig fülliger geworden, seit ich ihn das letzte Mal gesehen hatte? Und war er geschrumpft oder ich gewachsen?

„Schön, dass ihr da seid!“ Er blickte zwischen David und mir hin und her. Stimmt, ich hatte ihn ja als meinen Freund ausgegeben.

Mein Vater und ich umarmten uns herzlich auf der Schwelle. „Mit der Beschreibung deiner Wange hast du nicht übertrieben. Geht es dir gut?“

„Ja …“

Meine Mutter kam herangestürmt. Sie war hager, wie ich sie in Erinnerung hatte, nur ihre Haare schienen etwas grauer geworden zu sein.

„Jessi, David, wie schön, dass ihr da seid! Seid ihr gut durchgekommen?“

David trat neben mich.

„Hach!“ Meine Mutter klatschte die Handflächen aneinander. „Ihr müsst euch küssen.“ Sie kicherte. „Ihr steht unter dem Mistelzweig.“ Meine Mutter zappelte ein bisschen, mein Vater trat zurück.

David und ich schauten perplex nach oben. Es hing in der Tat ein Mistelzweig über uns. Wann zum Teufel hatten meine Eltern diesen Brauch eingeführt?

Okay, ich hatte mir das selber eingebrockt, aber das war ja nun keine Katastrophe. David und ich lächelten uns unsicher an. Ich legte meine gesunde Hand in seinen Nacken und zog ihn ein bisschen zu mir herunter. Bleib cool, Mädel. Ich gab ihm einen leichten Kuss auf den Mund. Geschafft. Der Schweißausbruch unter meinen Achseln war völlig unnötig gewesen.

David schaute mich erstaunt an, als sähe er mich zum ersten Mal. Als er meinen fragenden Blick registrierte, lächelte er schnell, und ich lächelte zurück. Meine Mutter klatschte erneut in die Hände.

„Komm her, Jessi, und lass dich umarmen. Du siehst gut aus. Bis auf dein Gesicht.“ Meine Mutter, diplomatisch wie immer. Mein Bruder hatte diese Eigenschaft eindeutig von ihr geerbt.

Wir legten unsere Mäntel ab und wechselten hinüber ins Wohnzimmer. Die allgemeine Hektik ließ etwas nach. Bevor ich mich entspannen konnte, stieß meine Mutter jedoch einen Schreckensruf aus.

„Oh, Gott, Jessi, was hast du mit deiner Hand angestellt?“

„Das sieht schlimmer aus, als es ist.“ Ich erzählte die erfundene Sturzgeschichte zum hundertsten Mal. „Jetzt kann ich die Hand schon wieder ziemlich gut bewegen.“ Ich streckte und drehte die Finger so weit wie möglich. Ging doch gar nicht so schlecht!

„Das soll sich Marie gleich mal anschauen, vielleicht kann sie dir ein paar Übungen zeigen.“

„Ja, daran habe ich auch schon gedacht.“

In dem Moment klingelte es an der Tür.

„Wenn man vom Teufel spricht“, kommentierte mein Vater trocken.

Wir standen alle auf, und meine Mutter preschte vorneweg in den Flur.

Mein Vater hielt mich am Arm zurück.

„Sag mal, dein Freund fährt einen M5?“

Ich sah ihn verständnislos an. Was war daran falsch?

„Dieses Modell kostet gut hundertzwanzigtausend Euro.“ Mein Vater flüsterte fast.

Aha.

„Das ist aber nur ein Leihwagen“, antwortete ich. Von dem Leihwagen der Personenschützer, den Flugtickets und den Personenschützern selber ganz zu schweigen. Mit David zu reisen war halt immer etwas kostspielig. Ich musste ein Grinsen unterdrücken.

„Wie alt ist er eigentlich?“ Mein Vater kniff die Augen zusammen. „Was sagtest du noch mal, macht er beruflich?“

David drehte sich im Flur nach mir um.

„Siebenundzwanzig und Investment Banker“, sagte ich zu meinem Vater und stürzte mich in den Trubel der Begrüßung.

Meine Schwester hatte ihren Freund im Schlepptau. Er war ein bodenständiger, vernünftiger Mann, viel ruhiger und zurückhaltender als meine Schwester. Sie lebten in Hannover und hatten sich in Maries Praxis kennengelernt, was meinen Bruder immer wieder zu entsprechenden Bemerkungen animierte. In seiner Fantasie lag Maries Freund wehrlos auf der Gymnastikmatte, während meine Schwester sich über ihn beugte, ihre ‚Glocken' vor seinem Gesicht baumeln ließ und ‚rein medizinisch notwendige Handlungen' an ihm vornahm. Meine Schwester konnte darüber herzhaft lachen; ihr Freund fand meinen Bruder offensichtlich weniger lustig. Aber auch wenn er unseren Humor nicht teilte, konnte ich ihn gut leiden.

Nachdem wir uns alle umarmt und einigermaßen beruhigt hatten, stellte ich David vor, und dann setzten wir uns an den Esstisch im Wohnzimmer und fingen an zu essen und zu erzählen. Ich musste für meine Schwester meine Sturzgeschichte wiederholen, und ansonsten stand David im Mittelpunkt.

Marie sprach mich später in der Küche noch einmal auf David an, und meine Mutter hörte gespannt zu.

„Mensch, Jessi, ich kann es kaum glauben, dass du jetzt auch in festen Händen bist. Gestern noch mit Playmobil gespielt, und heute spielst du mit David." Sie grinste. „Offensichtlich hat er auch ordentlich Kohle. Aber wie ich dich kenne, hat er dich damit nicht beeindrucken können. Er hat dich sicher mit anderen ‚Qualitäten' beeindruckt." Sie grinste noch breiter.

Meine Mutter kam nicht ganz mit.

„Genau, Jessi, erzähl doch mal, was hat er denn für Hobbys, geht er öfter mit dir aus?" Meine Mutter ging für ihr Leben gern aus und hatte in dieser Hinsicht mit meinem Vater die A-Karte gezogen.

„Joo, wir haben schon einige Ausflüge gemacht und uns öfter mit Freunden getroffen, und nächstes Jahr wollen wir zusammen einen Tanzkurs machen."

„Ah, wie schön!" Meine Mutter sah mich sehnsüchtig an. „Jessi, dieser David ist wirklich ein sehr netter junger Mann. Außerordentlich gebildet und höflich. Und so gutaussehend!"

„Ja", stimmte meine Schwester zu, „er sieht fantastisch aus. Er könnte als Model arbeiten. Clever scheint er auch zu sein. Nur so ein bisschen … distanziert vielleicht. Wie alt ist er doch gleich?"

„Siebenundzwanzig. Was habt ihr denn nur alle mit seinem Alter?"

„Ah, hat Papa schon eine kritische Bemerkung gemacht? Das war ja klar. Ist schon ein ziemlicher Altersunterschied. Na ja, siebenundzwanzig geht vielleicht noch … gerade so." Marie grinste übertrieben mit zusammengekniffenen Augen.

Klar, im Vergleich zu fünfzig Millionen Jahren waren siebenundzwanzig ein Pappenstiel.

„Nein, er sieht super aus", versicherte meine Schwester, „aber ich hoffe, dass er dich nicht ausnutzt. Er wirkt ja enorm fürsorglich dir gegenüber. Wenn's keine Show ist." Sie schloss die Spülmaschine und fragte meine Mutter nach dem Pulver.

„Quatsch." Ich verschränkte die Arme vor der Brust.

Meine Mutter deutete mit dem Finger auf mich. „Die Kette, die du da trägst, die kenne ich noch gar nicht; ist sie ein Geschenk von ihm?" Sie bekam einen Blick wie ein Goldhändler.

„Ja", rebellierte ich jetzt offen, „aber hört auf, ihn nach Äußerlichkeiten zu bewerten. Es steckt viel mehr in ihm, als ihr denkt. Er ist total zuverlässig und aufmerksam und ..."

„Klaro", sagte meine Schwester und zwinkerte mir zu. Dann wurde sie wieder ernst. „Er ist super."

Diese Blödmänner. Sie kannten David einfach nicht so gut wie ich.

Wir gingen ins Wohnzimmer, und ich setzte mich neben David. Marie quetschte sich noch zwischen mich und ihren Freund.

„Zeig mal deine Hand ... Ich finde, das ist echt gut genäht worden. Wie weit kannst du sie einsetzen?"

Ich machte alle möglichen Bewegungen, so gut es eben ging.

„Ich zeige dir mal ein paar Übungen, die du am besten mehrmals am Tag machen solltest. Deine Muskeln sind ein bisschen steif geworden, was völlig normal ist. Das kriegst du schnell wieder hin."

David hatte sich uns zugewandt und folgte aufmerksam Maries Ausführungen, was ich sehr begrüßte, denn ich würde mir bestimmt nicht alles merken können. David konnte es sich merken. Ich lachte ein bisschen bei der Vorstellung, dass sein Volk das später sehen würde und mangels menschlicher Hände niemand etwas damit würde anfangen können.

Scheinbar unbemerkt war die Nacht hereingebrochen, und mein Vater zündete ein paar Kerzen an. Dann ließ er auch die elektrischen Lichter am Weihnachtsbaum aufleuchten.

„So, ihr Lieben, ich schlage vor, wir machen jetzt die Bescherung, und danach gibt es Abendessen", kündigte meine Mutter an.

David hatte ich einen USB-Stick mit meinen Lieblingsliedern zusammengestellt. Er freute sich ehrlich über dieses individuelle Geschenk.

Von ihm bekam ich Handschuhe und ein richtiges Überraschungs-Geschenk. Es war ein Gutschein für einen Selbstverteidigungskurs. Super! Eigentlich war es sogar kein Kurs, sondern es waren Privatstunden bei der Firma von Herrn Fober. Ich hätte am liebsten sofort damit angefangen.

Um zweiundzwanzig Uhr rief ich Liam an, um ihm frohe Weihnachten zu wünschen, aber er ging nicht ran.

Es drückte ein bisschen auf meine Stimmung, dass er offensichtlich immer noch sauer auf mich war. Trotzdem bereute ich keinesfalls, dass ich David nach Berlin eingeladen hatte.

Auf der Rückfahrt war David ungewöhnlich gesprächig. Er analysierte unsere DNA und sinnierte darüber, von wem meiner Eltern ich welche äußerlichen und welche Charaktermerkmale bekommen hatte. So genau hatte ich noch gar nicht darüber nachgedacht.

Diesmal öffnete Herr Fries nicht die Tür. David hatte einen Schlüssel dabei, und nach dem Eintreten tippte er auf der Alarmanlage herum.

Wir stiefelten die Treppe hoch, zumindest ich mit letzten Kräften. Wir wünschten uns im Flur eine gute Nacht.

„Danke für den schönen Abend“, sagte David. „Deine Familie ist wirklich sehr nett.“

„Es freut mich, wenn du dich freust“, antwortete ich lächelnd.

Nachdem ich in meinem Zimmer die Heizkörper abgedreht hatte, öffnete ich das Fenster, da ich nachts gerne Frischluft atmete.

Ich putzte mir rasch die Zähne und fiel in das unglaublich riesige Bett. Schöne harte Matratze.

Fast war ich schon eingeschlafen, als es an der Zwischentür klopfte.

„Ja?“, murmelte ich halb ins Kopfkissen.

David kam herein und stellte sich an das Bett.

„Entschuldige, wenn ich dich noch mal störe, aber ich wollte dir noch unbedingt sagen, dass ich es in höchstem Maße erstaunlich finde, dass du und deine Schwester und deine Mutter auf die gleiche Art lachen. Das finde ich sehr interessant.“

Das wusste ich schon. Aber lustig, dass es David so faszinierte.

„Während du das Kinn und praktisch den identischen Haaransatz wie deine Mutter hast, sind bei deiner Schwester diese Merkmale eher eine Mischung aus beiden Elternteilen. Das ist doch sehr interessant.“

War ich nur schon so müde oder wiederholte sich David?

„Bei deiner Schwester hat die Mimik bei Freude eine fatale Ähnlichkeit mit der von Laura, obwohl die DNA das nicht unbedingt hergibt. Ich frage mich, ob das Zufall ist.“

Ich gähnte und lugte noch ein bisschen mehr unter meiner Bettdecke hervor. David stand hellwach vor dem Bett. Er trug eine Sporthose und ein T-Shirt, und auf seinen Armen bildete sich Gänsehaut.

„Herrje, David, du frierst ja wie ein Schneider. Wenn du noch was erzählen willst, dann leg dich besser mit ins Bett." Wobei, eigentlich wollte ich lieber schlafen, hundemüde wie ich war.

„Ja, danke." David kroch unter die Bettdecke und zappelte vor Kälte. Das hielt ihn aber nicht davon ab, weiter zu plaudern. So redselig hatte ich ihn noch gar nicht erlebt.

Es war wirklich nicht langweilig, was er von sich gab, aber ich musste zu meiner Schande gestehen, dass ich extrem gegen den Schlaf kämpfen musste.

Als mir im wahrsten Sinne des Wortes die Augen zufielen, beendete David abrupt seinen letzten Satz.

„Oje, du Arme, tut mir leid, ich habe zu viel geredet." David flüsterte. „Der Abend war für mich heute sehr aufschlussreich, weißt du … Ich gehe wieder. Gute Nacht."

„Bleib ruhig", murmelte ich. Dann schlief ich ein.

Am nächsten Tag weckte mich die Helligkeit im Zimmer und versprach einen sonnigen Tag. Ich hatte super geschlafen in dem riesigen Himmelbett. Die Luft im Zimmer fühlte sich recht frisch an, aber unter der Bettdecke war es kuschelig warm, genau so, wie ich es mochte.

Ich drehte mich auf die Seite, auf der David gestern Nacht seinen Monolog gehalten hatte, aber die Bettdecke lag still und verwaist. Wahrscheinlich war er doch noch in sein eigenes Bett gekrochen. Die Müdigkeit hatte mich einfach überrannt. Wie goldig mitteilungsbedürftig er gewesen war!

Ich streckte mich und zog dabei an der Bettdecke. Dadurch kam ein kleines Stück von Davids T-Shirt zum Vorschein. Ich schob die Decke noch weiter weg. Tatsächlich lagen dort sein T-Shirt und seine Sporthose. Was trieb der Kerl jetzt schon wieder?

Doch das T-Shirt schien nicht völlig leer. Es hatte mittig eine gut handgroße Erhebung, als läge ein zusammengerolltes Frettchen darunter.

Ich hoffte, dass David sich nicht in irgendetwas Ekliges verwandelt hatte und legte das geheimnisvolle Teil frei.

Ich wusste sofort, dass es sich um David handelte. Er war wunderschön, aber ich hatte ihn noch nie so gesehen. Er war total anders, als ich ihn mir vorgestellt hatte.

Er wirkte klein und amorph, konnte am ehesten als rundlich bezeichnet werden und hatte eine geheimnisvolle zarte Leuchtkraft. Ob er wohl die Stärke des Leuchtens verändern konnte? Möglicherweise änderte sich die Intensität schon jetzt minimal, rhythmisch. Ihn schien eine leichte Transparenz auszumachen, ganz so, wie er sich beschrieben hatte, und möglicherweise fühlte er sich weich an, aber ich traute mich nicht, ihn anzufassen. Am meisten wunderte mich, dass er nicht scharf abgegrenzt war zu seiner Umgebung. Sein Erscheinungsbild war irgendwie leicht diffus. Ich konnte mir jetzt viel besser vorstellen, was er gemeint hatte, als er davon sprach, dass alles auf seinem Planeten weich und nachgiebig war, man durch alles hindurchschwebte und Dinge zu sich ‚herbeiwollen' konnte. Als ich David so sah, in seiner wirklichen Gestalt, bekam ich eine Ahnung davon, wie fantastisch es sein musste, auf seinem Planeten zu leben, und wie viel anders als hier es sich offensichtlich darstellte. Wäre es im Zimmer nicht so kalt gewesen, hätte ich ihn noch Stunden anschauen mögen. Sein Anblick war faszinierend.

Ich deckte das T-Shirt wieder vorsichtig über ihn und zog dann die Bettdecke darüber. Dann ging ich kurz ins Bad. Als ich zurückkam, lag David von mir abgewandt in Menschengestalt im Bett und schien zu schlafen. Kaum dass ich mich dazu legte, drehte er sich zu mir und sah mich mit einem seltsamen Ausdruck im Gesicht an.

„Oh, entschuldige“, sagte ich, „ich wollte dich nicht stören.“

„Kein Problem.“ Er ließ seinen Blick nicht von mir. „Ich habe mich nur … ausgeruht. In meiner eigentlichen Gestalt kann ich mich unglaublich viel mehr erholen denn als Mensch, und in deiner Anwesenheit habe ich mich sicher gefühlt.“ Er lächelte ein bisschen schief.

„Du bist wunderschön“, flüsterte ich.

„Ernsthaft? In deinen Augen bin ich … also mein wirkliches Ich, schön?“

„Ja“, seufzte ich, „du bist immer schön.“ Viel zu schön.

David drehte sich von mir weg zum Bettrand. Ein paar Sekunden lag er so da.

„Ich glaube, ich stehe gleich auf.“ Seine Stimme war nur ein Flüstern.

Dann stand er tatsächlich auf. Ich brauchte immer länger, um richtig wach zu werden.

„Bis gleich“, sagte David im Gehen.

„Ja, bis gleich.“

Ich streckte mich noch einmal. Heute würden wir mit meinen Geschwistern Berlin unsicher machen. Mein Bruder Alex wollte dazustoßen, nachdem er den Weihnachtsabend mit den Eltern seiner

Freundin verbracht hatte. Als ich daran dachte, hielt es mich auch nicht mehr weiter im Bett.

Ich schaute mir kurz die Tageskleider an, die mir durch Davids übergroßzügige Kleiderspende zur Verfügung standen, entschied mich dann aber doch für die lässigere Freizeitvariante mit Jeans und Pulli. Ich wusste nicht, wie viel wir heute durch Berlin laufen würden, da wollte ich nicht in Pumps stecken.

Als ich gesellschaftsfähig war, klopfte ich an die Zwischentür, und David bat mich herein. Er war angezogen, aber seine Haare standen in alle Richtungen ab, was ihn total knuffig aussehen ließ.

„Ehrlich gesagt, weiß ich nicht den Weg in die Küche oder ins Esszimmer und wollte mich gerne an dich hängen."

„Sicher." David lächelte. „Ich brauche nur noch eine Minute."

Er verschwand in sein Bad und kam kurz darauf mit gekämmten Haaren wieder heraus.

Er holte tief Luft. „Okay", sagte er und grinste.

Er führte mich durch den Flur die Treppe hinunter und von dort durch einen weiteren Flur in das Esszimmer. Ich hatte die Anzahl Türen, die wir im Flur passierten, mitgezählt und hoffte, sie mir merken zu können.

Der unglaublich lange Esstisch war schon gedeckt, Herr Fries stand in dezentem Abstand daneben, und ich musste ein bisschen kichern, als wir uns setzten.

„Was ist los?", fragte David lächelnd.

„Oh, es ist albern, aber ich dachte gerade, zum Glück hat Herr Fries uns um die Ecke des Tisches platziert und nicht an beide Kopfenden, sonst hätte ich ein Megaphon mitbringen müssen."

„Na ja", lächelte David immer noch, „Herr Fries konnte sich wohl denken, dass wir uns beim Frühstück vielleicht unterhalten wollen, nicht wahr, Herr Fries?"

Herr Fries trat an uns heran und bestätigte. „So ist es, Herr Schmidt. Was darf ich Ihnen zu trinken anbieten?"

„Hast du alles, was du möchtest?", fragte mich David.

Ich schaute rasch über den Tisch. „Ja, alles bestens."

„Nichts mehr, Herr Fries. Wir können uns selbst bedienen."

„Wie Sie wünschen." Herr Fries verließ den Raum.

Ich nahm mir ein Brötchen, und David goss uns beiden Kaffee ein.

„Sag mal, ein bisschen altertümlich ist das aber schon, das mit Herrn Fries."

„Findest du? Nun, du hast sicher recht. Aber es ging mir bei diesem

Haus darum, das Lebensgefühl des siebzehnten, achtzehnten Jahrhunderts nachzuempfinden. Da gehört eine Art Diener nun mal dazu. Außerdem wohnt Herr Fries auch in meiner Abwesenheit hier und hält das Anwesen in Ordnung. Anders könnte ich mir das Haus gar nicht leisten. In der Küche gibt es noch eine Hauswirtschafterin, Frau Gerlach. Sie kümmert sich dieser Tage mehr um unsere Personenschützer. Aber sie kann exzellent kochen. Vielleicht hast du noch die Gelegenheit, dich davon zu überzeugen."

„Gerne." Ich biss in mein Brötchen.

Das Frühstück dehnte ich nicht über die Maßen aus, da ich mich auf die Vervollständigung meiner Familie freute.

David spürte wohl meine Unruhe und schlug vor, bald aufzubrechen. Er schrieb eine Nachricht an unsere Personenschützer.

Es kam mir ein bisschen schnöselig vor, den Frühstückstisch einfach so stehen zu lassen, ohne abzuräumen, aber ich verkniff mir eine Nachfrage, da ich sowieso schon wusste, was für eine Antwort ich bekommen würde.

Herr Fries stand im Flur vor der Esszimmertür und folgte uns in die Empfangshalle.

„Ich weiß nicht, wann wir zurück sind", sagte David zu ihm und blickte mich fragend an.

„Ich denke, dass wir bei meinen Eltern zu Abend essen." Ich schaute zwischen David und Herrn Fries hin und her.

„Dann brauchen wir Sie heute nicht mehr", ließ David ihn wissen.

„Wie Sie wünschen." Herr Fries half mir in den Mantel.

„Schönen Tag noch … ach, und, äh, frohe Weihnachten", sagte ich.

„Frohe Weihnachten auch für Sie, Frau Wagner."

Herr Fries hielt uns die Tür auf.

Weiter hinten konnte ich Herrn Wellenstein und Frau Stamberger bereits in ihrem Wagen sitzen sehen.

Bevor wir ins Auto stiegen, klingelte mein Handy. Es war Liam.

„Hi." Ich lief ein paar Schritte vom Auto weg und bedeutete David, kurz zu warten. „Wie geht es dir, hat mit dem Flug deiner Eltern alles geklappt?"

„Ja, ich denke, meine Mutter hat eben vom Flughafen aus angerufen. Bevor ich heimfahre, wollte ich dich gern noch mal sprechen. Es … tut mir leid, dass wir uns gestritten haben."

„Mir auch, und ich kann dir nur versichern, dass es für dich keinen Grund gibt …"

„Ist schon okay. Vergessen wir's einfach. Lass uns nächstes Mal vorher drüber reden. Also, ich mache mir gerade was zu essen, denn ich hab tierischen Hunger. Wenn ich heimkomme, möchte ich auf den Sportplatz gehen. Wäre super, wenn du mal mitgehen würdest."

„Das täte mir sicher gut, ich habe Plätzchen gefuttert ohne Ende."

„Ja, dann komm doch mal mit, wenn ich trainieren gehe. Frauen beim Speerwerfen haben echt was."

„Puh, ich weiß nicht, ob ich das könnte. Aber ich würde es gerne versuchen."

„Ja, super, und dabei dann bitte so richtig laut schreien und stöhnen." Ich hörte Liam durchs Telefon grinsen. „Wart mal einen Moment, ich muss das Handy kurz weglegen."

Ich hörte ein paar Schiebe- und Kratzgeräusche.

„Alles klar, hier bin ich wieder, ich musste mal schnell die Rühreier wenden. Was machst du heute noch so?"

„Ach, ich denke, nichts Spektakuläres. Wir gehen alle Mann in die Alte Nationalgalerie. Meine Schwester reist nach dem Kaffee ab, mein Bruder stößt dazu und bleibt noch einen Tag."

„Okay, ich rufe dich dann morgen wieder an."

„Oder ich dich. Wir können uns ja dann Montag treffen, wenn du Zeit hast."

„Ich werde für dich Zeit haben."

„Ciao, Liam."

„Bis dann."

Ich vermisste ihn wirklich. Sehnte mich nach seiner körperlichen Nähe, seinen Küssen … Ich wünschte, es wäre schon Montag.

Aber die Zeit mit meinen Geschwistern wollte ich auch nicht missen. Und ich genoss auch Davids Anwesenheit. Ich seufzte. Man konnte nicht alles haben.

Wir verbrachten den ganzen Tag mit meinen Geschwistern und Maries Freund.

Eigentlich stand ich nicht wirklich auf Museen, aber es war doch recht interessant, die vielen alten Bilder zu sehen. Mit David bekamen sie noch mal eine andere Bedeutung. Wir erzählten uns abwechselnd unsere Ansichten. Was diese oder jene Person auf dem Bild für ein Leben führte. Ob sie glücklich war. Für wie realistisch wir die Darstellungen hielten.

David wollte ständig wissen, was ich dachte. Das Leben in früheren Jahrhunderten interessierte ihn besonders, vermutlich, da er zu dieser Zeit noch nicht auf der Erde weilte. Wir redeten über die verschiedenen Epochen, über die Vergangenheit und über die Zukunft. Auf einmal kam mir eine verrückte Idee.

„Du, wenn ich dir jetzt in die Augen sehe und winke, dann kann ich einen Gruß an dein Volk aussprechen, und sie werden es in vielen, vielen Jahren sehen, wenn du ihnen dein Wissen weitergibst." Wie eine Videoaufnahme. „Hallo, ich grüße euch alle!" Ich musste lachen bei der Vorstellung, dass das wahrhaftig funktionierte. Ich winkte wie in eine Kamera.

David wurde auf einmal ernst und schaute mir in die Augen. Ich schaute in seine und hörte auf zu lachen.

Das Blau seiner Augen war derart hell und blitzend, dass es mich hypnotisierte. Für einen Moment meinte ich, noch etwas anderes zu sehen als eine menschliche Iris. Eine Art Tunnel, der aber tiefer anmutete als sein Kopf. Ein schier unendlicher Pfad, den ich gerne erkundet hätte. Ein Strom, der mich einsog.

„Wenn sie es sehen, wirst du nicht mehr sein", sagte er leise. Er näherte sich mit seinem Gesicht dem meinen. Der Tunnel verschwand, und das Blau verdunkelte sich. „Ich bin mir auch gar nicht mehr sicher, ob ich es mit ihnen teilen möchte."

Für einen Moment beugte er sich zu mir herunter, und ich spürte seinen Atem auf meinem Gesicht. Dann drehte er sich um und lief in den nächsten Raum.

Seine Nähe hatte mich wie betäubt zurückgelassen. In der Tat verstörte mich der Gedanke, dass ich irgendwann tot sein würde, während er noch unendlich viel länger leben würde. Ich schnaufte. Auf einmal wusste ich auch nicht mehr, ob ich wollte, dass sein Volk all die Erinnerungen mit ihm teilen würde, die doch nur ihm und mir gehörten.

Als wir das Museum bereits verließen, klingelte mein Handy. Ich entfernte mich etwas von der Gruppe.

„Hallo, Jessi!"

Schluck.

„Robert? Woher hast du meine Nummer?"

„Ach, ich wollte dich mal was zu Reitställen fragen. Meine Cousine möchte nämlich anfangen zu reiten, und du kennst dich damit doch so gut aus."

„Äh, ja klar, also da gibt es …" Ich erklärte Robert, welche Ställe ich am ehesten empfehlen konnte. „… Aber es kommt natürlich auch drauf an, wo deine Cousine wohnt."

Stille.

„Robert? Wo wohnt deine Cousine denn?"

„Ach so, äh, ja, hier, also in Frankfurt."

„Ja, wo denn genau? Wenn sie im Osten wohnt, hat sie sicher keine Lust, zum Reiten bis in den Taunus zu fahren."

„Das macht ihr nichts aus. – Sag mal, was ich dich auch noch fragen wollte. Dieser David, der macht einen echt komischen Eindruck auf mich."

Das haben Aliens so an sich.

„Woher kennst du ihn noch mal? Ich meine, es geht mich natürlich nichts an, aber der scheint ja total hinter dir her zu sein, und der ist doch echt zu alt für dich. Also, ich mache mir natürlich Sorgen, dass er versucht dich auszunutzen."

„Sag mal, Robert, du spinnst wohl! Zum einen geht es dich wirklich nichts an, zum anderen, nur zu deiner Information, bin ich mit Liam zusammen."

„Oh, kein Problem, ich meine, tut mir leid, ich wollte mich nicht einmischen. Liam, das ist super, echt super. Ich hatte nur Bedenken wegen diesem David, aber Liam, das ist echt super. Okay, ich wollte nur, dass du nicht auf einen reichen Wichtigtuer reinfällst. Super, also dann, bis demnächst mal."

Ich drückte das Telefonat wütend weg. Was bildete sich der Typ ein? Wo hatte er meine Nummer her? Hoffentlich war Laura nicht so dämlich gewesen, sie ihm zu geben. Ich musste sie so bald wie möglich fragen.

Nach dem Museum trafen wir mit beiden Autos gleichzeitig bei meinen Eltern ein und stürmten ins Haus. In der Tür gab es einen kleinen Rückstau. Alex, der sich gerade die Jacke auszog, blickte auf David und mich und rief: „Ihr müsst euch knutschen!"

Oh nein! Ich hatte den Mistelzweig vergessen. Aber so schlimm war das ja nun auch nicht. Wir hatten uns schließlich schon einmal geküsst.

Ich wandte mich David zu, der mich bereits lächelnd ansah. Wie beim letzten Mal legte ich meine Hand in seinen Nacken, zog ihn leicht zu mir herunter und küsste ihn auf den Mund.

„Quatsch", sagte Alex bestimmend. „Ihr müsst euch richtig küssen."

Ich weiß nicht, was David tat, aber ich schaute Alex entgeistert an.

„Ihr wisst doch wohl, wie das geht?" Alex konnte echt penetrant sein.

„Klar", sagte ich lässig. Und fing an zu schwitzen.

Ich hoffte, dass David das alles noch als lustiges Spielchen betrachten konnte und nichts Ekliges dabei fand, eine Menschenfrau richtig zu küssen. Aber ich wollte unsere Tarnung keinesfalls auffliegen lassen, schon gar nicht mitten in der Vorstellung, in der wir für meine Eltern das Liebespaar gaben. Ich drehte mich zu ihm und schaute fragend in sein Gesicht.

Ich weiß nicht, was ich erwartet hatte, aber jedenfalls nicht das. David lachte nicht mehr. Sein Gesichtsausdruck war jetzt sehr weich, aber ernst. Ich wusste sofort: Das würde nicht Teil unseres kleinen Schauspiels werden. Auch kein Ausprobieren zu wissenschaftlichen Zwecken. Es war etwas, was er *wollte.* Es war, was *er* wollte.

Ich war noch in meinem Erstaunen gefangen, als David seine Hände an meine Taille legte, mich an sich zog und küsste. Er war vorsichtig, nicht so fordernd wie Liam. Sein Kuss war nicht dermaßen selbstsicher und selbstverständlich. Es war mehr wie eine Frage. Eine große, allumfassende Frage.

Ich legte meine Hände in seinen Nacken, öffnete meine Lippen und ließ ihn gewähren. Ich vertraute ihm. David würde mein Leben retten. Der Wunderschöne, Sanfte, pulsierend Leuchtende. Pulsierend wie das Blut in meinen Lippen. Die seinen Kuss nun erwiderten.

Davids Hände glitten auf meinen Rücken und drückten mich gegen seinen Körper. Seine Lippen wurden fordernder. Die große Frage, die über allem schwebte, verblasste, bevor ich sie entschlüsseln konnte. David lernte schnell. Er offenbarte mir in diesem Moment eine Seite von sich, die ich nicht für möglich gehalten hatte. Ich atmete seinen Geruch ein und öffnete mich ihm. In meinem Körper wuchs ein leises Feuer, das David anfachte und gleichermaßen nur von ihm gelöscht werden konnte. Das Blut pulsierte lauter. Ich wusste nicht zu sagen, ob es seines oder meines war. David befand sich auf Entdeckungsreise, und er nahm mich mit. Er entdeckte den Mann, den ich schon immer in ihm sah, obwohl ich mich dagegen gewehrt hatte. Obwohl ich mit Liam zusammen war.

Liam. Ich seufzte, aber es hörte sich wie ein Stöhnen an. Ich senkte meine gesunde Hand bis zu seiner Schulter und drückte leicht dagegen. David hörte sofort auf, mich zu küssen, aber er wich nicht zurück und hielt inne mit seinem Gesicht dicht vor meinem. Jetzt erst fiel mir auf, dass wir beide heftig atmeten. Ich dachte an Liam und dass ich gerade noch rechtzeitig die Kurve gekriegt hatte.

Hatte ich sie tatsächlich rechtzeitig gekriegt oder redete ich mir das ein?

„Ich wusste doch, da geht noch was“, sagte mein Bruder zufrieden grinsend.

Erst jetzt traten mir die Augenpaare ins Bewusstsein, die auf uns gerichtet waren, und ich wandte mich ihnen verschämt lächelnd zu. David hielt sein Gesicht in meine Haare.

„Schön, Kinder." Meine Mutter klatschte in die Hände. „Lasst uns zur Kaffeetafel wechseln."

Ich löste mich – noch halb betäubt – von David und lief wie in Trance den anderen hinterher. Dabei vermied ich es, ihn anzusehen.

Was war da eben geschehen? Wie zum Henker hatte ich dermaßen leicht schwach werden können? Und was war in David gefahren? Hatte er zum ersten Mal wie ein Mann empfunden, wie ein menschlicher Mann? Wie dachte er über diese für ihn so fremden, menschlichen Empfindungen?

Wenn er bisher noch nicht das Bedürfnis gehabt hatte, eine Frau zu küssen, dann konnte das eben die Initialzündung gewesen sein. Er hatte zwar gesagt, dass er sich nicht verlieben könne, aber vielleicht würde er sich jetzt doch zumindest sexuell weiter vorwagen. Ich musste damit rechnen, dass er eines Tages sein Bett für jemand anderen brauchte als mich. Dieser verflixte Mistelzweig! Warum nur hatten meine Eltern dieses blöde Teil aufgehängt?

„Äh, ja, danke." Mein Vater hatte mir ein Stück Torte angeboten. Ich musste aufpassen, dass ich den Gesprächen der anderen folgen konnte. Davids Mund brannte immer noch auf meinen Lippen.

David, der neben mir saß, trank seinen Kaffee und unterhielt sich mit Marie. Ich hätte ihn jetzt gerne gefragt, wie er sich fühlte und wie er über alles dachte.

Auch musste ich mich einer peinlichen Frage stellen, die ein nicht weniger beunruhigender Teil des Ganzen war. Wie hatte *ich* mich dabei gefühlt? Meinem schlechten Gewissen nach viel zu gut. Ich war schon wieder auf Davids unglaublich gutaussehende Menschengestalt hereingefallen, und ich hätte mich gerne dafür geohrfeigt. Er war kein Mensch, er war gar nicht wirklich an Frauen interessiert. Er hatte eventuell gerade seine ersten sexuellen Empfindungen gehabt, aber was hieß das schon?

Ich hatte seinen Kuss erwidert, okay, aber David war eben unwiderstehlich. Ich würde in Zukunft noch mehr darauf achten müssen, dass wir uns körperlich nicht zu nahe kämen. Außerdem und vor allen Dingen war ich jetzt mit Liam zusammen und wollte es auch bleiben. Ich wollte ihm definitiv keinen Kummer bereiten.

Ich versuchte, mir nichts anmerken zu lassen und klinkte mich wieder in die Gespräche ein, aber leider gingen mir fortwährend Bilder von David mit anderen Frauen durch den Kopf, die mir nicht gefielen. Es tat mir weh, aber David war mein Freund, und er musste zur Lösung seines Reproduktionsproblems alle Informationen sammeln, die ihm irgendwie nützlich sein konnten.

Auch für Liam wäre es besser, wenn David sich mit anderen Frauen beschäftigte. Dann müsste er nicht mehr eifersüchtig sein.

Liam. Ich sollte ihn anrufen.

Ich stand auf und ging in den Flur.

Liam schien wieder zuhause zu sein und fernzusehen. Er drehte den Ton leiser.

„Hey, wie geht es dir? Ich bin gerade eine Runde gelaufen und sehe mir jetzt einen kitschigen Weihnachtsfilm an. Schön, dass du noch mal anrufst."

„Ich wollte nur deine Stimme hören."

Liam schwieg eine Weile.

„Ist alles in Ordnung?"

‚Nein, mein Alien-Freund hat gerade entdeckt, dass er über einen Zauberstab verfügt, mit dem er sich demnächst ein paar willige Hexen einfängt.'

„Ja, ich vermisse dich nur so sehr", antwortete ich. „Wenn ich zurück bin, musst du mich ganz lange umarmen und festhalten."

„Das werde ich tun, Baby. Alles, was du willst. Ist wirklich alles in Ordnung? Habt ihr da oben auch … Personenschutz?"

„Ja, aber mach dir keine Sorgen. Hier oben ist es sowieso unwahrscheinlich, dass … es Probleme gibt."

„Wenn doch, kann ich auch zu dir nach Berlin kommen."

Er meinte es wirklich ernst.

„Das ist total lieb von dir, aber das wird nicht nötig sein. Am Montag sehen wir uns wieder. Versprochen."

„Okay." Aus seiner Stimme klang Sehnsucht, und mein ganzer Körper reagierte darauf.

„Bis morgen."

„Bis dann."

Als ich wieder ins Wohnzimmer trat, sah mich David fragend an. Es würde heute Abend noch ein Gespräch geben, das wusste ich. Aber nun wollte ich mich auf meine Familie konzentrieren.

Es gelang mir tatsächlich so einigermaßen. Marie und ihr Freund fuhren nach dem Kaffee zurück nach Hannover; Alex wollte noch eine Nacht bei unseren Eltern verbringen. David und ich blieben bis nach dem Abendessen, dann fuhren wir schweigend ins Herrenhaus zurück.

Nachdem David die Haustür von innen abgeschlossen und die Alarmanlage eingeschaltet hatte, fragte er: „Magst du vielleicht noch einen Tee mit mir trinken? Herr Fries ist ja nicht da, und wir könnten uns in die Küche setzen."

„Ja, gerne." Mein Herz schlug schneller. Ich lief David einfach hinterher, denn ich hätte die Küche sowieso nicht von alleine gefunden.

Sie hatte einen schwarz-weißen Steinfußboden und war quasi mittelalterlich eingerichtet. Überall hingen Töpfe und Pfannen von der Decke herunter, was ich nur aus Filmen kannte, die in früheren Zeiten spielten. Allerdings war der Herd top modern und der Kühlschrank sah eher nach Speisung der Zehntausend aus.

Es gab hier aber auch einen netten kleinen Holztisch mit gepolsterten Stühlen, die sich als erstaunlich bequem herausstellten. David kochte uns einen Tee. Ich überlegte andauernd, was ich sagen könnte und wie ich es sagen sollte. Aber ich kam zu keinem Schluss. Deshalb schwiegen wir, bis der Tee fertig war und David sich mir gegenüber setzte. Dann fing er als erster zu sprechen an.

„Ich muss mich entschuldigen", sagte er, während er in seiner Teetasse rührte und auf den Löffel schaute. „Du hast es sicher gemerkt" – er lächelte und sah mich kurz an – „ich hatte Probleme, mich kontrolliert zu verhalten. Ich hatte bei unserem Kuss … Empfindungen, die mir nicht vertraut sind … Ich hätte unser kleines Schauspiel sicher dezenter gestalten können, aber mir fehlte es dafür offensichtlich an Übung." Er lächelte schief und schaute mich an. „Das soll keine Ausrede sein, ich hoffe einfach, du kannst mir verzeihen."

Mein Gott, David konnte so bezaubernd sein in seiner Unsicherheit. Also hatte ich richtig gelegen mit meiner Vermutung, dass die Hormone in ihm erwacht waren.

„David, du musst dich nicht entschuldigen. Ich verstehe, dass das für dich alles neu und verwirrend ist. Meine Familie hatte ihren Spaß, und das war's. Vielleicht sollten wir einfach nicht mehr darüber reden. Du musst dir keine Gedanken machen. Du kannst natürlich tun, was du willst. Äh, ich wollte sagen, haken wir's einfach ab."

„Gute Idee", sagte David. Er wandte seinen Blick nicht von mir.

Er sah mich auf eine Art an, die mich hypnotisierte.

„Ich wollte dich noch etwas fragen." Er hielt mich mit seinen eisblauen Augen fest. Ich konnte seinem Blick nicht ausweichen. Ich würde ihm alles sagen, was er wissen wollte.

„Du hast meinen Kuss erwidert."

Er war also doch nicht so unbedarft, wie ich dachte.

Seine Augen hatten wieder diese unheimliche Tiefe, wie im Museum, als wir davon gesprochen hatten, dass er mich lange überleben würde.

Wir schauten uns unwahrscheinlich lange in die Augen. Aber ich wollte mich ihm nicht ausliefern. Ich musste einen klaren Kopf behalten. Ich riss mich los und schaute auf meine Teetasse.

„Ja", gab ich notgedrungen zu. „Weißt du … das ist doch eine absolut normale menschliche Reaktion. Wir … sind ja gute Freunde und haben schon einiges zusammen erlebt, da ist es nur natürlich, dass es … mir nun nicht gerade unangenehm ist, von dir geküsst zu werden."

Ich schaute wieder auf und versuchte, harmlos und ehrlich auszusehen. Aber ein kurzer Blick in seine Augen verriet mir, dass er mir nicht glaubte.

Auf gar keinen Fall wollte ich ihm eingestehen, wie sehr ich von Anfang an auf ihn abgefahren war. Diese peinliche Schwäche, von seinem attraktiven Äußeren angezogen zu werden, obwohl der Verstand wusste, dass eine ernsthafte, auf Liebe basierende Beziehung unmöglich war, wollte ich keinesfalls zugeben. Um keinen Preis sollte unsere Freundschaft unter meinen sexuellen Begehrlichkeiten leiden. Durch meine unangemessenen Gefühle belastet werden. Ich wollte David nicht verlieren.

Musste überzeugender wirken.

„Also gut, ich gestehe. Ich bin in Liam verliebt. Ich vermisse ihn ganz schrecklich. Du hast eine Sehnsucht in mir geweckt, die eigentlich Liam stillen müsste. Ich war peinlicherweise zu schwach, um deinen Kuss locker an mir abgleiten zu lassen. Also bin vielmehr ich diejenige, die sich entschuldigen muss."

War das überzeugend gewesen?

Ich sah David in die Augen und versuchte, absolut cool und selbstsicher auszusehen.

Er schaute mich noch ein paar Sekunden erst prüfend, anschließend wie abwesend an. Dann lächelte er plötzlich.

„Okay, somit haben wir uns jetzt beide reumütig entschuldigt und vergessen die Sache einfach."

Er schenkte uns Tee ein.

„Was gibt es denn sonst noch zu besprechen? Ich bin jetzt gar nicht mehr sicher, ob Alex das ernst meinte mit dem Kino morgen Vormittag."

Ich warf David einen kurzen Blick zu. Er hatte für meinen Geschmack etwas zu schnell das Thema gewechselt. Aber er sah absolut entspannt aus. Vielleicht hatte er auch seine Gründe, weshalb er nicht mehr über unseren Kuss sprechen wollte.

„Ja, ich glaube schon. Aber wenn dich *Ocean's 8* nicht interessiert ...“

„Doch, den sehe ich mir gerne an. Und morgen Abend könnten wir mit deinen Eltern in die Oper gehen, was hältst du davon? Sie bringen *Hoffmanns Erzählungen.* Hast du sie schon einmal gesehen?“

„Nein, ich kenne nur den Titel. Aber meine Mutter würde sich bestimmt tierisch freuen. Meinst du, wir kriegen noch Karten dafür?“

„Ich habe ehrlich gesagt schon welche besorgt. Es wird dir sicher gefallen.“

„Ja, das war eine gute Idee.“

Ich rührte in meiner Teetasse herum und dachte nach, über was wir reden könnten.

David stand auf.

„Magst du noch etwas Tee?“

„Äh, ja, gerne.“

„Weißt du, was mir noch aufgefallen ist?“

Ich sah ihn fragend an.

„Alex hat sehr viel von Mike R. Oder umgekehrt, wie man es sehen will.“

Schon wieder ein neues Thema. Heute kam ich irgendwie kaum hinterher.

„Sie sind sehr direkt, aber auch herzlich auf ihre Art. Sie haben den gleichen Humor.“

Er hatte mal wieder recht. Warum war mir das nie aufgefallen?

„Suchst du dir deine Freunde nach der Ähnlichkeit zu deinen Geschwistern aus?“

„Nicht bewusst, aber jetzt, wo du es sagst, merke ich es auch. Ich komme einfach mit Leuten gut zurecht, die offen und direkt sind. Vielleicht weil ich diese Art gewohnt bin. Man könnte es aber auch andersherum ausdrücken. Wenn man mir was nur durch die Blume sagt, kapiere ich es oft nicht.“

David hatte uns beiden Tee nachgeschenkt und saß mir wieder gegenüber. Er rührte schweigend in seiner Tasse.

Ich überlegte, warum unser Gespräch heute Abend so holprig verlief. War es immer noch unser Kuss, der uns Probleme bereitete?

Ich hatte es befürchtet. David war ja nicht blöd. Wieso hatte ich mich nur so gehen lassen? Ich war eine verdammte Schlampe.

War das aktuelle Gespräch schon ein Anzeichen dafür, dass unsere Freundschaft gefährdet war? Ahnte er, wie sehr er mich anzog, und fühlte sich von mir bedrängt? Er hatte sicher weniger Probleme damit, dass er neue Seiten an sich entdeckte. Für ihn waren wir doch alle nur Aliens und so eine Art Versuchsobjekt. Ihm war unsere Freundschaft wichtig, und für etwaige ‚Studien' würde er sich selbstredend andere Frauen suchen.

Mir war unsere Freundschaft ja genauso wichtig. Mehr als das. Ich vertraute David bedingungslos. Ich sollte mich mehr unter Kontrolle halten, um ihn nicht zu verlieren. Ich wollte, dass wir nach wie vor unbefangen und offen miteinander umgehen konnten. Aber heute Abend würde das wohl nichts mehr werden.

David lächelte mich an, und ich lächelte schnell zurück.

„David, ich bin schon ziemlich müde. Mein Bett zieht mich magisch an."

„Oh, ja sicher, ich gehe mit hoch."

Wir waren schon so oft gemeinsam schlafen gegangen. Es war eigentlich nichts dabei. Aber es sollte doch besser jeder in seinem Bett schlafen.

David verabschiedete sich vor meiner Schlafzimmertür.

„Schlaf gut, Jessi. Ich stelle mir einen Wecker für morgen, damit wir das Kino nicht verpassen."

„Ja, super. Schlaf gut."

Als ich die Tür hinter mir geschlossen hatte, blieb ich dahinter stehen und lehnte mich mit dem Rücken an ihr an. Ich lauschte auf Davids Schritte, die hinter seiner Zimmertür endeten. Er war nicht mehr zu hören.

Ich ging ins Bad, danach drehte ich im Schlafzimmer die Heizkörper ab und öffnete das Fenster. Dieses riesige Bett. Mir war kalt. Ich mummelte mich wie in einen Schlafsack ein und lauschte. Tatsächlich knarrte hier und da das Holz, wie David es anfangs angedeutet hatte, aber ich hatte es wohl zuvor nicht beachtet. Nach einiger Zeit hörte ich David ins Bett steigen. Dann war es still.

Ich drehte mich zur Seite. Ich hatte noch nie in einem derart riesigen Bett geschlafen. Der Holzboden ächzte unter der hereinströmenden kalten Luft.

Eine Uhr tickte.

Ansonsten war es totenstill.

Ich konnte sogar hören, wie die Träne, die mir die Wange herunter lief, auf dem Bettlaken auftraf.

Als ich aufwachte, fühlte ich mich unausgeschlafen. Wenigstens war mir schön warm, und ich hatte keine Lust, das Bett zu verlassen.

Ich streckte mich und drehte mich auf die andere Seite. Dort lag David und schaute mich an.

„Hallo“, sagte er einfach.

Ich versuchte, mein Gehirn hochzufahren.

„Hi.“ Ich räusperte mich. „Sind wir gestern nicht getrennt schlafen gegangen?“

„Zunächst ja“, antwortete David. „Aber ich bin davon aufgewacht, dass du mich gerufen hast. Als ich hier herüber gerannt war, hast du weiter meinen Namen gerufen, und dadurch habe ich erst realisiert, dass du gar nicht wach warst. Vielleicht hast du etwas geträumt. Ich wollte dich nicht alleine lassen. Nachdem ich ein bisschen mit dir geredet habe, hast du dich auch wieder beruhigt. Ich hoffe, es macht dir nichts aus, dass ich hier geblieben bin.“

„Nein“, sagte ich wahrheitsgemäß. Was hatte ich nur geträumt? Ich verstand nicht mehr, warum ich gestern alles so problematisch gesehen hatte. Was war schon dabei, wenn wir in einem Bett schliefen? Zumal ich gar nicht alleine schlafen wollte. Ich fühlte mich erschöpft, aber auch erleichtert.

„Nein“, sagte ich noch mal. „Danke, dass du rübergekommen bist.“

„Kein Problem. Ich schlafe gerne bei dir. Es hat etwas Beruhigendes.“

„Mir geht es genauso“, gab ich zu.

Diesmal blieb auch David noch eine Weile liegen, und ich schlief sogar noch einmal ein. Ich wurde davon wach, dass er sich mit frischem Zahnpasta-Atem über mich beugte und seine Hand auf meiner Schulter liegen hatte.

„Jessi“, sagte er leise, „du musst jetzt aufstehen, denke ich.“

Ich öffnete die Augen einen winzigen Spalt. Davids Gesicht befand sich nur wenige Zentimeter von meinem entfernt. Sein unerhört männliches Gesicht. Geh weg, stöhnte ich innerlich.

„Okay.“ Ich wälzte mich noch ein paar Mal hin und her und stand dann auf.

David und ich gingen gemeinsam zum Esszimmer, wobei ich diesmal den Weg wohl auch alleine gefunden hätte. David entließ Herrn Fries wieder wie am Vortag, und so waren wir beim Frühstück unter uns. Wir unterhielten uns wie immer, und ich spürte keinerlei atmosphärische Störungen. Möglicherweise hatte ich am Vorabend überreagiert. Unsere Freundschaft war offensichtlich unbelastet.

Wir fuhren zu meinen Eltern und traten schön hintereinander durch die Haustür. Alex begrüßte uns schon im Flur.

„Wir können eigentlich gleich aufbrechen", sagte er. „Ich lege Wert auf den besten Sitzplatz im Kino, und jetzt an Weihnachten wird es bestimmt voll."

Kaum dass Alex in Davids Auto Platz genommen hatte, ließ er seiner Neugier freien Lauf.

„So ein M5 ist bestimmt nicht billig als Leihwagen."

„Nein", antwortete David langsam, aber es klang mehr wie eine Frage.

„Als Investment Banker hast du vermutlich irre viel Kohle gescheffelt."

David schaute sich um und fuhr aus der Parklücke.

„Hast du versucht, meine Schwester mit deinem Vermögen zu beeindrucken?"

Ich verdrehte die Augen.

„Nein", sagte David, „und sie hätte sich auch sicherlich nicht davon beeindrucken lassen, wenn ich es versucht hätte. Sie legt sehr viel Wert auf wirkliche Liebe, auf Vertrauen und Harmonie zwischen den Persönlichkeiten. Sie würde sich niemals kaufen lassen."

Mein Bruder war tatsächlich für einen Moment sprachlos. Eine so ernsthafte Antwort hatte er sicher nicht erwartet. Ich auch nicht. David hielt offensichtlich viel von mir, und das erfüllte mich mit unglaublicher Dankbarkeit.

Aber David war noch nicht fertig.

„Deshalb macht es mir auch so viel Freude, sie zu beschenken. Ich weiß genau, dass ich ihr hier und da einen kleinen Gefallen tun kann, und dass es an unserer Beziehung nichts ändert. Weil unsere Freundschaft viel wertvoller ist als alles sonst auf diesem Planeten."

Alex sank ein wenig in sich zusammen. Ich kicherte in mich hinein. Mein Bruder war es gewohnt, wenn er frotzelte und andere aufzog, dass er es mit gleicher Münze heimgezahlt bekam oder die Leute sauer reagierten. Aber eine derart pathetische Antwort hatte er sicher noch nie bekommen.

„Stark", kicherte ich. „Ich glaube, jetzt können wir uns fünf Minuten unterhalten, ohne dass Alex uns reinquatscht."

David fuhr in ein Parkhaus in der Nähe des Kinos, und wir liefen eine belebte Straße entlang. Unterwegs kamen wir an Hütchenspielern vorbei. David war offensichtlich zu einem Streich aufgelegt und hielt bei einem an. Der Hütchenspieler war natürlich chancenlos. David spielte vier Runden mit ihm und zockte ihn gnadenlos ab, sodass der Hütchenspieler ihm schließlich weitere Partien verweigerte. Ich staunte über Davids Übermut, Alex über seine Trefferquote.

Als wir den halbdunklen Kinosaal betraten, spürte ich, wie David nach meiner Hand tastete, aber ich entzog mich unauffällig. Nachdem ich mich unter dem Mistelzweig dermaßen hatte gehen lassen, wollte ich mich unbedingt in Disziplin üben.

Alex bekam seine angestrebten idealen Sitzplätze, und ich musste ihm recht geben, denn die Vorstellung schien letzten Endes ausverkauft, und wir hatten gut daran getan, so früh hinzufahren.

Während wir auf die Werbetrailer warteten, hielt mich David zu meinen Handübungen an. Die Beweglichkeit der Hand machte sichtlich Fortschritte. Auch meine Wange, hatte ich heute Morgen im Spiegel gesehen, ging langsam in eine Art Grün-Gelb über. Hoffentlich würde der Bluterguss bald verschwunden sein.

Der Film hatte einige spannende Momente, aber wir lachten auch viel. Ich fühlte, dass die Freundschaft zwischen David und mir keinen Schaden genommen hatte, abgesehen davon, dass ich mich am Riemen reißen musste. Wir saßen wie alte Freunde im Kino und hatten einfach eine schöne Zeit. Ich lächelte vor mich hin.

Außerdem schien mir David ebenfalls sehr glücklich zu sein. Nicht erst, seit er den Schabernack mit dem Hütchenspieler getrieben hatte, kam er mir immer lockerer und unbeschwerter vor. Ich führte innerlich Freudentänze auf, weil ich ihm eine schöne Weihnachtszeit bereiten konnte.

Nach dem Kino trennten wir uns. Alex wollte noch einen alten Studienkollegen besuchen, und David und ich planten, den Nachmittag bis zum Opernbesuch im Herrenhaus zu verbringen.

Als wir Richtung Parkhaus liefen, klingelte Davids Smartphone. Er sagte kaum etwas, sah jedoch ernst aus. Nach Beendigung des Gesprächs wandte er sich mir zu.

„Das war das Büro der Privatermittler. Sie haben den Invasor an der Sternwarte gesehen. Sie sind ihm von dort gefolgt und wissen jetzt, wo er wohnt. Damit sind wir einen großen Schritt weiter."

Ich schnaufte tief durch und rieb mir gleichzeitig die Stirn. Gut, dass wir die Identität dieses Bastards jetzt kannten. Es würde schwieriger für ihn werden, uns hinterrücks zu überfallen. Aber ich hatte auch

Angst vor dem, was nun anstand. Wir mussten ihn unschädlich machen, und das bedeutete neue Gefahr.

„Wo wohnt er?“, fragte ich David.

„Im Nordend. Eine unscheinbare Wohnung. Offensichtlich allein. Ich werde mir noch überlegen, wie ich ihn beseitige.“

„Wie heißt er, und was hat er für eine Scheinidentität?“

„Darüber haben wir noch nicht gesprochen. Sie haben ihn ja erst heute entdeckt. Er ist mit einer Besuchergruppe durch die Sternwarte gelaufen. Aber sie werden jetzt wie die Kletten an ihm dran bleiben. Ich möchte gleich am Montag bei ihnen vorbeifahren und das weitere Vorgehen besprechen.“

„Wieso fällst du ihn nicht einfach als Kampfhund an?“

„Dann würde er als ‚Wackelpudding' auf der Straße liegen bleiben, und spätestens der dritte Passant würde wegen des seltsamen Objekts die Polizei rufen. Nein, das muss gut überlegt werden. Ich würde gerne in seine Wohnung einbrechen, aber ich nehme an, dass er sie mit Hilfe seiner Materialkenntnisse und seinen konstruktiven Fähigkeiten zu gut gesichert hat.“

„Können die Invasoren auch durch Wände sehen?“, fragte ich.

„Nein, sie haben sich seit der Spaltung unseres Volkes nur technisch weiterentwickelt. Dennoch möchte ich kein Risiko eingehen. Aber ich werde ihn ausschalten, das verspreche ich dir.“

David schien entschlossen und selbstsicher, was mich wirklich beruhigte. Er würde mich beschützen. Dennoch wollte ich nicht untätig sein.

„Sag mal, den Unterricht in Selbstverteidigung, könnte ich den vielleicht hier schon anfangen? Du sagtest doch, dass ich die Stunden mit Herrn Fobers Firma individuell ausmachen kann.“

„Ja, warum nicht? Ich werde Frau Stamberger fragen, ob sie dir gleich hier die erste Stunde gibt. Wie wäre es mit morgen Vormittag, bevor wir zu deinen Eltern fahren?“

„Das wäre super. Ich bin schon echt gespannt.“

Für den Opernbesuch wollte ich mich ordentlich aufbrezeln. Ich überlegte nicht lange. Eines von den Abendkleidern hatte einen gewagten Ausschnitt und war von einem auffälligen Blau, lang und eng geschnitten. Das war heute das Kleid meiner Wahl. Ein BH im gleichen kräftigen Blau schien dazu zu gehören. Beim Anziehen merkte ich, dass es sich um einen Push-up handelte, der seinen Namen wirklich verdiente. Ich betrachtete das Ergebnis erstaunt im Spiegel. Mördertitten. Hihi.

Ich hätte noch die eingelegten Pads aus dem BH entfernen können, aber als ich das Kleid darüber angezogen hatte, fand ich alles perfekt. Ich ging ins Bad und griff ordentlich in den Farbtopf, nicht nur, um meine grün-gelbe Wange zu übertünchen. Dunkelblau und dunkelgrau harmonierten mit dem Kleid. Meine Augen mutierten zu einem kleinen Kunstwerk mit Wings und Glitzer, was das Zeug hielt. Als ich das Sideboard mit den Schmuckschachteln ansteuerte, klopfte David an die Zwischentür.

„Komm rein“, sagte ich, ohne mich umzudrehen, „du kannst mich gleich beraten.“

Ich stand vor dem Sideboard und ließ die Hand über den Schachteln schweben.

„Die ganz rechts und die daneben“, sagte David.

Die Schachteln enthielten silbernen Schmuck mit passenden blauen Steinen.

Ich drehte mich um.

David sah unglaublich aus. Er hatte einen Anzug mit Weste an, aber keine Krawatte, sondern das Hemd ein wenig offengelassen. Er sah aus wie einer Hochglanz-Modezeitschrift entsprungen. Ach, Quatsch, er sah aus wie vom Himmel gesandt.

„Du siehst …“ Wir hatten beide gleichzeitig angefangen zu sprechen und stockten synchron.

„… unglaublich aus“, vollendete ich den Satz.

„… umwerfend aus“, beendete David seinen.

Wir lächelten beide.

Starrte er mir etwa auf den Busen?

„Okay.“ Ich drehte mich um. „Kannst du mir bei der Kette helfen?“ Ich öffnete den Verschluss und hielt die Kette neben mich.

Ich hörte, wie David hinter mich trat. Er nahm mir die Kette ab und legte sie mir um. Seine Finger zitterten.

„Du trägst ein Parfüm.“ Er ließ den Verschluss auf meinen Hals sinken.

„Ja. Es heißt Alien.“ Als ich den Namen aussprach, fiel mir der Aberwitz auf.

Ich drehte mich um und grinste.

„Alien?“ David lächelte.

Wir sahen uns an und fielen gleichzeitig in lautes Lachen.

David stand so dicht, wie es das Anlegen der Kette erfordert hatte.

Alien.

David war ein Alien.

Ein völlig anderes Wesen als ich.
Es half nichts.
Die Elektrizität zwischen uns war zum Greifen.
Ich musste hier weg, sonst ... würde ich mich nur lächerlich machen ... den armen David verstören ... unsere Freundschaft aufs Spiel setzen ... als fremdgehende Schlampe enden ... jedenfalls in der Hölle enden!
„Okay, lass uns aufbrechen."
Ich schlüpfte so hektisch in meine Pumps, dass ich zweimal einbeinig durch den Raum hüpfen musste, um nicht umzufallen. Das enge Kleid tat sein übriges.
David lachte. „Sehr elegant. Mach das noch mal in der Oper, dann wird keiner mehr auf die Bühne schauen."
„Los jetzt", fauchte ich.
Ich nahm – trotz allem – Davids Hand, die er mir entgegenstreckte. Eigentlich konnte ich grundsätzlich gut in Pumps laufen, aber das Kleid war etwas eng. Oder zu lang, je nachdem, wie man es betrachtete.
Als wir die Treppe in den Empfangsraum hinunterschritten, verlor Herr Fries einen Tick seiner Contenance.
„Frau Wagner, darf ich mir erlauben, Ihnen zu sagen ..."
„Sie dürfen nicht", unterbrach ihn David. „Es reicht, wenn ich ihr auf den Busen starre."
Ich fühlte die Wärme in meine Wangen steigen.
Das war Davids zweiter schlüpfriger Witz. Ich würde eine Strichliste einführen müssen.

Wir fuhren zu meinen Eltern.
Meine Mutter öffnete uns nur die Tür und lief gleich wieder Richtung Küche.
„Kommt herein, macht es euch gemütlich, ich hole nur noch einen Kuchen."
Alex hatte schon gepackt. Sein Koffer stand im Flur. Er saß auf dem Sofa, als wir das Wohnzimmer betraten, und blickte abwechselnd auf David und mich.
„Toller Vorbau", sagte Alex schließlich und starrte auf meine Brüste.
Okay, noch irgendjemand, der mir klar machen wollte, dass ich es mit dem Pushen ein wenig übertrieben hatte?
David grinste bis über beide Ohren.
„Hör auf!", zischte ich, setzte mich neben Alex und drückte mir ein Kissen auf die Brust.

„Ich habe nichts gesagt.“ David hob mit hochgezogenen Schultern abwehrend die Hände, aber er hörte nicht auf zu grinsen.

Meine Mutter kam mit einem Kuchenteller herein, meinen Vater im Schlepptau.

„Kinder, was seht ihr schick aus. Ich freue mich schon so auf die Oper. David, es war überaus nett von dir, uns einzuladen.“

„Sehr gerne.“ David lächelte.

„Ich habe im Internet gelesen, dass die Vorstellungen sehr gute Kritiken bekommen haben“, sagte mein Vater.

„Ja“, fiel ihm meine Mutter ins Wort, „und eine erstklassige Sopranistin haben sie. Da war auch ein Foto dabei. Eine bildhübsche Frau. Und wie das bei den Opernsängern ja oft der Fall ist, mit einem riesigen Brustumfang.“

Drei Augenpaare richteten sich auf mich. Alex prustete als erster los. Darauf brachen auch bei David und meinem Vater die Dämme.

Meine Mutter sah uns verständnislos an. Ich konnte nicht anders, ich musste mitlachen.

Als wir nach der Oper im Herrenhaus ankamen, wartete Herr Fries auf uns und half mir aus dem Mantel.

„Darf ich Ihnen noch etwas bringen?“

David sah mich fragend an.

„Ehrlich gesagt habe ich noch etwas Hunger.“

Herr Fries nickte. „Frau Gerlach hat eine Hühnernudelsuppe für alle Fälle gekocht, die ich Ihnen sehr empfehlen kann.“

„Oh ja, das wäre super. Vielen Dank.“

„Sollen wir in die Bibliothek gehen?“, fragte David. „Ich könnte uns den Kamin anmachen.“

„Sehr gerne.“

In der Bibliothek zog ich die Pumps aus und ließ mich auf die Chaiselongue fallen.

„Die Opernvorstellung war super“, sagte ich zu David, „vielen Dank, dass du uns eingeladen hast.“

„Es war mir ein Vergnügen.“

David legte Holz in den Kamin und zündete es an. Dann setzte er sich auf einen Stuhl und sah mich an.

Ich begann, mich ein bisschen hin und her zu winden.

„Du wärst für den ursprünglichen Hausherrn eine Quelle der Inspiration gewesen. Vor zweihundert Jahren hätte er dich in diesem Raum malen lassen, genau so, wie du da liegst. Es hätte kein schöneres Bild gegeben.“

„Du erzählst Unsinn! Meine Füße sind geschwollen, und die Weihnachtsplätzchen meiner Mutter haben es sich auf meiner Hüfte gemütlich gemacht. Außerdem gab’s damals bestimmt nicht so ein ausgeklügeltes Make-up.“

David lachte. „Mag sein.“

Ich schloss die Augen. „Du hast vorhin von einer Überraschung gesprochen, die du morgen mit mir vorhast.“

„Das bleibt mein Geheimnis bis circa fünfzehn Uhr.“

„Solange es kein Dauerlauf in diesem Kleid ist, ist mir alles recht“, murmelte ich und gähnte.

Irgendwann klopfte Herr Fries an und servierte die beste Hühnernudelsuppe, die ich je gegessen hatte. Das Leben in einem Herrenhaus konnte doch recht schön sein.

Das Feuer brannte nun richtig, und die Wärme erfüllte den ganzen Raum. Wir schoben zwei Stühle nebeneinander, legten die Füße auf einen Hocker, schauten in die Flammen und unterhielten uns.

Ich nahm wieder intensiv wahr, wie vertraut wir miteinander waren und wie sehr ich unser Zusammensein genoss. „Es ist echt schade, dass unsere Zeit in Berlin bald endet. Es war toll, dass du mitgekommen bist.“

„Ich bin dir für deine Einladung sehr dankbar. Das sind die schönsten Tage meines Lebens.“

David sah mich ernst an. Von seinen Augen ging eine hypnotisierende Wirkung aus. Die Flammen spiegelten sich in ihrem Blau.

Er strich mir mit den Fingerrücken über die Wange. Die Berührung ging mir durch den gesamten Körper, und ich schaute zu Boden.

„Deine Wange sieht immer besser aus“, sagte David und gab mich frei.

Ich schaute auf. „Zum Glück.“

Wir lächelten uns an.

Die Müdigkeit trieb uns dann nach oben. Wir verabschiedeten uns im Flur und wünschten uns eine gute Nacht, aber ich wusste schon in diesem Moment, dass ich nicht noch einmal so traurig einschlafen wollte wie am Vorabend.

Als ich bettfertig war, klopfte ich an die Zwischentür.

„Darf ich bei dir schlafen?“

David kam gerade aus seinem Bad.

Er lächelte. „Ich bitte darum.“

In dieser Nacht schlief ich tief und fest und traumlos.

Am nächsten Morgen wachte ich auf und fühlte mich voll fit. Trotzdem wälzte ich mich noch eine Weile im Bett hin und her. David stand vor mir auf und stellte sich zehn Minuten später frühstücksbereit vor das Bett.

„Hast du gut geschlafen?", fragte ich ihn.

„Ja …" David atmete tief ein. „… total." Er grinste. „Ich habe mich in meinem Originalzustand ausgeruht … und jetzt ..." – er zog leicht an der Bettdecke – „... ist Aufstehzeit."

„Gleich." Ich drehte mich von ihm weg.

Auf einmal wackelte das komplette Bett. David stieß rhythmisch beide Hände in die Matratze, sodass ich im gleichen Rhythmus nach oben geworfen wurde.

„Hör auf", quietschte ich, „ich stehe auch freiwillig auf."

Wir gingen gemeinsam frühstücken. David erzählte mir dabei, dass Frau Stamberger mir nachher den ersten Unterricht in Selbstverteidigung geben könnte. Das Herrenhaus hatte im zweiten Stock einen Fitnessraum, den ich bei Davids Führung zugegebenermaßen nicht weiter beachtet hatte, und ich sollte mich um zehn Uhr dort mit ihr treffen.

Ich schwang mich nach dem Frühstück also in meine Sportklamotten und lief in den Fitnessraum. Frau Stamberger machte erst ein paar Übungen zum Aufwärmen mit mir und zeigte mir dann, wie man mit einer Drehbewegung und gleichzeitig hochgehobenen Armen einem von oben nach unten geführten Schlag mit einem Gegenstand ausweicht. Ich kam mir ein bisschen unbeholfen vor, aber ich hatte kapiert, worauf es ankam. Danach zeigte sie mir, wie man einem Gegner ordentlich in die Weichteile tritt, ohne sich selbst dabei zu verletzen. Nach zwei oder drei Fehlversuchen hatte ich den Dreh raus, von welchem Fuß auf welchen man hüpfen musste, um dann mit dem ersten Fuß richtig zuzutreten. Frau Stamberger zeigte sich noch nicht völlig zufrieden. Sie wuchtete eine dicke, große Matte an eine Wand, und ich sollte dagegen treten und dabei total laut schreien.

Mein erster Versuch löste bei Frau Stamberger ungläubiges Entsetzen aus.

„Nicht piepsen, sondern schreien! Der Gegner muss schon durch die Druckwelle umfallen."

Sie stellte sich neben mich und zählte herunter.

„Drei, zwei, eins."

Wir traten und schrien gleichzeitig. Jetzt wusste ich, was sie meinte.

Die Fensterscheiben schienen zu vibrieren.
„Noch mal. Drei, zwei, eins."
Diese Übung machte richtig Spaß. Wir traten und schrien aus Leibeskräften. Jetzt, wo meine Stimme nicht einsam durch den Raum hallte, verlor ich jede Schüchternheit.
„Gut", sagte Frau Stamberger schließlich. „Das ist das Wichtigste:" Sie schaute mich ernst an. „Selbst wenn die Techniken nicht so richtig sitzen oder die Kräfte nicht wirklich ausreichen, zuallererst muss man die Hemmungen ablegen und wenigstens irgendetwas versuchen. Die beste Technik nützt nichts, wenn man zu befangen ist, sie anzuwenden."
Ich war stolz auf mich. So blöd hatte ich mich gar nicht angestellt. Hemmungen verlieren und agieren. Das musste ich mir merken. In der nächsten Stunde würde ich gleich den ganzen Laden zusammen brüllen.

Am Nachmittag führte David mich in eine Art Wohnzimmer, das direkt an der Empfangshalle lag.
„Setz dich, bitte." Er schloss die Tür hinter sich.
Ich gehorchte.
„Hör zu." Er fuhr sich durch die Haare. „Ich habe ständig überlegt, wie ich dir helfen könnte."
Er rang nach Worten.
Ich sah ihn gespannt an. Helfen? Womit?
„Weißt du, manchmal ist nur der erste Schritt schwer, aber wenn man ihn gegangen ist, dann fallen einem die folgenden immer leichter."
Wovon redete er?
„Du brichst deinem Pferd nicht die Treue, wenn du Spaß mit anderen Pferden hast."
David hatte einen Schrank geöffnet und von einem Bekleidungsstapel das oberste Stück genommen. Er legte es mir auf den Schoß. Es war eine Reithose. Mir stiegen die Tränen in die Augen.
David setzte sich neben mich und legte mir einen Arm um die Schultern.
„Bitte, Jessi, tu mir den Gefallen und mache mit mir einen Ausritt. Ich habe mindestens dreihundert Reitlehren gelesen, um mich vorzubereiten."
Ich blinzelte die Tränen weg und lachte ein wenig. Wenn das kein Argument war.
David drückte mich herzlich. „Komm, gib dir einen Ruck!"

Vermutlich hatte David recht. Ich konnte mich nicht ewig in meiner Trauer verkriechen. Es würde der Erinnerung an mein Pferd keinen Abbruch tun.

„Ja, entschuldige. Bitte ignoriere mein Geflenne." Ich schniefte. „Ich werde gerne mit dir ausreiten."

„Sehr schön!"

David sprang auf.

„Ich habe mich auch wirklich gut vorbereitet, damit ich dir keine Schande mache."

Er zappelte ein wenig, und ich freute mich, dass er sich freute.

„Ich hoffe, dass ich die richtige Ausstattung besorgt habe. Schau dir die Sachen mal an – oder besser, ziehe sie gleich an. Ich ziehe mich oben um."

„David?"

Er war schon halb aus der Tür draußen und drehte sich um.

„Hast du vielleicht auch Karotten oder so was?"

„Oh ... Das ist mir jetzt aber unangenehm. Ich werde gleich Frau Gerlach fragen, ob sie welche hat."

„Oder Zuckerwürfel", rief ich ihm hinterher.

Ich betrachtete die Reitbekleidung. Erinnerungen überfluteten mich. Schöne und schreckliche. Ich atmete tief durch. Ich sollte Davids Rat folgen und nach vorne blicken.

Als ich bereit war, dachte ich nur noch daran, dass ich gleich wieder auf einem Pferd sitzen und seine Muskeln spüren würde. Dass ich mich mit seiner Kraft und Geschwindigkeit fortbewegen würde. Dass ich seinen Geruch einatmen und sein Fell fühlen würde.

Und David würde mitreiten.

Das konnte ja was werden. Ich musste grinsen. Mal sehen, wie weit er mit seinen dreihundert Reitlehren kommen würde, wenn er noch nicht einmal an Karotten gedacht hatte.

Ich zog mich rasch um und saß schon wartend am Fuß der Treppe in der Empfangshalle, als David herunter kam. Den Helm hatte ich auch schon auf meine Kopfgröße eingestellt.

„So müssen sich die Gutsherren vor zweihundert Jahren gefühlt haben, wenn sie zur Jagd aufgebrochen sind", sagte David würdevoll.

„Aber sie haben ihre Gerten sicher am Griff getragen und nicht falsch herum", bemerkte ich trocken und streckte die Hand nach einer aus.

David reichte sie mir.

„Ah, Modell Christian Grey", witzelte ich.

David stutzte kurz, dann lachte er.

„Du kannst sie gerne heute Abend mit aufs Zimmer bringen", sagte er grinsend, und ich vermerkte einen weiteren Eintrag auf meiner Strichliste. „Nein, im Ernst, ich wollte eigentlich richtig lange Gerten, aber der Verkäufer meinte, für einen Ausritt müsse man kurze nehmen."

„Ja, die langen sind fürs Dressurreiten. Ihre Länge wäre im Gelände nur hinderlich."

„Gut. Wir warten nur kurz auf Frau Gerlach. Sie hatte noch ein paar Karotten und spendet alle Zuckerwürfel, über die sie verfügt. Ich musste sie nur ein *kleines bisschen* bedrohen."

Frau Gerlach betrat in diesem Moment die Empfangshalle und sah in der Tat ein wenig missmutig aus. Ob David sie wirklich zur Herausgabe der Zuckerwürfel hatte nötigen müssen?

Ich nahm die Schätze entgegen. Herr Fries half uns in die Reitjacken, das heißt, ich zog meine selbsttätig an, indem ich Herrn Fries die Karotten und die Schachtel mit den Zuckerwürfeln in die Hand drückte.

Wir fuhren etwa eine Stunde. Ich war schon völlig aus dem Häuschen. David hatte recht daran getan, mich zu meinem Glück zu zwingen.

„Was sind das für Pferde?"

„Ich habe in meiner Angestellten-Zeit einen Berliner Kunden recht erfolgreich beraten. Er erzählte mir, dass er seiner Frau und seiner Tochter von einem Teil des Gewinns, den er durch meine Beratung erzielt hatte, zwei hochpreisige Pferde gekauft hatte. Ich habe mich seiner damals geäußerten Dankbarkeit erinnert und ihn gefragt, ob wir die Pferde für einen Ausritt bekommen."

„Was heißt ‚hochpreisig'?"

„Er sprach damals von etwa dreihunderttausend Euro." David schaute sich um und setzte den Blinker. „Pro Pferd."

Ich schluckte. David hatte keine Ahnung, worauf er sich da eingelassen hatte. Es gab genug Geschichten, nach denen sich Pferde auswärts ihres Reiters entledigt hatten und auf dem Heimweg vom Auto angefahren wurden. Oder sie kamen noch bis zum Stall und rannten in einem solchen Tempo durch das Hoftor, dass sie ausrutschten und sich die Haxen brachen. Mir wurde ganz schlecht. Aber ich wollte David den Spaß nicht verderben.

„Sie gehen doch sicher im Sport. Dressur, Springen, Gelände?"

„Er sagte etwas von Geländeerfahrung. Wir können die Pflegerin nachher fragen."

Das konnte alles heißen. Aber wenigstens würden sie nicht vor jedem Grasbüschel schreiend davon laufen. Auch hoffte ich, dass sich David notfalls in der Flugphase in einen Vogel verwandeln könnte, bevor er auf dem Boden aufschlug.

David bog in einen vornehmen Stall ein. Wir stiegen aus dem Auto, zogen die Sicherheitswesten an und liefen in ein Stallgebäude hinein, wo David von einer jungen Frau mit englischem Akzent angesprochen wurde. Sie war eher klein, sah aber resolut aus.

„Sind Sie Herr Schmidt und Frau Wagner?", fragte sie freundlich.

Als David bejahte, schüttelte sie uns die Hand.

„Ich bin Madeleine. Freut mich sehr. Ich zeige Ihnen die Pferde für Ihren Ausritt. Ich muss sie nur noch trensen."

Madeleine führte uns in einen Seitentrakt.

In der Stallgasse standen zwei durchtrainierte Sportler angebunden. Entweder waren die Besitzer exzellente Reiter, oder die Pferde befanden sich in Profi-Beritt.

„Wer von Ihnen hat die größere Reiterfahrung?"

David zeigte auf mich. Ich fand es sehr taktvoll, dass Madeleine nicht fragte, wer von uns der Anfänger war.

„Für Sie ist Arwen. Sie zieht ein bisschen, aber sie wird nur heftig, wenn Sie sie zu stark mit der Hand reiten."

„Arwen", sagte ich und legte meine Hand auf ihren Mähnenkamm. Sie hatte kluge Augen.

„Darf ich sie selber trensen?", fragte ich.

„Klar." Madeleine drückte mir die Trense in die Hand.

„Ich hab ihnen Gamaschen und Glocken angezogen, falls Sie springen wollen. Es sind ein paar schöne Hindernisse auf der Strecke, die ich Ihnen gleich noch zeigen werde."

Sie wandte sich David zu.

„Das ist ‚Der fleißige Boris'. Er war vor zwei Jahren Dritter im Bundeschampionat und hat schon mehrere internationale Erfolge. Er ist absolut leichtrittig und zuverlässig. Der wird Ihnen Spaß machen."

David sah recht zuversichtlich aus.

Er erklomm einen Hocker und stieg auf wie ein Profi. Vielleicht halfen die dreihundert Reitlehren doch.

Während ich aufstieg, erklärte Madeleine uns, wo wir lang reiten mussten. „Sie haben beide Stollen und Grips an, und der Boden ist trotz des Schnees griffig. Aber bitte reiten Sie die ersten fünfzehn Minuten Schritt, und keine Wasserhindernisse, die sind teilweise zugefroren."

Ich schaute David an, und er nickte. Ich lenkte Arwen aufs Hoftor zu. Sie lief gerne, und ich lächelte. Ich saß wieder auf einem Pferd. Ich war zuhause.

Dann drehte ich mich noch einmal um. „Danke, Madeleine", rief ich ihr zu.

„Viel Spaß." Madeleine winkte uns zum Abschied.

Arwen hatte viel Vorwärtsdrang, aber Boris hielt locker mit.

„Wie geht's?", fragte ich David. Er sah hochkonzentriert aus.

„Schaukelt ziemlich", sagte David.

„Versuch dich zu entspannen." Hoffentlich machte Boris keinen Blödsinn.

Die Anlage war grandios. Schon von Ferne konnte ich vor uns liebevoll hergerichtete Hindernisse sehen, und weiter rechts befand sich offensichtlich das Ende des Rundkurses, der mit einem Heckenhindernis abschloss. In mir zuckte es vor Freude, und Arwen trabte kurz an. Ich lächelte immer noch und sah zu David hinüber. Er lächelte ebenfalls.

Nachdem wir etwa eine Viertelstunde die Bewegungen der Pferde und die Winterlandschaft genossen hatten, fragte David, ob wir nicht mal traben könnten.

„Bist du sicher? Trab ist schwerer zu sitzen als Galopp."

„Ich weiß." David zog die Augenbrauen hoch. „Aber, um ehrlich zu sein, würde ich lieber erst einmal die langsamere dieser beiden Gangarten ausprobieren."

„Nimm die Zügel kürzer, und wenn was ist, ruf ganz laut: ‚Halt!'" Ich trabte an.

Nach wenigen Metern warf ich einen kurzen Blick nach hinten. David trabte leicht, ein bisschen holprig vielleicht, aber gar nicht so schlecht. Ich atmete tief aus. Möglicherweise hatte das Bücherlesen doch etwas genutzt. Boris machte gut mit.

Ich ließ Arwen einen leichten Joggingtrab gehen und drehte mich wiederholt nach David um. Er bewegte sich immer harmonischer mit Boris im Takt, und Boris schnaubte. Mein Lächeln wurde immer breiter. Wahrscheinlich würde ich nach diesem Ritt meinen Mund mit Hilfe der Hände in Normalposition drücken müssen. Wie hatte ich es nur so lange ohne Pferd ausgehalten?

Ich sah mich wieder um. David schaute mich an und lachte lautlos. Er saß super auf dem Pferd.

Als wir alle auf Betriebstemperatur waren, rief ich laut ‚Scheeritt', damit David sich vorbereiten konnte, und parierte durch. Boris überholte uns ein wenig, ließ sich dann aber auch durchparieren.

David schnaufte und hatte leicht rote Wangen, aber er strahlte immer noch.

„Das ist toll. Ich hätte nicht gedacht, dass es so viel Spaß macht. Aber es ist auch ziemlich anstrengend.“ Er strich Boris über den Hals.

„Du machst das super“, sagte ich. „Ich bin ehrlich beeindruckt.“

David strahlte noch mehr.

„Pass auf, ich würde gerne einen Galopp mit dir probieren. Stell dich einfach in die Bügel und versuche, Boris drei Pferdelängen schräg hinter mir zu halten. Wenn was ist, schrei laut: ‚Halt!‘“

„Alles klar.“ David nickte.

Ich wartete, bis er die Zügel aufgenommen hatte.

Arwen ließ sich nicht lange bitten. Sie fiel in eine rhythmische Galoppade. Ihr Atem ging ruhig.

Ich schaute mich um. Boris sah aufmerksam, aber zufrieden aus. Er hatte kapiert, dass er hinter Arwen herlaufen sollte, und ergab sich seinem Herdentrieb. David grinste bis über beide Ohren.

Ich ließ Arwen ein bisschen Tempo aufnehmen. Sie behielt den Rhythmus bei, machte aber größere Galoppsprünge.

In mir kribbelte es. Die meisten Hindernisse waren mir zu hoch. Aber dazwischen gab es auch kleinere. Ich vertraute mal auf Madeleines Beschreibung.

„Lass die Zügel durchhängen und halte dich an der Mähne fest“, rief ich David zu. Ich wollte vermeiden, dass er Boris über dem Sprung im Maul zog.

Ich schaute mich noch einmal um. Boris galoppierte weiter hinter uns her.

Ich steuerte nach rechts, wo ein kleiner, von zwei Fängen begrenzter Baumstamm lag. Nicht mehr, als ein etwas größerer Galoppsprung.

„Das nehmen wir“, sagte ich zu Arwen. Sie drehte ihre Ohren kurz zu mir und dann wieder nach vorne. Ich musste gar nichts tun. Sie fand von alleine den richtigen Absprung.

Ich berührte Arwen leicht am Hals: „Gut gemacht.“ Dann drehte ich mich um und sah Boris gerade noch landen. Davids Gesicht leuchtete.

Ich steuerte noch vier weitere Hindernisse an, die etwas größer als das erste und so einladend gebaut waren, dass nicht damit zu rechnen war, dass die Pferde kurz vorher die Biege machen würden. Arwen nahm sie ebenso lässig wie das erste. Es war leicht zu erkennen, dass sie viel mehr konnte. Aber ich wollte David nicht gefährden. Ich spürte bereits selber meine Beine, und David musste erst recht an seine

Grenzen kommen.

Ich schaute mich um und hob die Hand. „Teerab“, rief ich nach hinten, verlangsamte mein Tempo und parierte in den Trab.

Boris kam an uns vorbeigaloppiert, aber David setzte sich tatsächlich in den Sattel und parierte mit den Beinen durch. Okay, ein bisschen guter Wille von Boris’ Seite war auch dabei.

Wir ließen die Pferde Schritt gehen. David lachte.

„Das war genial. Fantastisch. Ich hätte nie gedacht, dass es so viel Spaß machen würde.“

„Du bist ein Naturtalent. Ich bin dir unheimlich dankbar dafür, dass du mich zum Reiten mitgenommen hast.“

David war in Hochstimmung. Er lenkte Boris neben mich. Arwen legte die Ohren an, und ich nahm die Zügel auf.

„Vorsicht, David, Arwen …“

Während ich noch die Zügel kürzte, stellte sich David in die Bügel, beugte sich zu mir hinüber, zog mich ein wenig zu sich und drückte mir einen dicken Kuss auf die Wange.

„Die Dankbarkeit ist ganz auf meiner Seite“, sagte er überschwänglich, während Boris von Arwen, die ihn böse anschaute, wegdrängte. Er fiel in einen leichten Trab, und David, der noch in den Bügeln stand, bekam Schlagseite. Er schlang seinen Arm um Boris’ Hals, um nicht unfreiwillig abzusteigen.

Als ich sah, dass es David gelingen würde, sich wieder in den Sattel zu ziehen, brach ich in Lachen aus. „Super! Erst im Galopp über Hindernisse setzen, aber dann im Schritt in Wohnungsnot geraten.“

David grinste. „Das war einer meiner besten Stunts.“

Als wir den Stall erreichten, lief uns Madeleine lächelnd entgegen.

„Das sind zwei wirklich wundervolle Pferde.“

Madeleine strahlte. „Ja.“ Vielleicht war sie diejenige, die die Pferde ausbildete.

Ich sattelte Arwen ab, und David sah Madeleine zu, wie sie Boris absattelte und in die Box führte. Wir verfütterten die Karotten und ein paar Zuckerwürfel und verteilten noch ausgiebig Streicheleinheiten.

Ich verabschiedete mich herzlich von Madeleine und bedankte mich sehr bei ihr.

David nahm mich bei der Hand, als wir zum Auto zurückliefen.

„Ich muss gleich die Sicherheitsweste ausziehen, ich schwitze darunter … wie ein Tier.“ Er grinste.

„Du *bist* ein Tier!“, feixte ich.

Erst jetzt fielen mir Frau Stamberger und Herr Wellenstein in ihrem

Wagen auf dem Parkplatz ins Auge. Die Armen hatten sich bestimmt den Hintern abgefroren.

Auf der Heimfahrt hatte David immer noch ein Lächeln im Gesicht.

„Du musst deinem ehemaligen Kunden unbedingt meinen allerherzlichsten Dank ausrichten", sagte ich.

„Das wird mir nicht schwerfallen", erwiderte David. „Dieser Ausritt war mit das Schönste, was ich je gemacht habe."

Er schwieg eine Weile.

„Das Zweit …", flüsterte er.

„Wie bitte?"

David schüttelte den Kopf. War wohl nicht so wichtig.

Ich schaute aus dem Fenster und betrachtete die zugeschneiten Felder in der Dämmerung.

Als wir am Herrenhaus eintrafen, leuchteten uns viele heimelige Lichter in der Dunkelheit entgegen. Während wir zur Haustür liefen, klingelte mein Handy. Es war Liam.

„Hey, ist alles okay? Ich habe mir schon Sorgen gemacht, weil dein Handy ausgeschaltet war."

„Oh, tut mir leid! Wir haben einen Ausritt gemacht, und ich habe es in dieser Zeit absichtlich ausgeschaltet. Du kannst dir nicht vorstellen, was für tolle Pferde das waren."

Ich erzählte ausführlich von unserem Ritt, während Herr Fries mir aus der Jacke half und ich das Handy von einer Hand in die andere und von einem Ohr zum nächsten wechselte.

David lächelte und schleppte sich die Treppe hoch. Ich hockte mich auf die unterste Stufe und erzählte. Ich ahnte zwar schon, dass es Liam gar nicht so genau interessierte, aber meine Begeisterung brauchte ein Ventil.

Er ließ sich nichts anmerken. „Cool. Hört sich echt toll an."

„Ja, Liam, ich kann mir endlich eingestehen, wie sehr ich das Reiten vermisst habe. Ich muss dich unbedingt mal mitnehmen. Also diese Berliner Tiere werde ich sicher nicht wiedersehen, die waren echt unglaublich, aber vielleicht können wir in Frankfurt mal in meinen alten Stall gehen."

„Klar", sagte Liam geduldig. „Aber vorher nehme ich dich in mein Training mit. Dann kann ich mal so richtig vor meinen Jungs mit dir angeben."

„Okay", sagte ich großzügig.

„Jessi." Liam atmete hörbar aus. „Ich vermisse dich."

„Ich vermisse dich auch. Nur noch ein Tag. Hast du morgen schon was vor?“

„Also ich hatte gedacht, dass ich dich die ersten fünf Stunden, wenn du wieder hier bist, ohne Unterlass küssen werde. Ich habe schon extra ein paar Sauerstoffflaschen besorgt, damit du nicht so schnell schlappmachst.“ Liam schnaubte kurz durch die Nase.

„Guter Plan“, lachte ich. „Aber ich meinte die Frage mehr in der Richtung, ob ich dich morgen früh anrufen kann, wenn ich weiß, wann der Flieger landet und so.“

„Ja, klar, ruf an, wann du willst.“

„Okay. Schlaf gut, Liam.“

„Du auch.“

Nur noch ein Tag, bis ich Liam in die Arme fallen konnte. Zum Glück war zwischen uns wieder alles in Ordnung.

Ich lief die Treppe hoch und zog mich um. Eine Sporthose und ein altes Hemd von meinem Vater kamen jetzt genau richtig. Ich klopfte an die Zwischentür.

David saß noch in Reitsachen auf der Kante seines Betts.

Als ich eintrat, ließ er sich rücklings aufs Bett fallen.

„Ich bin total k.o.“, gestand er. „Ich hätte nicht gedacht, dass es derart anstrengend ist. Ich dachte, man kann sich ein bisschen mehr tragen lassen. Dabei hatte ich sogar das Gefühl, dass Boris im Wesentlichen hinter Arwen hergelaufen ist. Ich bekomme bestimmt Muskelkater.“

„Lass dich nicht so hängen!“, tadelte ich ihn. „Du hast dich total gut geschlagen, und der Muskelkater geht auch wieder weg.“

„Ich glaube, ich lege mich zur Vorbeugung in die Badewanne. Brauchst du auch ein Bad?“ David schaute auf die Zimmerdecke und grinste leicht.

Ich spürte die Zweideutigkeit der Frage. Der Typ wurde immer dreister. Aber es war Lebensfreude, die daraus sprach, und es machte mich glücklich, dass David immer lockerer und ausgelassener wurde.

„Nein“, sagte ich, „ich bin ja kein Weichei. Ich werde nur duschen.“

David hob die Arme hoch, breitete sie aus und ließ sie aufs Bett fallen. Es machte nicht den Anschein, als ob er sich in nächster Zeit aufraffen könnte.

„Bis gleich“, behauptete er.

Wir hatten uns von Herrn Fries und Frau Gerlach verabschiedet und fuhren zum Flughafen. Ich dachte jetzt nur noch an Liam. Ich sehnte mich nach seiner körperlichen Nähe. Er würde mir wieder klar machen, wo ich hingehörte.

Ich rief ihn auf der Fahrt an.

„Hey, ich hoffe, ich habe dich nicht geweckt."

„Nein, alles bestens. Wie geht's? Weißt du schon, wann du in Frankfurt bist?"

„Ja, der Flieger landet um zehn nach elf. Ich denke, dass wir gegen halb eins zuhause sind."

„Meinst du, bei David?"

Ich hörte den leichten Unterton in seiner Stimme und ärgerte mich über meine mangelnde Sensibilität.

„Äh, ja."

„Okay, wie wäre es, wenn ich dich etwa um zwei abhole?"

„Das wäre super!"

„Okay, dann bis dann."

„Bis dann. Ciao, Liam."

David gab den Leihwagen zurück, und wir erledigten alle Formalitäten.

Als wir im Warteraum saßen, rief ich Laura an.

„Hi, Jessi, wie geht's dir?"

„Super. Stell dir vor, ich bin wieder geritten!"

„Hey, Wahnsinn, hast du wieder Spaß daran?"

„Ja, Laura, es war einfach genial. Das waren total gut ausgebildete Pferde. Selbst David ist über Hindernisse gesprungen."

„Wie, wart ihr zusammen in Berlin?", fragte Laura perplex. Mir fiel siedend heiß ein, dass ich es Laura wegen Liam ursprünglich nicht verraten hatte. Aber Liam wusste es ja bereits.

„Ja, hatte ich das nicht erzählt? David hat ja keine Angehörigen, bei denen er hätte feiern können. Wir haben einiges unternommen." Ich versuchte, so harmlos zu klingen wie nur möglich, und setzte noch einen drauf.

„Jetzt freue ich mich auf Liam, er holt mich nachher bei David ab." Das hieß zwar nicht direkt, dass Liam wusste, dass ich mit David in Berlin gewesen war. Aber ich hoffte, dass Laura soweit schlussfolgern konnte.

„Also Jessi, ich muss schon sagen, du treibst es ganz schön bunt. An Liams Stelle würde mir das gar nicht schmecken."

Mist, warum hatte ich mich nur verquatscht? Ich wusste nicht, was ich sagen konnte, ohne dass David hörte, wie ich mich rechtfertigen musste.

„Jessi, bist du noch da?"

„Ja."
„Kannst du nicht frei sprechen? Hört jemand mit? David?"
„Ja." Zum Glück war Laura helle.
„Okay, dann lass uns später darüber reden. Ich hoffe, du bringst dich nicht in Schwierigkeiten. – Gut, also Themenwechsel. Stell dir vor, ich komme schon morgen wieder nach Frankfurt. Ist das nicht toll? Da können wir in den Ferien noch ein paar Mal zusammen losziehen."
„Ja, Laura, das ist echt super, darauf freue ich mich. Ruf mich unbedingt an, wenn du da bist."
„Ja, mach ich. Also bis dann."
„Bis dann, Laura."
Himmel! Es war einfach zu anstrengend, ständig an alles zu denken. Ich wollte nicht, dass David merkte, wie ich mich vor anderen verbiegen musste, um ihnen klarzumachen, dass David und ich nur befreundet waren. Ohne zu sagen, dass uns ein gemeinsames, übergeordnetes Ziel verband. Dass Davids Fürsorge und Schutz mein Leben rettete. Ich musste sein Geheimnis wahren.
„Alles in Ordnung?" David sah mich fragend an.
„Ja", behauptete ich.
Auf dem Rückflug dachte ich an die schöne Zeit in Berlin und an mein Wiedersehen mit Liam. Hoffentlich waren wir uns über die vier Tage nicht fremd geworden.
David hatte schon beim Frühstück über Muskelkater geklagt und war recht still. Vielleicht dachte er auch an die anstehende Begegnung mit dem Invasor.
Während wir zurückflogen, kam auch für mein Empfinden die Bedrohung wieder näher. Ich wusste, dass wir uns nicht davor drücken konnten. Er oder wir. Wir und die Erde. Es mochte pathetisch klingen, aber es entsprach nun mal der Realität.
David schaute aus dem Fenster und legte seine Stirn in Falten. Draußen zogen die Wolken an uns vorbei.
Ich legte meine Hand auf die seine.
„Alles okay?"
Er wandte seinen Blick zu mir, nickte und lächelte. Aber er hatte zuvor eindeutig trüben Gedanken nachgehangen, aus denen ich ihn gerissen hatte.
Der Pilot legte eine vorbildliche Landung hin. Auf unsere Koffer mussten wir allerdings ein Weilchen warten. Es machte mich immer unruhig, wenn ich nicht genau wusste, ob sie wirklich noch auf dem Förderband erscheinen würden.

Am Flughafen nahmen wir ein Taxi. Uns folgten von dort zwei unauffällige Wagen mit Herrn Fober und wem auch immer am Steuer. Der Fahrer des zweiten Fahrzeugs war nicht zu erkennen. Ich konnte gut verstehen, dass Frau Stamberger und Herr Wellenstein nach ihrem langen Weihnachtseinsatz sofort abgelöst wurden. Personenschützer wäre kein Job für mich.

Als wir in Davids Appartement ankamen, dachte ich nur noch an Liam. Die Uhr zeigte erst halb eins. Noch eineinhalb Stunden.

Ich packte meinen Koffer aus. David telefonierte. Beim Einräumen der Wäsche in den Kleiderschrank fiel mir Liams Weihnachtsgeschenk ins Auge. Als ich fertig war, ging ich mit der Schachtel ins Wohnzimmer.

David beendete bald sein Gespräch und sah mich lächelnd an.

„Schau mal, das ist das Meteoritenstück, das mir Liam geschenkt hat."

Ich öffnete die Schachtel und hielt ihm den Stein unter die Nase.

„Oh." David holte ihn aus dem Behälter und betrachtete ihn von allen Seiten.

„Sehr schön", sagte er. „Der ist aus der Milchstraße, so ungefähr fünfzehntausend Lichtjahre entfernt. Ich kann seine Herkunft auf vier, fünf Sterne eingrenzen. Wirklich interessant, dass er den Weg hierher gefunden hat."

Er legte den Stein in die Schachtel und reichte sie mir.

„Weißt du schon, wann du heute wieder von Liam zurück sein wirst? Ich hätte etwas zu erledigen und möchte dich nicht gerne alleine hier lassen. Ich kann dich auch gerne von Liam abholen, wenn du möchtest."

„Ja, das wäre sehr nett, aber wir haben noch nichts Genaues besprochen." Ob es Liam nerven würde, wenn David mich bei ihm abholen käme? Um meiner Sicherheit willen wäre es natürlich das Beste. „Kann ich dich heute Abend anrufen?"

„Ja, sicher."

„Gehst du ins Detektivbüro?"

„Ja, auch. Ich erzähle es dir heute Abend."

David zögerte und guckte auf den Boden.

Ich schaute ihn ruhig an und wartete.

Er blickte wieder auf.

„Du kommst doch heute Abend wieder hierher? Ich meine, du kannst natürlich tun, was du willst …"

Schlagartig wurde mir bewusst, dass es für mich zur Normalität geworden war, nachts bei David zu schlafen.

„Ja, ich hatte nichts anderes vor.“ Ein seltsamer Gedanke bemächtigte sich meiner. Vielleicht hatte David ja andere Pläne. Insbesondere nachdem er seine Männlichkeit entdeckt hatte. Ich musste damit rechnen. Ich musste ihn freigeben.

„Wenn du nichts dagegen hast.“

„Nein, wieso sollte ich? Ich habe gehofft, dass du weiter hier wohnst. Ich … kann dich hier besser beschützen.“

Ich nickte nur.

Zeigten sich gerade erneut atmosphärische Störungen in unserer Freundschaft? Ich ging in die Küche und machte mir etwas zu essen. Wir waren irgendwie beide verunsichert.

Okay, in Berlin hatte es nur ihn und mich gegeben. Jetzt war Liam wieder da. Es war doch klar, dass ich ihn jetzt so oft wie möglich sehen wollte. Aber das sollte doch unsere Freundschaft nicht beeinträchtigen.

Tat es das?

David wechselte ins Schlafzimmer, um seinen Koffer auszupacken, und ich setzte mich an den Esstisch und aß.

Wie auch immer. David konnte mir Liam genauso wenig verbieten, wie ich ihm etwaige sexuelle Erfahrungen untersagen würde. Liam war der Mensch, den ich brauchte und in den ich mich verliebt hatte, nachdem sich David als völlig inkompatibel herausgestellt hatte. Als liebesunfähig, auch wenn er jetzt möglicherweise in sexueller Hinsicht die ersten Gehversuche machen würde.

Ich aß ein wenig schneller. Hatte ich zu sehr getrödelt? Ich wollte mich noch ein wenig aufhübschen, bevor Liam kam.

Als ich im Bad stand und mir gerade die Haare bürstete, klingelte es am Haustelefon. Ich hörte David sprechen, dann rief er: „Liam ist da!“ Er öffnete die Tür.

Ich sprintete aus dem Bad bis hinaus in den Flur und stellte mich voller Ungeduld vor den Aufzug.

Als die Tür endlich aufging, huschte für einen Augenblick, während er schon aus dem Aufzug stürmte, Überraschung über Liams Gesicht, dann strahlte er und breitete die Arme aus.

Genau danach hatte ich mich gesehnt. Ich schmiegte mich an ihn, drückte meine Wange an seine, atmete seinen Geruch tief ein.

„Oh, Jessi, Jessi, endlich hab ich dich wieder“, flüsterte er immerfort. Seine Lippen strichen über mein Ohr, über meine Wange, fanden meinen Mund. Er küsste mich zärtlich.

Dann fuhr er mit seinen Lippen die andere Wange entlang.

„Hey“, sagte er plötzlich und wich einige Zentimeter zurück, „deine Wange sieht viel besser aus.“

Er nahm meine Hand und betrachtete sie.

„Der geht's auch schon viel besser. Meine Schwester hat mir ein paar Übungen gezeigt, und David war ständig hinterher, dass ich sie auch mache.“

Liam sah an mir vorbei, und sein Blick veränderte sich.

„Hi, David.“

Ich drehte mich um. David stand in der Appartement-Tür. Das hatte ich gar nicht mitbekommen.

„Hallo, Liam. Kommt doch rein.“

Ich fühlte mich nicht mehr wirklich ungezwungen.

Wir gingen alle ins Appartement. Liam und ich hielten Händchen und hörten nicht auf, sie uns gegenseitig zu streicheln und zu drücken. Ich wollte ihn gar nicht mehr loslassen. David entschuldigte sich kurz angebunden und verschwand ins Schlafzimmer, um weiter auszupacken. Liam und ich setzten uns auf die Couch.

„Du siehst super aus.“ Liam strich mir mit den Fingern über die Wange. „Also, du siehst natürlich immer super aus, aber dieser Bluterguss hatte schon was Gruseliges.“

Ich küsste ihn. Die Zeit ohne ihn war viel zu lange gewesen. Aber irgendwie war es mir auch unangenehm, dass David nebenan war.

„Hey, wollen wir nicht zu dir fahren?“

„Ja, klar.“

Wir standen auf.

Ich lief hinüber ins Schlafzimmer.

„Du, David, wir fahren jetzt, und ich rufe dich später an.“

„Ja, sicher“, sagte David und lächelte. „Bis dann.“

„Ciao.“

Es kam mir etwas komisch vor, von David wegzufahren, aber das lag wohl daran, dass wir die letzten Tage permanent zusammen gewesen waren.

Wir fuhren zu Liam. Es wurde zunächst ein schöner, verschmuster Nachmittag. Wir saßen aneinandergekuschelt auf seiner Couch, und Liam erzählte von den verschiedenen Sportdisziplinen, die er ausübte. Wir vereinbarten, dass ich am nächsten Tag mit zum Training gehen würde. Vormittags bekäme ich die Fäden entfernt, da bräuchte ich dann auch nicht mehr so akribisch darauf achten, dass mir nichts an den stacheligen Enden hängen blieb. Liam schlug vor, dass er mich um halb drei abholen würde.

„Das heißt …“ Liam zögerte. „Eigentlich wollte ich dich fragen, ob du vielleicht heute bei mir übernachten möchtest. Einfach so.“ Liam schaute mir in die Augen und lächelte. „Ich gäbe dich ungern wieder her.“

„Oh, das würde ich sehr gerne, aber es ist wirklich sicherer, wenn ich in Davids Appartement schlafe.“

„Das ist doch totaler Schwachsinn“, schnaubte Liam finster. Sein Körper verhärtete sich.

„Ehrlich, ich hoffe, dass es nicht mehr lange dauern wird, bis wir den Personenschutz nicht mehr brauchen, und dann werde ich alle Nächte mit dir verbringen. Versprochen.“

Liam sprang auf. „Dieser Personenschutz ist doch nur eine Masche, mit der sich David wichtigmacht. Du bist echt zu naiv, um …“

Ich stand ebenfalls auf und hielt meine Finger auf Liams Mund.

„Nicht!“ Ich wollte verhindern, dass er schlecht von David sprach. Es war mir unmöglich zu erklären, warum er so furchtbar danebenlag. Ich musste von Liam ein Vertrauen einfordern, das eigentlich zu viel verlangt war. Aber ich sah keinen anderen Weg.

Ich wollte Liam küssen, doch er wich mir aus.

„Hör zu, denn ich sag’s nur einmal.“ Liam setzte eine bedrohliche Miene auf und tippte mit seinem ausgestreckten Zeigefinger mehrmals heftig auf mein Brustbein, sodass es schmerzte. „Ich denke, dass du mir etwas verheimlichst. Du musst dich entscheiden. Entweder rückst du mit der Wahrheit raus, oder …“

Ich biss mir auf die Lippen. Niemals würde ich Davids Geheimnis verraten!

Liam richtete sich auf, stemmte die Hände in die Hüften und sah mich durchdringend an.

Meine Handinnenflächen fingen an zu schwitzen. „Ich habe mich bereits entschieden, und zwar für dich. Das ist die Wahrheit.“

„Das hoffe ich für dich.“ Liam kniff die Augen leicht zusammen. „Das hoffe ich sehr für dich.“

Wir sprachen den Rest des Tages nicht mehr über David. Ich hoffte inständig, dass Liam mit der Zeit merken würde, dass er der wichtigste Mann in meinem Leben war.

Allerdings überlegte ich, was David wohl essen würde, als Liam und ich zusammen das Abendessen kochten. Es kam mir immer noch ein bisschen komisch vor, David nicht an meiner Seite vorzufinden.

Nach dem Essen spülte Liam das Geschirr, und ich trocknete es ab. Dann setzten wir uns auf das Sofa und sahen fern. Liam legte nicht den Arm um mich, und so saßen wir die ganze Zeit ziemlich dämlich nebeneinander.

Als der Film zu Ende war, streckte ich mich ausgiebig, rief David an und bat ihn, mich abzuholen.

Liam brachte mich nach unten, als David klingelte.

„Liam", sagte David zum Gruß.

Liam nickte nur. Sie waren beide ziemlich distanziert, und das tat mir weh.

Ich streckte mich und küsste Liam zum Abschied. „Bis morgen."

Er kam mir nicht entgegen und sagte nur: „Ciao."

Hoffentlich bekam er sich bis morgen wieder ein.

Als ich mit David im Auto saß, versuchte ich, mich auf das objektiv wichtigere Thema zu konzentrieren.

„Was kam bei deinem heutigen Besuch im Detektivbüro heraus?"

„Wir haben seine Adresse und seinen Namen. Er nennt sich Werner Müller – fast so gut wie David Schmidt – und arbeitet als Büroangestellter in Frankfurt. Er tauchte bisher nur ein Mal in der Sternwarte auf, und zwar als Besucher. Wir wissen noch nicht, wie er seine Freizeit verbringt. Auf alle Fälle wird er jetzt tagsüber ständig beobachtet."

„Äh … und nachts?"

„Da wird es schwierig, ihn unauffällig zu beschatten. Ich habe bereits mit Herrn Fober darüber gesprochen, um die Angaben des privaten Ermittlers zu verifizieren. Er hat mir frei heraus erklärt, dass es nachts kaum möglich ist, nah genug an einer Zielperson dran zu bleiben, ohne die Überwachung auffliegen zu lassen. Bewegt sich diese Person durch menschenleere Straßen, so wird ihr irgendwann auffallen, dass ständig jemand hinter ihr her läuft. Die Branche redet nicht gerne darüber, aber die nächtliche Versagerquote ist zu hoch, als dass ich mich darauf verlassen möchte. Das bereitet mir auch ein wenig Kopfzerbrechen."

Das war echt schlecht. Der Typ konnte also nachts treiben, was er wollte.

„Die Gefahr für die Sternwarte ist einfach zu groß", fuhr David fort. „Ich muss unbedingt verhindern, dass er unbemerkt zu seinem Mutterschiff Kontakt aufnimmt, denn dann wäre alles zu spät. Ich könnte eine Überwachungskamera dort installieren, doch dazu müsste ich unbemerkt hinein kommen. Zweifelsohne wäre ich in der Lage, mich als Insekt einzuschleichen, nur leider passt die Überwachungskamera nicht durchs Schlüsselloch. Aber mir fällt schon noch etwas ein."

Mir fiel sofort was ein.

„Warum fragen wir nicht Liam, ob er die Kamera dort anbringt? Er arbeitet doch in der Sternwarte."

„Was? Liam arbeitet in der Sternwarte? Warum hast du mir das nicht früher erzählt?"

David war zum ersten Mal etwas ungehalten.

„Oh, tut mir so leid. Ich dachte nicht, dass es wichtig wäre. Ich habe mir immer nur Sorgen um Liam gemacht, aber nie daran gedacht, dass er etwas für uns tun könnte. Jetzt komme ich mir selber total bescheuert vor."

„Macht nichts", beschwichtigte David. „Jetzt weiß ich es ja."

Er überlegte.

„Sag mal, meinst du wirklich, er würde das für uns machen? Für dich zumindest? Es wird schwer sein, ihm das zu erklären, ohne es ihm zu erklären."

David hatte recht. Schon wieder eine für Liam unverständliche Handlung, für die ich um sein Vertrauen bitten musste.

„Ich weiß nicht. Ich habe Liam schon ziemlich strapaziert. Aber ich werde es versuchen. Ich werde es auf alle Fälle versuchen."

David blickte nachdenklich auf unser Scheinwerferlicht, das uns eine Bahn vorauswarf. Ich schloss die Augen.

Das nächste, was ich mitbekam, war Davids Stimme sehr nah an meinem Gesicht.

„Jessi, wach auf, wir sind da."

Ich quälte mich, um die Augen zu öffnen. Davids Gesicht war direkt vor meinem. Viel zu nah. Ich hatte heute so viel mit Liam geschmust, dass die Hemmschwelle, ihn zu mir heranzuziehen und zu küssen, erschreckend niedrig war.

Ich rieb mir ausgiebig die Augen und gab David damit die Gelegenheit, sich wieder aufzurichten.

„Ich komm schon", krächzte ich mit eingerosteter Stimme.

Im Appartement ließ mir David den Vortritt im Bad. Mehr als eine Katzenwäsche war nicht drin. Ich schlief schon halb im Stehen ein.

Ich konnte mich nicht mehr daran erinnern, wie David ins Bett ging. Wahrscheinlich schlief ich schon.

Aber ich erinnerte mich an einen ungewöhnlich plastischen Traum.

Ich lag David zugewandt auf der Seite in unserem Bett. Er hatte seinen Arm um mich gelegt. Ich spürte im Traum den Arm auf meiner Taille und seinen Atem in meinem Gesicht, und ich fühlte, dass er dicht neben mir lag. Das Komische war, dass ich wusste, dass er mich ansah. Dabei hatte ich die Augen ja gar nicht auf – mal abgesehen davon, dass es sowieso nur ein Traum war. Aber ich konnte seine eisblauen Augen wirklich sehen. In der Erinnerung fühlte es sich absolut echt an. Total verrückt.

Als ich am nächsten Morgen aufwachte, war David schon aufgestanden.

Ich betrachtete meine Hand. Heute würden die Fäden raus kommen. Endlich. Die Beweglichkeit war auch wieder voll da.

David hatte das Frühstück schon vorbereitet. Er bot mir an, mich zum Arzt zu fahren.

Vorher telefonierte ich noch mit Nassi. Sie und Mike R. wollten morgen Schlittschuhlaufen gehen und vielleicht danach noch irgendetwas zusammen unternehmen. Sie wollten sich um drei treffen. Ich sagte zu, wusste aber nicht so recht, ob ich Liam oder David oder beide fragen sollte, ob sie mitkämen.

Ich rief Liam an, aber er ging nicht ran. Hoffentlich war er nicht noch eingeschnappt.

David fuhr mich zum Arzt. Kurz bevor ich das Sprechzimmer betrat, fragte ich mich, ob es nicht irgendwie komisch aussehen musste, dass ich diesmal mit einem anderen Mann aufkreuzte, nachdem ich letztes Mal Liam als meinen Freund vorgestellt hatte. Tatsächlich warf mir mein Hausarzt beim Eintreten einen leicht missbilligenden Blick zu. Aber er war mit meiner Hand sehr zufrieden. Das Fädenziehen fühlte sich seltsam an, war aber nicht schmerzhaft. Ohne Stacheldraht-Look sah meine Hand auch schon viel besser aus.

Zuhause hatte ich noch etwas Zeit, bis Liam mich abholen würde – jedenfalls hoffte ich, dass er unsere Verabredung nicht platzen ließ – und setzte mich mit meinem iPod in den Sessel. David saß mit dem Laptop auf der Couch.

Er sah so attraktiv aus wie am ersten Tag. Ich überlegte, warum ich immer noch dermaßen auf ihn abfuhr. Warum meine Beziehung mit Liam nicht bewirkte, dass er mir völlig egal war. Es entsprach nicht meinem Selbstbild, dass ich mich von Äußerlichkeiten derart heftig beeindrucken ließ.

David lächelte plötzlich, ohne von seinem Laptop aufzublicken.

„Na, was denkst du?"

Ich fühlte mich ertappt.

„Och, nix Besonderes."

Ich schloss die Augen und konzentrierte mich auf die Musik.

Als es klingelte, schoss ich zum Telefon.

„Hallo, hier ist der Empfang. Ein junger Mann namens Liam möchte zu Ihnen." Das musste die hübsche Brünette sein.

„Ja, er soll hochkommen." Gott sei Dank ließ er unsere Verabredung nicht platzen.

Ich stellte mich wieder vor die Aufzugstüren. Diesmal wirkte Liam nicht überrascht. Er sprang schon halb aus dem Aufzug, während die Türen noch aufgingen. Dann umarmte er mich, immerhin.

„Ich hole noch meine Sporttasche."

Liam nickte und betrat mit mir das Appartement, wo er mich noch einmal anhielt, um mich vor Davids Augen leidenschaftlich zu küssen.

„Hallo", sagte er dann kühl zu David.

„Hallo, Liam." David blickte kurz von seinem Laptop auf.

Ich nahm meine Sporttasche, die ich neben dem Wohnzimmertisch bereitgestellt hatte. Für ein paar Sekunden stand ich unschlüssig herum.

„Wir fahren dann mal", sagte ich zu David.

„Ja, viel Spaß beim Sport." David schaute mich an. „Soll ich dich abends wieder abholen?"

„Ich bring dich heim." Liam nahm mir die Sporttasche ab. Er gab keinen Zentimeter Boden auf.

„Okay." Ich zögerte. David sah nicht glücklich aus, aber wenn ich jetzt nicht sofort mit Liam mitginge, wäre er alles andere als begeistert. Es war zum Kotzen.

„Bis heute Abend."

„Bis dann."

Meine Zerrissenheit entlud sich in Form von Ärger gegenüber Liam, der im Aufzug aus mir herausplatzte.

„Du benimmst dich absolut kindisch. David wollte nur freundlich sein. Ist doch total egal, wer mich heimfährt."

„Mir ist es aber nicht egal. Der soll sich bloß nicht in unsere Beziehung einmischen. Es ist übel genug, dass du im Moment bei dem Typ wohnst. Ein Mann, der sein Geld womöglich mit dubiosen Geschäften verdient und deswegen Personenschutz braucht. Paaaah!" Liam verzog verächtlich sein Gesicht und nahm wieder diese bedrohliche Körperhaltung ein. Er war eindeutig auf hundertachtzig.

Ich aber auch. Diese ständigen Anschuldigungen gingen mir voll auf den Keks.

„Warum kannst du ihn nicht in Ruhe lassen? Du schaffst es noch nicht einmal, halbwegs freundlich ‚Guten Tag' zu sagen." Ich schnaubte.

„Wieso auch? Der ist eine Luftnummer. Du hast wohl noch nicht genug Spielfilme gesehen, in denen sich Typen wie der bei Frauen wichtigmachen, indem sie vorgeben, Agent zu sein und die Menschheit zu retten. Jessi, mach die Augen auf! Der Wichtigtuer will dir an die Wäsche, und das ist alles." Liam lachte bitter.

„Da wäre ich ja wohl die erste, die das merken müsste. Du hast so was von keine Ahnung", fauchte ich.

„Ich gucke mir die Leute im Gegensatz zu dir genau an." Liam kam langsam wieder runter.

Bei mir war allerdings auch die Luft draußen. Mal abgesehen davon, dass wir im Erdgeschoss angekommen waren und zumindest ich mich nicht vor der Brünetten am Empfang mit Liam fetzen wollte.

Wir liefen schweigend zum Auto. Liam drehte sich um und schaute die Straße hinunter. Ich folgte seinem Blick. Herr Pfeiffer hatte sein Auto schon gestartet.

Liam grinste sarkastisch. „Und wenn er dir doch an die Wäsche will, dann werde ich dafür sorgen, dass die Personenschützer ihren ersten und einzigen Einsatz bekommen."

Wir sprachen nicht mehr, bis wir bei der Sportanlage angekommen waren.

Liam trainierte bei Eintracht Frankfurt, die auch eine große Leichtathletik-Abteilung hatte. Es befanden sich aber nicht viele Leute auf der Anlage.

„Im Winter trainieren nur noch die hartgesottenen Sportler", erklärte Liam, sichtlich um Sachlichkeit bemüht. „Zusätzlich sind zwischen den Jahren viele Leute mit Geschenke-Umtausch beschäftigt."

Liam zeigte mir die Umkleide für Frauen, und wir trafen uns im Sport-Outfit am Eingang wieder. Liam hatte schon zwei Speere dabei. Er zeigte mir, wo wir unsere Sporttaschen abstellen konnten, stellte die Speere dazu und lief mit mir auf die Vierhundert-Meter-Bahn.

„Okay, wir müssen uns sorgfältig aufwärmen, sonst gibt's Gehacktes. Darf ich bitten?"

Liam machte verschiedene Übungen und gab mir manchmal Hinweise, wie sie richtig auszuführen waren. Ich kam mir sonst immer leicht lächerlich vor, aber Liam verstand es wie stets, durch seine Art alles selbstverständlich erscheinen zu lassen.

Liam schlug vor, dass wir noch ‚ein paar Runden' um die Bahn laufen. Er lief neben mir her, aber ich hatte gleich das Gefühl, dass ich ihn ausbremse.

„Lauf vor." Ich zeigte mit einer Hand unbestimmt nach vorne.

„Bist du sicher?"

Ich nickte, und Liam lief los, als hätte man einen Hund von der Leine gelassen.

Ich hatte schon nach zwei Runden genug. Liam lief deutlich mehr, während ich noch ein bisschen auf und ab hüpfte, um nicht wieder auszukühlen.

Liam schnaufte jetzt endlich auch, als er zurückkam. Er hatte eine Kondition wie ein Tier.

„Okay." Liam holte die Speere. Seine Mütze ließ er bei den Taschen und zog stattdessen ein Stirnband an. Er reichte mir den kürzeren Speer.

„Du hast es mir ja angedroht." Ich schaute misstrauisch auf den Speer.

„Keine Panik", sagte Liam, „den Teil mit dem Stöhnen kannst du auch weglassen, wenn du keine Lust hast." Er grinste.

Liam erklärte mir die Technik. Ich verstand sie in der Theorie, aber als es ans Werfen ging, fühlte ich mich nicht sehr wohl damit, den Wurfarm so lange gestreckt zu lassen, wie Liam es mir erklärt hatte.

Ich machte ein paar Versuche.

„Ich stelle mich zu dämlich an. Das kann ich nicht." Ich stellte den Speer mit der Spitze nach unten auf den Boden.

„Jetzt rede dir bloß nichts ein. Du hast doch gerade erst angefangen. Du musst dir sagen: ‚Ich bin groß und stark und kriege das ganz toll hin!' Du musst dir in Gedanken vorstellen, wie dir der Wurf total super gelingt. Dann wirf noch einmal."

Ich schnaufte tief durch und malte mir aus, wie ich den Speer total weit hinaus werfen würde. Dann lief ich los und schleuderte das Teil von mir, während ich mir vorstellte, dass der Speer extrem weit hinausgetragen werden würde.

Und dabei hatte ich tatsächlich noch gestöhnt.

Der Speer flog etwa doppelt so weit wie vorher. Ich drehte mich um und grinste Liam triumphierend an.

„Jooa", sagte er, „das Stöhnen kam schon echt gut."

Ich verzog das Gesicht zu einem übertriebenen Grinsen und holte meinen Speer zurück.

Liam ließ mich gleich noch einmal werfen.

Ich veränderte nichts, aber ich traute mir mehr zu. Diesmal ließ ich sogar einen Schrei los. Machte richtig Spaß.

Der Speer flog noch weiter als vorher, und ich lief gleich wieder los, um ihn zu holen. Liams Methode funktionierte tatsächlich. Ich war total happy, dass ich es hinbekam.

Liam machte in der Zeit Trockenübungen und deutete die Wurfbewegung an. Er schob das Armband, das ich ihm zu Weihnachten geschenkt hatte, nach hinten.

„Du musst das Armband nicht tragen“, sagte ich. „Wenn es dich stört, kannst du es ruhig abnehmen.“

„Es stört nicht.“ Liam schüttelte leicht den Kopf. „Mach weiter.“

Liam wiederholte ein paar Bewegungsabläufe ohne Speer und ließ mich noch einmal werfen. Wieder ein guter Wurf, dem ich hinterherschrie, was das Zeug hielt. Liam schmunzelte. Ich lief dem Speer nach und hob ihn auf.

Als ich mich umdrehte, kam eine Horde junger Männer mit Speeren in der Hand aus dem Gebäude auf uns zu.

„Hi, Liam“, rief einer.

Liam drehte sich um. „Hi, Mädels.“ Er grinste bis über beide Ohren.

Wir kamen gleichzeitig bei Liam an.

„Leute, darf ich euch Jessi vorstellen? Das sind Tom, Andi, Ralf und Thorsten.“

Ich lächelte und nickte jedem zu. Sie schauten mich neugierig an.

„Guter Wurf“, sagte Thorsten.

„Guter Schrei“, sagte Ralf und grinste.

Ich streckte ihm blitzschnell meine Zunge heraus.

„Gute Antwort“, lachte Tom.

Sie schlossen sich unserem Training an. Alle sahen total durchtrainiert aus. Ich schaute ihnen fasziniert zu. Thorsten und Ralf warfen manchmal gleichzeitig nebeneinander und verglichen ihre Flugkurven.

Auch sie konnten gut schreien, aber ihre Schreie trugen die Speere ungleich weiter als meine. Ich wetteiferte mit ihnen, obwohl ich keine Chance hatte. Es machte einfach Spaß. Wir brüllten über den ganzen Platz.

„Du hattest recht“, sagte ich zu Liam, als wir wieder am Rand des Sektors nach draußen liefen, um unsere Speere zurückzuholen, „Speerwerfen hat was. Was Archaisches.“

Liam grinste. „Ich kann dir heute Abend eine Privatvorstellung geben, wenn dich das antörnt.“

Er drehte seitlich ab und lief, ohne einen Blick zurück zur Abwurfstelle zu werfen, in den Sektor hinein.

„Liam!“, schrie ich, so laut ich konnte. Tom vermochte seinen Wurf gerade noch abzubrechen. Mir stockte der Atem.

„Scheiße, Mann, pass doch auf!“ Tom war sichtlich bestürzt, fing sich aber sofort wieder, als er Liams ebenfalls erschrockenes Gesicht sah. „Ich wollte heute kein Schwein am Spieß essen."

„Sorry", entschuldigte sich Liam und rannte dann weiter, um unsere Speere zu holen.

Ich sah ihm hinterher. Man musste wirklich auf ihn aufpassen. Seine Impulsivität war manchmal richtig gefährlich.

Ich begnügte mich bald damit, den anderen weiter zuzusehen, allerdings weniger aus voyeuristischen Gründen als vielmehr, weil mein Arm langsam schlapp machte.

In diesem Moment rief Laura an.

„Hi, Jessi, wie geht's? Kannst du frei sprechen?"

„Ja." Ich lief ein paar Meter von den Speerwerfern fort. Hoffentlich wollte sie mir nicht die Leviten lesen.

„Ich muss mit dir schimpfen. Unser gestriges Telefonat lässt mir keine Ruhe ... Also noch mal langsam. Du warst mit David in Berlin. Bei deinen Eltern. Ihr habt dort Weihnachten gefeiert."

„Jaaaa", sagte ich gedehnt.

„Wo habt ihr übernachtet?"

Lauras Scharfsinn war zum Aus-der-Haut-Fahren.

„In Davids Haus. Wir hatten zwei getrennte Zimmer."

„Das hast du Liam gesagt? Dass ihr zusammen in Davids Haus übernachtet?"

„Ja." Ich kam mir vor wie bei einem Verhör. „Liam weiß, dass ich sowieso zurzeit bei David wohne."

Laura schnaufte hörbar.

„Jessi, du bist von allen guten Geistern verlassen. Mir fehlen die Worte, und das will schon was heißen."

Einen Moment war es still.

Laura schnaufte noch einmal.

„Paß auf. Die Sache ist ganz einfach: Liam oder David. Entscheide dich endlich für einen und gut ist."

Liam hob gerade weiter draußen seinen Speer auf.

„Da gibt es nichts zu entscheiden, denn David ist nicht in mich verliebt."

Liam wog den Speer in seiner Hand. Er beobachtete mich. Aber er war zu weit weg, um meine Worte zu verstehen.

„Da habe ich aber einen ganz anderen Eindruck. Davids Interesse an dir zeigte sich doch schon im Coffee Shop, als ihr euch noch gar nicht richtig kanntet."

„Was?"

„Er hat von seinem Tisch aus immer wieder zu dir rüber geguckt."

„Das hätte ich doch …"

„Nichts hast du gemerkt. Du warst mit deinen eigenen Schweißausbrüchen beschäftigt. Du hast viel seltener einen Blick riskiert. Du warst etwas raffinierter als er. Aber nicht raffiniert genug für mich." Laura lachte. „Männer gehen meistens direkter vor. Aber ich hab euch beide beobachtet. Er hat dich ständig angesehen. Er machte allerdings einen etwas unsicheren Eindruck, deshalb wollte ich nicht beschwören, dass er dich ansprechen würde."

Laura redete nicht mehr ganz so streng mit mir. Aber es fiel mir kaum auf. Ich konnte nicht glauben, was Laura da sagte. David hatte damals so viel sexuelles Interesse an Frauen wie ich an … an … Speeren. Okay, das war ein ungünstiger Vergleich. Wie ich an … Steinen. Also keines!

Ich hörte Laura hektisch mit den Fingern trommeln. „Wie auch immer, triff eine Entscheidung, sonst verlierst du am Ende beide!"

Liam schaute wieder her. Er kniff die Augen leicht zusammen.

„Äh, ja, ich werde darüber nachdenken. Du, ich bin gerade mit Liam auf dem Sportplatz, und ich glaube, er wird ein bisschen ungeduldig. Laura, ich will auch ehrlich nicht ablenken, aber ich wollte dich ohnehin noch anrufen, weil meine Freunde morgen Schlittschuh laufen wollen. Es wäre toll, wenn du mitkommen würdest. Wir treffen uns nachmittags in der Eissporthalle."

„Das geht sicher. Ich kann meine Kommilitonen auch fragen."

„Ja, super, also ich würde mich sehr freuen."

„Okay, dann erzähle mir morgen mal, was ihr auf dem Sportplatz so getrieben habt. Bis dann!"

„Ja, bis dann!"

Ich winkte Liam zu, steckte das Handy ein und lief zu ihm.

„Das war Laura. Sie ist seit heute wieder in Frankfurt. Wir gehen alle morgen Schlittschuhlaufen. Das heißt, ich hoffe, dass du mitkommst."

„Klaro." Liam umarmte mich. „Du bist abgekühlt. Sollen wir heimfahren?"

„Nein, mach ruhig weiter. Ich schaue dir gerne zu."

„Ach, mir reicht es auch."

Wir verabschiedeten uns von den anderen und kehrten wieder ins Gebäude zurück. Mir war tatsächlich etwas kalt geworden, aber unter der heißen Dusche änderte sich das schnell.

Ich zog mich wieder an. Beim Hineinschlüfen in die Handschuhe überlegte ich, was David jetzt wohl so trieb.

Als ich die Umkleide verließ, wartete Liam schon vor der Tür.

„Alles klar?“ Er nahm meine Hand.

Ich nickte.

Es dämmerte, als wir zum Auto liefen. Liams Trainingspartner schleuderten immer noch ihre Speere durch die Gegend.

Liam kochte uns in seiner Wohnung eine riesige Portion Spaghetti. Mittlerweile kannte ich ja die Mengen, die er verdrücken konnte. Nach dem heutigen Training hatte ich aber auch eine Vorstellung davon, wie viele Kalorien er benötigte.

Wir setzten uns nach dem Essen auf das Sofa, und Liam legte endlich seinen Arm um mich und küsste mich. Ich dachte über Lauras Worte nach. Zugegebenermaßen über das, was sie von David gesagt hatte.

Ich konnte zwar nachvollziehen, dass ich aufgrund meiner eigenen Aufgewühltheit und meiner ihm nur ab und zu vorsichtig zugeworfenen Blicke nicht bemerkt hatte, dass David mich ebenfalls öfter angesehen hatte. Aber den Grund hierfür hatte Laura sicher falsch interpretiert.

Trotzdem bereitete es mir Kopfzerbrechen, dass David mich immer noch so anzog. Laura hatte recht. Ich musste mehr Abstand zu David schaffen. Sobald wir den Invasor erledigt hätten, würde ich bei David ausziehen. Und bei Liam übernachten.

Ich rückte noch näher an ihn heran.

Liam spielte mit meinen Haaren.

Da fiel mir noch etwas ein. Etwas Unangenehmes.

„Ich hätte noch einen Wunsch an dich, aber bitte reg dich nicht auf, wenn ich dich das frage.“

„Frag einfach.“

„Okay. Also, du arbeitest doch in der Sternwarte. Es ist nun mal so, dass der Mann, der David und mich bedroht, vermutlich in nächster Zeit dort ... etwas tun möchte, was sehr schlecht für uns ist. Für uns alle. Es wäre enorm wichtig, wenn David und ich ... das verhindern könnten. Aber dazu müssten wir natürlich wissen, wann er kommt. Tagsüber wird das Gebäude von Detektiven bewacht, aber nachts ist die Sternwarte ungeschützt, deshalb ... würde David gerne dort ... eine kleine Überwachungskamera installieren.“

„Nein.“ An der Art, wie Liam es aussprach, merkte ich im Grunde schon, dass diskutieren zwecklos war. Aber es war so entscheidend, die Sternwarte zu bewachen! Ich machte noch einen Anlauf.

„Die Kamera ist winzig klein, sie würde gar nicht auffallen! Es wäre unheimlich wichtig, Liam. Wir ...“

„Nein“, sagte Liam noch mal. Sein Körper neben mir versteifte sich, und ich konnte spüren, wie sich seine Härchen sträubten. „Wenn das herauskäme, würde ich meinen Job dort verlieren. Abgesehen davon möchte ich eure kranken Psychospielchen nicht mitmachen. Den Agentenquatsch kann sich David bei mir abschminken. Es ist traurig genug, dass du dich von ihm bequatschen lässt.“

Liams eisiger Tonfall machte mir Angst. Ich schwieg. Er war richtig wütend. Ich hatte befürchtet, dass das zu viel verlangt war. Aber ich konnte ihm die Tragweite seiner Ablehnung nicht vermitteln.

Vielleicht sollte ich versuchen, dort einzubrechen, und die Kamera selber installieren. Eigentlich blieb uns nichts anderes übrig. Ob das so einfach ging? Sicher würde man aufgrund des Einbruchs die Räume kritischer betrachten und die Kamera eventuell eher entdecken. Ich musste mit David darüber reden.

„Soll ich uns eine DVD einlegen?“ Liam war immer noch sauer, aber er bemühte sich um Konversation.

„Ja, okay.“

Liam machte ein paar Vorschläge, und ich entschied mich für eine Komödie. Dramen bot mir das reale Leben schon genug.

Liam fuhr mich nach dem Film nach Hause und fand einen Parkplatz vor dem Wohnturm.

„Ich bring dich noch hoch.“ Er nahm meine Sporttasche.

Das Appartement empfing uns in absoluter Dunkelheit. Als ich das Licht im Windfang anschaltete, bemerkte ich Davids Mantel an der Garderobe. Wahrscheinlich lag er schon im Bett. Hoffentlich war alles in Ordnung.

Liam schlenderte durch das Wohnzimmer und durchstöberte das CD-Regal.

„Ich hol schon mal meinen Schlafanzug“, sagte ich zu Liam. Bei der Gelegenheit konnte ich nachsehen, ob David wirklich im Bett lag oder ob ich mir Sorgen machen müsste.

Ich schlich mich ins Schlafzimmer. David lag im Bett und schlief. Er trug nichts als Boxershorts, war nur halb zugedeckt und hatte die Bettdecke fest umschlungen.

Ich bewegte mich vorsichtig auf meine Seite des Bettes und zog behutsam meinen Schlafanzug unter dem Kopfkissen hervor.

Als ich mich umdrehte, stand Liam wenige Meter vor der Tür und starrte ins Schlafzimmer. An seiner Körperhaltung konnte ich sofort erkennen, dass Unheil drohte. Ich lief ihm einige Schritte entgegen.

„Sag mal, willst du mich verarschen?“ Liam schrie mich beinahe an.

Er war zum Bersten angespannt und kam mir ebenfalls ein paar Schritte entgegen. Sein Blick wanderte hektisch zwischen mir und dem Bett hin und her.

Ich hatte ein bisschen Angst vor ihm, aber ich dachte an den schlafenden David hinter mir.

„Liam, bitte“, flüsterte ich, und versuchte, ihn zurückzudrängen. Ich wusste, dass ein Gewitter bevorstand.

Liam wich vor mir zurück, machte aber gleichzeitig eine zornige Handbewegung in Davids Richtung.

„Du meinst wohl, du kannst mich für dumm verkaufen“, brüllte er mich an. „Wie lange läuft das schon so, dass ihr in einem Bett schlaft? Gehört das auch zu seiner Agentennummer? ‚Fick mich, ich rette die Welt’?“

Mir schossen die Tränen in die Augen.

„Liam!“ Jetzt wurde ich lauter. „Du weißt überhaupt nichts! Das ist absolut unfair und ungerecht! Was du sagst, ist überhaupt nicht wahr!“

„So? Was meinst du denn, wie lange ich daneben stehen und warten soll, bis es wahr wird? Willst du noch ein bisschen mehr Kohle aus ihm rausquetschen, damit es sich lohnt? Oder bekommt er bereits ab und zu ein Appetithäppchen zugeworfen?“

„Wir schlafen nebeneinander und nicht miteinander, was ist denn daran so schwer zu kapieren?“ Ich heulte und schrie jetzt gleichzeitig. „Warum bist du nur so gemein?“

„Das musst du gerade fragen! Kann es eine vernünftige Erklärung für das geben, was ihr hier treibt? Würde irgendein normaler Mensch den Scheiß glauben, den der Typ dir vorspielt?“

„David spielt mir nichts vor! Er ist der tollste Mensch, den man sich vorstellen kann! Er ist so nett, so rücksichtsvoll, so hilfsbereit, er ist der beste Mensch überhaupt!“

Liam drehte sich um und hielt sich beide Hände an den Kopf.

„Ich halte das nicht mehr aus!“, stöhnte er.

„Liam, bitte glaube mir doch!“ Ich heulte nur noch. „Was kann ich nur tun, damit du mir glaubst?“

Liam drehte sich zu mir und sah mich an.

„Ich weiß es nicht“, sagte er tonlos und wandte sich zum Gehen.

Schräg hinter mir bewegte sich etwas. Ich drehte mein nasses Gesicht in diese Richtung. David stand mit zerzausten Haaren in der Schlafzimmertür. Er sah unendlich traurig aus. Sicher hatte er alles mitgehört.

Ich schämte mich nicht vor ihm; im Moment empfand ich nur Verzweiflung.

Liam befand sich auf dem Weg zur Tür. Ich wusste, dass er mir nicht mehr zuhören würde.

David überholte ihn in drei Sprüngen. Als er an ihm vorbei schoss, schlug sein Schwanz an Liams Arm, und Liam stolperte erschrocken einen Schritt zur Seite.

David sprang gegen die Tür, stieß sich an ihr ab und drehte sich im Flug, sodass er Liam bei der Landung gegenüberstand. Er fauchte und schlug eine Pfote in die Luft. Es war unmissverständlich, dass er Liam nicht vorbeilassen würde.

Liam verharrte steif vor Angst auf seinem Platz und starrte den Geparden an.

In diesem Moment, in dem David als Gepard beschleunigt hatte, wusste ich, dass er alles für mich riskierte. Obwohl er Liam nicht leiden konnte, wollte er ihn mir zuliebe aufhalten. Er offenbarte sich ihm, um meine Beziehung zu retten.

Ich weinte einfach weiter. Aus Dankbarkeit. Aus Liebe. Ich konnte meine Gefühle nicht in Worte fassen. Ich wusste nur, dass das Band, das zwischen David und mir bestand, alles andere in den Schatten stellte. Dass David alles für mich tun würde.

Eine magische Kraft ging von ihm aus, die mich unabänderlich zu ihm trieb. Als ich an Liam vorbeikam, griff er nach meinem Arm, um mich zurückzuhalten.

„Nicht“, flüsterte er.

Ich lief einfach weiter und kniete mich neben David. Meine beiden Arme schlang ich um ihn und drückte mein verheultes Gesicht in sein Fell. Ich atmete mit der Nase in seinem Pelz tief ein, küsste ihn und strich mit meinen Händen über seinen ganzen Körper. Ich gab ihm alle Zärtlichkeit, die ich mir bei seiner menschlichen Gestalt versagte.

Menschen liebkosten nun mal ihre Haustiere.

Angesichts meiner fehlenden Scheu vor dem Raubtier bewegte sich Liam minimal.

„Habt ihr einen Geparden als Haustier?“, fragte er immer noch flüsternd und angespannt.

David rieb seinen Kopf an mir und erwiderte meine Zärtlichkeiten einen Moment. Er atmete tief ein, dann verwandelte er sich zurück und stand auf.

Liam versteinerte.

„Ich *bin* das Haustier“, sagte David und blickte Liam im Vorbeigehen finster an.

Liam starrte mich an, als suche er Halt.
Ich stand auf und fasste ihn am Arm.
„Entspann dich, Liam.“ Ich wischte mir wenig damenhaft die Nase am Ärmel ab. „Du wolltest doch die ganze Zeit die Wahrheit wissen. Jetzt bekommst du sie.“
Ich führte Liam zur Sitzgruppe.
„Möchte noch jemand etwas zu trinken?“ David hatte sich wieder seine Boxershorts angezogen und lief Richtung Küche.
„Ja, bitte einmal Wasser mit Saft.“
Liam starrte abwechselnd David und mich an.
„Bitte zweimal Wasser mit Saft“, rief ich David zu.
David brachte uns die Getränke, zog sich ein T-Shirt über und setzte sich zu uns.
Ich wartete, bis Liam bereit war.
Es dauerte nicht mehr lange.
Dann schaute er mich an.
„Okay“, sagte er, ohne eine Miene zu verziehen, „wozu braucht ihr also die Überwachungskamera?“

Wir saßen bis spät in die Nacht zusammen und redeten. David klärte Liam über seine Herkunft und die Absichten der Invasoren auf. Ich schilderte den Überfall in meiner Wohnung.

„Es tut mir unglaublich leid, dass ich dir nicht mehr vertraut habe.“ Liam nahm meine Hand und strich über die Narbe.

„Ist schon okay“, sagte ich.

David knetete seine Finger.

„Jetzt verstehe ich selbstverständlich auch“, fuhr Liam fort, „warum es diese Personenschützer gibt. Aber ich kann dich natürlich genauso beschützen.“

„Ehrlich gesagt“, antwortete David, „denke ich daran, den Personenschutz auch auf dich auszuweiten. Falls der Invasor dich als Mitwisser betrachtet, bist auch du in Gefahr.“

Liam schüttelte verächtlich den Kopf. „Ich kann auf mich selber aufpassen.“

Liam erwies sich als harte Nuss. Aber ich wollte ihn nicht weiter reizen, indem ich ihm Davids Hilfsangebot anpries.

Wir schwiegen eine Weile.

„Gut“, unterbrach Liam die Stille, „also es wird eine Überwachungskamera in der Sternwarte benötigt, um mitzukriegen, wenn der Invasor dort einbricht und sich an dem Teleskop zu schaffen macht. Aber die kann nur ich dort einschleusen.“ Liam lehnte sich zurück und fixierte David.

„Wir brauchen deine Hilfe“, bestätigte David. „Ich habe eine umfassende Vorstellung davon, welchen Vorsatz der Invasor für das Teleskop baut oder gebaut hat, und es wird ein wenig dauern, bis er ihn am Teleskop angebracht hat. Genug Zeit, um ihm zuvorzukommen, wenn wir durch die Überwachungskamera über seine Aktivität informiert werden.“

„Warum diese Sternwarte? Oder warum dieses Teleskop?“, fragte Liam.

„Die Sternwarte hat ein … älteres Modell“, antwortete David. „Es ist funktional absolut in Ordnung, keine Frage; ein Nachbau würde heute schätzungsweise hunderttausend Euro kosten. Aber es arbeitet mit einer Linse, die neueren mit Spiegeln. Das ist zwar nicht besonders kontrastreich, aber sie sind dadurch viel kleiner und leichter. Ein vergleichbares Spiegelteleskop bekommt man heute schon – das weißt du sicher besser als ich – für etwa eintausendfünfhundert Euro. Wenn der

Invasor damit etwas anfangen könnte, würde er sich ein solches einfach kaufen. Das Problem – oder unser Glück – ist, dass er eine Linse braucht. Er muss unbedingt die Beugungserscheinungen von Spiegelteleskopen meiden, während der Farbfehler durch Linsengeräte irrelevant ist. Bei einem Linsenteleskop kann er relativ einfach besagten Vorsatz anstelle des Okulars einbauen. Die Detektei hat mittlerweile herausgefunden, dass er als kleiner Angestellter arbeitet, also wird er es sich kaum leisten können, ein Linsenteleskop in der benötigten Größe herstellen zu lassen, mal abgesehen davon, dass es eine gewisse Weile dauern würde. Deswegen bin ich absolut sicher, dass er das Teleskop der Sternwarte nehmen wird und nur noch seinen Vorsatz daran befestigt."

„Und die Überwachungskamera?", fragte Liam.

„Die Überwachungskamera kann ein Signal an meinen Laptop abgeben, wie ein Bewegungsmelder. Es geht ja nur um die unbewachten Nächte. Ich stelle mir den Laptop neben das Bett, und wenn das Signal kommt, kann ich losfahren."

„Okay", sagte Liam gedehnt. „Hör zu, David, ich verschaffe dir den Zugang zur Sternwarte, das könnten wir gleich morgen, besser gesagt heute Abend in Angriff nehmen. Ich übernehme die Hälfte der Nachtschichten. Wir können uns abwechseln. Wenn es soweit ist, fahren wir in die Sternwarte und erledigen diesen Invasor."

„Du musst da nicht mitgehen, Liam", warf ich jetzt warnend ein. „Es ist sehr gefährlich. Er wird uns töten, wenn er kann. Du kannst gerne noch mal einen Blick auf meine Hand werfen." Ich hielt sie ihm unter die Nase.

„Das ist meine Entscheidung", sagte Liam abweisend. Er schaute zu David. „Warum hast du dich denn so entschieden? Warum fliegst du nicht einfach nach Hause und überlässt den Dingen ihren Lauf?" Liam kniff die Augen leicht zusammen und verzog verächtlich den Mund.

Davids Miene blieb ausdruckslos. „Dieser Planet könnte den Schlüssel zum Überleben meines Volkes bergen. Ich möchte ihn nicht einfach den Invasoren überlassen."

„Schön", ätzte Liam, „ich möchte diesen Planeten auch für mein Volk erhalten."

Wir schwiegen wieder eine Weile.

Dann ergriff David erneut das Wort. „Ich denke, wir sollten jetzt alle noch eine Runde schlafen. Viel Nacht ist sowieso nicht mehr übrig. Liam, wir können gerne morgen weiter reden."

Liam nickte. Dann wandte er sich an mich. „Wir sehen uns morgen beim Schlittschuhlaufen? Soll ich dich abholen?"

„Ja, das wäre sehr nett."

Liam zog mich an sich, beugte sich zu mir herunter und küsste mich mehrmals auf den Mund.

„Schlaf gut."

„Du auch."

„David."

„Gute Nacht, Liam."

Ich begleitete Liam bis zur Tür und wartete, bis sich der Aufzug hinter ihm schloss.

Als ich mich umdrehte, war David aufgestanden und sah mich unergründlich an.

„Ich bin hundemüde." Er drehte sich um und ging ins Schlafzimmer. Im Laufen zog er sich das T-Shirt aus.

„Ich komme gleich", sagte ich.

Ich vollzog eine Katzenwäsche und schlüpfte in den Schlafanzug.

In dem Moment, in dem ich unter die Bettdecke kroch, konnte ich sehen, wie der Bettenberg auf Davids Seite in sich zusammensank.

Ich rutschte zu ihm hinüber und hob seine Bettdecke hoch. Er leuchtete nur noch schwach. Jetzt war ich mir sicher, dass das Licht pulsierte. Ich schob mich noch näher an ihn heran. Mein Körper bildete einen Halbkreis um ihn, und mit meinem unteren Arm schloss ich den Kreis.

Mit dem oberen Arm zog ich die Bettdecke über uns und schlief ein.

Irgendwie fühlte ich mich zu Liam nicht mehr so stark hingezogen. Unser gestriger Streit und sein Misstrauen waren für mich sehr schlimm gewesen. Was für Schwierigkeiten auch immer ich heraufbeschworen hatte, dass Liam mir so wenig geglaubt hatte, nagte an mir. Aber vielleicht hatte ich ihm doch zu viel abverlangt. Vielleicht hätte mir überhaupt kein vernünftiger Mensch geglaubt.

Außer David.

Aber der war kein Mensch.

Er war so eine Art Über-Mensch. Er stellte seine eigene Sicherheit unter meinen Seelenfrieden. Er würde immer alles tun, damit ich glücklich wäre. Ihm konnte ich bedingungslos vertrauen.

Und dann war da noch etwas anderes.

Ich konnte nicht vergessen, wie ich ihn als Geparden gestreichelt hatte. Wie schön es sich angefühlt hatte.

Wie richtig.

Obwohl es falsch war.

Es war höchste Zeit, aus Davids Appartement auszuziehen. Was nicht gleichbedeutend damit sein musste, dass ich bei Liam einzog.

Aber vor allem anderen stand der Invasor.

Ich nahm meine Tasche mit den Schlittschuhen und fuhr mit Liam ins Erdgeschoss.

„Na, konntest du noch einigermaßen schlafen?", fragte ich Liam.

„Joo, schon. Ich frage mich, wie du die ganze Zeit mit dieser Belastung zurechtkommst. Es fühlt sich komisch an, wenn man nicht weiß, wie lange das Leben noch weitergeht. Obwohl ich zuversichtlich bin, dass ich den Invasor erledigen werde."

Liams überbordendes Selbstbewusstsein gefiel mir nicht, aber natürlich sollte ich an dieser Stelle besser den Mund halten.

Als wir zum Auto liefen, sah ich Herrn Meyer drei Parkplätze weiter stehen.

Liam machte eine leichte Kopfbewegung in seine Richtung.

„Den hast du also auch schon gekannt, damals."

Mein schlechtes Gewissen rührte sich. „Aber du weißt jetzt, warum ich es dir nicht offen sagen konnte."

„Ja." Liam hielt mich an und sah mir ernst in die Augen. „Und ich bewundere dich dafür, dass du dichtgehalten hast, obwohl ich dich so bedrängt habe. Es tut mir ehrlich leid."

„Liam, bitte höre auf dich zu entschuldigen. Es war für uns beide nicht einfach. Lass uns nach vorne blicken."

„Du hast recht." Liam küsste mich, dann lächelte er. „Los geht's."

Als wir händchenhaltend die Stufen zum Eingang der Eissporthalle hochliefen, sah ich Laura oben lächelnd stehen.

„Hallo Laura!", rief ich schon von unten.

„Hallo Jessi, hallo Liam!" Laura winkte uns zu.

Ich hüpfte die letzten Stufen hoch und umarmte sie.

Wir schritten durch die Eingangstüren, hinter denen bereits einige Studenten samt Isinghard und Robert standen. Nassi und Mike R. saßen auf einem Heizkörper und begrüßten mich.

Wir gingen hinunter, und als ich die Handschuhe auszog, um meine Schuhe zu wechseln, hörte ich neben mir einen leichten Aufschrei.

„Oh, Jessi, du Arme, dich hat es ja unheimlich erwischt. Ich wusste nicht, dass es so schlimm ist."

Laura nahm vorsichtig meine Hand. „Darf ich da mal dran fassen?"

„Klar", sagte ich. „Man kann sie schon normal strapazieren." Ich zog und drückte mit der anderen Hand an meiner Narbe herum. Dann fuhr Laura federleicht mit der Hand darüber.

„Voll brutal." Sie machte große Augen. „Hat es sehr weh getan?"

„Erst schon, aber David hat mich sofort ins Krankenhaus gefahren, und ich hab gleich danach eine Schmerztablette eingeworfen."

„Du Arme. Wieso ist das noch mal genau passiert?"

„Sie hat von mir geträumt und ist dabei über ihre eigenen Füße gestolpert", mischte sich Liam ein und entband mich damit von der Aufgabe, mir irgendwelche unwahren Details ausdenken zu müssen. „Was hast du denn so über Weihnachten getrieben?"

Dankbar für Liams Intervention zog ich mir die Schlittschuhe an.

Ich schlug vor, gleich auf den Außenring zu fahren, denn da konnte man sich noch am ehesten beim Fahren unterhalten.

Liam glitt viel schneller übers Eis als wir, und ich nutzte die Gelegenheit, Laura von Roberts Anruf zu erzählen.

„Nein!" Laura schüttelte energisch den Kopf. „Ich bin doch nicht blöd. Von mir hat Robert deine Nummer gewiss nicht. Ich würde bestimmt nicht …"

Laura hielt inne und schaute mit offenem Mund vor sich auf den Boden.

„Oje, weißt du, was echt sein kann? Ich hab doch deine Nummer meiner Kommilitonin gegeben, die dich wegen der Reitställe in Frankfurt anrufen wollte. Da stand Robert in der Nähe. Aber ich hätte nie gedacht, dass man sich so 'ne lange Nummer merken kann."

„Na ja, so kompliziert ist sie ja nun auch nicht. Was soll's, jetzt ist es eh nicht mehr rückgängig zu machen. Ich hoffe nur, er ruft nicht noch mal an. Sonst muss ich meine Nummer ändern."

„Das tut mir echt leid. Nächstes Mal passe ich besser auf."

„Ist nicht deine Schuld. Wer rechnet mit so einem ausgebufften Vorgehen."

Liam schloss zu uns auf. Er trug seine Wollmütze und sah wieder total niedlich aus. Zum Knutschen.

Warum hatte ich mich gestern nur so gehen lassen, als David die Gestalt des Geparden angenommen hatte?

Liam half mir beim Rückwärtsfahren, und es funktionierte ziemlich gut. Er zeigte mir auch, wie man seitlich aus voller Fahrt stoppen konnte. Er beherrschte es perfekt.

„Liam, du bist der Größte." Ich war ehrlich beeindruckt.

Liam grinste. „Ich habe auch …"

„Okay, okay, okay", fiel ich ihm ins Wort. „Das können wir dann zum gegebenen Zeitpunkt erörtern."

Mir gelang der Stopp leider noch nicht ganz richtig, obwohl ich Liams Suggestionsmethode einsetzte. Zweimal legte ich mich unfreiwillig hin, aber tat mir nicht weh. Herr Meyer hielt sicher jedes Mal den Atem an. Trotzdem fand ich, dass ich mich schon schlechter angestellt hatte.

Nach fünf Uhr wurde es etwas leerer, und Liam und ich wechselten auf die große Innenbahn. In der üblichen Sammelecke machten wir eine Pause.

Ich sah den vorbeiziehenden Läufern zu. Irgendwann merkte ich, dass Liam mich nachdenklich ansah. Ich drehte mich zu ihm.

„Alles okay?"

„Jouu."

Liam lächelte. Mir wäre lieber gewesen, wenn er verängstigt ausgesehen hätte.

„Ich denke immer wieder an den Invasor. Es wäre durchaus vernünftig, Angst zu haben. Ich jedenfalls habe Angst", sagte ich. „Um dich, um David, um alle. Und du solltest auch Angst haben. Oder zumindest vorsichtig sein."

Liam legte seine Arme um mich und zog mich zu sich heran.

„Ich werde alles tun, um dich zu beschützen. Wenn ich diesen" – er senkte die Stimme – „diesen Typen in die Finger kriege, wird er es nicht überleben." Liam sah entschlossen aus.

„Es ist fehl am Platz, den Helden zu spielen. Der Invasor ist gefährlich, und ich bin sicher, dass er vor nichts zurückschreckt. Ich jedenfalls freue mich nicht auf eine Begegnung."

Ich dachte wieder daran, dass er den Invasor besser David überlassen sollte, aber ich wollte nicht, dass sich Liam angestachelt fühlte, sich mit David zu messen.

„Ich werde dich beschützen", wiederholte Liam.

Er küsste mich leidenschaftlich. Mir blieb wieder die Luft weg.

„Reißt euch zusammen, Leute, hier sind Kinder anwesend."

Das war die Stimme von Mike R. Er kam mit Nassi und Robert angefahren.

„Wir reißen uns bereits zusammen", sagte Liam und lächelte mich an. Ich rang noch nach Luft.

Wir besprachen dann die morgige Silvesterfeier, die dieses Jahr wieder bei Nassi stattfinden würde. Ihre Eltern feierten stets auswärts und sie überließen uns großzügig ihr Stadt-Haus, sofern wir die Bude nicht auseinandernehmen würden.

Ich hatte Liam schon gefragt, ob er mitkäme. Es war ein gerechter Ausgleich dafür, dass ich Weihnachten mit David verbracht hatte. Als ich es David erzählt hatte, hatte er verständnisvoll reagiert. Wie immer. Dabei hätte David es sich in meinen Augen ruhig leisten können, weniger selbstlos zu sein. Ich hätte es ihm nicht übelgenommen. Ein bisschen gesunder Egoismus stand jedem zu.

Ich schaute auf die Uhr. Ich musste mich langsam verabschieden, um rechtzeitig vor der Tür zu stehen, wenn David mich abholte.

Ich seufzte, schaute Liam an und zeigte mit dem Kopf zum Ausgang. Liam nickte.

Wir verabschiedeten uns von den anderen. Liam begleitete mich und wartete mit mir im Innenbereich an den Eingangstüren. Herr Meyer lungerte ebenfalls ‚unauffällig' dort herum.

Als wir Davids Wagen sahen, gingen wir hinaus.

David und Liam begrüßten sich distanziert, aber höflich. David nahm mir meine Tasche ab.

„Ich rufe dich an", sagte Liam zärtlich und küsste mich auf eine Art, die kein Ende absehen ließ. David stand an der offenen Autotür und wartete. Es war mir unangenehm, dass er uns zusah. Sonst war er doch auch diskreter.

Ich wand mich ein wenig aus Liams Umarmung.

„Wir müssen los …" Ich lächelte entschuldigend.

Ich stieg zu David ins Auto. Er grinste ein wenig.

„Was?", fragte ich.

David schüttelte nur den Kopf und grinste weiterhin.

Wir fuhren zum Coffee Shop. Lizzy begrüßte mich sehr nett. Sie betrachtete meine Narbe und nahm das Attest entgegen.

„Wenn es deiner Hand zu anstrengend ist, dann sage es ruhig offen. Wir sind heute gut besetzt, also fühle dich frei zu entscheiden, ob und wie lange du durchhältst."

„Danke, das ist sehr nett, aber es geht sicher."

David lehnte lässig am Tresen und wartete darauf, von mir bedient zu werden.

Ich begrüßte meine Kollegin mit einer kurzen Umarmung, denn an ihrer Kasse stand eine lange Schlange. Als die Leute merkten, dass ich an der Nachbarkasse bedienen würde, stellten sich gleich einige der Gäste hinter David an. Der Ansturm versetzte mich sofort in Stress. Ich wandte mich an David.

„So, mein Lieber, was möchtest du haben?"

David beugte sich weit über den Tresen zu mir herüber.

„Also von dem, was es hier zu kaufen gibt, hätte ich gerne einen Latte. In einer Dreiviertelstunde muss ich ja schon wieder aufbrechen."

Ich wollte erst nachfragen, weil David etwas gesagt hatte, was ich nicht so richtig verstanden hatte, aber die anstehende Gästeschar brachte mich dazu, mich auf das Wesentliche zu konzentrieren. Latte, kommt sofort.

„Drei siebzig. Und streite dich nicht mit Liam, wenn ich nicht dabei bin." Ich blickte David streng an.

„Würde ich doch niemals tun." David war bester Laune. Okay.

Er bezahlte und grinste mich noch einmal kurz an, bevor er sich umdrehte.

Ich hatte alle Hände voll zu tun. Offensichtlich kam fast jeder, der heute Geschenke umgetauscht oder Gutscheine eingelöst hatte, im Anschluss in den Coffee Shop.

Zwischendurch schaute ich immer wieder mal kurz zu David, der mich ebenfalls ständig ansah, und lächelte ihm zu. Leider konnte ich nicht sehen, als er aufbrach.

Ab da dachte ich nur noch daran, wie David und Liam zusammen die Kamera in der Sternwarte installieren würden. Hoffentlich vertrugen sie sich.

Der Gäste-Andrang ebbte nach etwa einer Stunde ab. Meine Kollegin und ich schnauften durch.

„Hey, woher kennst du dieses Schnittchen, mit dem du hier ankamst?"

„Ach, das ist David …" … Und lass die Finger von ihm, er gehört zu mir, dachte ich und lächelte gepresst. „Er ist mit einer Freundin meiner Schwester verheiratet."

„Oh", sagte sie und schwieg.

Ab und zu kamen Gäste herein, aber das Schlimmste war wohl überstanden. Banker waren heute fast keine dabei, sondern hauptsächlich Leute mit Einkaufstüten.

Irgendwann kam David wieder durch die Eingangstür. Wir strahlten uns an.

„Alles klar?", fragte er mich, als er vor mir stand.

„Ja, und bei dir? Hat alles geklappt?"

„Ja, alles bestens." David war immer noch vortrefflich gelaunt. „Ich erzähle es dir später. Liam kommt auch noch mal vorbei. Kannst du mir so einen großen Salatteller und einen Muffin geben und bitte noch einen O-Saft dazu."

„Jepp."

Mit Erleichterung nahm ich zur Kenntnis, dass sie sich offensichtlich nicht gestritten hatten, und die Installation der Kamera schien auch funktioniert zu haben.

David setzte sich an einen Tisch in der Nähe. Es begann der ruhigere Teil des Abends.

Meine Kollegin verließ uns um acht. Als sie hinausging, hielt sie die Tür für eine andere Frau auf, die hereinkam.

Es war die Blondine, die sich schon einmal an Davids Tisch gesetzt und mit ihm geflirtet hatte, ohne auf Gegenliebe zu stoßen.

Bevor wir uns geküsst hatten.

Lizzy bediente gerade einen anderen Gast, und die Blondine kam direkt auf mich zu.

David aß seinen Salat und beachtete sie nicht. Aber sie sah ihn im Vorbeigehen an.

Ich setzte mein geschäftsmäßiges Lächeln auf.

„Hallo."

„Hallo." Sie lächelte freundlich. „Ich hätte gerne einen kleinen Salat und ein stilles Mineralwasser."

Ich suchte ihre Bestellung zusammen. Sie war schätzungsweise Mitte zwanzig, für meinen Geschmack nicht besonders hübsch, aber keinesfalls unansehnlich. Sie hatte eine auffallende Löwenmähne, die bestimmt auf Männer wirkte. Für meine Begriffe war sie ein bisschen zu bunt im Gesicht. Nun ja, jeder, wie er wollte.

Sie bezahlte und drehte sich um.

Ich hatte es gewusst.

Sie steuerte gezielt Davids Tisch an.

Ich konnte nicht verstehen, was sie sagte, aber David schaute auf und lächelte. Okay, David war ja immer sehr höflich.

Sie zog ihren Mantel aus und legte ihn auf den Stuhl neben sich. Sie trug ein stilvolles, dunkelblaues Kostüm.

Ein neuer Gast nahm meine Aufmerksamkeit in Anspruch. Als ich wieder zu David sah, schien er bereits in einer angeregten Unterhaltung mit der Blondine. Sie lachte ein paar Mal laut auf. Ganz schön affektiert. David würde sicher merken, dass sie sich nicht authentisch benahm.

Sie stand auf und zog ihre Kostümjacke aus. Es sah ein bisschen wie eine Einleitung zum Striptease aus. Was für eine gekünstelte Tussi.

Ich musste allerdings zugeben, dass sie eine super Figur hatte. Sie trug ein figurnahes Shirt, das ihren üppigen Vorbau betonte … und David starrte doch glatt auf ihren Busen! Dann blickte er auf und schaute mich kurz an. Ich sah sofort weg.

Scheiße noch mal. Er hatte definitiv Interesse an Frauen entwickelt. Aber es ging mich nichts an. Wenn er mich nicht mehr in seinem Appartement haben wollte, würde ich nicht umhinkönnen zu gehen. Bei dem Gedanken musste ich schlucken. Ich hatte ja schon vorher daran gedacht, aber mit dieser Tussi wurde es so schrecklich konkret.

„Ich gehe mal schnell in die Fliesenabteilung“, rief ich Lizzy zu und verschwand auf die Toilette.

Ich konnte mir kein Wasser ins Gesicht schütten, weil es meinen Mascara verschmiert hätte, also tupfte ich die Tränen nur vorsichtig mit einem Papierhandtuch ab.

Wie albern von mir, eifersüchtig zu sein! Auch wenn David mich nach wie vor anzog: Ich war mit Liam zusammen, und David konnte tun, was er wollte. Eigentlich war es sogar von Vorteil, dass ich mir vor Augen halten musste, dass Davids äußerliche Attraktivität nicht für mich bestimmt war. Vielleicht würde es ihm helfen, sein Reproduktionsproblem zu lösen, wenn er aus eigener Anschauung herausfand, wie unser Sex funktionierte. Es war so wichtig für sein Volk. Ich musste ihn freigeben.

Ich putzte mir die Nase und betrachtete mich im Spiegel. Mein Gesicht sah nicht verheult aus. Ich konnte wieder hinausgehen.

Die Tür ging auf, und die Blondine kam herein. Ich tat schnell so, als müsste ich mir die Hände waschen.

Sie lächelte mir zu und holte einen Lippenstift aus ihrer Handtasche. Ich sah nicht den Bedarf, aber sie schminkte sich noch mal ordentlich nach. Ich hatte meine Hände nun ausgiebig genug gewaschen und ging nach draußen.

David lächelte mir fröhlich zu, als ich zurück zur Kasse lief. Gut, es war mir offensichtlich nichts anzumerken.

Die Blondine verließ kurz nach mir die Toilette und setzte sich erneut zu David. Die beiden kamen gleich wieder ins Gespräch. David war offensichtlich nicht mehr so reserviert wie bei ihrer ersten Begegnung. Sie beugten sich beide über den Tisch, um ihre Distanz zu verringern, und die Blondine flirtete eindeutig mit ihm. Sie lachte immer wieder übertrieben und warf ständig ihre Haare hin und her. Ich wünschte ihr Tod und Teufel. David hätte sich ruhig eine nettere Frau aussuchen können, auch wenn es nur um Sex ging.

Ich ertrug es nicht mehr hinzusehen und sortierte die Auslagen.

Meine Arbeitszeit zog sich dahin. Die Blondine wollte und wollte nicht gehen. Kurz vor Ladenschluss zog sie ihre Jacke wieder an, und ich schaute doch noch einmal hin.

Sie holte ihre Börse aus ihrer Tasche und nahm einen kleinen Zettel aus ihr heraus. Das sah nach einer Visitenkarte aus. Sie schrieb etwas auf die Rückseite.

Mir fiel nichts anderes ein, als dass es sich um ihre private Telefonnummer handeln musste. David nahm sie lächelnd entgegen.

Dann half er ihr in den Mantel. Sein Blick streifte mich kurz.

Er lächelte weiterhin und sah ihr nach, wie sie den Coffee Shop verließ.

Ich atmete tief aus.

Außer ihm saßen nur noch eine andere Frau und zwei Pärchen im Coffee Shop.

Lizzy wandte sich zu mir und bot mir an, dass ich ruhig schon gehen könnte. Ich hatte auch genug. Meine Beine fühlten sich müde an, vielleicht vom langen Schlittschuhlaufen, und der erste Arbeitstag nach der Weihnachtspause hatte mich ebenfalls angestrengt.

David räumte seinen Tisch ab, als er mich aufbrechen sah.

„Na, alles klar?“ Er hatte immer noch eine super Laune, wie schon die ganze Zeit, seit er mich von der Eislaufhalle abgeholt hatte.

„Ja, ich bin nur müde.“

David nahm meine Hand, als wir zum Auto liefen, und pfiff leise irgendeine Melodie durch die Zähne. Herr Meyer schlenderte in dezentem Abstand hinterher.

Als wir im Auto saßen, konnte ich mich nicht mehr zurückhalten.

„Hat sie dir ihre Nummer gegeben?“

David setzte sich umständlich in seinem Sitz zurecht. „Meinst du diese attraktive, üppig ausgestattete Blondine?“

„Ja.“ Ich schaute auf die Straße. David startete den Motor. Kleine Schneeflocken tanzten im Scheinwerferlicht.

„Ja.“ David grinste. „Ich hätte nicht gedacht, dass es so einfach geht.“

Ich schwieg. Zu gerne hätte ich ihn gefragt, ob er sie anrufen würde. Aber so gutgelaunt, wie David sich präsentierte, kannte ich die Antwort bereits.

Nun ja, wir würden ja hoffentlich bald den Invasor erledigt haben, und im Anschluss daran würde ich bei David ausziehen. Dann hatte er sturmfreie Bude.

Ich musste mich auf das Wichtige fokussieren.

Okay, also was hatte er vorhin gesagt? Liam würde nachher noch mal vorbei kommen.

„Wie lief es in der Sternwarte?“

„Es war sehr einfach. Liam ist Mitglied im Physikalischen Verein. Er hat einen Schlüssel zu dem Gebäude, und wir sind keiner Menschenseele begegnet. Die Kamera haben wir über der Tür zum Raum mit dem Kuppeldach installiert, wo das Teleskop steht. Dort gibt es eine Holzverkleidung ab Augenhöhe bis zum Ansatz des Kuppeldachs, und in den kleinen Spalt zwischen beiden haben wir die Kamera festgeklebt. Fällt überhaupt nicht auf. Wenn er die Tür aufmacht, um sich dem Teleskop zu nähern, wird er aufgenommen.“ David wirkte zufrieden. „Liam hat mich auf mögliche Fehlalarme hingewiesen, weil natürlich auch immer wieder befugte Personen nachts mit dem Teleskop arbeiten. Nur damit du Bescheid weißt. Ich werde gleich zuhause den Laptop einstellen. Es ist ein anderer, als der, den ich sonst benutze. Im Grunde ein Profi-Spionage-Gerät. Für unsere Zwecke gerade gut genug.“

Ob man so ein Teil legal bekommen konnte? Es war mir eigentlich egal. Wichtig war nur, dass wir den Invasor erwischen würden.

Im Appartement riss ich eine Packung Gummibärchen auf und pflanzte mich in den Sessel. Das Arbeiten hatte mich echt geschlaucht. Eine bleierne körperliche Müdigkeit überfiel mich.

Ich schnappte mir Davids Laptop und begann zu surfen.

Ich hatte schon lange nicht mehr nach Klamotten gestöbert. Nach und nach rief ich ein paar Bekleidungs-Anbieter auf und betrachtete die Fotos.

David stand auf und kam zu mir. „Was schaust du dir an?“

„Ach, nichts Bestimmtes, nur so Zeug zum Anziehen.“

Er schaute mir über die Schulter.

„Aha, grün wird modern. Muss ich mir jetzt grüne Anzüge anziehen?“ Seine männliche Stimme direkt neben meinem Ohr.

„Bitte nicht“, sagte ich nur. „Jedenfalls nicht in diesem Giftgrün. Ich weiß nicht, welche Leute sich einen solchen Blödsinn aufschwatzen lassen.“

Davids Gesicht direkt neben meinem. Sein Geruch vernebelte mir die Sinne.

Rück ab!

David zeigte auf ein Kleid. „Guck mal! Modell ‚Brave Hausfrau‘.“

Er schaute mich an und lächelte. Ich musste ebenfalls lächeln. Und ich musste ihn ansehen. Unsere Nasen berührten sich fast.

David und sein schönes Gesicht. Seine eisblauen Augen zogen mich in ihren Bann. Ich versuchte wirklich, mich loszureißen, aber ich schaffte es nicht. Mein Atem ging flacher, und ich schmolz innerlich dahin. Natürlich dachte ich an unseren Kuss. Ich war ein schwaches Miststück. Gedankenfetzen von Ausreden, weshalb ich plötzlich aufstehen und weggehen müsste, und die Sehnsucht nach Davids Lippen, der Wunsch, ihn auf mich zu ziehen und die Beine um ihn zu schlingen, wechselten sich ab, überlappten sich, bekämpften sich.

„Jessi", sagte David feierlich und lächelte wieder, „eines verspreche ich dir hoch und heilig."

Er machte eine kurze Pause.

Ich hörte auf zu atmen.

„Ich werde dir niemals ein solches Kleid schenken."

David grinste, setzte sich wieder auf das Sofa und ließ mich beschämt zurück.

Hoffentlich hatte er nichts gemerkt.

David hatte einen harmlosen Scherz gemacht, und ich konnte meine Begehrlichkeiten nicht im Zaum halten. Ich war geknickt. Ich dachte an Liam und fühlte mich schlecht.

David hingegen versprühte wieder allerbeste Laune. Schön, dass er sich so über seine eigenen Witze freute.

Ich konnte nur beten, dass wir bald den Invasor erledigen würden und ich dann endlich hier ausziehen konnte.

Ich wandte mich wieder dem Bildschirm zu.

David pfiff durch die Zähne.

Alles war friedlich wie immer.

Eigentlich wollte ich gar nicht ausziehen. Das war ja das Schlimme. Ich fühlte mich so wohl bei David.

Teufel noch mal. Ich würde das Richtige tun und ausziehen, sobald alles vorbei war. Ich konnte nicht ewig hinter David herlechzen, und ich wollte Liam unbedingt treu bleiben.

Sobald alles vorbei war.

Ich schloss geräuschlos mein Buch. David senkte die Zeitung, um mich ansehen zu können. Es war manchmal fast ein bisschen gruselig, wie er, auch ohne mich zu sehen, mit seinen Kernen registrierte, wenn ich mich ihm zuwandte.

„Ich glaube, ich werde sehr bald die nächsten Termine für die Selbstverteidigungsstunden ausmachen. Irgendwie habe ich Angst, nicht genügend vorbereitet zu sein … auf alles."

David schaute mich schweigend an.

„Ich möchte nicht nur blöde rumstehen, wenn du mit dem Invasor kämpfst. Wenn er demnächst in der Sternwarte …"

„Nein", unterbrach mich David hart, und ich zuckte zusammen. „Du wirst nicht mitgehen. Das ist zu gefährlich. Ich bin auch nicht glücklich darüber, dass Liam mitgehen will. Aber du gehst auf keinen Fall mit."

„Du kannst mir nichts vorschreiben!"

„Sei vernünftig, Jessi! Der Invasor wird uns nicht unvorbereitet gegenüber stehen. Er weiß, dass wir ihn töten wollen, und er wird seinerseits alles tun, um uns zu töten."

„Das wusste ich von Anfang an. Es ändert nichts an meinem Entschluss."

„Jessi, hör auf damit!" David sprang auf. Seine Muskeln waren angespannt, die Arme leicht vom Körper gespreizt, und irgendwie wirkte er noch größer als sonst. Für einen kurzen Moment überlegte ich, ob er sich auch im Affekt, quasi ungewollt, in ein Lebewesen verwandeln konnte, dem ich lieber nicht begegnen wollte. Seine Augen blitzten.

„Der Invasor ist dir körperlich total überlegen! Ein Schlag, ein Stich, dein Leben kann schrecklich schnell zu Ende sein! Ich werde auf keinen Fall zulassen, dass du mitgehst!", bellte er mich an. Er machte mir fast ein bisschen Angst; auch deswegen wurde ich nun ebenfalls laut.

„Aber ich werde euch auf keinen Fall alleine gehen lassen. Für euch ist es auch gefährlich! Meinst du, ich hocke hier zu Hause, während ihr dort euer Leben riskiert?"

„Ich bin jedenfalls besser gewappnet als du! Ich kann das alleine erledigen. Mir wird schon nichts passieren."

„Ich werde mich auf gar keinen Fall von dir trennen! Ich könnte es nicht ertragen, wenn du … nicht zurückkämst." Ich schluckte die aufsteigenden Tränen hinunter.

Davids Zorn verpuffte wie die Luft aus einem angestochenen Luftballon. Seine Stimme bekam einen flehenden Unterton.

„Jessi, bitte, meinst du etwa, mir ginge es anders? Ich denke nur an deine Sicherheit. Bitte sei vernünftig. Bitte tu es mir zuliebe." David war auf mich zugekommen, hatte meine Hand ergriffen und streichelte sie jetzt zärtlich.

Aber genau darum fiel es mir nicht schwer, hart zu bleiben. Ich würde David nicht alleine gegen den Invasor kämpfen lassen.

„Nein", sagte ich, „und das ist mein letztes Wort."

David wandte sich abrupt ab und lief in die Küche.

Aber auch ich war noch aufgewühlt und bestürzt. Ich hatte nicht damit gerechnet, dass sich meine harmlose Bemerkung so plötzlich in unseren ersten Streit auswachsen würde.

David wuselte eine Zeit lang in der Küche herum, dann setzte er sich wieder auf die Couch.

Ich schaute angestrengt auf den Bildschirm.

Ich war nicht verhandlungsbereit.

Es war allerdings anstrengend, so lange auf den Bildschirm zu starren, während die Gedanken um ein völlig anderes Thema kreisten. Ich wollte David nicht ansehen, damit er es nicht als Schwäche interpretierte. Aber es fiel mir sehr schwer, mich mit ihm zu streiten und unnachgiebig zu bleiben.

Mit der Zeit beruhigte sich mein Herzschlag. Davids Schnaufen wurde ruhiger. Ich konnte mich ab und zu auf das konzentrieren, was auf dem Bildschirm zu sehen war.

Schließlich stand David auf und kam zu mir.

„Es tut mir leid. Bitte verzeih mir. Ich möchte mich nicht mit dir streiten. Ich … halte das gar nicht aus. Ich habe mich noch nie mit jemandem gestritten.“ David stand vor mir, lächelte schief und zog die Schultern ein wenig hoch. Am liebsten hätte ich ihn in den Arm genommen.

„Bitte verzeih mir, dass ich wütend geworden bin“, fuhr er fort. „Ich kann es nicht ertragen …“

„Hör auf, dich zu entschuldigen. Es ist dein Recht, deine Meinung zu sagen, aber ich werde meine deswegen nicht ändern. Und versuche keine Tricks, denn das würde ich dir nie verzeihen. Ich werde mitkommen.“

„Ja“, sagte David. Er sah traurig und erleichtert zugleich aus.

Ich klappte den Laptop zu.

„Ich muss mich mal langsam für die Silvesterfeier fertigmachen“, sagte ich und ging ins Bad.

Während ich mich schminkte und umzog, blies ich Trübsal. Ich wollte nicht, dass David die nächsten Stunden alleine im Wohnzimmer saß und einsam Silvester verbrachte. Ich verfluchte, dass wir uns eben auch noch gestritten hatten. Aber es ließ sich nicht ändern. Jetzt war Liam dran.

Als der Empfang ihn ankündigte, zog ich mir gerade die eisblauen Steine an, die David mir zu unserem Restaurant-Besuch geschenkt hatte. Ich trug ein Kleid aus Berlin, ein modernes kurzes in glänzendem, violettem Satin. Ich wusste, dass Nassi sich ebenfalls aufbrezeln würde, und ich hatte auch Lust, mich schick anzuziehen.

Sobald ich den Schmuck angelegt hatte, ging ich hinaus in den Flur, um Liam vor dem Aufzug zu erwarten. Aber diesmal war er schneller. Er kam schon aus dem Fahrstuhl gestürmt, als ich gerade erst den Flur betreten hatte.

„Meine Fresse“, rief er aus, „was hast du denn für ein geiles Teil an?“

Er umarmte mich und griff mich dabei ungeniert ab.

„Fühlt sich gut an, dieser Stoff. Eignet sich für viele Zwecke.“ Er grinste.

Liam trug eine Schlabberhose und ein Kapuzenshirt. Ich musste innerlich lachen. Wir passten optisch überhaupt nicht zusammen. Aber wenn wir auf diese Weise beide unseren Spaß hatten, ging es für mich völlig in Ordnung.

Wir kehrten noch einmal ins Appartement zurück. Liam gab David den Überwachungslaptop, und ich verabschiedete mich von David.

„Viel Spaß“, wünschte er mir und nickte Liam zu. Dann sah er mich an. „Ich rufe euch an, wenn das Gerät Alarm schlägt.“

Ich wusste, dass er mir damit noch einmal sein Einlenken versichern wollte. Er sah traurig aus, und es zerriss mir das Herz.

„Bis später“, sagte ich. Liam hatte sich schon wieder umgedreht und lief Richtung Tür. Ich legte kurz meine Hand auf Davids Arm.

Auf der Fahrt zu Nassi schaute Liam angestrengt in den Rückspiegel.

„Wen haben wir denn heute im Schlepptau? Ist das nicht wieder der von gestern aus der Eissporthalle?“

Ich schaute auch in den Rückspiegel.

„Ja, ich denke. Hoffentlich bekommen ihn nicht Nassi oder Mike R. zu Gesicht, nicht dass er ihnen auch noch auffällt. Vielleicht sollte ich David bitten, ihn erst mal nicht einsetzen zu lassen, wenn ich mit meinen Freunden was unternehme.“

„Du musst dich nicht immer für alles verantwortlich fühlen.“

Liam lächelte mich an, beugte sich zu mir herüber und küsste mich. Dabei driftete er leicht in den Gegenverkehr.

„Schau auf die Straße Liam! Ich entschädige dich, wenn wir bei Nassi angekommen sind.“

„Deal.“ Liam grinste.

Nassis Haus präsentierte sich hell erleuchtet. Wir mussten ziemlich weit weg parken. Wie viele Leute hatte sie wohl eingeladen?

Bevor ich an der Haustür klingeln konnte, hielt Liam meine Hand fest.

„Wie war das noch gleich … ?“, erinnerte er mich an mein Versprechen.

Wir lächelten uns an.

Liam war definitiv der beste Küsser des Universums. Ich weiß nicht, wie lange wir knutschend vor der Haustür standen. Jedenfalls ging irgendwann die Tür auf, und Nassi lachte laut los.

„Ich habe von drinnen den Schattenriss eines fetten, unförmigen Monsters gesehen und musste doch mal gucken, was da vor der Tür steht. Kommt rein, Leute."

Im Haus schlug uns lautes Stimmengewirr entgegen. Aus dem Wohnzimmer schallte die Musik, die wir schon vor der Haustür gehört hatten.

Es waren unheimlich viele Gäste da, mehr als ich erwartet hatte. Neben unserem engsten Freundeskreis und Lauras Freunden entdeckte ich viele Mitschüler, aber auch einige Gesichter, die ich nicht kannte.

Die meisten Frauen hatten sich wie ich in Abendgarderobe geschmissen, sodass ich mir glücklicherweise nicht overdressed vorkam. Die Jungs hatten teilweise Westen oder Hemden an, die etwas förmlicher aussahen, aber Liam war auch nicht der einzige im Schlabberlook. Ein lustiger, bunter Haufen.

Liam ließ mich auch im Haus nicht los. Es wurde mir mal wieder bewusst, wie schön es war, als Paar unterwegs zu sein.

Mike R. stand sozusagen an der Bar und bot uns an, Cocktails zu mixen, aber Liam verlangte nur ein Bier, und ich selbst wollte erst später anfangen, Alkohol zu trinken. Davon wurde ich immer so müde, dass ich bald ins Bett musste, und ich hatte nicht vor, heute früh schlafen zu gehen.

Wir wechselten in die Küche und trafen dort auf Nassi. Der Geräuschpegel hielt sich hier in Grenzen, und man konnte sich während des Essens gut unterhalten.

Liam verdrückte wieder Unmengen an Salaten, Hähnchenschenkeln und Frikadellen. Wir saßen nebeneinander, und er ließ meine Hand nicht los. Dadurch musste er allein mit der Linken essen, und er fluchte immer wieder, wenn ihm etwas von der Gabel rutschte.

„Selbst essen will gelernt sein", frozzelte Nassi.

„Was man nicht alles für die Liebe tut." Liam blinzelte mir zu.

„Mensch, ich habe bestimmt schon fünfzig Cocktails gemixt, Nassi." Mike R. stand in der Tür und wischte sich theatralisch imaginären Schweiß von der Stirn. „Ich bin froh, dass die Leute so viel Alk mitgebracht haben und auch deine Eltern großzügig gespendet haben. Der Bacardi wird den Abend sicher nicht überleben."

Nassi grinste. „Ja, ich finde meine Eltern auch echt nett. Jedenfalls meistens. Du musst mir später eine Bloody Mary machen."

„Klar, aber jetzt möchte ich erst mal was essen. Auch Barkeeper haben Rechte." Er stellte sich einen Teller zusammen und setzte sich zu uns.

„Lässt du dir einen Bart wachsen, oder hast du nur vergessen, dich zu rasieren?", fragte ich ihn.

„Das wird ein Bart. Darauf stehen die Frauen."

„Echt?" Liam schaute mich erstaunt an.

„Na ja, einer meiner Freunde hat sich erst kürzlich eine Frau abgegriffen, da muss ich mich ja jetzt auch mal anstrengen. Ich dachte, ich versuche es mal so."

„Sieht gut aus", bestätigte ich ihm. „Und, ja, das mit Ole und Sabrina hab ich dann auch irgendwann mal kapiert. War er nicht schon lange hinter ihr her? Ich find's gut, dass er endlich Nägel mit Köpfen gemacht hat."

„Na ja", sagte jetzt Nassi, „soviel ich weiß, musste er nur ‚Ja' sagen, als sie ihn gefragt hat. So groß war sein Einsatz dann ja nun nicht gerade."

„Was?" Liam brüllte fast vor Lachen. Die Frau hatte die Initiative ergriffen, nachdem der Typ ihr jahrelang hinterher geschmachtet hatte! Liam bekam sich gar nicht mehr ein.

„Na und?", fragte Nassi düpiert. „Schon mal was von Gleichberechtigung gehört?"

Liam lachte noch immer und schüttelte den Kopf.

Ich fand nicht, dass Männer immer den ersten Schritt machen müssen. Im Gegenteil, ich fand es toll, dass sich Sabrina offensiv verhalten hatte. Aber mir war klar, dass das zu Liam überhaupt nicht passte. Er war zu selbstbewusst, manchmal zu impulsiv. Wenn ich an unseren Streit in Davids Appartement dachte … Aber ich mochte ihn um seiner Geradlinigkeit willen. Er würde keine Spielchen mit mir spielen. Er wusste, was er wollte und griff danach. Ich hatte mir vorgenommen, ihn keinesfalls zu enttäuschen.

„Na ja, dann müssen wir nun also noch jemanden für Mike R. finden", sagte ich zu Nassi.

Nassi grinste Mike R. übertrieben an und hob mehrmals die Augenbrauen. „Soll ich Sabrinas kleine Schwester fragen, ob sie auf Bärte steht?"

„Ah, nee, also Leute, ehrlich." Mike R. hob abwehrend die Hände. „Das ist ein nettes Mädel, aber sooo nett nun auch wieder nicht."

Nassi und mir fielen sofort noch einige andere Kandidatinnen ein, aber Mike zeigte komischerweise wenig Begeisterung.

„Passt mal auf“, sagte Mike R. „wenn ich eure Hilfe benötige, werde ich es euch als erste wissen lassen.“

Wir neckten Mike R. noch eine Weile, aber er ließ sich wie immer nicht aus der Ruhe bringen. Auch wenn wir unsere Späße machten: Es schien mir unvorstellbar, dass Mike lange Single bleiben würde. Er war ein toller Typ. Es hätte mich gewundert, wenn das nicht schon längst auch anderen Frauen aufgefallen wäre.

Einige Minuten vor Mitternacht wurde es unruhig. Jeder suchte seine Feuerwerkskörper zusammen. Ich holte mir ein Sektglas und wechselte mit Liam auf den Balkon, wo wir uns mit zwanzig anderen in der Kälte zusammenquetschten. Trotz der frostigen Temperaturen empfand ich das irgendwie als gemütlich. Wir zählten die letzten zehn Sekunden herunter.

„Frohes Neues Jahr“, wünschte ich Liam.

„Dir auch“, sagte Liam zärtlich.

Er stellte sich hinter mich und umarmte mich, und wir sahen uns das Feuerwerk an. Die klassischen Raketen, die sich in einer Kugel öffneten, mochte ich am liebsten. Die Sterne funkelten im Hintergrund, und ich überlegte, wie viele von ihnen wohl bewohnt waren.

Ich zückte mein Handy.

„Bin gleich wieder da“, sagte ich zu Liam und drängte mich durch die anderen ins Haus, wo es etwas leiser war. Dann wählte ich den Kontakt.

„Hi, David, frohes Neues Jahr!“

„Oh, das wünsche ich dir auch! Habt ihr eine schöne Feier?“

„Ja, es sind unheimlich viele Leute hier. Ich habe mir schon die Füße platt getanzt. Dein Kleid ist übrigens echt super.“

„Das freut mich. Ich habe ein bisschen Musik gehört. Ich hoffe, Liam trinkt nicht so viel, wenn er dich noch heimfährt.“

„Nein, keine Sorge, er ist absolut verantwortungsvoll. Ich habe eben auch erst ein Glas Sekt getrunken. Aber ich werde mir von Mike R. noch einen Cocktail mixen lassen, und ein bisschen tanzen muss ich auch noch. Geh ruhig schon schlafen, wenn du müde bist. Ich weiß nicht, wie spät es wird.“

„Mal sehen. Ich wünsche dir noch viel Spaß. Danke, dass du angerufen hast. Ich habe auch an dich gedacht, aber ich wollte dich nicht stören.“

„Du störst nie, David. Bis später.“

„Bis dann.“

Ich wäre jetzt gerne bei ihm gewesen. Aber man konnte nicht alles haben.

Als ich mich wieder auf den Balkon drängelte, schaute mich Liam prüfend an. Ich konnte ihm ansehen, dass er wusste, mit wem ich telefoniert hatte. Es gefiel ihm nicht, aber er sagte nichts.

Wir blieben bis drei Uhr. Mikes Cocktail schmeckte so gut, dass ich mir noch einen zweiten und einen dritten machen ließ. Liam hingegen hielt sich seit dem ersten Bier an Softdrinks. Die meisten Leute, die Nassi eingeladen hatte, kannten ihre Grenzen. Einen konnten wir leider nicht mehr davon abhalten, über den Zaun ins Nachbargrundstück zu pinkeln, und kurz bevor wir gingen, ließ jemand – glücklicherweise in der Küche – eine halbvolle Flasche fallen, aber für meine Begriffe würden sich Nassis Eltern nicht beschweren können. Ich hatte Nassi sowieso angeboten, ihr am nächsten Tag beim Aufräumen zu helfen. Auch Mike R. würde antanzen. Das hatte quasi schon Tradition.

Als Liam und ich zum Auto liefen, fühlte ich mich ein bisschen beschwipst. Ich wollte in erster Linie so bald wie möglich aus den Schuhen raus und in zweiter Linie einfach ins Bett fallen.

„Danke, dass du die Fahrerei übernommen und nicht so viel getrunken hast."

„Kein Problem." Liam grinste. „Du bist niedlich, wenn du betrunken bist."

„Ich bin nicht betrunken, nur ein bisschen angedüdelt."

„Nenn es, wie du willst. Jedenfalls bist du niedlich. Wie wäre es, wenn ich die Situation schamlos ausnutze?"

„Das wäre ein guter Plan, aber eigentlich wollte ich erst meinen Schulabschluss machen, eine Ausbildung oder ein Studium durchziehen und ein paar Jahre arbeiten, bevor ich schwanger werde."

„Okay, das ist ein Argument."

„Aber ich verspreche dir, das erste, was ich im Neuen Jahr angehen werde, ist ein Termin beim Frauenarzt. Dann lasse ich mich, wenn's sein muss, auf die Schnelle untersuchen und mir die Pille verschreiben."

„Bist du sicher? Soll ich mitgehen?"

„Möchte ich dir breitbeinig in einer entwürdigenden Position auf einem gynäkologischen Stuhl mein Geschlechtsteil präsentieren? Lass mich überlegen. Nein, ich glaube, dazu habe ich keine Lust."

„Okay, ich könnte aber im Wartezimmer warten. Nur so als sym-

bolische Unterstützung."
„Das überlege ich mir. Das ist wirklich sehr nett von dir."
Liam brachte mich bis vor die Appartement-Tür.
Wir küssten uns noch einmal leidenschaftlich, aber mein Bett rief nach mir.
„Ich muss schlafen. Morgen, das heißt heute, helfe ich Nassi beim Aufräumen. Wir haben uns um elf Uhr verabredet."
„Klar." Liam strich mir über die Wange. „Schlaf gut."
„Du auch."
Das Appartement empfing mich nicht in völliger Dunkelheit. David hatte eine Stehlampe auf unterste Stufe gedimmt. Das war sicher für mich.
Als ich durch den Raum taperte, wurde mir bewusst, dass ich leicht schwankte. Vielleicht war der dritte Cocktail doch zu viel gewesen.
Ich putzte mir rasch die Zähne, schminkte mich schnell ab und wusch mir das Gesicht. Dann löschte ich das Licht und tastete mich hinüber ins Schlafzimmer.
David atmete ruhig.
Ich plumpste mehr ins Bett, als dass ich hinein stieg. Der Raum drehte sich ein bisschen.
Ich wandte mich Davids Seite zu und robbte zu ihm hinüber. Ich wollte ihn noch einmal anschauen. Sehen, dass alles in Ordnung war, bevor ich die Augen schloss.
Meine Augen hatten sich noch nicht an die Dunkelheit gewöhnt. Ich kroch in die Richtung, aus der das Atmen kam.
Nach einigen Sekunden konnte ich erkennen, dass ich schon sehr nah bei ihm lag. Kurz darauf realisierte ich, dass er mir zugewandt lag. Und dann sah ich seine Augen.
Ich schaute in das unergründliche Blau. Er atmete gleichmäßig und sah mich einfach an. Er hatte mich die ganze Zeit schon angesehen, während ich noch nach ihm suchte.
Die Wahrnehmung der Verbindung, die zwischen uns bestand, traf mich plötzlich und voller Wucht. Es waren magische Kräfte, die uns aneinanderbanden. War es der Alkohol in meinem Blut, der mir das Gefühl gab, dass wir uns schwerelos aufeinander zu bewegten? So, wie es auf seinem Planeten sein musste. Man dachte nur an etwas, was man wollte, und schon kam es zu einem. Wir drifteten aufeinander zu, ohne uns zu bewegen. Keiner wandte den Blick ab. Das leise Feuer, das von ihm ausging, breitete sich in meinem Kör-

per aus, ohne dass er mich berührte.

Ich wusste, dass ich betrunken war. Ich musste vorsichtig sein. Ich musste sehr gut aufpassen.

Mit letzter Kraft zwang ich mich dazu, die Augen zu schließen.

Wir kamen erst zehn nach elf bei Nassi an, aber wir waren nicht die Letzten. Nassi wettete, dass Mike R. überhaupt nicht mehr rechtzeitig zum Aufräumen erscheinen würde. Er war wohl erst um halb sechs Uhr morgens als letzter gegangen. Allerdings sah Nassi, die als Gastgeberin ja zwangsweise auch so lange hatte aufbleiben müssen, ebenfalls nicht frisch aus.

Ich war davon ausgegangen, dass David mich nur hinfahren wollte, aber er bestand darauf, mit reinzukommen und zu helfen. Nassi teilte ihn zur typischen Männerarbeit ein: Staubsaugen. Nassi und ich spülten in der Küche das Geschirr und ließen parallel die Spülmaschine laufen.

„Ganz schön nett von David, dass er dir so hilft, obwohl er gestern gar nicht dabei war."

„Ja. Er ist echt immer total hilfsbereit." Ich zögerte. „Aber er und Liam …"

„Ich kann's mir schon denken", sagte Nassi.

Wir schwiegen eine Weile.

Nassi wischte den Küchentisch ab.

„Ich stelle das abgetrocknete, saubere Geschirr erst mal hier drauf und tu's dann stapelweise in die Schränke."

Nassi trocknete weiter mein gespültes Geschirr ab. Sie wartete.

Ich holte tief Luft. „Weißt du, ich verstehe nicht, warum meine Freundschaft mit David für Liam immer noch ein Problem ist, wo ich ihm doch ständig versichere, dass zwischen uns nichts läuft."

„Na ja, ich habe mich mit Laura ehrlich gesagt auch schon darüber unterhalten. Jessi, wir können einfach nicht glauben, dass David nicht in dich verliebt ist."

„Nun, er hat mir aber selber gesagt, dass er … nicht in mich verliebt ist." So ähnlich jedenfalls.

„Ich weiß nicht, warum er das sagt. Womöglich hat er Angst vor einer Beziehung. Ich kann dir nur sagen, was alle sehen. David schaut dich an, als wärst du Angelina Jolie. Rihanna. Das wiederauferstandene Schneewittchen. Okay, das mit Schneewittchen stammt von Mike R."

Mike R. redete auch schon darüber? Das war mir etwas unangenehm.

„Augen lügen nicht. Und Davids sind sehr vielsagend."

Ich schwieg. Was Nassi sagte, verwirrte mich. Das passte nicht zu meiner Wahrnehmung. Vielleicht missinterpretierten sie alle nur Davids Verbundenheit mit mir, die aufgrund unseres übergeordneten

Ziels entstanden war, als Verliebtheit.

„Denke um Gottes willen nicht, dass ich dir Liam madig machen möchte“, fuhr Nassi fort. „Liam ist toll. Ein super Typ. Aber David ist nicht der Einzige, dessen Augen sehr sprechend sind.“

Ich schaute ins Spülwasser. Was konnte man meinen Augen ansehen, außer, dass zwischen David und mir ein ungewöhnlicher, besonderer Pakt bestand? Unser gemeinsames Ziel, den Invasor zu töten? Unser gegenseitiges Vertrauen? Unser wortloses Verständnis füreinander, wie das nun einmal war bei … bei … bei Leuten, die sich ungewöhnlich nahe waren.

Bei Liebespaaren zum Beispiel.

Aber wenn ich irgendwie in David verliebt wirkte, so war das sicher nur aufgrund seiner unglaublichen äußeren Attraktivität, die mich peinlicherweise in ihren Bann zog.

Jedoch, was ich mir eben selber in Gedanken aufgezählt hatte, hatte in der Tat nichts mit Äußerlichkeiten zu tun. In seiner wirklichen Gestalt vertraute ich ihm genauso. Gab es nicht minder das Band zwischen uns, das ich als ungeheuer stark empfand. Würde ich ebenfalls alles tun, um ihn zu beschützen. Könnte ich nicht ertragen, von ihm getrennt zu sein.

Ich würde ihn niemals verlassen wollen, egal, wie er aussah. Ich dachte an die Blondine aus dem Coffee Shop. Ich wollte auch nicht, dass er mich verließ. Obwohl es vielleicht bald so kommen würde.

Mit einem lauten ‚Plop' fiel eine Träne ins Spülwasser. Nassi legte ihr Geschirrtuch beiseite, nahm mir den Schwamm aus der Hand und legte ihn auf die Spüle. Dann umarmte sie mich innig.

Ich schluckte.

„Weißt du, er hat gesagt, er kann sich nicht verlieben. Er ist … anders. Ich dachte, ich falle nur auf sein attraktives Aussehen herein. Und da eine Beziehung mit ihm unmöglich ist … Dann kam Liam. Liam ist so selbstbewusst, so zielstrebig. Ich habe mich in Liam verliebt. Ich möchte nicht, dass ich David …“

„Du hast dich offensichtlich in zwei Männer gleichzeitig verliebt. Kann doch vorkommen. Deshalb musst du nicht in Sack und Asche gehen. So wie ich dich kenne, bist du Liam treu, und damit musst du dir nichts vorwerfen. Obwohl es schon mehr als komisch ist, dass du bei David wohnst. Aber ob das eine Dauerlösung sein kann, dass ihr euch nur anschmachtet, wage ich zu bezweifeln. Ich glaube, du musst erst einmal herausfinden, welchen von beiden du mehr liebst.“

„Das spielt keine Rolle, denn ich weiß, dass David nicht in mich verliebt ist. Was auch immer ihr zu sehen glaubt, hat andere Gründe. David und mich verbindet … etwas Ungewöhnliches. Aber ich glaube, du hast recht, was meine Gefühle zu David betrifft. Ich wollte es nicht wahrhaben, weil ich mit Liam zusammen bin, und es ist auch nicht richtig. Es ist Liam gegenüber nicht fair, auch wenn zwischen David und mir nichts läuft."

„Du musst dir eine Lösung ausdenken", sagte Nassi streng, „und egal wie die Lösung aussieht, ich bin immer für dich da." Sie schaute mir feierlich in die Augen.

„Danke, Nassi, danke, wirklich." Ich schniefte.

„Freunde müssen zusammenhalten", betonte Nassi.

„Komm, lass uns weiterarbeiten, ich will hier nicht wie eine Heulsuse herumstehen."

Nassi und ich wandten uns wieder dem Geschirr zu.

Mike R. war mittlerweile auch eingetrudelt, sammelte das Altglas ein und stellte es in Plastiktüten vor die Haustür. Sein Gepolter dröhnte durchs ganze Haus.

Ich konnte nicht mehr aufhören, an David zu denken. Ich liebte ihn. In jeder Gestalt. Es mir einzugestehen war komischerweise eine Erleichterung. Auf einmal machte alles einen Sinn. Ich war nicht einfach eine miese Schlampe, die einem gutaussehenden Mann willenlos zu Füßen lag, obwohl sie bereits einen Freund hatte. Ich war in beide Männer verliebt.

Ich überlegte, ob das die Sache besser machte. Konnte man sagen, ach Schatz, mach dir nichts draus, den anderen liebe ich auch, aber ich schlafe ja nicht mit ihm?

Nein, das würde Liam verletzen. Allerdings, wenn ich es ihm verheimlichte, käme ich mir auch mies vor. Ich würde eine Entscheidung treffen müssen. Aber nicht jetzt. Über dieses Problem musste ich in Ruhe nachdenken.

Trotzdem konnte ich nicht aufhören daran zu denken, dass ich David liebte. Ich lächelte bei dem Gedanken. Ich liebte David. Ich hatte ihn von Anfang an geliebt. David, mein Augenstern.

David betrat die Küche.

„Hey." Nassi wedelte mit dem Geschirrtuch in seine Richtung. „Bist du mit dem Staubsaugen fertig?"

„Ja", sagte er.

Ich hatte mich zu David umgedreht. Zum ersten Mal schaute ich ihn in dem Bewusstsein an, dass ich ihn liebte.

David war in der Mitte der Küche stehengeblieben und sah mir in die Augen. War da etwas anderes in seinem Blick? Lag etwas anderes in meinem? Ich spürte wieder übermächtig die Verbindung, die zwischen uns bestand. Das leise Feuer, das von ihm ausging und von mir Besitz ergriff. Ich wandte mich krampfhaft wieder dem Spülbecken zu.

Ich würde mich zusammenreißen.

Nassi wies David an, das schmutzige Geschirr einzusammeln und in die Küche zu tragen. Sie führte ein strenges Regiment, aber das Aufräumen flutschte. Wir hatten das Haus innerhalb von zwei Stunden wieder in einen Top-Zustand versetzt und uns damit die Silvester-Party fürs nächste Jahr gesichert.

Nassi lud uns zum großen Reste-Essen ein. Ich hatte noch keinen nennenswerten Hunger, setzte mich aber gerne dazu. David war selbstverständlich mit dabei. Mike R. zog ihn gerade wegen seiner haushälterischen Fähigkeiten auf. Er hatte ihn beim Staubsaugen beobachtet.

„Erzähl mir alles“, forderte ich ihn eiskalt auf und grinste David an.

„Oh, er hat es grundsätzlich schon hingekriegt“, sagte Mike, „aber er hat ungefähr zehnmal so lange gebraucht wie jeder normale Mensch.“

„Wenn du wüsstest, wie viele Krümel und Bakterien sich in Teppichen tummeln“, verteidigte sich David.

Ich musste lächeln. David sah natürlich mehr als wir.

„Ich hab doch keine Bakterien-Phobie.“ Mike boxte in die Luft. „Was nicht tötet, härtet ab.“

„Bis zu einem gewissen Ausmaß hast du recht“, bestätigte David.

Mike griff sich ein hartgekochtes, buntes Ei. „Ey, Mann, habt ihr Ostereier? An Neujahr?“

„Solche Eier gibt's doch das ganze Jahr über“, antwortete Nassi. „Aber ich muss dich vorwarnen: Sie lassen sich schlecht schälen. Ich hatte gestern auch schon eines.“

Mike R. hatte bereits mit dem Schälen begonnen.

„Schlecht zu schälen ist etwas untertrieben. Wenn ich mit dem Pellen fertig bin, ist fast kein Ei mehr übrig.“ Er schaute missmutig auf sein Ei.

Mein Handy klingelte. Ich sah aufs Display und nahm den Anruf an. „Hey, Liam, hast du gut geschlafen?“

„Ja, was treibst du so?“

„Ich bin bei Nassi, und wir haben alle fleißig aufgeräumt. Jetzt essen wir gerade. Und du?“

„Ich möchte nachher joggen gehen und dachte, vielleicht hast du Lust mitzukommen. Ich wollte in den Stadtwald.“

„Ja, das ist eine gute Idee.“ Ich blickte auf die Uhr. „Wie wäre es mit fünfzehn Uhr?“

Liam sagte zu, und wir vereinbarten die Oberschweinstiege als Treffpunkt.

„Soll ich dich um fünfzehn Uhr irgendwohin fahren?“, fragte David.

„Oh, das wäre total nett.“

Ich fing einen neugierigen Blick von Nassi auf und überlegte, ob sie uns zum ersten Mal beobachtete oder ich es nur zum ersten Mal bemerkte.

Ich versuchte, David nicht so anzuhimmeln. Falls ich das tat.

„Könntest du mich in den Stadtwald fahren? Liam und ich wollen joggen gehen.“

„Sicher.“

„Ach, nennt man das heutzutage ‚im Stadtwald joggen'?“ Mike R. zog die Augenbrauen hoch. „Ich dachte, das heißt ‚Outdoorsex'.“

Aus dem Augenwinkel konnte ich erkennen, dass David mich aufmerksam ansah.

Aber bevor ich antworten konnte, sprang Nassi für mich in die Bresche. „Mach keine Sprüche, Mike! Wenn du versuchst, Jessi in Verlegenheit zu bringen, muss ich sofort an Pauline denken. Wie war das damals noch gleich …“

Ich wusste, was Nassi meinte. Nachdem Mike R. mit ihr Schluss gemacht hatte, hatte Pauline erzählt, dass Mike im Bett eine Niete gewesen sei. Wir waren uns alle ziemlich sicher, dass sie ihn nur dissen wollte, aber ein Hinweis auf Pauline genügte noch heute, um Mike R. unter Druck zu setzen.

Mike schmollte. „Du immer mit deinem ‚müssen'. Du musst gar nichts.“

„Was war denn mit Pauline?“ David hatte einen unschuldigen Hundeblick aufgesetzt, aber bestätigte meine Annahme dadurch nur umso mehr, dass er Interesse an Sex entwickelt hatte.

„Hör bloß auf!“, beschwerte sich Mike R., „Männer müssen doch zusammenhalten!“

„Natürlich, richtig“, lenkte David ein und sah mich mit fragenden Augen an.

Ich zwinkerte David zu. Das konnte ich erst erklären, wenn Mike nicht mehr dabei war.

Nachdem wir alle fertig gegessen hatten, verabschiedeten wir uns. Nassi bedankte sich vielmals für unsere Hilfe beim Aufräumen, und wir sprachen unseren Dank für die schöne Silvesterfeier aus.

Ich verabschiedete mich von Nassi mit einer Umarmung. „Bitte sage deinen Eltern auch noch mal vielen Dank."

David und ich hatten Nassis Haus noch keine hundert Meter hinter uns gelassen, als er nach Pauline fragte.

Ich erzählte ihm diese alte Geschichte, und er hörte interessiert zu.

„Denkst du, er hat mit ihr geschlafen?"

„Nein, ich denke nicht, und das war meiner Ansicht nach auch genau der Grund, weshalb Pauline sauer war und Mike schließlich Schluss gemacht hat. Es zeichnete sich früh ab, dass Pauline ihm auf den Keks ging, weil sie ständig schlecht über andere redete, deshalb hat es keinen gewundert, dass Mike es nicht lange mit ihr ausgehalten hat."

„Denkst du, er ist eine Niete im Bett?"

„David! Woher soll ich das denn wissen?"

„Na, vielleicht haben Frauen ja so eine Ahnung, wenn sie einen Mann sehen."

„Also da habe ich noch nicht bewusst drüber nachgedacht. Aber ehrlich gesagt habe ich auch keine Lust, mir Mike beim Sex vorzustellen." Ich schaute auf das Auto vor uns.

„Und, ist Liam gut im Bett?"

Mein Kopf flog herum. „Das ist eine absolut indiskrete Frage."

„Wieso, wir sind doch befreundet." David zog seine Augenbrauen erstaunt in die Höhe. „Redest du mit Nassi oder Laura nicht über solche Dinge?"

„Das sind meine Freundinnen! Das ist etwas völlig anderes!"

„Weil es Frauen sind?"

„Nein … Doch … Also, das ist schwierig zu erklären." Ich stützte meinen Ellbogen auf die Innenverkleidung der Tür.

„Warum?"

Ich richtete mich auf. „Herrje, das ist doch eine total intime Sache. Das bespricht man nur …" ‚Mit seinen besten Freunden', wollte ich sagen. Aber das war nicht der Grund. David war mein bester Freund. Ich vertraute niemandem mehr als ihm. Mit ihm konnte ich alles bereden.

Alles außer Sex. Das, woran ich in Davids Gegenwart überhaupt nicht denken sollte, wenn ich Liam treu bleiben wollte. Außerdem war es mir unangenehm, über meine Beziehung mit Liam zu reden, weil ich in David verliebt war. So viel hatte ich mittlerweile verstanden.

„Das besprechen Frauen in der Regel nicht mit Männern."

David legte den Kopf schief. „Aber in deinen Augen bin ich doch gar kein Mann, oder?"

Himmel, wollte er mich ärgern? Ich konnte doch nicht sagen: Man bespricht das nicht mit anderen Männern, in die man verliebt ist.

„Entschuldige, ich wollte dich nicht erzürnen. Rein sachliche Neugier. Würde mein Volk sicher interessieren."

Er fuhr einfach lächelnd weiter. Das Thema schien für ihn erledigt.

Seine gute Laune ging mir auf die Nerven.

„Liam und ich haben noch nicht miteinander geschlafen. Ich bin nicht eine von den Tussis, die gleich mit jedem in die Kiste hüpfen. So lange kennen Liam und ich uns ja auch noch gar nicht. Es sind nicht alle Frauen wie deine vollbusige Blondine, die den Männern gleich ihre Nummer zusteckt, nachdem sie sich nur einmal mit ihnen unterhalten hat."

David lächelte immer noch.

„Sie hat sich zweimal mit mir unterhalten, bevor sie mir ihre Nummer gegeben hat."

Sollte das lustig sein? Ich kochte.

Er sah mich an.

„Aber du hast recht, solche ‚Tussis' sind nicht jedermanns Sache. Jedenfalls habe ich nicht vor, sie anzurufen."

Er sah mich noch mal an.

Mir wurde bewusst, dass ich ihn mit großen Augen anstarrte, und schaute schnell aus dem Fenster.

Er hatte sie nicht angerufen. Er würde sie nicht anrufen.

Und sein Interesse an Sex? Hatte ich mich hierin auch geirrt? Er hatte doch eindeutig mit ihr geflirtet. Jedenfalls hatte ich den Eindruck gehabt. War ich denn total bescheuert?

Wenn sich jemand nicht verlieben konnte, aber Interesse an Frauen zeigte, welcher Art könnte dieses Interesse denn sein, wenn nicht sexueller Natur?

Ob er Bedenken wegen seines Erektionsproblems hatte? Ja, wahrscheinlich hatte er Angst, dass er nicht mit ihr schlafen konnte, obwohl er es gerne ausprobiert hätte. Ein anderer Grund fiel mir nicht ein.

Als wir zuhause ankamen, hatten wir noch etwas über eine Stunde Zeit, bis zu meiner Verabredung zum Joggen mit Liam. Ich schnappte mir den Laptop und surfte ein bisschen hier und da. David saß auf der Couch und hörte Musik.

Während ich im Internet unterwegs war, dachte ich ständig daran, dass es nicht nur Davids äußere Erscheinung war, die mich anzog. Wahrscheinlich hätte es mir irgendwie widernatürlich vorkommen müssen, mich in ein Alien zu verlieben, aber ich konnte es beim besten

Willen nicht so sehen. Und wenn ich denn schon dabei war, ehrlich zu mir selber zu sein: Meine Gefühle für David waren stärker als die für Liam.

Doch welche Konsequenzen sollte ich aus meiner Erkenntnis ziehen? Liam verlassen, weil es ein Lebewesen gab, für das ich noch mehr empfand, auch wenn ich nie mit ihm zusammenkommen würde? Ich fürchtete mich nicht davor, alleine zu sein.

Aber ich scheute davor zurück, Liam weh zu tun. Ich liebte auch ihn. Ich konnte Liam nicht verletzen. David hingegen liebte mich nicht und war mit unserer Freundschaft zufrieden. War es nicht logisch, dass ich mit Liam zusammen blieb?

Ich seufzte und schaute zu David.

Hatte er mich schon die ganze Zeit angeschaut?

„Alles okay?", fragte er.

„Ja." Ich schaute wieder auf den Laptop.

Ich würde einen Weg finden müssen, wie ich künftig mit beiden umging. David völlig zu verlieren, würde ich nicht ertragen. Es musste doch eine Lösung geben.

Ich brauchte eine Verschnaufpause und bedeutete Liam weiterzulaufen. Herr Wellenstein lief ja noch schräg hinter uns. Er war zwangsweise mitgejoggt und würde verhindern, dass ich mich allein auf weiter Flur befand.

Liam hatte eine Kondition wie ein Tier. Er drehte eine riesige Extra-Runde, während ich ans Auto gelehnt auf ihn wartete.

Plötzlich hörte ich einen Schritt hinter mir und zuckte zusammen.

„Liam, verdammt, schleich dich doch nicht so an!"

„Sorry, das war nicht meine Absicht."

„Ich habe gerade über die Invasoren nachgedacht, und da kommst du von hinten angekrochen."

„Du brauchst keine Angst zu haben." Er sah mich zärtlich an. „Ich werde dich beschützen." Sein Lächeln wurde sarkastisch. „Wir werden dich beschützen." Er schnaufte und zog mich zu sich heran. „Ich lasse dich nie mehr gehen", sagte Liam ernst. Seine Augen wurden dunkel. Er strich mir mit der Hand die Haare zurück, führte sie dann in meinen Nacken und küsste mich. Die ersten Sekunden war mir Herr Wellensteins Anwesenheit noch bewusst, aber Liam raubte mir den Verstand und jede Hemmung.

David erwartete uns schon in der Appartement-Tür. Er lächelte.

„Hey, wollt ihr einen Tee oder Kaffee?"

„Hallo, David", sagte ich. „Ein Tee wäre super."

Liam schüttelte den Kopf. „Für mich bitte nicht. Ich möchte nur den Laptop abholen."

„Ja, danke."

Wir gingen ins Appartement, und David holte den Laptop aus dem Schlafzimmer. Liam klemmte ihn unter seinen Arm.

„Okay, dann mach ich mich mal auf."

Er wandte sich zu mir.

„Bis morgen." Er küsste mich leicht auf den Mund. Noch mal. Und noch mal. Ich verlor mich in seinen warmen, braunen Augen.

Ich begleitete ihn bis zur Tür. Bevor er in den Aufzug stieg, winkten wir uns noch einmal zu.

Dann war er fort.

Ich sprang rasch unter die Dusche.

Als ich ins Wohnzimmer zurückging, stellte David gerade ein Tablett auf den Tisch.

„Super! Ich liebe diese Schokoladen-Lebkuchen." Ich schnappte mir einen.

„Ich werde Frau Sägebrecht bitten, mehr zu besorgen."

„Klar, damit ich schön dick und fett werde."

„Du hast eine tolle, weibliche Figur. Ich kann mir gar nicht vorstellen, dass du dick und fett wirst."

Wir setzten uns auf die Couch. Das heißt, ich legte mich so halb hin, weil ich vom Joggen total platt war. David surfte, und ich las in einem Buch, das ich schon eine Weile im Visier gehabt hatte. Wir tranken Unmengen an Tee, und David setzte mehrmals neues Wasser auf.

Ich schaute immer wieder auf David. David, den ich liebte. David, mein bester Freund.

Er hatte mir für den Abend einen Restaurant-Besuch angekündigt, und ich verschwand eine halbe Stunde, bevor wir aufbrechen mussten, ins Bad und zog das Kleid an, das ich schon bei unserem ersten Restaurant-Besuch getragen hatte.

Ich versuchte mich an smokey eyes, was auch ziemlich gut gelang.

Dann ging ich ins Wohnzimmer und wartete auf David, der sich im Schlafzimmer umzog.

Ich schaute durch die Glasfront auf die erleuchtete Stadt. Wie lange war es her, dass ich hier zum ersten Mal hinausgeschaut hatte? Es schienen Jahre zu sein. Wie oft würde ich noch hier hinaus schauen?

Ich seufzte.

Als die Schlafzimmer-Tür geöffnet wurde, drehte ich mich um. David in einem Anzug mit halboffenem Hemd. Wenn dieser Mann tatsächlich keinen Sex haben konnte, dann wäre das eine Sünde gegen die Natur. Eine Ressourcen-Verschwendung höchsten Ausmaßes. Eine unverzeihliche Vergeudung.

Wir lächelten uns an.

David kam auf mich zu, und für einen Moment dachte ich, er wollte mich an der Taille fassen und an sich ziehen.

Er nahm meine Hand.

„Auf geht's." Seine Stimme klang rau.

Wir liefen zur Tür und zogen unsere Mäntel an. Dann fuhren wir mit dem Aufzug in die Tiefgarage. Ich sah ihm über den Spiegel im Aufzug in die Augen, und David tat das gleiche bei mir.

Wir sprachen nicht.

Ich wusste nicht, ob David spüren konnte, dass ich traurig war.

Ich dachte immer wieder an meinen Auszug aus seinem Appartement, aber das stellte ja nur eine von zwei Möglichkeiten dar, die uns offen standen. Die andere bedeutete, dass der Invasor uns töten würde. Ich verdrängte diese Variante immer wieder, aber auch das war eine Möglichkeit. Jedenfalls würde es irgendwann mit David nicht mehr so sein, wie es jetzt war.

Umso mehr sollte ich unsere gemeinsame Zeit auskosten. Auf der Fahrt ins Restaurant begannen wir wieder, uns zu unterhalten. Ich schaute David aufmerksam ins Gesicht. Ich wollte keine seiner Regungen verpassen.

Wir fuhren in die ‚Villa Merton' in der Nähe der Miquelallee.

Das Restaurant war schon von außen ein Gedicht. Rote Steine harmonierten mit der weißen Fassade und dem dunkelgrauen Schieferdach.

David schien nicht zum ersten Mal hier zu sein, denn er wurde mit seinem Namen begrüßt. Wir saßen in der Nähe eines Gemäldes, das lustigerweise wie die Innenansicht eines Restaurants aussah, welches dem unseren ähnelte.

Nachdem wir die Bestellung aufgegeben hatten, fragte ich ihn, woher ihn die Leute kannten.

„Ich war hier früher des Öfteren zu Geschäftsessen", erklärte er. „Wenn du den Kunden rätst, wie sie ihre Millionen anlegen sollen, kannst du nicht parallel in eine Currywurst beißen."

„Warum nicht?"

„Tja, warum nicht … Ich nehme an, die Leute vertrauen dir eher, wenn du selber aussiehst, als ob du eine Menge Geld hättest und dir ein teures Essen leisten kannst. Dann wirkst du erfolgreich, und die Kunden wollen an diesem Erfolg teilhaben."

„Wirklich? Hattest du nie das Gefühl, dass dich jemand für einen aufgeblasenen Angeber hält oder eigentlich lieber mit dir in den McDonalds gegangen wäre?"

David lachte. „Du wirst dich wundern, aber der Berliner Kunde, dem heute Boris und Arwen gehören, hat sich tatsächlich nach dem Geschäftsabschluss mit mir an eine Frittenbude gestellt und mir das ‚Du' angeboten. Deshalb hatte ich auch keine Hemmungen ihn zu fragen, ob wir seine Pferde für einen Ausritt bekommen. Der Mann ist mir sehr sympathisch."

„Und du, wohin gehst du lieber essen?"

„Ich weiß nicht … Ich habe mich immer den Gegebenheiten angepasst. Was der Job verlangte, habe ich gemacht. Du weißt ja, Hauptsache nicht auffallen."

David schwieg eine Weile.

„Ich glaube, ich habe mich sowieso kaum gefragt, was ich wirklich will. Wie du weißt" – er senkte ein wenig die Stimme – „wird der Wert eines Individuums nicht überall gleich bemessen. Ich habe mich immer nur gefragt, wie ich möglichst viel Wissen aufnehmen kann. So verrückte Dinge wie ausreiten oder einen Tanzkurs machen sind mir erst in den Sinn gekommen, seit ich dich kenne."

„Freut mich, dass ich deine Persönlichkeitsentwicklung etwas vorantreiben konnte." Ich schaute ihm lächelnd in die Augen.

„Ja, du hast Entwicklungen bei mir in Gang gesetzt, deren Ende ich noch gar nicht abschätzen kann", gestand David stirnrunzelnd.

„Willkommen auf der Erde." Ich hielt ihm mein Weinglas hin.

David stieß mit seinem leicht an.

„Ich werde dich über den weiteren Verlauf unterrichten", sagte er lächelnd.

Das Gefühl der Vertrautheit zwischen uns war fast schmerzhaft. Hoffentlich würde ich alles an unserer Freundschaft, was nicht der Beziehung zu Liam schadete, festhalten können.

Wir verließen das Restaurant erst mit Schließung um zweiundzwanzig Uhr.

Zuhause angekommen überließ mir David den Vortritt im Bad.

Als ich im Bett lag, dachte ich noch einmal über den Tag nach. David kam bald darauf und legte sich neben mich.

„Schlaf gut."

„Ja, du auch."

Aber ich konnte nicht schlafen.

Zum ersten Mal lag ich in diesem Bett und wusste, dass ich David liebte. Mein Körper sehnte sich danach, zu ihm unter die Decke zu schlüpfen. Jetzt, wo ich wusste, dass es nicht nur sexuelle Begierde war, die mich in seine Arme trieb, fühlte es sich so schrecklich richtig an.

Ich drehte David den Rücken zu. Aber meine Sehnsucht ließ nicht nach, und meine Fantasie tat ihr Übriges. Ich verfluchte den Invasor, der mich an dieses Appartement fesselte.

Ich schreckte von einem Klingeln auf. David neben mir zuckte ebenfalls zusammen und nahm seinen Arm von meiner Bettdecke. Das Klingeln kam von seinem Smartphone. Meine Kehle war augenblicklich wie zugeschnürt.

David ging ran und sagte nur: „In Ordnung. Wir treffen uns vor dem gegenüberliegenden Haus in der Senckenberganlage."

Ich wusste, was das bedeutete, und mein Puls stieg schlagartig auf hundertachtzig.

David blickte mir ernst ins Gesicht. „Das war Liam. Es geht los."

Wir zogen uns in Windeseile an. David steckte sich ein paar Sachen aus dem Garderobenschrank in die Jackentasche. Dann nahmen wir den Aufzug nach unten.

David fuhr recht schnell, aber ohne zu rasen. Vor einigen Tagen hatte er gesagt, dass ausreichend Zeit bliebe, sobald die Überwachungskamera anschlug. Genug Zeit, um die Absichten des Invasors zu durchkreuzen. Liam müsste sogar noch vor uns eintreffen.

David fuhr einmal an der Sternwarte vorüber und parkte in der Dantestraße. Es fuhr kaum ein Auto um diese Zeit, und Fußgänger waren gar nicht zu sehen. Wir liefen zu Fuß an der Dinosaurier-Figur vorbei und stellten uns auf der der Sternwarte gegenüberliegenden Seite auf den Bürgersteig.

Liam war noch nicht da. Einen Moment lang hoffte ich, er hätte es sich anders überlegt. Er schien oft so unvorsichtig.

Uns gegenüber stand ein riesiges Eisentor offen. Ich konnte auf die Entfernung nicht sehen, ob es aufgebrochen worden war. Dahinter befand sich eine Art Park, umgeben von vielen alten Bauwerken. Gleich das erste Gebäude links beherbergte die Sternwarte. An seiner rechten Seite ganz oben thronte das Kuppeldach als Abschluss eines Turms.

Ich zitterte.

David nahm meine Hand. „Es wäre mir lieber, wenn du hier auf mich warten würdest."

Ich schüttelte den Kopf.

Zitterte David auch?

Wir schauten auf die Sternwarte und warteten auf Liam. Ich fragte mich, warum er nicht schon längst eingetroffen war.

David wurde immer unruhiger.

Plötzlich atmete er tief ein und nahm auch meine andere Hand in die seine, sodass wir uns gegenüber standen. Sein Gesicht spiegelte eine Verzweiflung wider, die ich nicht bei ihm erwartet hätte.

„Jessi, ich muss dir dringend noch etwas sagen. Ich weiß nicht, wie das hier ausgehen wird, und ich möchte unbedingt, dass du etwas weißt."

David war derart erregt, dass er meine Hände regelrecht quetschte, aber etwas schien ihm mehr als wichtig zu sein, dass ich nichts sagte und ihn nur abwartend anschaute.

„Ich weiß ja, dass du mit Liam zusammen bist. Und Liam ist ein guter Mann, das ist mein voller Ernst. Zugegebenermaßen bin ich auch sicher der Letzte, der sich gut mit menschlichem Verhalten auskennt."

Worauf wollte er hinaus?

„Aber, weißt du, je länger wir uns kennen, desto mehr hatte ich das Gefühl, dass wir uns sehr gut verstehen, dass du mir vertraust und … irgendeine Verbindung zwischen uns ist, die ich mir anfangs selbst nicht erklären konnte."

Das stimmte.

„Wenn du mich angesehen hast, dann war da noch etwas, was ich vorher noch nie bei anderen Menschen wahrgenommen habe. Du warst immer so nett und fürsorglich zu mir, und mit der Zeit schien es mir, als ob ich etwas Wesentliches übersehe."

Sein eiserner Griff lockerte sich etwas, und er lächelte.

„Dann in Berlin … Als wir uns geküsst haben." David sah mich liebevoll an. „In mir reifte die Überzeugung, dass etwas unglaublich Besonderes mit uns vor sich ging. Wie eine Art Elektrizität zwischen uns. Du hast mich geküsst, als ob ich dir mehr bedeute als nur ein Freund."

Das war's. Er hatte mich durchschaut.

Sein Gesichtsausdruck wurde ernst. Das eisige Blau hypnotisierte mich, und ich konnte mich nicht entziehen.

Bitte, oh bitte, David, sag jetzt nicht, dass unsere Freundschaft in Gefahr ist!

„Dabei dachte ich zunächst, du fändest höchstens meine menschliche Gestalt leidlich attraktiv, würdest hingegen von meinem wahren Ich eher abgestoßen. Du hast immer betont, wir seien wie Hund und Katze. Ich fürchtete, du fändest mich abstoßend, so, wie ich bin. Ein Alien aus deiner Sicht."

Davids Händedruck nahm wieder zu.

„Du kannst dir nicht vorstellen, was es mir bedeutet hat, als du mich in Berlin zum ersten Mal in meiner wahren Gestalt gesehen hast und sagtest, du fändest mich schön! Ich musste mich von dir wegdrehen, weil ich geweint habe. Ich war einfach überwältigt! Vor Erleichterung. Und vor Freude."

Davids Augen glitzerten.

„Aber ich hatte so wenig Erfahrung! All mein Wissen half mir nicht dabei herauszufinden, was genau du für mich empfindest!"

Genau das solltest du auch nie herausfinden.

„Deshalb habe ich mich gezielt … informiert. Das ganze Internet hinauf und hinunter." David lächelte entschuldigend. „Ich habe unendlich viele Beziehungsratgeber gelesen. Ich habe einen Paartherapeuten aufgesucht. Der mich sicher für einen ungeheuer dummen Menschen gehalten hat. Aber ich wollte unbedingt wissen, wie du zu mir stehst."

Alarmstufe Rot! „David, ich …"

„Nein, bitte lass mich ausreden. Es war für mich eine verwirrende Zeit. Ich kam mir so unbeholfen vor! Doch letztlich gelangte ich zu der Erkenntnis, dass ich deine Gefühle für mich mit ein paar kleinen … Experimenten herausfinden konnte."

Experimente?

„Bitte entschuldige, dass ich so weit gegangen bin. Ich musste einfach wissen, ob ich dir mehr bedeute als irgendein Freund. Ich …"

David hielt inne und atmete tief ein.

„Ich bin einigen im Nachhinein betrachtet recht simplen Ratschlägen gefolgt. Der Therapeut schlug vor, ich solle mich einfach etwas indiskret aufdrängen, wenn du Liam küsst, dann könnte ich sehen, ob es dir unangenehm ist und du die Intimitäten mit ihm zurückfährst. Das sei ein sicheres Zeichen für deinen inneren Konflikt."

David schaute kurz zu Boden.

„Weißt du, als ich dich am Mittwoch vor der Eissporthalle abgeholt habe … Es tut mir leid; es war sehr unhöflich, mich einfach dazu zu gesellen und euch zuzusehen, aber es hat ja tatsächlich funktioniert.

Jedenfalls hatte ich den Eindruck, dass du dich deswegen schnell von Liam gelöst hast. Dass du dich unwohl gefühlt hast, als er dich in meiner Anwesenheit geküsst hast. Aber da war ich mir noch nicht wirklich sicher."

Oje, oje! Das hieß wohl, dass er sich mittlerweile völlig sicher war.

„Ein anderer leicht durchzuführender Test bestand in der Beobachtung deiner Reaktion, wenn ich dir ... körperlich nahe komme." David lächelte ein bisschen verlegen. „Bitte entschuldige, dass ich das ausprobiert habe. Wir hatten uns ja schon geküsst, aber es hätte ja sein können, dass ich mich damals geirrt habe, da ich selber ... involviert war. Ich habe mich vor drei Tagen einfach unverschämt nah zu dir gestellt, als du im Internet nach Mode gesurft hast. Ich konnte bei dir die typischen Reaktionen feststellen: Beschleunigung des Pulses, schnelleres, flacheres Atmen, Zittern, Schweißausbruch, Pupillenerweiterung und so fort."

Ich spürte, wie ich rot wurde. Es war beschämend. Wollte er mich demütigen? Hätte er meine Hände nicht so fest gehalten, hätte ich mich weggedreht.

„Bitte verzeih mir, aber ich wusste mir doch nicht anders zu helfen! Immerhin konnte ich meine Vermutung dadurch wieder bestätigen ... Schließlich habe ich noch einen Ratschlag des Therapeuten befolgt. Ehrlich gesagt habe ich nicht geglaubt, dass du dermaßen schnell darauf hereinfällst. Bitte sei mir nicht böse, aber ich wollte doch absolut sicher gehen! Die Sache mit Rebecca ist mir auch nicht leicht gefallen."

„Rebecca?"

„Na, die ‚attraktive, üppig ausgestattete Blondine'. Ich musste ja selber über meine Formulierung lachen! Ihr Auftauchen im Coffee Shop war ein Geschenk des Himmels. Ich konnte es nicht fassen, dass du wahrhaftig darauf angesprungen bist. Dass du tatsächlich eifersüchtig reagiert hast und dachtest, sie wäre mein Typ!" Er lachte.

Ich schaute David ungläubig an. Es fiel mir wie Schuppen von den Augen. Deshalb war er so gutgelaunt gewesen, während ich am Boden zerstört gewesen war. Er hatte mich getestet, und ich hatte alle Tests ‚bestanden'. Ich hatte ihm längst meine Liebe offenbart, bevor ich sie mir selbst eingestanden hatte. Ich stand nackt und schutzlos vor ihm.

Aber er gab mir nicht das Gefühl, dass ich mich schämen müsste. Er hatte nicht gesagt: ‚Das belastet jetzt aber unsere Freundschaft.' Oder: ‚Ich fühle mich jetzt nicht mehr ungezwungen in deiner Gegenwart.'

„Bitte, Jessi, verzeih mir! Ich wollte dich nicht kränken! Du bist mir unglaublich wichtig ... Vom ersten Tag an, als ich dich im Coffee

Shop gesehen habe, bist du mir nicht mehr aus dem Kopf gegangen. Ich wusste überhaupt nicht, warum! Ich beobachtete nur, dass ich immer und immer wieder zu dir wollte. Ich musste dich ständig ansehen und habe mich gefragt, warum du mich so faszinierst. Ich habe mich gezwungen, den Coffee Shop zu meiden, um zu sehen, ob sich mein Interesse an dir verliert. Aber es war zwecklos. Ich bekam nur sehr langsam eine Ahnung davon, was mit mir los war. Doch spätestens, als wir uns unter dem Mistelzweig geküsst haben, begann ich zu verstehen, dass ich mich in dich verliebt habe."

Er fesselte mich mit seinen eisblauen Augen. Hypnotisierte mich. Ich versuchte, klar zu denken, aber in meinem Kopf herrschte ein einziges Durcheinander.

„Ich liebe dich, Jessi. Mehr als mein Leben."

Ich konnte nicht glauben, was er da sagte. „Aber … Aber du hast gesagt, du könntest dich nicht verlieben!" Meine Stimme überschlug sich fast.

„Ich *dachte*, ich könnte mich nicht verlieben. Jedoch habe ich mich geirrt! Ich liebe dich! Ich würde alle meine vielen Millionen Jahre hergeben für ein einziges Menschenleben an deiner Seite!" Davids Gesicht war voller Schmerz. „Doch ich weiß, dass du dich für Liam entschieden hast. Dass du ihn mehr liebst als mich. Ich werde es akzeptieren müssen. Ich habe es akzeptiert, als ich sah, wie sehr du unter eurem Streit gelitten hast. Ich gebe zu, ich habe einen Moment lang gezögert und mich gefragt, ob ich wirklich helfen soll, eure Beziehung zu retten. Ich habe so lange innegehalten, dass ich mich in einen Geparden verwandeln musste, um Liam rechtzeitig vor der Tür abzufangen." David lächelte schwach. „Aber ich konnte es einfach nicht ertragen, dich traurig zu sehen. Denn dass du glücklich wirst, ist alles, was ich möchte."

Ich wollte David eingestehen, wie leidenschaftlich ich ihn liebte, doch ich war wie gelähmt. Sein Geständnis kam zu plötzlich. Wie sehr hatte ich mir immer gewünscht, er könnte sich in mich verlieben! Erst jetzt, wo ich mit Liam zusammen war, offenbarte er sich mir. Zu spät.

Nun war ich es, die seine Hände quetschte. Aber ich brachte keinen Ton heraus.

David holte noch einmal tief Luft.

„Ich weiß, es ist kein optimaler Zeitpunkt, aber ich bin mir nicht sicher, wie die Sache hier enden wird …" Er schaute kurz zur Sternwarte hoch. Dann wandte er sich wieder zu mir und sah so hoffnungslos aus, dass sich meine Augen mit Tränen füllten.

„Bitte“, flüsterte er, „bitte, Jessi. Ich möchte dich nur noch einmal in meinen Armen halten.“

David sah mich durchdringend an. Mir stockte der Atem. Mein Körper schmerzte vor Sehnsucht.

Er entzog mir seine rechte Hand und legte sie mir vorsichtig auf die Wange. Dann strich er mit ihr den Hals entlang bis in den Nacken.

Ich konnte noch immer nichts sagen. Seine Augen ließen mich nicht los. Ich funktionierte gar nicht mehr. Die Erkenntnis, dass David mich liebte, war zu überwältigend. Meine Kehle fühlte sich wie zugeschnürt an. Alle meine Sinne waren auf David und seine Berührungen ausgerichtet. Mein Körper bestand nur noch aus der Liebe, die ich für ihn empfand, und der Liebe, die er mir schenkte.

David kam den letzten Schritt auf mich zu, sodass sich unsere Körper berührten. Seine Hand fuhr nach oben in meine Haare. Sein Gesicht direkt vor meinem. Meine Lippen brannten, ich konnte nicht mehr atmen.

Bevor meine Beine nachgaben, drängte mich David bis an den Zaun hinter mir und drückte mich mit dem Becken dagegen. Ich schlang meine Arme um ihn, und er presste endlich seine Lippen auf die meinen. Sein Stöhnen zeugte von einer Mischung aus Lust und Erleichterung, und die Leidenschaft, die von ihm ausging, raubte mir augenblicklich die Sinne.

Unser Kuss unter dem Mistelzweig verblasste dagegen zu einer unglaublich winzigen Andeutung dessen, was David in sich trug. Das leise Feuer, das ich schon mehrere Male in seiner Anwesenheit verspürt hatte, erfasste in einem schmerzhaften Ausmaß meinen ganzen Körper und riss mich mit sich fort.

Für eine winzige Sekunde wich David mit dem Oberkörper leicht zurück und riss mit einem heftigen ‚Ratsch‘ den Reißverschluss meiner Jacke auf. Seine Hände schoben sich unter mein Shirt und schienen überall. Auf meiner Taille, auf meinen Brüsten. Wo auch immer er mich berührte, hinterließ er ein brennendes Feuer, das durch seine Berührungen gelöscht und gleichzeitig wieder entfacht wurde. Wir stöhnten und keuchten. Ich riss ihm ungeduldig das Hemd aus der Hose und fuhr mit den Händen über seine nackte Haut. Ich hatte weiß Gott kein Faible für Sex in der Öffentlichkeit, aber in meinem Gehirn gab es jetzt keinen Platz mehr für irgendetwas außer David und mir. Alles, was ich sah und spürte und wollte, war er. Alles Sein beschränkte sich auf die Liebe, die wir füreinander empfanden und die wir uns in diesem Moment auf diese körperliche Weise schenkten.

In mein Bewusstsein drangen nur Davids Keuchen und meine eigenen unwillkürlichen, tierischen Laute.

David hörte noch etwas anderes.

Er schob mich leicht von sich und drehte seinen Kopf Richtung Sternwarte, ohne mich loszulassen.

Seine Hände hatten immer noch unter meiner offenen Jacke das Shirt hochgeschoben, aber ich spürte keine Kälte. Mein ganzer Körper brannte vor Begierde.

Aber ich folgte seinem Blick. Und jetzt konnte ich es auch hören. Mühsam, wie wenn jemand Stück für Stück einen schweren Rollladen hochzog, öffnete sich das Kuppeldach der Sternwarte und gab die Sicht auf ein großes Teleskop frei.

Während David immer noch heftig atmete, drehte er sich wieder zu mir. Sein Gesicht spiegelte jetzt Verzweiflung und Entschlossenheit gleichermaßen.

„Ich muss gehen."

Er drehte sich abrupt um und lief über die Straße.

Ich war immer noch wie betäubt.

„David!" Ich wollte schreien, aber ich brachte nicht mehr als ein Flüstern zustande.

Ich hatte ihm noch nicht gesagt, wie sehr ich ihn liebte.

„David!" Meine Stimme versagte.

Langsam spürte ich die Kälte auf meinem Bauch. Ich zog mühsam das Shirt herunter.

Erst als David durch das Eisentor lief und links um die Ecke hinter einigen Sträuchern aus meinem Sichtfeld verschwand, fiel die Lähmung von mir ab.

Ich keuchte immer noch, aber jetzt vor Angst. Ich rannte über die Fahrbahn, über den parkähnlichen Grünstreifen in der Mitte, über die andere Fahrbahn. Durch das Eisentor. Nach links.

Zehn, fünfzehn Meter vor mir führte eine riesige, zweiflügelige Tür aus dunklem Holz in den Turm. Beide Flügel hatten auf Höhe des Schlosses eindeutige Einbruchspuren. Das Holz war zersplittert und eingedrückt. Ich zog den rechten Flügel mühsam auf.

Ich betrat das Gebäude und fand mich am Fuß einer Wendeltreppe wieder. Die breiteste Wendeltreppe, die ich je gesehen hatte. Altertümlich, aber mit Linoleum überzogen, wie in öffentlichen Gebäuden oftmals üblich. Im Zentrum der Treppe, rund ummauert, befand sich ein Aufzug. Für einen kurzen Moment überlegte ich, ob ich mit dem Fahrstuhl schneller oben wäre, selbst wenn er erst von oben nach unten fahren müsste. Dann fiel mir glücklicherweise ein, dass er sich nicht geräuschlos bewegen würde und es dumm wäre, dem Invasor mein Kommen anzukündigen.

Auch meinte ich, von oben Davids leise, schnelle Schritte und sein Atmen zu hören.

Ich hatte nur den Bruchteil einer Sekunde gezögert und lief los. Immer zwei Stufen auf einmal. An der Außenseite waren große, eckige Fenster angebracht, die genügend Licht aus der Stadt hereinließen.

Nach etwa achtzig Stufen musste ich jede Treppenstufe einzeln nehmen. Ich hielt mich rechts am Holzgeländer fest, um mein Gewicht auch mit den Armen hochzuziehen und die Beine ein wenig zu entlasten.

Ich konnte David über mir nicht mehr hören.

Jetzt kamen große, runde Fenster. Hoffentlich hatte ich es bald geschafft. Ich versuchte, nicht so laut zu atmen.

Endlich kam ich oben an.

Direkt vor der Aufzugtür lag eine Vielzahl kleiner, roter Punkte auf dem Boden.

David! Ich unterdrückte einen Schrei.

Schräg gegenüber war eine Glastür, die nach draußen führte, eingeschlagen worden.

Ich stieg vorsichtig hindurch und versuchte weiter, meine Atmung zu beruhigen.

Draußen gab es zwei Treppen aus Metallgittern, und ich wandte mich instinktiv der zu, die sich an den Turm anschmiegte.

Als ich an ihrem Fuß stand, sah ich oben eine offene Tür, die in das Kuppeldach führte.

Plötzlich fiel ein Schuss.

Natürlich hatte ich damit gerechnet, dass sie genau jetzt, im letzten Moment noch kommen würden, um unsere Mission zu stören. Wie auch immer sie es herausgefunden hatten, ich war für alle Fälle gewappnet. Ich war ja nicht blöd. Dieses verdammte Stück Scheiße würde ich auch noch erledigen.

Ich musste nur schnell genug reagieren. Er würde sich bestimmt in ein sehr großes, gefährliches Wesen verwandeln, um mich zu überwältigen. Aber er wusste nicht, dass ich eine Pistole hatte, mit der ich ihn aus sicherem Abstand heraus töten konnte. Ich war darauf vorbereitet, sofort zu schießen. Sobald er in der Tür auftauchte.

Diese Narren! Ich würde sie alle vernichten! Ich war nicht so leichtsinnig wie der andere, der noch nicht einmal die Schlampe hatte erledigen können. Man musste schließlich immer damit rechnen, dass der Wandler mit ihr zusammen auftauchte, auch wenn die Hure nur ein Mensch war. Warum er den Braunäugigen allerdings bei ihr geduldet hatte, verstand ich nicht. Wahrscheinlich besorgte sie es ihm so gut, dass er über den Nebenbuhler hinweg sah. Ich wünschte, ich könnte sie vor seinen Augen auseinanderreißen! Aber zuerst musste ich ihn unschädlich machen, dann würde ich mich mit Freuden dieser lästigen Schnalle zuwenden. Vielleicht könnte ich sie zwingen, es mir genauso zu besorgen. Vielleicht war seine Hure etwas Besonderes. Weil er etwas Besonderes war. Aber jetzt war Schluss damit. Er würde uns nicht länger auf die Nerven gehen. Ich würde sie alle auslöschen! Töten! Abschlachten!

Ruhig durchatmen! Meine Hände durften nicht zittern! Mochte er noch so leise die Treppe hochschleichen. Ich zielte bereits auf die offene Tür. Komm ruhig herein!

Ich biss mir auf die Lippen und stieg zitternd die Stufen hoch.

Natürlich kannte ich mich mit Schusswaffen nicht aus, aber ich hatte genug Krimis im Fernsehen gesehen, um zu wissen, dass das Geräusch aus einer Pistole mit Schalldämpfer gekommen sein musste.

Oben angelangt drückte ich mich an die Mauer. Dort lugte ich vorsichtig um die Ecke und versuchte, leiser zu atmen.

Als Erstes fielen mir Davids Kleider auf dem Boden auf. Sie steckten noch ineinander und lagen zusammengesunken am Fuße zweier Treppenstufen, die in den eigentlichen Raum führten. Er musste sich in ein kleineres Wesen verwandelt haben, das ihm den Ausstieg über den Halsausschnitt ermöglicht hatte. Etwa einen Meter daneben stand eine große, geöffnete Sporttasche, die dem Invasor gehören musste.

Ich schaute ein bisschen weiter um die Ecke.

Das Kuppeldach war etwa fünf Meter weit geöffnet. In der Mitte des Raumes, sowohl horizontal als auch vertikal betrachtet, stand ein riesiges Teleskop. Dahinter eine Art halbrunde Treppe, die man in einer vorgefertigten Schiene rund um das Teleskop herum schieben konnte, vermutlich, um überhaupt an das riesige Gerät heranzukommen, denn sein unteres Ende begann erst etwa drei Meter über dem Fußboden. Auf der obersten Treppenstufe, auf Höhe des unteren Endes des Teleskops, stand der Invasor mit einer Pistole in der Hand und zielte auf einen Kolibri, der in hektischen, schwankenden Bewegungen auf ihn zu flog.

Voller Angst versuchte ich zu erkennen, ob der Kolibri verletzt aussah, aber das war auf die Entfernung bei diesem kleinen Körper kaum möglich.

Natürlich hatte David einen Kolibri gewählt. Je größer er war, desto mehr Angriffsfläche bot er einer Kugel. Als winziger Vogel hatte er mit schnellen, plötzlichen Richtungswechseln eine Chance, sich seinem Feind zu nähern, ohne von der Pistole getroffen zu werden.

Wie, um meinen Gedanken zu bestätigen, schoss der Invasor ein zweites Mal, aber David flog weiter, bis er sich knapp einen Meter vor seinem Gegner befand.

Jetzt kam ein kritischer Moment, denn David musste sich nun in ein größeres Lebewesen verwandeln, um den Invasor im Nahkampf zu besiegen. Tatsächlich verwandelte er sich blitzartig in einen Gorilla und griff sofort nach dem Arm, der die Waffe hielt, während fast zeitgleich ein dritter Schuss fiel. David brüllte vor Schmerz.

„David!“

Meine Furcht hatte mich laut aufschreien lassen.

Der Invasor stierte kurz auf mich. Sein Gesicht war voller Hass.

Ich schreckte unwillkürlich ein wenig zurück, blickte aber trotzdem weiterhin um die Ecke in den Raum.

Der Invasor beachtete mich nicht weiter. Eindeutig sah er in David die größere Gefahr, obwohl dieser nun im Bereich der rechten Schulter verletzt sein musste.

David hatte trotz seiner Verletzung die Hand seines Widersachers, die die Pistole hielt, nach unten gedrückt. Der Invasor schoss ein viertes Mal, und David stöhnte gequält. Dieser Schuss musste sein linkes Bein erwischt haben. Ich heulte vor Verzweiflung.

Offensichtlich in seiner Standfestigkeit eingeschränkt, verlor David den Halt auf der wackligen Treppe und fiel rücklings den Invasor mit sich reißend die Stufen hinunter. Ich wimmerte nur noch.

Im Sturz hatte sich ein fünfter Schuss gelöst, aber David gab keinen Ton von sich und ich betete, dass die Kugel ihr Ziel verfehlt haben möge.

Ich schnaufte wie eine Lokomotive, aber ich versuchte, meine Panik zu unterdrücken und das Gehirn am Laufen zu halten. Irgendetwas musste ich doch tun können! Meine Selbstverteidigungstechniken waren noch lange nicht praxisreif, aber ich hatte verinnerlicht, dass man als erstes seine Hemmungen ablegen und agieren musste. Während die Kämpfer weiter halb auf dem Boden liegend miteinander rangen, sah ich mich mit flatterndem Herzen im Raum um, ob es nicht irgendetwas gab, mit dem ich dem Invasor den Schädel zertrümmern könnte. David musste ihm als Gorilla eigentlich körperlich überlegen sein, aber seine Verletzungen gereichten ihm jetzt zum Nachteil.

Mein Blick blieb an der Sporttasche hängen. Vielleicht enthielt sie einen Gegenstand, den ich gebrauchen könnte. Selbst dem Invasor die leere Tasche über den Kopf zu stülpen, um ihm die Sicht zu nehmen, wäre besser als nichts zu tun.

Während ich mich nach Luft schnappend auf die Tasche stürzte, warf ich einen kurzen Blick auf die Kämpfenden. Der Invasor versuchte, mit der Pistole auf Davids Kopf zu zielen, und dieser hielt mit nur einem Arm dagegen. Meine Angst um David steigerte sich derart, dass ich körperlich fast versagte. Mein Atem ging wie nach einem Marathonlauf, ich riss die Tasche auf, aber meine Arme waren wie Pudding.

Mitten in der Tasche lag eine etwa fünfzig Zentimeter lange, an einem Ende im rechten Winkel gebogene Eisenstange. Für eine Sekunde schob sich die aufgebrochene, riesige Holztür am Fuß des Turms vor mein geistiges Auge. Ich griff nach der Stange, aber sie schien schwer wie Blei. Was für ein Albtraum! Meine Panik hatte mich jeglicher Kraft beraubt. Ich schluchzte und stöhnte, doch ich hob die Stange mit ungeheurer Anstrengung hoch und lief zu David. Es lagen nur etwa vier Schritte zwischen uns, aber ich kam kaum vom Fleck, als liefe ich auf dem Mond. Mein Herzschlag hämmerte in den Schläfen, ich japste und keuchte.

Der Invasor hatte seine Pistole jetzt schon beinahe auf Davids Kopf gerichtet. Mit letzter Kraft hob ich die Eisenstange und zielte auf den Kopf unseres Feindes. Im gleichen Moment drückte er ab! Ich hatte keine Luft mehr für den winzigsten Ton, doch innerlich schrie ich, so laut ich konnte: ‚Nein!'

Aber es machte nur: ‚Klick'.

Das wäre der sechste Schuss gewesen. Im Film hatten sie immer sechs Kugeln.

Mein Schlag fühlte sich an, als ließe ich die Stange einfach nur fallen, so kraftlos kam ich mir vor, aber er musste doch seine Wirkung gehabt haben, weil David sofort den Arm des Invasors von sich wegdrehen konnte und sich nun mit seinem ganzen Gewicht auf ihn warf.

Sein Kontrahent zappelte vergeblich, David klemmte ihn zwischen seinen Beinen und dem linken Arm ein und verdrehte ihm mit der rechten Hand unter Schmerzensschreien den Kopf.

Bis es knackte und der Invasor in sich zusammensank.

David ächzte und ließ ihn zu Boden fallen. Dort schrumpfte unser Widersacher in sich zusammen, bis er nur noch als kleiner Haufen halbfester Masse in seinen Kleidern lag.

David schnaufte erschöpft und setzte sich auf.

Ich hingegen sank zu Boden und schnappte nach Luft. Nach ein paar Sekunden kroch ich auf allen vieren zu David und schmiegte mich in seine Arme.

So saßen wir eine geraume Weile, bis sich unser Puls normalisierte.

Ich dachte nun wieder an Davids Verletzungen. Neben seinem rechten Schienbein erkannte ich trotz des Fells eine Einschusswunde, jedoch schien er nicht allzu viel Blut zu verlieren, und er konnte sich ja wieder in eine heile Gestalt verwandeln.

Ich mochte nicht von David lassen, aber er zeigte mir bald mit ein paar Handbewegungen, dass er aufstehen und sich anziehen wollte. Er führte mich auf eine der an der runden Außenwand stehenden Sitzbänke und drehte mich sanft mit dem Gesicht von sich weg.

Ich konnte nicht hören, wie er sich in seine menschliche Gestalt verwandelte, aber ich hörte, wie er sich anzog. Dann kamen seine Schritte wieder zu mir, und er fasste mich leicht an der Schulter.

„Entschuldige, aber als Gorilla passte ich nicht in meine Kleidung“, sagte er und hob seine Mundwinkel leicht an.

Er sah erschöpft aus.

Ich sprang auf und umarmte ihn. Ich schmiegte meine Wange an die seine.

David hielt still.

„Bist du unversehrt?“, fragte er.

Ich nickte und sah ihn an.

Er nahm meine Hände und trat einen Schritt zurück.

„Hör zu“, sagte er, „ich räume das hier erst mal auf.“

Er umspann mit einer Handbewegung den Raum.

Ich verstand nicht, warum er so ernst und konzentriert aussah, statt erleichtert zu sein.

„Die Sporttasche und die Stange können wir liegenlassen, denn der Einbruch ist ohnehin nicht zu verbergen, aber den Vorsatz am Teleskop werde ich mitnehmen und später vernichten, und ihn hier“ – er zeigte auf den Invasor – „kann ich im Garten verbrennen. Ich habe vorsorglich Brandbeschleuniger mitgenommen.“

Der Invasor sah anders aus als David. Er bestand zwar aus einer ähnlichen, weichen Masse und hatte eine vergleichbare Größe, aber er wirkte von seiner Umwelt schärfer abgegrenzt und hatte nicht den Ansatz eines Leuchtens. Möglicherweise lag das auch daran, dass er tot war.

„Ich habe mich bemüht, keine menschlichen Blutspuren vom Invasor zu erzeugen, die man hinterher untersuchen könnte. Deshalb habe ich ihn nicht als Tiger getötet. Ich selber als Gorilla habe zwar Blut verloren. Aber das bisschen Gorillablut wird die Ermittler auch nicht weiter bringen. Wenn der Invasor in ausreichendem Maße gebrannt hat, werden sie von ihm keine verwertbaren Überbleibsel mehr finden. Ansonsten … fass besser nichts an.“

David stieg die Treppe hoch und machte sich am Teleskop zu schaffen.

Ich setzte mich wieder auf die Bank. Ich fühlte mich immer noch nicht in der Lage zu sprechen und merkte erst jetzt, wie meine Knie zitterten. Es kam mir alles so unwirklich vor.

Eigentlich fand ich David etwas übervorsichtig. Wegen eines Einbruchs ohne Leiche – als was auch immer sie die Reste des Invasors klassifizieren würden – würde man sicher nicht jedes Staubkorn unter ein Mikroskop legen. Es war ja noch nicht einmal etwas geklaut worden. Auch die Sachbeschädigung hielt sich in Grenzen.

Jetzt erst dachte ich wieder an Liam. Wo blieb er nur? Hoffentlich hatte er keinen Autounfall gehabt. Schlagartig bekam ich entsetzliche Schuldgefühle. Ich spürte von Neuem Davids Lippen auf meinem Mund, fühlte seine leidenschaftliche Umarmung. Ein unwillkürliches Keuchen entglitt meinem Mund, und ich sah aus dem Augenwinkel, wie David von der Rundtreppe kurz auf mich herabsah. Was, wenn Liam genau in diesem Moment gekommen wäre? Hatte er uns vielleicht gesehen und sofort wieder kehrtgemacht? Nein, er hätte wohl eher David die Fresse poliert. Liam wäre ausgerastet. Was nur zu verständlich gewesen wäre, aber ich konnte mein Verhalten trotzdem nicht bereuen. Wir hatten den Invasor besiegt, und natürlich war die Rettung der Erde wichtiger als alles andere, aber mich beschlich das sichere Gefühl, dass meine Probleme keinesfalls kleiner geworden waren.

Mittlerweile zitterte ich am ganzen Körper. Der Raum verfügte über keine Heizkörper. Das wäre auch ziemlich sinnlos gewesen bei offenem Dach. Hatte ich etwa einen leichten Schock? Ich räusperte mich, um meine Stimme zu testen, und immerhin gab ich dabei eine Art Piepsen von mir.

David kam mit einem unförmigen Teil in der Hand die Treppe herunter und steckte es sich in die Jackentasche. Danach zog er die Überwachungskamera aus ihrem Versteck. Anschließend hob er die Eisenstange auf und wischte sie sorgfältig ab. Dann wandte er sich mir zu.

„Pass auf, ich vernichte jetzt die Reste des Invasors und komme dann wieder und hole dich ab.“

David fasste mich mit den Händen an den Oberarmen und sah mich eindringlich an.

„Bleib einfach hier sitzen und warte auf mich. Okay?“

Ich nickte und betrachtete ihn mit großen Augen. Warum sah David so traurig aus? Jetzt, wo alles vorbei war. Hatten ihn die Verwandlungen zu viel Kraft gekostet?

Er strich mir zärtlich über die Wange.

Dann hob er den Invasor und dessen Kleider auf, drehte sich um, lief die zwei Stufen hinunter und verschwand durch die offene Tür.

Ich ließ Jessi unter dem Kuppeldach zurück und eilte die Metallgittertreppe hinunter. Ich hoffte inständig, dass sie mir nicht folgen würde.

Seit ich Liams Leiche hinter der Aufzugstür gesehen hatte, konnte ich nur noch daran denken, welchen Schmerz ihr sein Tod bereiten würde. Er war offensichtlich schon vor uns eingetroffen und dem Invasor direkt in die Arme gelaufen. Unter allen Umständen musste ich verhindern, dass sie es erfuhr, aber wie sollte ich das bewerkstelligen?

Ich stieg durch die zerbrochene Glastür und drückte auf die Aufzugstaste. Liam lag in einer unnatürlichen Haltung direkt hinter der Tür.

Es war ein glatter Kopfschuss. Wenigstens war es schnell gegangen. Feine Blutspritzer bedeckten seine Jacke.

Warum hatte er nicht auf uns gewartet? Mein Hals fühlte sich komisch an, und ich schluckte. Es war mein voller Ernst gewesen, als ich Jessi gesagt hatte, dass Liam ein guter Mann sei.

Nur zu unvorsichtig. Zu draufgängerisch. Er hätte nicht den Aufzug nehmen sollen.

Ich fuhr mit den beiden Leichen nach unten. Ich wollte den Invasor im Garten verbrennen, wo das Feuer den geringsten Schaden anrichten würde.

Ich musste unbedingt verhindern, dass Jessi den Aufzug benutzte.

Würde es etwas nützen, Liam zusammen mit dem Invasor zu verbrennen? Das würde zumindest die Identifizierung erschweren. Vielleicht konnte ich sie von den Informationen, die über die Medien an die Öffentlichkeit dringen würden, abschneiden. Aber wie sollte ich sein Verschwinden erklären?

Ich schlug mehrmals mit der Faust gegen die Wand. Wie sehr würde Jessi unter Liams Tod leiden! Hätte ich nur genügend Wissen, um ihn wieder auferstehen zu lassen!

Ich rieb mir das Gesicht mit beiden Händen. Und da kam mir der Gedanke. Ein verrückter, unvorstellbarer Gedanke.

Ein egoistischer Gedanke.

Der Aufzug hatte das Erdgeschoss erreicht.

Ich musste es riskieren.

Ich zog den Invasor aus der Jackentasche und legte ihn neben Liam. Ich würde beide gleich hier im Aufzug verbrennen.

Die Aufzugtür blockierte ich mit meinen Schuhen. Dann rannte ich so schnell ich konnte zum Auto. Ich zog meine Jacke aus und legte sie samt Teleskop-Vorsatz in den Kofferraum. Ich würde mich später darum kümmern. Schließlich schloss ich das Auto ab und rannte keuchend mit dem Brandbeschleuniger in der Hand zur Sternwarte zurück.

Der Aufzug stand immer noch im Erdgeschoss. Ich hatte Mühe, meine Gedanken zu kontrollieren. Ich durfte nichts übersehen. Musste jede Möglichkeit vorwegnehmen.

Ich stieg in den Aufzug ein und holte noch einmal tief Luft.

Meine Entscheidung war gefallen.

Ich wechselte alles Nötige. Ich leerte Liams Jackentaschen und ließ seine blutbefleckte Jacke im Aufzug liegen. Danach schüttete ich die komplette Flasche mit dem Brandbeschleuniger aus und warf die Flasche hinterher.

Ich drückte den Knopf zur Türöffnung, warf von draußen, als sich die Tür schon wieder schloss, ein brennendes Streichholz hinein und drehte mich schnell weg.

Als ich mich wieder umdrehte, war die Aufzugstür geschlossen, und ich hörte drinnen die Flammen lodern.

Ich lief so schnell wie möglich die Wendeltreppe nach oben. Es ging erstaunlich leicht.

Ich stieg durch die Glastür und lief die Metallgittertreppe hoch.

Als ich die zwei Stufen in den Raum stürmte, kam mir Jessi schon entgegen.

„Liam!“, rief sie freudig und flog in meine offenen Arme.

DANKSAGUNG

Ich danke meinen nervenstarken Testlesern, die sich durch die ersten miserablen Versionen dieses schließlich doch noch zu einem genialen Werk gereiften Romans gekämpft haben:
Jessica Ackermann
Sonja Falger
Kim Gruber
Carina Scheider
Tammy Siegel
Franziska Wagner
Laura Wagner

Mein Dank gilt außerdem Behzad Tizabi für die fachspezifischen Erläuterungen zur leider entfallenen Indoor-Kletterszene.

Dankend hervorheben möchte ich die Arbeit des Physikalischen Vereins, Frankfurt, welcher sich in der Fortbildung des physikalisch wenig gebildeten Durchschnittsbürgers engagiert und u.a. interessante Führungen durch die Sternwarte anbietet.

Nicht zuletzt danke ich meinem Lebensgefährten Gerald Kloos und meiner Tochter Nona für ihre hilfreichen und ehrlichen Kritiken, ihre Liebe und ihre Geduld.